KB152594

걸 인 더 미 러

The Girl in the Mirror

걸 인 더 미 러

로즈 칼라일 장편소설

남명성 옮김

해냄

동생 데이비드 칼라일을 추모하며

차례

프롤로그 ·9

1부 아이리스

1. 거울 ·15
2. 유언장 ·29
3. 변경 ·50
4. 깜짝 선물 ·73
5. 미인대회 ·91
6. 음모 ·107
7. 적도 구역 ·129
8. 수색 ·142
9. 희생 ·160

2부 서머

10. 경찰 • 181

11. 디스크 • 200

12. 세탁기 • 217

13. 피 • 234

14. 발표 • 249

15. 시험 • 264

16. 경주 • 284

17. 앨범 • 303

18. 아기 • 322

19. 돈 • 337

20. 밤하늘 • 352

21. 거울 속 여자 • 377

22. 다리 • 389

3부 아이리스

23. 생일 • 407

옮긴이의 말 • 420

• 일러두기

옮긴이 주는 괄호 안에 '옮긴이'를 함께 넣어 표기하였습니다.

프롤로그

태어나서 첫 12일 동안 우리는 한 사람이었다. 아버지의 머리와 어머니의 아름다움이 한 개의 축복받은 태아로 쏟아져 들어와, 카마이클 가문의 재산을 물려받을 유일한 후계자가 되었다.

13일째에 우리는 갈라졌다. 너무 늦을 뻔했다. 하루만 더 지나 갈라졌다면 서머와 나는 불완전 분리를 거쳐 샴쌍둥이가 되었을 것이다. 그랬다면 아마도 중요 장기를 공유했을 것이고, 평생을 함께 붙어살지 분리 수술을 해 둘 다 장애인이 될 수도 있는 위험을 감수할지 선택해야 했을 것이다.

사실 우리는 불완전하게 갈라졌다. 다른 어떤 쌍둥이보다 더 닮은 모습으로 보이지만, 우리는 거울형 쌍둥이로 서로 거울을 보는 모습처럼 똑같았다. 언니인 서머의 얼굴에 나타나는 아주 미세한 불균형은(오른쪽 빰이 조금 더 통통하고 오른쪽 광대뼈가 살짝 더 높다) 내 얼굴 왼쪽에 그대로 나타나 있다. 다른 사람들은 차이를 알아채지 못하지만, 거울 속에서 나는 내 모습을 볼 수 없다. 거울 속에는 서머가 있기 때문이다.

우리가 여섯 살일 때 아버지는 자신이 운영하는 카마이클 브라더스사(社)에서 긴 휴가를 얻었고, 우리 가족은 오스트레일리아 동해안을 지나 동남아시아로 항해했다. 우리가 사는 곳인 웨이크필드를 지나면 악어들이 사는 지역이라서 안전하게 수영할 수 없었다. 서머와 나, 그리고 남동생 벤은 여행하는 대부분의 시간을 요트 안에서 놀면서 보냈다.

나는 밧세바 호의 모든 것이 너무 좋았다. 밧세바는 주문 제작한 범선으로, 매끈한 선체에 최고급 목재를 사용했는데(갑판은 티크였고, 가구는 오크였다) 내가 가장 좋아한 것은 욕실에 있는 교묘한 이중 거울이었다. 배를 만든 사람이 두 개의 거울을 정확한 각도로 구석에 붙여 설치했는데, 얼마나 세심하게 시공했는지 거울 두 개가 붙은 선을 찾아낼 수 없을 정도였다. 양쪽 거울을 각각 정면에서 바라보면 언제나 그렇듯 거울 속에 서머가 보였다. 그러나 양쪽 거울 사이 공간에 서서 접합 부위를 무시한 채 두 거울의 구석을 잘 보면 좌우가 바뀌지 않은 나를 볼 수 있었다. 진정한 내 모습을 보는 것이다.

"나중에 어른이 되면 집에 이런 거울을 둘 거야." 나는 내 목소리에 맞춰 입을 움직이는 거울 속 엄숙한 표정의 금발 소녀를 바라보며 서머에게 말했다.

서머는 작은 손을 내 가슴에 얹으며 말했다. "하지만 아이리스,

난 네가 몸이 똑바로인 척하는 걸 좋아하는 줄 알았어."

"거울은 몸속까지 바꿔 보여주지 않아." 나는 서머의 손을 밀어냈다. "그리고 내 심장은 옳은 쪽에 있거든."

우리는 의사들이 지금까지 본 가운데 가장 극단적으로 좌우가 바뀐 쌍둥이였다. 세밀하게 측정해야 겨우 알아볼 수 있는 얼굴의 차이는 아무것도 아니었다. 아기일 때 병원에서 복부를 단층 촬영했는데, 나는 간과 췌장, 비장 같은 모든 장기가 반대쪽에 있었다. 그걸 보고 의사들은 우리가 아슬아슬한 시기에 분리되었음을 확인했다. 가만히 누워 벗은 내 가슴을 보고 있으면 오른쪽이 주기적으로 두근거리는 걸 볼 수 있다. 내 심장이 엉뚱한 쪽에 있다는 증거다.

하지만 서머의 몸은 모든 것이 정상이다. 서머는 완벽했다.

1부 아이리스

어딜 가든 서머는 아침 하늘의 태양이었다.

봄날 처음 피어난 장미였다.

그리고 나는 서머의 그림자, 닮은꼴, 최고의 액세서리였다.

1. 거울

나는 쌍둥이 언니 침대에서 잠을 깬다. 얼굴은 하얀색 면을 씌운 불룩한 베개들 사이에 쑤셔 박혀 있다. 다시 아이가 되어 서머와 잠자리를 바꾼 것 같은 느낌이지만, 지금은 모든 것이 바뀌었다. 우리는 이제 어른이고 이 침대는 서머뿐 아니라 애덤의 침대이기도 하다.

몸을 굴려 자세를 바꾸고 부부 침실을 살펴본다. 모든 것이 크고 멋지다. 전체적인 색은 부드러운 크림색이지만, 카펫은 잘 익은 복숭아색이다. 서머와 애덤이 수천 킬로미터 떨어진 곳, 심지어 오스트레일리아를 떠나 있는 상황이라고 해도 내가 이곳에 누워 있어서는 안 될 일이다. 두 사람이 떠난 뒤로 누군가 시트를 갈은 것이 분명하지만, 서머의 체취를 느낄 수 있다. 서머에게는 순결한 것들의 향기가 난다. 선탠 로션, 사과, 해변.

이 방에서 서머의 냄새가 나는데, 사실 여기 가구를 서머가 선택하지 않았다는 사실이 이해가 되지 않는다. 애덤은 첫 아내인 헬렌이 죽은 뒤 얼마 되지 않아 서머와 결혼할 때 이미 이 집을 소유하고 있었다. 침실은 작년 서머의 결혼식 날과 별로 달라진 것이 없다. 세상을 떠난 다른 여자의 삶 속에 자기 몸을 그대로 집어넣은 내 언니다운 일이다. 서머는 성격이 지나칠 정도로 느긋하다.

슈퍼킹 사이즈 침대는 벽 바깥쪽으로 튀어 나간 창문 속에 자리를 잡은 채 웨이크필드 해변의 멋진 경치를 내다보고 있다. 나는 가까스로 일어난 후 똑바로 앉아(이 침대는 지나치게 푹신하다) 마호가니 침대에 몸을 기대고 떠오르는 태양 빛에 얼굴을 씻는다. 산호해(서남태평양 솔로몬 제도와 오스트레일리아 사이 해역-옮긴이)의 청록색 바다는 물에 반사된 금빛 햇살 조각들과 뒤섞인다. 그런 색깔에 둘러싸여 헤엄치고 있었다면 좋았을 텐데. 나는 좀 씻어낼 것들이 있다.

절벽 끄트머리인 이곳에서 보면 한쪽으로는 웨이크필드 강이 마치 흉터처럼 도시의 북쪽 지역을 가로지르는 모습이 보인다. 서머는 늘 강을 사랑했지만, 바다악어들 번식지인 그곳에서는 수영을 즐길 수 없다. 서머는 아버지가 강에 건설한 다리 위 안전한 곳에서 경치를 즐기곤 했다. 그 다리는 아버지가 이뤄낸 첫 번째 건설 사업이었다.

반대쪽으로 눈을 돌리면 흠잡을 데 없는 해변이 남북으로 이어진 모습이 보이고, 야생 그대로인 그곳에 파도가 밀려 들어오고 있다. 해안을 따라 중간쯤에 자리 잡은 빅토리아 시대 비잔틴식 저택 한 채는 해변의 다른 모든 주택을 난쟁이로 보이게 만든다. 그곳이 바로 우리가 자란 집이다. 저 집에서 우리는 아버지가 돌아가실 때까지 살았다.

어머니 애나베스는 손님방에서 아직 자고 있을 것이 뻔하니, 지금이 서머의 보물을 확인할 기회다. 나라면 집을 봐주러 와서 굳이 좁은 손님방에 들어가 자지는 않을 것이다. 하지만 애나베스는 겸손함을 즐기는 쪽이다. 어젯밤 늦게 내가 이곳에 나타났을 때, 어머니는 이 방에서 자는 걸 말렸지만 난 도저히 참을 수 없었다.

높이 쌓인 이불에서 몸을 빼내 맨발로 두꺼운 카펫을 밟는다. 웨이크필드의 3월은 여전히 한여름이라 실내를 돌아다니는 동안 따끈한 공기가 벌거벗은 내 몸에 입 맞추는 느낌이다. 어제 이맘때 나는 뉴질랜드 깊은 산속에 있었는데, 그곳에서는 이미 겨울이 새벽 서리를 만들어내고 있었다.

드레스룸 한쪽 벽면에는 서머의 레이스 달린 무지갯빛 실크 드레스가 줄지어 걸려 있다. 서머와 애덤은 1년 동안 해외에 나가 있을 예정인데도 서랍이 란제리로 가득 차 있어 깜짝 놀랐다. 란제리는 서머를 잘 나타내는 물건이다. 장미 무늬가 잔뜩 박힌 얌전한 스타일의 란제리는 스물세 살 유부녀보다는 10대 초반 여자애들에게 더 어울릴 것 같다. 엄청나게 많다. 절반이 없어진다 해도 분명히 서머는 눈치채지 못할 것이다. 그렇다고 훔치겠다는 의미는 아니다. 아마 옷을 전부 요트에 실을 수 없었던 모양이다.

요트. 밧세바 호. 중요한 건 요트였다. 서머와 내 자리가 뒤바뀐 것처럼 느껴지는 이유는 바로 요트 때문이다. 서머가 밧세바에 타고 있기 때문이다. 게다가 밧세바는 내 것이 아니다. 요트는 한 번도 내 것인 적이 없고 절대로 내 것이 될 수도 없지만, 나는 그게 내 것이어야만 한다고 느낀다. 마치 서머가 내 요트의 내 침대에서 자는 것 같은 기분이다.

서머는 밧세바를 한 번도 사랑한 적이 없지만, 지금 밧세바는 서머의 집이다. 서머와 애덤은 아버지가 남긴 유산 중 요트를 정정당당하게 사버렸고, 이제 서머와 애덤은 내가 지금 서 있는 집을 소유한 것처럼 밧세바 호를 소유하고 있다.

난 뭘 가졌지? 쪼그라드는 은행 계좌, 더는 끼고 싶지 않은 결혼반지, 뉴질랜드에 잔뜩 남겨두고 온 가구. 아마 다시는 연주하지 않을 피아노. 어차피 싸구려 피아노니까. 서머와 애덤에게는 훨씬 좋은 피아노가 있다.

브래지어와 팬티 세트를 하나 집는다. 너무 천진난만한 모양이라 오히려 포르노에서나 볼 것 같은 속옷이다. 노란색 깅엄으로 만든 속옷에서는 기숙 학교 냄새가 난다. 하키 스틱과 시원한 샤워. 브래지어 사이즈는 더블 D인데, 나는 D 사이즈를 입지만 얼추 맞을 것 같다. 팬티에 다리를 넣어본다. 서머가 이 속옷을 입으면 어떨지 보고 싶다.

브래지어 끈을 채우고 있는데 집 안 멀리 어디선가 전화가 울린다. 전화벨 소리에 애나베스가 깰 것 같다. 그렇게 되면 애나베스와 얼굴을 마주해야 할 테고, 내가 왜 이 방에 있는지 설명해야 할 것이다. 어젯밤에는 그냥 너무 피곤한 척 넘어갔는데.

애나베스가 들이닥치기 전에 간신히 생각을 정리한다.

"여기 있구나."

어머니는 촌스러운 잠옷 차림으로 수화기를 들고 침실을 가로질러 종종걸음으로 다가오며 말한다. 곱슬곱슬한 금발 머리에 군데군데 흰머리가 섞였다. 잠에서 깼을 때 아름답게 보이려면 화장하고 머리를 매만져야만 하는 나이가 되었다. 지금은 최상의 상태로 보이지 않는다.

"아니, 아니야. 아이리스는 벌써 일어나 있어. 깅엄 브래지어 멋지구나, 아이리스. 서머도 같은 걸 갖고 있던데."

어머니는 졸린 파란 눈을 가늘게 뜨고 날 바라본다. 어머니는 코 앞으로 가져오지 않으면 내가 보지 못하기라도 할 것처럼 얼굴 앞에 수화기를 들고 흔들어댄다.

나는 수화기를 받고 애나베스를 방에서 밀어내며 소리 지른다. "나갈 때 문 좀 닫아요!"

누가 나한테 전화를 한 거지? 언니네 집에 있는 건 고사하고 오스트레일리아에 돌아온 걸 아무도 모를 텐데?

"여보세요?" 들어가서는 안 될 곳에서 붙잡힌 사람처럼 기어드는 목소리가 나온다.

"아이리스! 우리 집에 와 있다니 정말 다행이야." 서머의 울음 섞인 목소리다. "나 좀 도와줘. 우리 큰일 났어. 우릴 도울 수 있는 건 너뿐이야."

제대로 정신을 집중할 수가 없다. 혹시 애나베스가 브래지어를 보며 한 말을 서머가 전화기로 들었는지도 모른다. 서머는 옷에 관해서는 이상할 정도로 소유욕이 강했다. 하지만 그건 아닌 것 같다. 언니는 지금 뭔가 애덤에 관한 이야기를 하면서 무슨 일이 생겨서 내가 필요하다고 이야기하고 있다. 애덤에게 내가 필요하단다. 애덤은 자신이 해낸 생각이라고 서머가 내게 말하길 원하고, 내가 승낙하기만 기도하고 있다고 한다.

애덤의 하얀 정장 와이셔츠들이 걸린 옷걸이를 바라본다. 와이셔츠 한 벌 한 벌이 애덤의 모습을 간직하고 있어서 마치 보이지 않는 애덤 여러 명이 와이셔츠를 입고 드레스룸에 나와 함께 있는 것 같다. 셔츠의 가슴은 무척 넓고 팔 또한 길다. 셔츠 한 벌을 얼굴에 대본다. 좋은 나무 냄새가 난다. 이 깨끗한 하얀 옷을 입은, 피부가 짙은 색으로 빛나는 애덤의 모습이 보이는 것 같다.

"정말 불쌍해, 고추가 벌겋게 부풀어 진물 같은 게 나오고 있어. 끔찍해. 껍데기가 축 늘어졌어. 내내 울고 있어."

무슨 말이지? 너무 궁금하다. 아무리 우리가 쌍둥이라지만 이런 이야기까지는 서로 하지 않았는데. 서머가 다른 사람 성기에 관해 말하는 걸 한 번도 들어본 적이 없는데, 더구나 남편의 성기라니. 애덤에게 도대체 무슨 일이 생긴 거지?

"가장 끔찍한 건 자꾸 발기된다는 거야. 고통을 참지 못해. 아기들도 고추가 발기한다는 건 알지? 성적인 문제가 아니야."

아기들?

"잠깐." 내가 말한다. "지금 타르퀸 말하는 거야?"

"그럼 누구 얘기겠어?"

침묵.

타르퀸. 헬렌이 죽고 나서 서머가 헬렌의 집과 남편과 더불어 넘겨받은 존재. 바로 애덤의 아기였다.

서머는 이제 타르퀸의 엄마다. 애덤과 서머는 타르퀸에게 평범한 가족이 있어야 한다고 결정했고, 결국 타르퀸은 서머를 '엄마'라고 부른다. 아니, 나중에 타르퀸이 말을 배우면 그렇게 부를 것이다.

"서머, 아기들도 발기한다는 건 나도 알아." 내가 말한다. "우리도 남동생이 있잖아. 나도 그런 경우를 봤다고."

서머는 늘 내가 아이들에 관해 아무것도 모른다고 생각하는지, 아기들은 매일 목욕시켜야 하고 주기적으로 자게 해야 한다는 식의 이야기를 하며 날 바보 취급한다. 타르퀸의 고추, 그것도 진물이 나는 상황이라면 결코 머리에 떠올리고 싶지 않은 광경이다.

"진짜야, 이런 건 어디서도 못 봤을 거라고. 점점 더 위험한 상황이 되고 있어. 감염 부위가 퍼질 수 있대. 의사들 말로는 성기를 잃을 수도 있다는 거야. 죽을 수도 있고." 서머는 훌쩍이며 말하고 있다. "수술해야 해. 응급 포피 제거 수술. 비행기 타고 돌아갈 수도 없어. 오늘 여기 푸껫에서 수술해야 해. 우린 지금 외국인 병원에 있어."

서머의 목소리는 빠르게 흔들렸다. 그녀는 소리를 지르는 흥분 상태와 눈물바다 사이를 팽팽하게 연결하는 밧줄 위에서 줄타기를 하고 있다. 평소에 나는 잘 긴장하며 덜렁댔고, 서머는 대부분 자신감 넘치고 침착했지만, 막상 일이 닥쳤을 때 냉정을 잃지 않는 건 나였다.

이제야 제정신이 돌아오기 시작한다. 애덤의 셔츠를 다시 옷걸이에 걸고 제자리로 들어가도록 매끄럽게 매만진다. 아무도 내가 그의 셔츠를 만졌다는 걸 알 수 없다.

"외국인 병원으로 갔다니 잘했네." 나는 말한다.

"그래." 서머가 말한다. "여기는 사람들이 아주 친절해."

"좋아. 그리고 나한테 전화한 건 아주 잘한 거야." 나는 '잘했다'는 말을 주문처럼 말해 서머를 안정시킨다. "물론 내가 도울 수 있어. 그럼 아직 어머니한테는 말하지 않은 거지?"

"아직……." 서머의 목소리가 다시 떨리기 시작한다.

"내가 말하면 돼. 어머니가 오늘 푸껫으로 갈 수 있대. 집은 내가 며칠 봐줄게."

아무 대답이 없다.

"언니랑 애덤이 그렇게 하길 원한다면 말이야." 나는 여유로운 말투로 덧붙인다.

"아니, 그게 아냐, 아이리스. 우린 어머니가 아니라 네가 필요해."

머릿속이 시끄럽게 울린다. 서머는 물론 내가 필요하다. 하지만 애덤이 날 필요로 하고 있다고? 왜? 난 아기를 잘 다루지 못한다. 타르퀸에게는 이미 엄마와 아빠가 있다. 어쨌든 아이가 부모로 알고 있는 사람들 말이다. 그런데 왜 내가 필요한 거지?

멋진 요트들이 줄지어 선 태국의 로열 푸껫 마리나에서 칵테일을 마시며 돌아다니는 내 모습을 그려본다. 어릴 때 아빠가 사주던 음료수 칵테일이 아닌 진짜 술이 든 칵테일 말이다. 그곳에 있는 백만장자 요트 주인들이 전부 태국인 여자친구를 원하지는 않을 것이다. 어떤 사람들은 분명히 금발을 더 좋아할 테니까.

내가 지금 무슨 생각을 하는 거지? 타르퀸이 아프다는데. 듣기로는 아이 고추가 썩어서 떨어져 나가고 있는 모양이다. 술을 마시고 남자를 유혹하러 다닐 시간은 없을 것이다. 분명히.

"우린 심각한 상황이야, 아이리스. 그리고 아무한테나 이 상황을 상의할 수가 없어. 100퍼센트 믿을 수 있는 사람들에게만 가능하지." 서머가 잠시 말을 멈춘다.

"나야 당연히 믿고 말해도 되지." 내가 말한다.

"당연하지." 서머가 말한다. "그냥 지금 할 말은 비밀이어야만 해서 그래. 뭐냐면, 밧세바 호의 입항 허가 기간이 이미 지났어. 태국에서는 벌써 출국 처리를 해버렸고. 출발 준비를 끝냈는데, 여기 해변이 너무 아름답잖아. 그냥 조용한 곳에 닻을 내리고 몇 주 더 머물 수 있으리라 생각한 거야. 아무도 모르게 말이야. 타르퀸이 아플 줄 꿈에도 몰랐지. 시기가 안 좋아도 너무 안 좋았어. 혹시 세관에서 밧세바 호가 아직 태국에 있다는 걸 알면 몰수하려 들 거야. 여기 사람들은 하는 짓은 사랑스럽지만, 부패도 엄청 심하잖아."

서머는 부패가 말라리아 같은 질병처럼 들리게 말한다. 불쌍한 태국인들이 잘못도 없이 부패에 시달리는 것처럼. 하지만 나는 그런 쓸데없는 말을 듣고 있을 정도로 어리석은 사람이 아니다.

"그래서 내가 뭘 해줬으면 하는 거야?"

"그러니까, 아이리스, 이렇게 큰 부탁을 해도 되는지 모르겠어. 애덤은 훌륭한 뱃사람이긴 해도 육지가 보이는 곳까지밖에 나가 본 적이 없어. 먼바다에 나가면 어떤지 넌 잘 알잖아. 세이셸까지는 적어도 2주나 되는 먼 길이고. 게다가 곧 계절도 바뀔 거야. 4월이면 태풍이 불기 시작하지만, 어차피 4월까지 기다릴 수는 없어.

우린 당장 밧세바를 태국 밖으로 빼내야 해. 그리고 넌 언제나 아주 훌륭한 선원이었지. 항공료는 당연히 우리가 낼 거야. 그리고 애덤은 항해하는 동안 언제든 네가 원하는 시간에 근무를 서도 괜찮다고 했어."

서머가 떠드는 동안 나는 다시 서머의 침실로 들어가 내닫이창으로 다가간다. 멀리 아래에서는 반짝거리는 바닷물이 하얗게 바랜 바위 주변에서 철썩거린다. 서머가 하는 말이 믿기지 않는다. 믿기엔 너무 달콤한 말이다. 녹아내린 내 몸은 유리를 통과해 바다 위를 날아가고, 바다는 기분 좋은 청록색으로 바뀌고 있다.

애덤이 서머 뒤에서 말하는 소리가 들린다. 통화하는 내내 듣고 있던 건가?

"야간 근무는 전부 내가 맡는다고 해." 그는 세이셸 억양이 섞인 낮은 목소리로 말한다.

그는 조용히 뭔가 더 말한다. 수화기를 귀에 가까이 대고 집중해 들으려고 눈을 감는다.

"믿을지 모르겠지만 아이리스는 밤에 항해하는 걸 좋아해." 서머가 말한다. 애덤에게 말할 때 서머의 목소리는 장난스럽고 부드러우면서 마치 물 흐르는 것 같다. 내가 언니와 형부와 같은 방에 있기 꺼려지는 것도 당연하다.

하지만 두 사람과 함께 많은 시간을 보낼 필요는 없을 것 같다. 계획에 따르면 아마도 서머가 푸껫에 남아 타르퀸과 그의 곪아 터지는 생식기를 돌보는 사이 나는 직장 문제와 망한 결혼 생활, 망한 인생을 뒤로하고 어릴 적부터 사랑했던 요트를 타고 인도양을 항해하게 될 것이다. 누가 함께 가느냐고? 나의 형부이자 부자에다 잘생기고 카리스마 넘치는 애덤 로맹과 함께.

꿈에 그리던 코코넛 야자수와 평온한 해변의 세이셸로 항해해 들어가는 상상을 한다. 하지만 그냥 여행객이 아니다. 남편이 그곳 시민이니 어떻게 보면 고향으로 돌아가는 것이다. 사실 내게는 남편이 아니라 형부지만. 어쨌거나.

"물론 돕고야 싶지. 하지만 취업 면접이 잔뜩 있어."

이 말은 거짓말이다. 아직 일자리를 찾아보지도 않았다. 나는 그동안 미래의 고용주가 될 수도 있는 사람들에게 마지막 직장을 그만둔 이유를 어떻게 설명해야 할지 애써 궁리하고 있었다.

"그리고 내야 할 돈도 많아."

"우리가 뭐든 대신 해결해줄게." 다시 이야기를 시작한 서머의 목소리는 더 조용해졌다. "항공료, 네가 갚아야 할 돈, 필요한 건 뭐든 말이야. 미안해, 아이리스. 노아가 떠나서 네가 힘들다는 거 알아. 이런 부탁 하면 안 된다는 것도 알고. 절박한 상황이 아니라면. 우리가 절박하지 않다면……."

서머가 도움이 필요한 경우는 많지 않다. 지금까지 살아오면서 서머는 자신의 운명에 아주 만족했다. 그런 운명으로 태어난 사람이라면 누가 만족하지 않을 수 있겠는가? 하지만 그래도 도움을 바라는 손길을 밀어낼 도리는 없다. 서머의 목소리는 진짜 불행한 것 같다. 그리고 나 말고 부탁할 수 있는 다른 사람을 금세 생각해 낼 수도 있다.

"내가 할게." 내가 대답한다. "널 위해 내가 가야지, 내 쌍둥이."

서머는 전화기 너머에서 기뻐 소리 지른다.

*

몇 분 만에 모든 계획이 선다. 애덤은 스마트폰으로 직항 티켓을 찾아내두었다. 나는 오늘 아침 웨이크필드를 떠날 것이다. 한 시간 안에 짐을 싸고 어머니에게 설명한 후 공항으로 출발해야 한다. 오늘 저녁이면 푸껫에 도착하고, 그리고 밧세바에 오를 것이다.

애덤이 전화를 넘겨받는다. "생일이 언제죠? 아, 바보 같네. 그건 당연히 아니까 됐고. 중간 이름이 뭐예요? 서머하고 같아요?"

"중간 이름은 없어요."

"진짜 그냥 아이리스예요? 좋아, 아주 쉽네요. 짧고 예쁜 이름이군요. 잠시만 기다려요. 자기, 아니, 아이리스. 지금 항공권 예약을 확인하고 있거든요."

지금 날 자기라고 잘못 부른 건가? 그런 생각은 나를 깊이 파고든다. 몸으로 그런 기분이 느껴진다. 부끄러워 얼굴이 붉어진다. 얼른 서머의 속옷을 벗어야겠다.

하지만 이제 애덤은 작별 인사를 하고 있다. 멀리서 서머가 타르퀸의 예방주사 접종 이력을 묻는 소리가 나는데, 애덤은 질문에 대한 답을 모른다. 애덤은 늘 얼이 살짝 빠진 것처럼 굴었고, 난 그가 어떻게 여행사를 운영하는지 도무지 이해할 수가 없다. 서머는 둘이 살면서 일상적으로 해야 할 일을 모두 혼자 챙겨야 한다. 애덤은 전화기를 다시 서머에게 건네주고, 서머는 내게 이메일로 타르퀸의 예방주사 접종 이력을 보내달라고 부탁한다. 그러고는 전화를 끊는다.

이력을 찾는 건 쉽다. 서머가 예방 접종 이력을 드레스룸에 있는 파일에 모두 넣어두었기 때문이다. 나는 서머의 극단적인 정리 솜씨에 새삼 놀란다. 서머의 전체 삶이 서류로 모두 정리되어 있다. 심지어 '애덤이 좋아하는 음식'이라는 라벨이 붙은 서류철도 있다. 선반에서 그걸 꺼내는데 섹스 교본이 떨어진다. 제목은 '새천년 카마수트라'다. 상당히 낡은 책이다.

온종일 책을 들여다볼 수도 있지만, 서둘러야 한다. 옷을 입고 뭔가를 먹고 어머니에게 일이 어떻게 돌아가는지 말해야 한다. 내가 방에 갑자기 나타나서 어머니가 고개를 돌리는데 나는 다시 돌아서서 나온다. 어머니도 타르퀸 이야기를 들으면 매우 놀랄 것이다. 어머니는 타르퀸을 진짜 손자처럼 생각하고 있다.

맨 먼저 침실에 붙은 욕실로 뛰어가 순진해 보이는 속옷을 입은 서머의 모습을 흘깃 본다. 내가 보기에 서머라는 것이다. 욕실에 있는 이중 거울은 서머가 이 집에서 바꾼 유일한 물건이다.

이중 거울은 엄청나게 비쌌을 것 같다. 분명히 여기까지 운반하는 것 역시 매우 힘들었을 것이다. 거울은 출입문보다 더 크게 보인다. 아주 세심하게 설치했다. 각도가 정확하고 연결된 부분이 거의 눈에 띄지 않는다. 심지어 요트에 있는 거울보다 더 잘 설치한 것 같다.

서머가 진심으로 이중 거울을 원했다고 해도 나는 신경 쓰이거나 속이 상하지 않았을 것이다. 우리는 쌍둥이니까. 내가 원하는 걸 똑같이 원한다는 이유로 서머를 비난할 수는 없다. 하지만 서머는 거울 속 자신의 모습에 신경을 써본 적이 한 번도 없다. 서머는 '거울형 쌍둥이' 따위에는 관심을 가져본 적도 없다. 내가 보기에 서머가 이런 거울을 설치한 이유는 멋져 보이기 때문이다. 빈 곳에 딱 들어맞았고, 침실로 통하는 문을 열어두면 내닫이창과 그 너머로 보이는 바다가 정확히 거울에 비치기 때문이다.

서머는 신경 쓰지 않은 것들조차 나보다 먼저 손에 넣는다.

나는 이중 거울을 비스듬히 응시한다. 거울 속 여자가 나를 바라본다. 여자는 서머의 노란색 속옷을 입었지만, 서머가 아니다. 여자는 왼쪽 뺨이 더 통통하고 왼쪽 광대뼈가 더 튀어나왔다.

거울 속 여자는 나였다.

2. 유언장

서머가 외동딸이던 순간도 있었다. 자유분방한 기질이던 어머니는 아빠가 배 속 아이의 성별이 뭔지 궁금해했음에도 임신 기간에 초음파 검사를 거부했다. 게다가 배가 많이 나오지도 않았다. 배 속에 아이가 둘이라고 생각할 이유가 전혀 없었다.

낳고 보니 딸이었다. 어머니는 장밋빛 금발의 아기를 품에 안고 평생 준비해두었던 이름을 선물했다. 서머 로즈.

그 순간 내가 태어나기 시작했다. 아버지는 틀림없이 무너졌던 희망이 다시 생겨나는 걸 느꼈을 것이다. 혹시 아들일지도 몰랐으니까. 어머니는 그저 일란성 쌍둥이가 아니기만을 바랐다.

부모님은 모두 실망했다. 더할 나위 없이 논리적인 아버지는 쌍둥이의 이름을 서머와 로즈로 하자고 제안했지만, 어머니는 이미 언니에게 베푼 이름을 빼앗을 수가 없었다.

그날 늦게 누군가 어머니에게 붓꽃 한 다발을 가져왔는데, 뾰족뾰족하고 향기 없는 꽃이 뭔가 마음에 들었는지 부모님은 내 이름을 아이리스(iris, 붓꽃-옮긴이)라고 지었다. 어머니는 늘 이 이야기가 뭔가 특별한 의미를 가진 것처럼 말하곤 했지만, 나는 어머니가 병원 병실을 둘러보다가 처음 눈에 띈 물건으로 내 이름을 지었다는 생각을 지울 수가 없다. 어머니는 여전히 서머가 서머 로즈라는 이름을 갖길 원하고 있었기 때문이다.

여행 가방을 들고 서둘러 서머와 애덤의 침실을 나와 계단을 내려간다. 요즘 어머니가 시력이 너무 좋지 않은 상태여서 공항까지는 콜턴 삼촌이 차로 데려다주기로 준비를 해둔 상태다. 어머니는 공항에 나오지 못하도록 할 생각이다. 서머와 통화를 마친 후 나는 내용을 얼버무렸고, 지금 어머니는 내가 애초 오스트레일리아로 돌아온 이유가 태국에 가서 밧세바 호와 관련해 도움을 주기 위해서라고 알고 있다. 그런데도 어머니는 이미 내게 노아에 관해 너무 많은 질문을 했다.

콜턴 삼촌은 부담 없는 상대지만, 나이가 들면서 아버지와 닮은 외모가 유령처럼 점점 더 비슷해지고 있다. 계단 아래로 내려가자 콜턴 삼촌이 넓은 거실에서 굳이 어머니 바로 옆에 붙어 서 있는 모습이 보인다. 거실 속 모든 물건은 애덤이 설치한 천장의 창문을 통해 비치는 햇빛에 흠뻑 젖어 있다. 두 사람은 거실 벽에 걸린, 막 태어난 타르퀸을 찍은 실제보다 더 큰 사진 액자를 바라보고 있다. 사진 속 타르퀸은 마르고 허약해 보이는 모습으로 코에 호흡기 튜브를 끼고 있는데, 아기를 안고 있는 사람은 죽어가는 어머니가 아니라 젊은 신생아실 간호사이다.

함께 서 있는 삼촌과 어머니는 모두 금발에 관리를 잘한 몸인데, 어쩌면 어머니가 기묘한 모습으로 환생한 남편에게 매력을 느낄지도 모른다는 끔찍한 생각이 느닷없이 든다. 어머니는 아마 삼촌이 아빠와 비슷한 모습이라는 걸 제대로 알아보지도 못할 것이다. 어머니는 시력이 떨어져 세상 모든 것이 제대로 보이지 않는다.

"그러니까 여기 있는 모든 것이 헬렌의 물건이라는 거죠? 가구에다 피아노는 당연히 그럴 거고." 콜턴 삼촌이 묻는다.

헬렌은 전문 피아니스트였고, 그녀가 사용했던 스타인웨이 그랜드피아노는 여전히 서머와 애덤이 사는 집 거실의 자랑거리로 남아 있다. 피아노는 전체적으로 밝은 색인 다른 물건들과 어울리지 않는다.

"피아노는 아무도 손을 안 대고 있겠네요?" 삼촌이 덧붙인다.

"서머와 애덤은 타르퀸이 피아노를 배우길 원하겠죠." 어머니는 한숨을 내쉰다. "피아노를 치는 건 아이리스인데 멋진 피아노를 가진 건 서머라니 웃기는 일이죠."

나였다면 웃긴다는 표현은 사용하지 않을 텐데. 피아노 뚜껑을 열고 순결한 건반 위로 손가락을 놀려 달콤하고 따뜻한 음악이 공간을 채우도록 하고 싶어 몸이 근질거리지만 지금은 그럴 시간이 없다.

공항으로 가는 길에 콜턴 삼촌은 언제나 그렇듯 지루한 이야기를 한다. 프랜신이 키우는 여자애들이 얼마나 예쁜지, 버지니아가 고등학교에서 어떻게 지내고 있는지 따분하게 늘어놓지만, 나는 듣는 둥 마는 둥 하고 있다. 삼촌이 말하는 걸 듣고 있으면 누구라도 프랜신이 죽은 형의 아내인 형수가 아니라 부인이라고 생각할 터였다. 프랜신은 아버지가 남긴 세 명의 아내 가운데 한 명이다.

공항 출발 로비에서 삼촌과 작별 인사를 한 나는 잠깐 쌍둥이 찾기를 해서 몇 쌍을 찾아낸다. 일단 어른이 되어 같은 옷을 입지 않는 쌍둥이는, 일란성 쌍둥이라고 해도 대부분은 잘 알아보지 못한다. 서머와 나처럼 완전히 똑같은 외모인 쌍둥이는 거의 없다. 그러니 쌍둥이라고 해도 머리 모양을 다르게 하고 옷만 다르게 입어도 많은 사람의 눈길에서 벗어날 수 있다.

하지만 내가 다른 쌍둥이를 구분하지 못하는 일은 절대 없다. 심지어 이란성 쌍둥이도 알아볼 수 있는데, 중요한 게 외모가 아니기 때문이다.

어린 10대 남매가 빠르게 걸어가는데, 깊고 서글퍼 보이는 눈이 서로 똑같다. 그들은 금세 시야에서 사라졌지만 나는 알고 있다. 여자아이는 머리 반쯤 더 키가 크고 우아하고 여성스럽지만, 남자아이는 여전히 마르고 머리칼이 연한 갈색이다. 대부분 사람이 여자아이가 한두 살 많으리라 생각할 테지만 남자아이는 신경 쓰지 않는다. 두 아이는 남들 시선을 함께 웃어넘기면서 남자아이의 키가 여자아이보다 훌쩍 크게 될 날을 기다리고 있다. 나는 그런 걸 보면 안다.

그들이 걸어가면서 서로 속삭이는 모습이(웃고, 서로 머리를 맞대는 것까지) 첫 번째 단서지만, 결정적인 것은 사내아이가 여자아이의 가방까지 끌고 간다는 점이다. 어떤 10대 남자아이가 여동생이나 누나의 가방을 대신 들어준단 말인가? 쌍둥이라면 가능한 일이다.

또 한 가족이 내 맞은편 의자에 줄지어 앉아 있다. 엄마, 아빠와 두 딸은 얼굴이 비슷하다. 중국 본토 출신이다. 출신 민족을 추측하는 일에 솜씨가 좋지는 않지만, 중국인 쌍둥이는 언제나 알아볼 수 있다. 부모가 '우리는 중국의 한 아이 낳기 정책을 돌파했답니다'라는 식의 미소를 짓고 있기 때문이다. 그들은 남은 평생 내내 그런 웃음을 지으며 살 것 같다. 이렇게 말해도 될지 모르겠지만 중국인들은 제정신이 아닌 것 같다. 나는 열네 살 때 아이를 한 명만 낳겠다고 마음먹었다. 복잡한 사정이 발생하지만 않았더라면 아예 아이를 낳지 않겠다고 결정했을 것이다. 아버지의 유서만 아니었더라면.

중국인 쌍둥이는 이제 막 같은 옷 입기를 거부하기 시작한 듯하다. 두 아이의 옷은 반항적일 정도로 다른 모습이다. 한 명은 드레스를 입었고 다른 한 명은 청바지 차림이다. 한 명은 어울리지도 않게 머리를 짧게 잘랐다. 둘 모두를 위해 희생한 것이다.

하지만 외모를 다르게 꾸몄음에도 그들은 쌍둥이처럼 행동하는 걸 그만둘 방법은 알지 못했다. 어머니가 도시락을 꺼내 아이들에게 삶은 달걀을 주고 있다. 서머 역시 이런 행동을 보이곤 한다. 타르퀸에게 늘 뭔가를 먹이는데, 내가 보기에는 아이가 언젠가 허기로 고통스러워할지 몰라 겁내는 모습처럼 보인다. 쌍둥이 두 명은 삶은 달걀을 향해 동시에 움직인다. 쌍둥이 가운데 한 명이 달걀을 까는 동안 다른 아이는 기다리고, 다 까고 나더니 같은 아이가 두 번째 달걀도 깐다. 달걀을 깐 아이는 노른자를 꺼내 다른 아이에게 둘 다 넘겨주고 자신은 흰자를 가진다. 그제야 쌍둥이는 마치 보이지 않는 신호에 반응하듯 달걀을 먹기 시작한다. 두 명 모두 왼손에 있는 걸 입에 넣고 그다음 오른손에 있는 걸 먹는다. 그들은 한 사람처럼 달걀을 씹는다.

물론 이런 쌍둥이를 전에도 만나본 적이 있다. 클로이와 조이는 멜버른에서 법대에 다닐 때 친구였는데, 그들이 이런 종류의 쌍둥이였다. 그들은 같은 옷을 돌려 입고 같은 친구들과 어울리고 비밀을 공유했다. 그들은 내가 멀리 떨어진 도시에 쌍둥이 언니를 두고 왔다는 사실을 쉽게 믿지 못했다. 서머는 웨이크필드에 남아 간호대학에 진학했다. 4년 동안 쌍둥이 언니와 떨어져 지낸 일은 평생 내린 최고이자 최악의 결정이었다. 나는 끊임없는 사람들의 비교에서는 벗어났지만, 웨이크필드를 떠난 뒤에는 스스로 소셜미디어 속 서머와 날 비교했다. 멀리서 지켜본 서머는 실제로 보던 언니보다 훨씬 더 멋졌다.

클로이와 조이의 관계를 이해하기 위해서는 두 사람 가운데 누구든 생리를 할 때면 서로 문자로 그걸 알려준다는 사실만 알아도 충분했다. 나는 서머가 생리를 언제 하는지 알고 싶지 않다. 서머가 마치 생리대 광고에 등장하는 소녀처럼 언제나 하얀색 또는 파스텔색 속옷을 입는 건 왠지 짜증스러웠다. 그리고 서머가 생리 중이라는 생각을 하면 늘 미인대회 때 일이 떠올랐다.

서머와 내가 클로이와 조이처럼 또는 달걀을 함께 먹는 두 중국인 아이처럼 지내던 때가 있었나? 솔직히 기억나지 않는다. 서머라면 달걀 껍데기를 대신 벗기고 동생인 내가 노른자를 두 개 모두 먹도록 했을 텐데. 서머가 사랑스럽다는 건 모두가 늘 알았다. 서머는 불쌍한 사람들에게 친절했다. 우리는 쌍둥이였지만 어딘지 모르게 서머가 더 아름다웠다. 내면의 아름다움을 갖고 있었다.

만일 우리에게도 그런 시절이 있었다면 그걸 망가뜨린 건 아버지의 마지막 행동이었다. 아버지가 죽은 뒤 서머와 나는 다른 쌍둥이와 같을 수 없었다. 아버지는 우리 둘 모두가 모든 걸 차지할 수는 없다고 가르쳤다. 우리는 한 인생을 나누며 살 수밖에 없었다.

*

릿지포드 카마이클은 릿지라는 이름으로 알려졌는데(내가 어머니를 애나베스라고 부르기는 해도 아버지 이름을 그냥 부를 용기를 내본 적은 한 번도 없다) 오스트레일리아에서 자수성가한 전형적인 사내로 다른 나라 사람들이라면 부끄러워할 모든 것을 자랑스러워하는 사람이었다. 선조는 범죄자였고 교육도 받지 못했으며 아내도 셋이나 되는데, 아내로 매번 더 젊어지고 더 금발에 아이도 더 많이 낳는 여자를 골랐다.

어릴 때 나는 카마이클 브라더스가 건설회사고 그 밖에 아버지가 몇 가지 다른 신규 사업도 병행한다고만 알았다. 그래서 아버지가 버는 모든 돈이 정확히 어디서 생기는지 전혀 알지 못했다. 아버지는 항상 부동산 투자를 했고, 항상 돈을 벌고 정치인들과 식사하고 해외로 여행을 다녔다. 몸은 탄탄했고 햇볕에 탄 얼굴은 험

상긋었다. 애나베스보다 열 살은 많았지만 그렇게 보이지 않았다. 죽는 날까지도 거칠고 활기가 넘쳤다.

아버지는 가족 없이 홀로 자랐다. 어린 시절은 위탁 가정과 보육원에서 보냈다. 아버지가 자신의 배경에 관해 아는 건 어떤 선조가 영국의 한 술집에서 맥주컵을 훔쳐 이쪽으로 유배를 오게 되었다는 게 전부였다.

어쩌면 그래서 아버지가 그렇게 왕처럼 행동했는지도 모른다. 스물두 살이 되었을 때 아버지는 자신에게 동생이 있다는 사실을 알아냈고, 당시 열두 살이던 동생 콜턴을 데려와 함께 살았다. 아버지는 콜턴을 웨이크필드에서 최고로 손꼽히는 기숙사 학교에 보냈다. 콜턴은 아버지의 피보호자가 되었다가 사업 동료가 되었다.

아버지는 백만장자가 될 때까지는 자식 갖기를 미루었고, 아이를 가질 무렵에는 첫 아내인 마거릿이 너무 나이가 들었다. 마거릿과 이혼한 아버지는 같은 실수를 반복하지 않았다. 서머와 나는 우리 부모님의 신혼여행에서 잉태되었다. 애나베스가 남동생을 하나 낳고 더는 아이를 갖지 않게 되자, 아버지는 막 학교를 졸업한 프랜신과 달아났다. 하지만 나는 여전히 아버지가 세상을 자손으로 채우려던 집착이 어느 정도였는지 깨닫지 못하고 있었다.

아버지가 그렇게 산 것은 맞지만 그것들로 아버지가 어떤 사람인지 보여주지는 못한다. 아버지를 설명하기 위해서는 이렇게만 말해도 될 것 같다. 그는 좋은 사람들을 싫어했다. 나는 살아 있는 아버지를 마지막으로 봤을 때 그걸 깨달았다.

*

우리 가족은 서머와 내가 열네 살이 되고 얼마 지나지 않은 12월 초, 비치 퍼레이드에 있는 큰 저택에 모여 식사를 했다. 애나베스는 거지와 마주친 이야기를 들려주었다. 그날 일찍 애나베스는 크리스마스 선물로 새 수영복을 사주러 서머와 나를 빌라봉에 데려갔다. 식사할 때 크리스마스트리 아래에는 포장한 선물 상자가 수없이 많이 놓여 있었다. 상점가로 들어서던 애나베스는 어떤 거지에게 크리스마스 인사를 건네며 20달러짜리 지폐를 내밀었다. 쓰레기통 냄새를 풍기는 거지 사내는 지폐를 낚아채더니 곧장 술 판매점으로 가버렸다.

"바로 내 앞에서 말이야!" 애나베스는 아버지의 접시에 칠면조 카넬로니를 푸짐하게, 하지만 거친 동작으로 담으며 큰 소리로 말했다.

아버지는 접시를 기울여가며 혹시라도 커다란 은제 서빙 스푼에 긁히지 않았는지 확인했다.

"그러니까 당신은 술집 앞에서 그놈한테 현금을 줬다는 거야?" 아버지가 물었다.

"난 아이들을 착한 사람으로 키우려는 거야, 릿지." 애나베스가 말했다.

"착한 건 바보야." 아버지는 그렇게 말하곤 나를 보며 윙크했다.

나는 귀가 쫑긋 섰다. 서머는 우리 가족 중에서 가장 아름다운 존재였고, 그때 이미 나도 그걸 알았다. 벤은 유일한 아들로 아버지의 상속자였다. 그러나 아버지가 특별한 농담의 동반자로 삼은 건 바로 나였다.

나는 어머니와 남동생, 언니를 자세히 살폈다. 애나베스는 술집 바로 앞에서 거지에게 돈을 건넸다. 벤은 열 살인데 나이에 비해 몸집이 작고 너무 얌전했다. 깡통을 목표물로 할 때는 총 솜씨가 제법 좋았지만, 아버지는 벤에게 사냥을 가르치길 포기한 상태였다. 그리고 서머는…… 서머는 서머였다.

하지만 나는 아이리스, 기대하지 않았던 쌍둥이, 쌍둥이의 나머지 부분이었다. 그런 내게 아버지는 윙크를 통해 나에게 가족 안의 새로운 위치를 부여한 것이다. 착하지 않은, 바보가 아닌 딸.

그런 이유로 나는 적어도 가족의 재산 가운데 내 몫만은 받을 수 있으리라 생각했다. 그렇다고 아버지가 금방 세상을 떠나리라 생각하지는 않았다. 평범한 아버지라면 내게서 많은 걸 보지 못했을 수도 있다. 더구나 천사 같은 언니와 비교하면 더 그렇다. 하지만 아버지는 늘 냉소적 구석이 있는 내 성격을 좋아하는 것 같았다. 릿지는 자신의 재산이 사라지는 걸 아주 싫어했다. 아버지는 세상 물정에 아주 밝고 요령이 있어 재산을 쉽게 뺏기지 않는 사람을 좋아했다. 아마도 아버지는 내가 그런 임무에 적당하다고 생각한 것 같았다.

당시 애나베스와 아버지는 이미 이혼한 뒤였고, 그렇기에 저녁 식사 자리에서 릿지가 애나베스의 지적 능력에 이러쿵저러쿵 말해도 어느 정도는 용서되는 것 같았다. 어쩌면 이혼하고 4년이 지났음에도 가끔 와서 저녁을 먹는 일이 이상할 수도 있지만, 아버지는 여전히 비치 퍼레이드 저택을 자신이 소유하고 있었다. 나중에 법대에 진학했을 때 나는 어떻게 아버지가 두 번의 이혼을 겪으면서도 재산을 지킬 수 있었는지 궁금했다. 어쩌면 애나베스가 너무 착해 자기 몫을 챙기지 않았을 수도 있다. 아니면 판사들이 웨이크필드의 절반을 소유한 릿지 카마이클을 두려워한 것일 수도 있다. 어느 쪽이든 아버지는 죽으면서 세 명의 아내와 일곱 명의 자식들이 아주 편안히 살 수 있는 정도의 재산은 남겨주었다. 하지만 나머지 재산 대부분의 향방에서 상황은 흥미로워졌다.

이혼 직후 몇 년 동안 우리는 해변에 있는 저택에서 살았다. 아버지는 웨이크필드 시내의 펜트하우스에 사는 여자친구 프랜신의 집으로 들어갔다. 프랜신에게는 두 살짜리 딸 버지니아가 있었다. 우리는 버지니아를 프랜신이 예전 다른 남자와의 사이에서 얻은 딸이라고 생각했다.

아버지가 프랜신과 결혼하고 나서 버지니아의 성이 카마이클로 바뀌었다. 나는 여전히 버지니아의 아버지가 누군지 궁금하지 않았지만, 어머니는 분명히 의심스러웠을 것이다. 하지만 애나베스는 전남편에게 한마디도 하지 않았다. 어머니는 아주 예쁘고 성격 좋은 여자면서도, 마치 아버지와 결혼해볼 수 있어 행운이었다는 것처럼 행동했다. 어머니는 천생 좋은 아내였고 릿지 같은 남자에게 완벽한 짝이었다. 어머니가 화가 났는지 알아차릴 수 있는 건 그녀가 집안일을 하다가 평소보다 좀 더 힘이 들어가면서 진공청소기로 가구를 세게 치거나 정리하던 베개를 던질 때 정도였다.

서머와 내가 열네 살이 되었을 때 프랜신은 이미 아이를 셋이나 더 낳은 상태였다. 비키, 발레리 그리고 베라 카마이클이었다. 프랜신과 마찬가지로 모든 딸이 금발이라고 부르기 힘들 정도로 머리가 노랗다 못해 거의 하얀색으로 보일 정도였다. 프랜신이 네 번째로 딸을 낳으면서 힘의 균형이 무너지고 말았다. 그쪽 가족이 우리보다 수가 많아졌고, 프랜신은 집을 맞바꾸자는 이야기를 꺼내기 시작했다. 알고 보니 양쪽 집 모두 릿지의 소유였기 때문이다. 애를 넷이나 데리고 아파트에서 살고 싶은 사람은 아무도 없다. 아무리 옥상 정원과 수영장이 딸린 복층 펜트하우스 아파트라고 해도. 하지만 나는 만일 아버지가 죽지 않았다면 프랜신이 과연 원하던 걸 얻어낼 수 있었을까 생각한다.

그날 밤 저녁 식사가 끝나고 작별 키스를 하면서 나는 아버지에게 다가오는 휴가 때 항해에 데리고 가달라고 졸랐다. 이혼한 뒤 아버지는 서머와 나, 그리고 벤을 데리고 매년 여름 태국에 휴가를 갔는데, 이번 해에는 프랜신과 그쪽 아이들을 데려갈 예정이었다.

"저는 항해를 도울 수 있어요, 아빠." 내가 말했다. "아기들도 돌볼 수 있고요."

"여기서 네 엄마를 도와라." 아버지는 웃으며 말했다. "엄마가 내 돈을 전부 거지에게 못 주게 해."

2주 뒤 아버지는 푸껫 남부 한 해변 부두에서 심장마비로 그 자리에서 사망했다. 프랜신 말로는 부두가 너무 낡아 구급차가 들어오지 못하는 바람에 아버지의 시신을 툭툭에 실어 해변까지 옮겨야 했다고 했다.

프랜신과 아이들은 이틀도 지나지 않아 오스트레일리아로 돌아왔다. 푸껫의 배 위에서 사는 사람들, 서로 다른 온갖 히피들, 은퇴한 선원들, 세계에서 온 몽상가들이 힘을 합쳐 젊은 나이에 남편을 잃은 프랜신을 도왔다. 그들은 아버지의 시신을 본국으로 보내고 아이들을 먹이고 안심시켰으며, 밧세바를 정박용 항구로 다시 몰고 와 마른 땅에 올려놓았다. 밧세바 호는 그곳에서 9년 동안 물기가 마른 채 놓여 있었다. 가족 가운데 누구도 배를 어떻게 해야 할지 알지 못했기 때문이다.

나도 방학에 아버지와 항해를 나갔을 때 그런 다양한 바닷사람들을 만나본 적이 있다. 아버지는 그들과 술을 마시기도 했지만, 가끔 보면 아버지는 그들이 얼마나 멍청한지 들어보기 위해 말을 섞는 것처럼 보이기도 했다. 허술한 항해 기술, 따분한 인생, 태국 상인들에게 바가지를 쓴 경험까지. 아버지는 그들이 착한 사람들이라고 말하곤 했다. 하지만 아버지의 말은 상대에게 최악의 평가인 것처럼 들렸다.

이제 나도 알 수 있다. 착한 건 바보다.

아버지 장례식에서 애나베스는 검은색 실크, 프랜신은 검은색 새틴으로 만든 상복을 입었다. 온몸에 진주를 걸친 프랜신은 유령처럼 창백한 모습으로 하얀색 드레스를 맞춰 입은 딸들을 거느리고 왔는데, 아이들은 곧은 생머리를 길고 검은 리본으로 묶었다. 애나베스(키는 더 컸지만 당당한 모습은 오히려 덜했다) 옆에는 맞춤옷을 입은 서머와 내가 섰고, 벤은 처음으로 제대로 된 예복을 갖춰 입었다. 애나베스는 아이가 세 명에 불과했지만, 아들이 있었다. 프랜신은 가장 최근까지 함께 살았고 제일 젊은 아내였지만, 애나베스가 여전히 더 예뻤다. 게다가 애나베스는 해변 저택을 갖고 있었다. 아니, 우리는 그렇다고 생각했다. 마거릿은 장례식에 오지 않았다. 내 생각에 아버지가 진짜 어떤 사람인지를 아는 아내는 마거릿밖에 없는 것 같았다. 장례식이 시작되기도 전에 나는 그걸 알 것 같았다.

장례식장은 누구의 심기도 건드리고 싶지 않아 하는 장소였고, 결과적으로 삭막한 기차역 같은 모습을 하고 있었다. 우리가 도착하자 피부가 놀랄 정도로 분홍빛이고 상냥한 말씨를 쓰는 한 사내가 애나베스를 한쪽으로 데려갔다. 그는 아버지의 관은 바퀴 달린 받침대를 이용해 장례식장으로 들어올 거라고 했다. 보건 관련 규정 때문이라고 했다.

내가 보기에 어차피 아버지는 관을 운구할 친한 지인을 여섯 명이나 갖고 있지 않을 것 같았다. 장례식에는 수백 명이 참석했지만, 그들은 아버지의 친한 친구가 아니었다. 가족을 제외하고 내가 아는 사람은 아무도 없었다. 사람들은 모두 웃으며 아무렇지도 않게 서로 이야기를 나누었다. 우는 사람은 없었다.

분홍빛 피부의 사내가 어머니에게 가족 중에 '장례식에서 관을 덮기 전에 고인을 뵙고 싶은' 사람이 있느냐고 물었다. 사내는 쾌활한 조문객들이 무리 지어 쏟아져 들어가는 장례식장과 떨어진 조용한 복도 쪽을 손으로 가리켰다. 사내는 어쩌면 애나베스가 부인이라고 착각했던 것일 수도 있다. 어머니는 고인의 부인처럼 보이기에 충분할 정도로 불쌍해 보였다.

"그러기에는 아이들이 너무 어려요." 어머니는 말했다.

그러고는 우리를 친척들이 있는 쪽으로 데려갔다. 한쪽 구석에 외조부모가 이모와 이모부들 그리고 사촌 몇 명과 함께 있었다. 그들은 대여해 입은 불편한 검은 정장 때문에 덥고 몸이 근질거리는 것처럼 보였다. 웨이크필드의 1월은 끔찍한 계절이었고, 에어컨은 낡은 티를 내고 있었다.

엿보려던 건 아니지만 나는 아버지가 진짜 죽었는지 알고 싶었고, 바퀴 달린 수레 위에 놓인 관을 보고 싶기도 했다. 할머니와 할아버지의 눈을 피해 복도로 가는 일은 쉬웠다. 묘지에나 있을 법한 모양의 문을 밀고 들어가니 아버지의 시신 말고는 아무도 없었다.

아버지가 열대 지방에서 죽었기 때문에 시신에 방부 처리를 했으리라 추측했지만, 방 안에서는 뭔가 희미한 냄새가 났다. 어릴 때 태국의 한 혼잡한 길거리 배수구에 죽은 채 누워 있는 개를 보고 냄새를 맡은 기억이 났다. 아버지가 죽었다는 사실은 확실히 알 수 있었다.

그런데도 나는 아버지가 보일 때까지 가까이 걸어갔다. 위대했던 릿지 카마이클은 관 속 시체가 되어 아무 소리도 내지 못하고 있었다. 아버지의 몸은 속이 빈 것처럼 보였고, 얼굴은 끔찍한 잿빛이었다. 머리칼만이 유일하게 정상적으로 보였다. 아버지는 갓 예순을 넘긴 나이였지만, 금발에 흰머리가 아주 조금 섞여 있었다.

예순 살은 어린애들의 아버지가 되기에는 늙은 나이지만 죽기에는 젊은 나이다.

아버지의 관 주위에는 사랑의 상징인 하얀색 꽃을 잔뜩 담은 키 큰 화병들이 보초를 서고 있었다. 시든 꽃은 한 송이도 없었다. 누군가 일부러 꽃 종류를 선택한 것 같았다. 전부 장미와 붓꽃이었다. 눈물이 차올랐다. 누군가 아버지가 처음 얻은 자식인 나와 내 쌍둥이 언니를 기리기 위해 이렇게 한 것이다. 아버지에게는 꽃의 이름으로 이름을 지은 다른 자식은 없다.

제일 가까운 붓꽃 화병에 코를 묻고 깊게 숨을 들이켰다. 붓꽃은 향기가 없다는 걸 알지만 나와 이름이 같은 꽃을 보면 냄새를 맡는 게 평생 내 습관이었다. 늘 붓꽃도 장미처럼 좋은 향이 났으면 좋겠다고 생각했고, 나는 꾸준히 바라기만 한다면 세상에서 뭐든 원하는 걸 차지할 수 있으리라 마음 한구석에서 믿고 있는 것 같기도 했다.

향기 없는 붓꽃 냄새를 들이마시며 그 대가로 죽음의 냄새를 느끼고 있는데, 뒤쪽에서 문이 열리는 기척이 들렸다. 주위를 둘러보았다. 관을 올려둔 바퀴 수레를 덮은 천이 바닥까지 늘어져 있었다. 숨을 데는 그곳밖에 없었다. 나는 몸을 숙이고 기어서 수레 아래로 들어갔다.

아슬아슬했다. 하이힐 소리에 나는 몸이 굳었다. 어머니는 늘 단화만 신었다. 누구지?

침입자는 관에 가까이 다가와 아무 말 없이 서 있었다. 숨을 쉴 수가 없었다. 그런데 또 문이 열리더니 부드러운 발소리가 들렸다.

"프랜신." 어머니 목소리였다. "미안해요. 사람들이 아무도 없다고 해서 그만."

프랜신과 어머니는 늘 서로에게 공손했다. 지나칠 정도로.

"아니에요, 제가 죄송하죠." 프랜신이 말했다. "와보실 수 있도록 제가 부탁을 했어요. 근데 막상 생각해보니 관을 열어둔 채로…… 와보지 않을 수가 없어서요."

"이런 건 부탁이라 할 수도 없죠." 애나베스가 말했다. "내 아이들의 아버지와 10분만 단둘이 있게 해달라는 건데. 들어줄 수 있잖아요. 이제 곧 내 것이었던 모든 걸 차지할 텐데."

"그게 무슨 말씀이시죠?"

"내 집에서 날 쫓아내기 전에 짐 쌀 시간이라도 좀 줄 수 있지 않아요?"

나는 수레의 바퀴 사이에 몸이 낀 상태였다. 관 아래 공간은 내 몸을 숨길 수 있을 정도로 넓지 않았고, 한쪽 발은 발가락이 천 밖으로 살짝 튀어 나갔을 정도였다. 나는 몸을 더 웅크리고 아주 천천히 발을 오므렸다. 팔뚝을 잡은 손의 손톱이 살을 파고들었다.

프랜신의 목소리가 높아졌고 사투리 억양은 더 강해졌다. "유서 내용을 내가 알고 있었으리라 생각하지 말아요. 물론 그 집을 가질 수 있으면 좋겠어요. 그걸 숨기고 싶지는 않아요. 당신네 딸들은 이제 거의 다 자랐잖아요. 당신이 이겼다는 건 알잖아요, 애나베스. 당신네 쌍둥이는 열여덟 살이 되면 결혼해 임신할 거예요. 적어도 두 명 중 한 명은 그렇겠죠. 그러면 당신이 모든 걸 차지하겠죠. 대박이 터진 거예요. 버지니아는 겨우 여섯 살이에요. 걔가 어떻게 쌍둥이를 이기고 돈을 차지할 수 있겠어요? 그러니 집쯤은 넘겨줄 수 있잖아요. 당신이 차지할 어마어마한 재산과 비교하면 아무것도 아니에요. 1억 달러 말이에요, 애나베스."

몸이 움찔했고 균형을 잃은 나는 살짝 주저앉으면서 쿵 소리를 내고 말았다. 몸이 얼어붙었지만 두 사람은 아무 소리도 듣지 못한 것 같았다. 이제 어머니가 말하고 있었는데, 전에 한 번도 들어본 적 없는 차갑고 차분한 목소리였다.

"감히 어떻게 그런 말을." 어머니가 말했다. "어떻게 내가 딸들을 팔아 유산을 차지할 거라는 생각을 할 수 있는 거야! 내 아이들은 그런 취급을 받을 이유가 없어. 프랜신, 내가 약속하건대 서머와 아이리스는 절대로 유서 내용을 듣지 못할 거야. 네 딸을 10대에 내다 팔고 싶으면 그렇게 해. 얼마든지 릿지의 돈을 몽땅 가져가라고. 우리는 그이가 남겨둔 부스러기로 살더라도 품위를 지킬 테니까. 우리 딸들은 준비가 되고 스스로 원할 때 자유롭게, 릿지의 미치광이 같은 환상에 더럽히지 않고 결혼하게 될 거야. 내 손자가 추잡한 상금을 타려고 이 세상에 태어날 일은 절대 없어. 죽은 사람의 꿈을 이루려고 살 수는 없지."

프랜신의 새된 웃음소리에 내 몸이 떨렸다.

"멋진 연설이네요, 애나베스." 그녀가 말했다. "아주 고결하게 들리네요. 애들한테 말하지 않겠다면 잘해보세요. 하지만 이렇게 큰 비밀은 어떻게든 흘러나가는 법이에요. 나는 내 딸들이 진실을 알아야 할 자격이 있다고 생각해요. 내 아이들은 가족을 위해 최고의 선택을 하리라 믿고요. 혹시라도 당신네 딸들이 내게 기회를 줄 수 있을 만큼 오랫동안 가랑이를 벌리지 않고 견딜 수 있다면 말이죠. 이제 당신 아이들의 아버지와 둘만 있을 수 있게 해드리죠."

"됐어." 어머니가 말했다. "이미 너무 오래 있었군."

어머니의 목소리 속 뭔가가 숨을 참게 했다. 어머니가 방 안을 둘러보는 소리가 들리는 것 같았다. 나는 몸을 더 동그랗게 웅크렸다.

그러더니 두 여자는 떠났고 나는 아버지의 시신과 홀로 남았다.

방 안이 빙빙 도는 것 같았다. 아버지는 죽었고 어머니는 전혀 다른, 냉철하고도 모진 사람이 되어버렸다.

해변 저택을 포기해야 한다. 처음 떠오른 생각이었다. 결혼, 임신, 아기. 열네 살이었던 나는 그런 것들은 전혀 생각하고 싶지 않았다. 애나베스는 우리에게 말하고 싶지 않다고 했으니 모른 척할 생각이었다. 서머도 알 필요가 없었다.

카마이클 브라더스가 수백만 달러의 가치가 있는 기업이고 콜턴 삼촌은 그저 아버지를 돕는 부하 직원에 불과하다는 건 전부터 알고 있었다. 릿지가 가장 큰 몫을 갖고 있었다. 지금은 세상을 떠났지만.

이제 나는 아버지의 재산이 어느 정도인지 알게 되었다. 어머니가 '부스러기'라고 표현한 해변 저택과 펜트하우스 말고도 1억 달러나 되었다.

장례식이 진행되는 동안 찬송가를 부르면서도 애나베스와 프랜신 사이에 오가던 말이 머릿속에서 맴돌았다. 햇수를 계산해보았다. 법적으로 결혼이 가능한 나이는 열여덟 살인데, 나와 서머에게는 채 4년도 남지 않았지만, 벤은 8년을 기다려도 18세가 되지 못할 것이고 버지니아는 12년이 더 남았다. 만일 서머가 유언장 내용을 알지 못한다면 10대에 결혼해 아이를 가질 일은 없을 것이다. 서머는 그런 아이가 아니다.

그리고 벤은…… 애나베스와 프랜신은 벤은 아예 경쟁에서 빼놓은 것 같았다. 두 사람 모두 벤을 거론하지 않았고, 서로 거론하지 않는 이유를 묻지도 않았다. 어른들은 벤이 아이를 갖지 못하리라는 걸 모두 아는 것 같았다. 아버지도 알고 있었다는 생각이 들었다. 그로 인한 아버지의 절망과 억압된 분노가 어떻게든 지금 벌어진 괴상한 상황과 관계가 있을 것이다.

열 살밖에 안 된 나이에도 내성적이고 공부만 좋아하는 벤은 나머지 우리와 달랐다. 그러면서도 서머와 나보다는 대개 더 고분고분했다. 나는 벤이 자신만의 길을 만들어낼 수 있을 정도로 나이를 먹을 때까지 기다리고 있다고 느꼈다. 마치 아버지의 가치를 전면적으로 부정하기 때문에 굳이 맞서 싸우고 싶지도 않은 것 같았다. 벤은 그저 아버지가 사라질 때를 기다리고 있었다.

나는 아버지가 "카마이클 가문이 사라지고 있어"라고 중얼거리는 소리를 들은 적이 있다. 아버지의 그런 말이 벤의 보기 드물고 조용한 반란 행동과 어떻게 연결되는지 상상할 수 없었지만, 두 사람 대화 가운데 내가 유일하게 이해하지 못한 부분과 관련이 있었다. 내가 확실히 아는 것은 가문의 수장인 릿지 카마이클이 자신의 재산을 아들에게 물려주지 않았다는 사실이었다. 그리고 그는 재산을 일곱 덩어리로 나누지도 않았다. 중세 귀족처럼 그는 자신의 재산이 가능한 한 오랫동안 대를 이어 유지되기를 원했다.

아버지는 자신의 왕국을 일곱 명 자식 가운데 가장 먼저 결혼해 후계자를 낳는 사람에게 물려준 것이다.

*

프랜신이 제대로 생각하는 것 하나가 있었다. 이렇게 큰 비밀은 흘러나가게 마련이라는 것. 어떻게 된 일인지는 몰라도 장례식이 끝나갈 무렵에는 서머도 알고 있었다.

집으로 돌아오는 차에서 서머는 내 귀에 대고 속삭였다.

"나는 아빠가 내 인생을 지배하도록 두지 않을 거야. 아빠 재산은 신경 쓰지 않아. 난 사랑에 빠지기 전에는 결혼하지 않겠어."

그리고 나는 생각했다. 잘났구나, 언니야. 달콤한 시간 보내길.

나는 이미 경주에서 달리고 있었다.

3. 변경

푸껫 국제공항에 도착했을 때는 어두웠다. 온도가 차갑게 유지되던 비행기에서 늪지대 같은 태국의 밤공기 속으로 들어서자 열대 지방의 습기가 살갗을 짓누른다.

나는 활주로를 걸어가며 하품을 한다. 오랜 비행이었고, 아직 퀸즐랜드 시간대에도 적응하지 못하고 있던 참이다. 내 생체 시계는 아직 뉴질랜드에 맞춰져 있다. 또 조절해야 할 것이 있다. 산악 지방에서 열대 지방으로, 아무도 없는 눈 쌓인 뉴질랜드에서 관광객이 우글거리는 태국으로 왔기 때문에 나는 습한 열기 속에서 땀을 흘리고 있다.

그리고 나는 여전히 결혼반지를 끼고 있다. 그나마 어머니 애나베스에게 상황을 설명하지 않고 도망칠 수 있어서 울고불고하는 모습을 견뎌내지 않아도 되었다. 서머는 캐묻지 않을 것이다. 서머는 나와 노아의 일을 모두 알고 있다.

그러나 이젠 모든 일이 지나갔다. 뉴질랜드에서의 마지막 날, 나는 미용실에 가서 노아를 두고 떠나는 상징적인 행동으로 머리를 다듬었다. 페이스북 페이지를 뒤적이며 내가 가장 예뻤을 때 사진을 찾아 미용사에게 머리와 눈썹을 원하는 모습으로 다듬어달라고 말하려 했는데, 제대로 된 사진을 찾을 수 없었다. 결국 우연히 지갑에 들어 있던 서머의 오래전 사진으로 대신해야 했다. 사실 그리 오래전도 아니다. 서머의 결혼식 사진이니까.

"이렇게 해주세요." 나는 미용사에게 말했다.

"세상에, 손님 모습이라고는 믿을 수가 없네요." 미용사가 말했다. "눈썹 모양이 완전히 다른데요. 정말 아름다운 신부셨네요. 그리고 신랑은 영화배우 같아요!"

사람들은 오직 눈썹 모양으로 서머와 날 구별할 수 있다. 내 눈썹이 더 두껍고 색이 연했다. 서머 눈썹은 가지런하고 진하고 가늘어 놀라울 정도로 금발과 대조가 됐고, 위쪽으로 날카롭게 아치 모양을 하고 있었다. 그러나 미용사는 훌륭하게 해냈다. 사진 속 서머의 모습을 그대로 재현해낸 것이다.

물론 나는 머리와 눈썹을 정리한 뒤 곧바로 서머를 볼 일이 없을 줄 알았다. 내가 마치 언니를 흉내내 단장한 것처럼 보이면 이상할 것이다. 그렇지 않아도 서머는 내가 그런다고 이미 의심하는 것 같았다. 분명히 그런 것 같지만 서머는 절대 그런 이야기를 하지 않았다.

도착 로비에서 짐을 찾느라 씨름하는데 탄탄한 팔이 내 손에서 가방을 가져가더니 누군가 근육질 몸으로 나를 껴안는다. 애덤이다.

"우리 쌍둥이. 이렇게 와줘서 정말 기뻐요!"

애덤이 날 끌어안자 내 얼굴이 그의 목에 닿는다.

그에게서는 달콤한 사향 냄새가 나고, 그의 온기에 나는 경계심이 풀리고 만다. 서머와의 결혼식 같은 가족 행사에서 겨우 몇 번 만났을 뿐이지만, 애덤은 늘 나를 서머만큼이나 잘 아는 사람인 것처럼 대했다. 서머와 내가 서로 부르는 애칭으로 날 부르고, 나머지 가족을 놀리는 부부 둘만의 농담에도 날 끼워주었다. 몸이 반응하지 않도록 긴장하면서 내가 그의 처제라는 사실을 떠올린다. 언니를 생각해야지. 친근하게 대해야 하지만 너무 과해서는 안 된다.

나는 애덤의 눈을 보며 웃음 짓는다. "애덤! 만나서 기뻐요. 서머가 나올 줄 알았는데."

애덤은 기억보다 키가 더 컸고, 목소리는 또 얼마나 묵직한지 몸이 다 떨리는 것 같다. 피부는 아름다운 적금(赤金) 빛을 띠고 있다. 피부색이 나와 서머보다 그렇게 진하지는 않지만, 검은 곱슬머리와 빛나는 미소는 아프리카인의 피를 물려받았다는 사실을 보여준다. 애덤은 10대에 오스트레일리아에 왔는데, 세계를 여행하던 부모의 외아들인 그가 오스트레일리아에 얼마나 푹 빠졌던지, 그의 부모는 아들에게 설득당해 오스트레일리아에 주저앉고 말았다.

뜬금없이 애 딸린 홀아비와 결혼하는 일은 금발에다 서핑을 즐기는 비슷비슷한 남자친구들을 끝없이 갈아치우던 서머니까 가능한 행동이었다. 거의 들어본 적도 없는 세이셸이라는 나라에서 온 애덤은 오스트레일리아에서 나고 자란 그 어떤 남자보다 더 화려

하고 신비로웠다. 물론 그가 고급 여행사를 운영하고 있고, 웨이크필드에서 가장 고급 주택가인 시클리프 크레센트 거리의 절벽 꼭대기에 멋진 저택을 갖고 있다는 점도 작용했다.

"둘 중 한 사람은 항상 타크 곁에 붙어 있어야 해서요." 애덤이 침통한 목소리로 말한다. "수술은 잘됐는데, 패혈증 때문에 조심하는 중이에요."

빌어먹을. '타크'에 대해 걱정하는 말을 먼저 꺼냈어야 했는데. 괜찮다. 앞으로도 타르퀸에 관한 이야기는 듣고 또 듣게 될 것이다.

"불쌍한 우리 귀염둥이." 나는 얼굴을 찌푸리며 말한다.

"병원에 먼저 가야 해요." 애덤이 말한다. "타크는 아직 깨어나지 않았어요. 정신이 들 때 옆에 있고 싶어요. 맙소사, 당신 서머랑 완전히 똑같아요, 우리 쌍둥이. 나는 앞으로도 둘을 절대 구분하지 못할 것 같아요."

애덤은 다시 한번 곰처럼 나를 끌어안더니 내 머리칼에 얼굴을 묻는다. 숨을 들이마시고 있는 것이 분명하다. 내 냄새를 맡고 싶은 것처럼.

이제 그는 출입문을 향해 힘차게 걷고 있고 나는 열심히 뒤를 따라간다. 아마도 곧장 병원으로 가는 것 같다. 병원에서 밤을 보내야 하는 건가? 부두에서 칵테일을 즐기기는 다 틀렸군.

공항을 가득 채운 사람들은 태국인과 외국인이 절반씩 섞였다. 사람들 사이를 뚫고 문을 빠져나가면서 애덤과 내가 부부로 보일까 궁금하다. 그와 서머는 생김새가 사뭇 다르지만, 언제나 부부라는 걸 뻔히 알 수 있다. 하지만 그들이 부부라는 사실이 드러나는 건 어쩌면 밖으로 뿜어져 나오는 부부만의 행복한 느낌 때문 아닐까?

애덤과 나는 어떤 기운을 뿜어낼까? 어색함? 그와 함께 있으면 서머가 애덤에게 내 얘기를 얼마나 많이 했을지 생각할 수밖에 없다. 애덤이 서머에게 듣지 않고도 나에 관해 알 수 있는 것들. 서머와 결혼한 애덤은 내 벌거벗은 모습을 본 것이나 다름없다.

택시를 잡은 애덤이 내가 뒷자리에 탈 수 있도록 날 위해 문을 열어준다.

"자, 타요." 그는 웃음기를 머금고 허벅지로 내 몸을 슬쩍 밀며 말한다.

차에 올라타 안쪽 자리로 옮겨 앉은 나는 창문을 내려 밤공기를 들이마신다. 택시 운전사는 빠른 속도로 출발한다. 늘 그렇듯 애덤은 병원 이름을 기억해내느라 고생한다.

남쪽으로 달리는 동안 나는 10년 동안 와보지 못한 푸껫의 지도를 머릿속에서 되살려내려 애쓴다. 자주 다니며 놀던 곳에 가서, 알고 있는 태국어를 꺼내보고 싶어 안달이 난다. 하지만 모든 것은 바뀌었다. 툭툭과 보행자들이 차지했던 좁은 골목은 차선이 여럿인 고속도로로 바뀌었고 그 위를 차들이 가득 채우고 있다. 내 추억은 포장도로 속으로 사라졌다. 심지어 냄새도 달라졌다. 나는 배기가스와 하수구 냄새가 아닌 밤의 꽃향기를 떠올린다.

애덤은 내게 들려줄 얘기가 많은 것 같지만, 그의 말은 그저 병원에서 사용하는 용어와 감상적 내용으로 범벅이다. 서머와 달리 그는 내가 이곳에 오게 된 이유인 감염된 신체 일부분에 대한 직접적 묘사를 피하고 있다. 부모로서의 걱정이라는 안개 속에서 나는 몇 가지 유용한 사실을 알아낸다. 밧세바는 괜찮은 상태로 바다로 나갈 준비가 되어 있으며 음식과 예비용 부품을 갖추고 있다. 서머는 최소한 두 달은 견딜 수 있을 정도로 충분한 식량을 요트에 실어놓았다. SSB(단일측파대만 사용하여 신호파를 전송하는 방식-옮긴이) 통신기는 고장 났고 비상 신호 송신기는 구식이지만, 애덤은 휴대용 위성 전화를 사두었고 그걸로 이메일이나 일기예보를 저장할 수 있으며 전화 통화도 가능하다. 안전한 항해를 위해서는 그것만 있으면 충분하다.

"위성 전화는 통화하기에 적당한 때를 정하기가 너무 어렵고, 실제로 연결되는 확률이 말도 안 되는 수준이라서요." 애덤이 말한다. "그래서 비상 상황이 아니면 이메일을 쓰기로 했어요. 당신만 괜찮다면."

애덤은 자신이 준비해둔 상황에 내가 만족하는지 많이 신경 쓰는 것처럼 보인다. 어차피 나는 앞으로 몇 주는 대화하고픈 사람이 전혀 없는데도. 아니, 어쩌면 영원히.

애덤은 요트 정비의 중요한 핵심을 이해하기 시작한 것 같다. 나는 밧세바가 태국과 아프리카 사이에서 최악의 상황을 맞아도 물이 새거나 돛이 부러지는 일이 발생할 것 같지는 않다는 생각에 마음이 금세 편안해진다. 그 밖의 상황이라면 바다에서 어떤 일이 벌어져도 내가 해결할 수 있을 것 같다.

"노아하고는 완전히 끝났다면서요?" 애덤은 몸을 가까이 기울이며 묻는다.

나는 고개를 끄덕인다.

"미친 녀석." 애덤이 말한다. "하지만 그 친구가 뭔가를 잃으면 다른 행운의 남자가 얻는 게 있겠죠. 장담하건대 당신이 과거를 후회할 일은 없을 거예요, 아이리스. 서머도 나와 같은 생각이고. 당신은 노아에게 지나치게 과분한 상대였어요."

"글쎄요, 당신은 내가 예쁘다고 생각할 수밖에 없겠죠."

시시한 농담을 던지고 나니 손발이 오그라들지만, 애덤은 그런 농담을 매일 듣기라도 한 것처럼 씩 웃는다.

"아내한테는 그런 말 하면 안 돼요. 예쁘다는 말은 너무 가벼운 칭찬이거든요. 두 사람이 미인대회 우승자라는 거 알아요."

미인대회 우승자? 서머가 애덤에게 미인대회 이야기를 한 거야? 애덤의 담담한 눈길을 보니 그는 자신이 아픈 구석을 건드렸다는 걸 모르고 있는 듯하다. 하지만 그의 칭찬은 그날 벌어졌던 일을 암시하고 있는 것처럼 보이기도 한다.

우리는 깨끗한 현대식 건물 앞에 도착한다. 애덤은 나를 데리고 조용하고 조명이 잘 갖춰진 복도를 지나 타르퀸의 병실로 향한다. 그러는 동안 나는 머릿속으로 걱정 가득한 이모가 해야 할 행동을 연습한다.

상황을 보니 굳이 거짓으로 놀랄 게 없다. 작고 어린 내 의붓조카가 온몸에 기계를 주렁주렁 달고 있는 모습에 나는 깜짝 놀란다. 타르퀸은 전에 서머의 결혼식에서 우스울 정도로 작은 턱시도를 입은 모습으로 봤을 때보다 전혀 자란 것 같지 않다. 그때 타르퀸은 일어나 걷지는 못했지만 무척 활동적이었다. 여기저기 마구 기어 다니며 온갖 곳에 들어가고 바닥에서 뒹굴어 하얀 셔츠에는 풀물이 잔뜩 들기도 했다. 그런데 지금은 끔찍한 모습으로 꼼짝 못 하고 누워 있다. 붉은색 머리칼은 이마 위에 맥없이 늘어져 있고, 작은 팔다리는 차갑고 연약하게 보인다.

심각한 상태다. 타르퀸은 버릇없는 녀석일 수도 있지만, 언니가 사랑하는 아이다. 그리고 애덤의 아들이다. 게다가 그들 가족은 지금 외국에서 곤경에 빠져 있고, 고급 요트도 마찬가지로 위험에 처해 있다. 내가 이곳에 도와주러 올 수 있어 기쁘다. 만일 내가 애덤과 항해하고 있는데 타르퀸이 죽는다면? 애덤은 슬픔을 이길 수 없겠지.

속상한 것처럼 보여야 한다. 애덤이 내 어깨를 형제 같은 느낌으로 움켜쥐고 있기 때문이다.

"알아요, 충격적이죠. 서머는 너무 힘든 상황이에요."

그런데 서머는 어디 있지? 타르퀸은 삭막한 병실에 혼자 있다. 잠들었는지 의식이 없는지 알 수 없지만, 혹시라도 깨어났을 때 곁에 아무도 없는 상황일 수도 있었다. 그 순간 차갑고 부드러운 두 팔이 날 감싼다. 사과와 해변 향기가 뒤섞인 냄새에 병원 냄새가 사라진다.

서머가 온 것이다.

"내 쌍둥이! 너무 보고 싶었어. 이렇게 오다니 어떻게 감사해야 할지 모르겠는데?"

서머의 목소리는 은처럼 반짝인다. 나는 몸을 돌려 언니와 눈을 맞춘다. 그녀의 청록색 눈은 차분하고 따뜻하다. 서머는 나를 훑어보지 않는다. 그래서 새로 한 내 머리와 눈썹을 알아차리지 못한다. 그냥 내 영혼 속을 빤히 들여다볼 뿐. 처음도 아니지만, 내가 무슨 짓을 저질러야 서머가 그 자리에서 쉽게 용서하지 않고 화를 낼까, 하는 궁금증이 생긴다. 서머가 지나치게 날 믿는다는 게 늘 괴롭다.

"너무 끔찍해." 서머가 말한다. "잠깐이라도 타키를 혼자 두지 않겠다고 맹세했는데, 두 사람이 너무 오래 안 오는 거야. 화장실에 가고 싶어 죽겠는데, 두 사람이 영원히 오지 않는 줄 알았지 뭐야!"

애덤이 우리를 향해 다가오자 나는 부부가 포옹하는 데 방해가 되지 않도록 뒤로 한 걸음 물러난다. 애덤은 서머의 입술에 감정을 실어 열렬하게 키스한다. 지금 아들이 혼수상태로 누워 있는데 혀를 놀리는 거야? 도저히 지켜보고 있을 수 없다. 그 순간 애덤은 포옹을 풀고 마치 처음 보는 것처럼 아내를 멍하니 바라본다.

서머는 정말 아름답다. 몇 달 전 뉴질랜드에서 봤을 때보다 1에서 2킬로그램 정도 찐 것처럼 보이지만, 필요한 곳에 살이 붙어 더 보기 좋아졌다. 마치 황금색 복숭아처럼 굴곡이 진 몸매지만, 늘 그렇듯 자기 매력을 깨닫지 못하고 있다. 해진 청반바지와 면 셔츠를 입었는데, 구릿빛 가슴이 슬쩍 보인다. 평범한 옷차림을 해도 광고 모델처럼 보인다. 빨간색 미니스커트를 입고 하이힐을 신은 나는 지나치게 차려입은 느낌이다. 서머의 다리는 햇볕에 그을린 근육질이고 흠집 하나 보이지 않는다. 내 다리는 더 날씬할 수는 있지만, 불안정하고 창백해 보일 것이다.

사실 서머의 다리에는 흉이 한 군데 있다. 서머는 꼼짝도 하지 않는 타르퀸에게 몸을 기울이고, 나는 서머의 오른 허벅지 안쪽에서 시작해 길고 붉은 뱀처럼 S자를 그리며 반바지 속으로 사라지는 흉터를 슬쩍 바라본다. 서머의 흉터를 볼 때마다 나는 격렬한 죄책감을 느낄 수밖에 없다.

애덤이 타르퀸의 진료기록부를 집더니 침대 옆 의자에 앉아 읽는다. 이런, 여기서 밤을 지샐 모양이로군. 사실 사랑 넘치는 아버지가 아들이자 상속자인 아기가 죽음의 문턱에 서 있는데 스스로 병원을 떠나 바다를 건널 수 있으리라고 상상하기는 쉽지 않다.

내가 여길 뭐하러 왔지? 비행기에서 제대로 식사를 못 해 그런지 허기가 져서 모든 일이 신경에 거슬린다. 약간의 따뜻한 음식과 편안히 누울 공간을 바라는 건 눈치 없는 짓일까? 서머와 애덤이 속삭이며 대화하는데 들리는 거라고는 타크, 타키, 타르퀸이라는 이름뿐이다. 그 이름이 세상에서 가장 짜증스러운 이름은 아니라고 해도, 이 부부와 같은 공간에 5분만 함께 있어본 적이 있다면 그 이름을 증오하게 될 것이다. 그래도 지금은 진짜 걱정거리라도 있지, 예전에는 유기농 비스킷에 설탕이 들었는지 안 들었는지 걱정하거나, 그놈의 귀한 아들에게 선크림을 한바탕 더 바를지 말지를 두고 유난을 떨곤 했으니까.

두 사람 사이에서 끓어오르는 화학 작용과 두 사람 모두 어린 아기에게 강박적으로 매달리는 모습 두 가지 중에서 어느 쪽이 더 역겨운지 알 수 없다. 서머는 타르퀸이 친아들이 아니라는 걸 완전히 잊은 것 같다. 하지만 그렇다고 해도 타르퀸이 1억 달러의 재산을 안고 태어나지 않았다는 사실은 끊임없이 머리에 떠오를 것이다. 게다가 타르퀸은 서머와 전혀 닮지 않았다. 애덤을 닮기는 했지만, 구릿빛 머리칼은 오스트레일리아 원주민의 피를 이어받은 헬렌에게서 물려받은 것으로 보였다.

헬렌은 타르퀸이 신생아 중환자실에서 어린 목숨을 두고 싸우는 동안 뭔지 모를 병으로 죽음을 맞느라 바빴고, 서머는 그녀와 서로 알 기회가 없었다. 애덤은 헬렌 곁을 떠나려 하지 않았고, 그래서 어떤 간호사가 타르퀸을 품에 안은 사진을 헬렌의 병실에 가져왔을 때에야 아기를 사진으로 처음 봤다. 몇 달 후 애덤은 그 사진을 확대해 거실 벽에 걸었다.

왜냐하면 사진 속 간호사가 바로 서머였기 때문이다. 서머는 그렇게 애덤을 만났다. 서머는 애덤이 죽어가는 아내를 보살피는 동안 그의 아기를 보살폈다. 그 뒤에도 서머는 엄마 없는 아이에게 무척 친절히 대했고, 애덤은 서머에게 타르퀸의 대모가 되어달라고 부탁했다. 그들은 타르퀸이 신생아 치료 병동에서 나온 뒤에도 연락을 유지했고, 그러다 데이트를 시작했다.

내가 태국에서 뭘 보기 바란 건지 알 수 없다. 오래전 어른들처럼 파티를 즐길 수 있으리라 생각했지만, 현실은 비참했다. 서머는 자기 가족에 둘러싸여 있다. 나는 살그머니 문으로 향한다. 혹시 병원 근처 식당이라도 하나 찾을 수 있겠지. 아니면 술집이라도.

“미안해, 아이리스. 우리가 널 여기 너무 오래 붙잡아두었네.” 서머가 말한다. “밧세바에 식사랑 잠자리를 준비했어. 가자.”

서머는 애덤과 끈적이는 키스를 한 번 더 나누더니 내 가방을 들었고, 우리는 병원을 나선다.

*

병원 밖 번잡한 길거리는 불빛과 상점, 보행자들과 스쿠터로 가득 차 있다. 서머와 내가 자연스럽게 보조를 맞추며 걷는 모습에 사람들 고개가 돌아간다. 우리는 누가 봐도 똑같은 쌍둥이로, 함께 다니면 어디서든 여전히 사람들 관심이 쏠린다. 바로 연예인 같은 대우를 받는다. 서머는 매력적인 금발 미녀였고, 나는 서머의 거울이었다.

서머가 아름답다고 이야기하면 사람들은 늘 나를 이상하다는 듯 바라본다. 결국 내가 스스로 여신이라는 걸 돌려서 표현하는 것 아닌가? 하지만 그렇지 않다. 나는 서머와 똑같이 생겼지만 혼자 떨어져 있을 때 나는 전혀 특별하지 않다. 사람들은 나를 보려고 고개를 돌리지 않는다. 난 그저 예뻐 보이려고 열심히 노력하는, 그냥저냥 예쁘고 젊은 여자에 불과한 것이다.

서머는 애쓸 필요가 없다. 녹색 간호사 복장에 머리를 뒤로 묶고 얼굴에 화장기 하나 없어도 서머는 관심을 끌었다. 어딜 가든 서머는 아침 하늘의 태양이었다. 봄날 처음 피어난 장미였다. 그리고 나는 서머의 그림자, 닮은꼴, 최고의 액세서리였다.

서머가 택시를 잡는다.

"야누이 비치로 가주세요." 서머가 기사에게 말한다.

익숙한 지명이지만 왜 그런지는 잘 모르겠다.

우리는 불빛 가득한 도로를 달리고, 나는 또다시 푸껫이 얼마나 많이 변했는지 보고 깜짝 놀란다. 마치 아름다운 여인이 나이 들어 망가진 모습처럼 보인다.

서머가 내 표정을 읽는다.

“알아. 우리가 사랑했던 푸껫은 사라졌어. 애덤과 나는 사람들로 너무 붐비는 이곳을 견딜 수가 없어.” 서머는 내 팔을 꽉 쥔다. “하지만 네가 이리로 와주니 정말 기분 좋아. 마치⋯⋯ 뭔가 제대로 된 느낌이야. 이곳에 대한 우리 추억을 함께 놓아줄 수 있다고나 할까.”

언제부터인지 모르지만 내 심장이 빠르게 뛰고 있다. 그리고 서머의 말을 들으니 심장이 다시 느리고 차분하게 뛰기 시작한다. 어쩌면 서머와 함께 있으면서 내 심장이 보조를 맞추기 때문인지도 모르겠다. 마지막으로 서머를 봤을 때와 뭔가 바뀌었는데, 나는 그게 뭔지 너무 궁금하다. 그때, 뉴질랜드의 서던 알프스에서 서머는 지금처럼 아주 친절했다. 서머는 늘 친절하고 경쟁심을 드러내는 법이라고는 없는데, 더는 그런 모습이 불편하지 않다.

택시는 남쪽으로 방향을 잡더니 내 기억 속에 없는 고속도로를 따라 달린다.

“야누이 비치, 우리 거기 언제 갔었지?”

“기억 안 나.” 서머는 어깨를 으쓱한다. “모든 것이 많이 달라졌어. 야누이는 예쁜 곳이지만 식당들이 너무 많이 생겼어. 물론 변화에는 좋은 점도 있긴 해. 요새는 누구나 영어를 하고, 서양 사람들 입맛에 맞는 음식점도 아주 많아.”

마음속으로 왠지 태국에 있을 때는 태국어를 하고 태국 음식을 먹는 편이 좋을 것 같지만, 아무 말 하지 않기로 한다.

"왜 요트 정박장에 배를 두지 않은 거야?" 내가 묻는다.

"밧세바는 이미 출국한 것으로 되어 있는데, 정박장에 두면 너무 위험해서 그래." 서머가 너무 가까이 다가와 속삭이며 설명하는 바람에 입김이 내 귀를 간지럽힌다.

칵테일이나 백만장자들과의 만남은 불어오는 바람 속으로 사라져버린다. 그렇지, 내가 그러려고 온 게 아니니까. 난 항해를 하러 온 거야. 애덤과 둘이서.

우리가 탄 택시는 고속도로를 빠져나와 대낮처럼 붐비는 도로를 따라 이리저리 방향을 바꾼다. 술배가 불룩 나온 서양인 사내 무리가 손에 술병을 들고 바쁜 발걸음으로 지나가고 있다. 젊은 태국 여자들이 술집(사창가인가?) 앞에서 반짝이 드레스 차림으로 몸을 비틀며 어슬렁거리고 있다.

"저 여자들 괜찮나? 열두 살밖에 안 되어 보이는데."

"대부분 보는 것보다는 더 나이가 들었어." 서머가 말한다. "하지만 골치 아픈 문제긴 해. 사실 우리는 너무 어린 여자애들이 돈벌이에 뛰어들지 않도록 돕는 자선단체를 지원하고 있어. 그래도 푸껫 전체가 이렇지는 않아. 지저분해지지 않은 곳도 있고, 요트 타는 사람들은 아주 멋지거든. 정말 좋은 친구들을 사귀었어. 그들과 헤어지려니 너무 아쉬워."

서머는 어딜 가나 '좋은 친구들'을 사귄다. 어딜 가나 다시 친구를 사귈 수 있는 걸 스스로 알고 있으니 그들을 두고 떠날 수 있다. 서머와 애덤이 요트를 샀을 때, 서머는 내게 6개월 동안 세이셸 근처를 항해하면서 애덤의 친척들을 만날 계획이라고 했다. 서머는 시댁 식구들이 몰려와도 겁먹지 않는다.

마침내 우리는 식당들이 불을 밝히고 있는 좁은 도로에 들어서고, 나는 완벽히 하얀 모래밭을 흘깃 바라본다. 바로 옆이 바닷물인 곳이다. 금방 쓰러질 것 같은 건물들 사이 검게 빛나는 보석이 보이는데 그곳이 밤바다, 바로 안다만 해다. 열린 창문 너머로 언제나 신선한 야생의 냄새가 훅 불어와 내 몸을 덮는다.

서머는 운전기사에게 죄책감이 들 정도로 적은 돈을 건넨다.

"바트가 다 떨어졌네."

서머는 마지막으로 뭔가 필요한 물건을 사려고 상점으로 들어가며 중얼거린다. 빨간색 하이힐을 벗고 부드럽고 투명해 보이는 모래밭을 밟아본다. 밤인데도 햇볕에 데워진 모래가 따뜻하다.

야누이 비치. 해변 이름이 기억난다. 이곳은 아버지가 숨을 거둔 곳이다. 내가 꿈을 떠나보낸 곳이다. 마지막으로 행복했던 곳, 아버지가 어머니와 이혼한 뒤 휴가를 맞아 항해를 왔던 곳이다.

마지막 휴가였던 열세 살 부활절, 우리는 안다만 제도까지 항해를 나가서 바다 위에서 이틀 밤을 보냈다. 아버지는 서머와 내가 함께 야간 근무를 맡아 깜깜한 밤중에 배를 몰도록 두고 잠을 자곤 했다. 아버지는 자신이 열세 살부터 어른으로 책임을 지기 시작했고, 그래서 성공할 수 있었다고 말했다. 하지만 서머는 워낙 겁이 많고 쓸모가 없었다. 결국 나는 서머를 침대로 보내고 밤에 혼자 밧세바를 몰고 항해하곤 했다.

그리고 아버지 말이 옳았다. 나는 그날 밤에 성장했다. 나는 20톤이나 되는 섬세한 요트를 다루며, 파트너가 되어 춤을 추는 것처럼 배의 모든 움직임에 반응했고, 스스로 알지 못했던 본능을 동원해 돛을 조정하고 방향타를 움직였다. 마치 배를 모는 일에 타고난 것 같았다. 가끔 피아노를 연주할 때, 특히 아무도 내 연주를 듣지 못하고 혼자 연주하지만 시험이나 연주회를 위한 연습 시간이 아닐 때, 내 양손이 이런 느낌을 주곤 했다. 자연스럽고 살아 있는 느낌을 주면서 마치 내가 알지 못하는 삶에 관한 것들을 내 두 손이 알고 있는 것 같았다. 밧세바의 조타 장치를 잡고 있으면 그때와 똑같이 모든 걸 아는 기분, 살아 있는 기분, 전부 잘 되어가는 기분이 밀려와 온몸을 휘감았다.

하늘이 연보라색으로 물든 새벽, 아버지가 갑판에 나왔을 때 밧세바 호는 옆바람을 맞으며 차분한 안다만 해를 빠른 속도로 미끄러지듯 달리고 있었다. 아버지는 자러 가기 전 이물의 삼각돛을 조금 내려서 배가 부드럽게 달리도록 해두었지만, 내가 조금씩 더 펼친 돛은 이제 완전히 바람에 부풀어 있었고 배는 나는 듯 달리고 있었다. 전방인 서쪽 수평선에 검은 형체가 어렴풋이 보였다. 사우스 안다만 섬, 육지였다.

아버지는 배가 얼마나 먼 거리를 달렸는지 믿지 못했을 정도였다. 태양이 뒷덜미를 데우는 동안 나는 흔치 않은 아버지의 칭찬 세례를 들을 수 있었다. 침대에서 졸린 눈으로 나온 서머는 근무를 제대로 서지 않아서 아버지에게 비꼬는 듯한 꾸짖음을 들으며 내게 축하해야 했고, 벤은 내가 무슨 마법이라도 부린 것처럼 나를 멍하니 바라보았다.

"나중에 먼바다 너머에도 데려가줄게."

아버지가 말했고, 나는 마냥 행복해 이렇게 대답했다.

"아니, 내가 아빠를 데려갈게요."

벤과 서머는 긴장했고 나는 스스로 너무 지나쳤나 생각했지만, 아버지는 웃음을 터뜨리더니 내 등을 철썩 때리며 말했다.

"계속 항해하세요, 선장님. 난 베이컨을 요리할 테니까."

세상 꼭대기에 오른 것 같았다. 그때는 먼저 결혼해야 하는 경주도, 이복 누이들끼리 맞서도록 만든 유서도, 아이를 가져야 할 필요도 전혀 없었다. 이제 나는 스물세 살이고 인생에서 처음으로 늙은 기분이었다. 결혼이 가능한 나이가 된 이후 5년을 흘려보냈음에도 아직 마법의 상속자를 낳지 못했다는 사실을 믿을 수가 없다. 못생긴 어떤 멍청이라도 이 정도 시간이면 해낼 수 있었을 텐데, 똑똑하고 아름다운(아름답지는 않다고 해도 아주 예쁜) 내가 이렇게 임신도 하지 못하고 있는 꼴이라니. 노아가 집에서 나간 뒤에도 혹시 그가 작지만 중요한 이별의 선물을 남기지 않았는지 여러 번 임신 테스트를 했지만 행운은 없었다. 이제 내 결혼 생활은 완전히 끝나버렸고 나는 완전히 이혼하는 데만 12개월을 기다려야 하는 처지였다. 재앙이었다.

그나마 한 줄기 빛, 희미하게 반짝이는 희망의 빛은 내가 지난 5년 동안 아무리 멍청하게 굴면서 살았다고 해도 서머는 그런 나보다 더 멍청했다는 점이다. 서머는 열네 살이 되고 난 뒤로 자신의 삶을 유언장에 묶어둘 수는 없다는 바보 같은 생각을 하며 살았다. 서머는 지금 애덤과 가진 돈으로도 매우 행복하다고 말하곤 했다. 그들은 대부분 사람 기준으로 보면 불편함 없이 살고 있다. 솔직히 말해 이들 부부는 부자였다. 카마이클 가문만큼 부자가 아니었을 뿐.

그리고 서머는 여전히 타르퀸만 있어도 '지금으로서는 충분하다'고 말하고 있고, 애덤과의 다른 아기를 서둘러 가지고 싶어 하지 않았다. 아무리 1억 달러의 유산을 받는다고 해도.

*

서머가 상점에서 나오더니 내 여행 가방 손잡이를 붙잡는다. 무거운 가방에 서머는 힘들어한다.

"미안해." 내가 말한다. "해변에 닻을 내리고 있을 줄 몰랐어. 짐을 가볍게 쌌어야 했는데."

"괜찮아." 서머가 말한다.

서머를 따라 해변을 걸어간다. 어둑어둑해진 가운데 식당들이 모래밭에 늘어놓은 테이블과 의자에 외국인들이 모여 먹고 마시고 있다. 우리는 파도가 닿지 않을 곳에 있는 그들을 지나 바다 쪽으로 들어간다. 파도는 아주 멀리 떨어진 어둠 속에서 젖은 모래 위로 넘실거리고 있다. 우리는 아시아에서 가장 찾기 어려운 분위기인 한적함을 만난다.

달은 아직 뜨지 않았지만, 별들은 머리 위에서 반짝거리고 있다. 나보다 앞서 걷는 서머가 물가의 검은 형체를 향해 다가서자 뒷골목 개 한 마리가 슬그머니 모습을 드러낸다.

"솔로몬 알아보겠어?" 서머가 묻는다.

개를 말하는 건가? 아니다. 앞에서 드러나는 모습이 내 머릿속

이름과 합쳐진다.

솔로몬은 우리의 작은 보트이다. 노를 저으며 타야 하는 골동품으로 뉴질랜드산 카우리 나무로 만들어 밧세바 호에 어울리도록 검은색으로 칠한 작은 배. 마치 매복이라도 한 것처럼 배는 조용히 얕은 물에서 우리를 기다리고 있다.

솔로몬은 실용적인 부속선은 못 된다. 하지만 우리 요트의 선미에는 선외 모터가 달린 배를 실을 공간이 없다. 서머와 애덤이 보트를 모터 달린 것으로 바꾸지 않았다는 사실은 놀라웠다. 서머는 노를 저을 사람이 아니었다.

손으로 뱃전을 붙잡는다. 부드러운 목재가 피부를 따뜻하게 해주는 동시에 내 주위에서 어린 시절이 가물거리는 느낌이 든다. 아버지가 죽기 전, 모든 최고의 순간들. 나는 이 보트에서 서머나 벤보다 훨씬 앞서 노 젓기를 배웠다. 그리고 그 뒤로 우리 세 남매는 솔로몬을 타고 어디든 다녔다. 우리는 해변과 작은 만, 개울과 동굴 속을 자유롭게 탐험했다. 내가 대장이었다.

그리고 지금 솔로몬은 서머의 것이다. 나는 언니가 밀물에 대비해 보트의 닻을 모래 속에 단단히 박아둔 걸 보고 깜짝 놀란다. 서머는 늘 이런 종류의 일에서는 쓸모가 없었다. 하지만 어쩌면 애덤이 그렇게 한 것일 수도 있다.

"내가 노를 잡아도 돼?" 나도 모르게 내가 말한다.

"당연하지." 서머가 말한다. "내 쌍둥이, 이제부터는 네가 선장님이야! 애덤과 나는 네가 얼마나 뛰어난 뱃사람인지 알아. 내가 그이에게 우리가 10대일 때 네가 늘 부표 주위에서 요트 클럽 남자애들하고 배 타고 돌아다니던 얘기를 들려주었어. 우리가 감히 어떻게 너한테 지시를 내리겠어? 네가 있을 땐 밧세바는 네 배지."

2주 넘게 애덤에게 지시를 내릴 수 있다니. 그런 상황에 익숙해질 수도 있다.

서머는 내가 닻을 끌어올리는 동안 내 여행 가방을 솔로몬 위로 싣고 있다. 우리는 가방 위에 신발을 벗어 던져두고 잔잔한 바닷물 위로 보트를 밀고 나간다. 차갑고 부드러운 바닷물이 발목 주위를 감는다.

"지금 올라타. 고물에 앉아." 나는 보트가 흔들리지 않도록 잡은 채 말한다.

서머는 내 지시에 따른다. 서머는 예전보다는 날쌔게 움직이지만, 보트에 올라타 자리를 잡고 앉을 때까지 솔로몬은 여전히 흔들리고 있다. 나는 치마를 걷어 올리고 솔로몬을 좀 더 깊은 곳으로 밀고 들어간다. 서머가 날 대장으로 삼은 건 옳은 결정이었다. 나는 나도 모르게 대장 노릇을 하고 있고, 바다에서 우리를 안전하게 지켜주는 수많은 습관이 근육에 박힌 기억처럼 되살아나 온몸에서 넘쳐나고 있다. 솔로몬을 깊은 곳으로 끌고 들어가야 바닥이 모래에 긁히지 않는다. 보트의 앞이 바다 쪽으로 향하게 하고 우선 다른 모든 사람을 보트에 태운다. 나는 주위에서 파도가 밀려올 때도 이런 작업을 해낼 수 있다. 나는 파도 속에서 보트를 바다에 띄우는 힘든 일을 즐기곤 했지만, 안다만 해는 오늘 밤 저수지처럼 잔잔하다. 어쨌든 선박 다루는 요령은 지키는 것이 좋다. 양발로 모래밭을 밀면서 단번에 노 젓는 자리에 올라타고 앉아 노를 잡으면서 해변에서 멀어진다. 어깨 뒤를 흘끔 보니 몇 백 미터 떨어진 곳에 정박등이 서너 개 보인다. 그 가운데 가장 높이 빛나는 불빛이 분명 밧세바의 마스트 꼭대기에 달린 등일 것이다.

"잠깐!"

서머의 외침에도 이미 늦어버렸다. 우리는 이미 깊은 물 속으로 들어와 있다.

"왜?"

"이제 떠나면 우리는 2~3주 동안 땅을 밟아보지 못할 텐데. 뭔가 마지막으로 작별 인사라도 해야 한다는 느낌이 들어."

"마지막이라고?"

"우리 동트면 떠날 거야." 서머가 말한다.

맥박이 빨라진다. 짜증스러운 타르퀸도 시끄러운 자동차들도 섹스 관광을 온 여행객이나 나이 어린 창녀들도 이제 없다. 푸껫에 다시 오게 되어 기대가 컸지만, 이곳에는 내가 원하는 것들이 더는 남아 있지 않다. 난 떠날 준비가 되었다. 내일이면 나는 자유야. 내일이면 나와 달콤한 파란 바다. 나 그리고…….

"우리?" 내가 말한다. "우리라니, 무슨 말이야? 나랑 애덤이랑 가야 한다고 하지 않았어?"

"이런, 애덤이 말 안 했구나." 서머가 말한다. "마지막 순간에 계획이 바뀌었어. 우리가 태국의 복잡한 관료주의를 계산 못 했지 뭐야. 혹시라도 타키에게 추가로 의학적 절차가 필요하면 동의서에 서명할 수 있는 법적 보호자가 있어야 하나 봐. 그리고 애덤이 유일하게 법적 보호자니까. 그래서 애덤이 남아 있어야 해."

서머는 내가 이곳에 온 이유를 날려버렸지만 나는 한마디도 할 수가 없다. 서머는 해변 불빛을 등지고 있어 얼굴이 어둡게 보이지만, 내 표정은 숨길 수 없을 것이다. 나는 정박 중인 여러 요트 가운데 밧세바의 모습을 확인하려는 것처럼 뒤로 고개를 돌린다.

"화났구나." 서머가 말한다. "하지만 내 생각엔 차라리 잘됐어. 그러니까, 너하고 애덤은 서로 잘 알지도 못하잖아. 결국 몇 주 동안이나 바다에서 어떻게 지내겠어?"

애덤은 나와 같이 가지 않는다. 깊이 가라앉는 마음속에서 나는 나를 이곳으로 오게 유혹했던 것이 애덤임을 안다. 애덤과 2~3주 동안 단둘이 지내면서 그의 체취를 느끼고, 깊고 깊은 그의 눈을 바라보며 그의 목소리에 전율을 느낄 수 있었는데.

그렇지만 그런 상황은 고통스러웠을 것이다. 형제처럼 농담을 주고받고 어설프게 정중한 남자의 관심이 이어지면 나는 금지된 욕망으로 터져버리고 말았을 것이다. 그렇다고 애덤이 내가 배를 잘 조종한다는 이유로 서머를 버릴 것도 아니다.

서머가 '우리'라고 했으니 서머와 내가 항해를 하게 될 텐데, 서머로서는 전혀 즐거워할 일이 아니다. 서머는 바다에서의 안전을 늘 애덤에게 의지하고 있다. 항해는 육체적으로 힘든 일이고 서머는 어떤 면에서 보나 느리고 사고뭉치인, 솜씨 없는 뱃사람이었다.

나는 그들이 내게 뭘 원하는지 안다. 무표정한 얼굴로 다시 서머에게 고개를 돌린다. 그리고 비단 같은 물 위로 계속 노를 젓는다.

"언니는 내가 혼자 밧세바를 몰고 가기를 바라는 거구나?"

"넌 늘 그러고 싶다고 했잖아." 서머가 말한다.

그랬다. 나는 늘 선박 조종이 좋다며 떠벌리곤 했고, 밧세바를 혼자 몰고 항해하는 것도 가능했다. 하지만 혼자 항해한다는 건 스물네 시간 내내 근무하면서 시도 때도 없이 쪽잠을 자야 한다는 뜻이다. 그리고 여러 주 동안 극단적으로 고립되어 외로움을 견뎌내야 한다.

하지만 어쩌면 오히려 지금 내게는 그런 상황이 필요한 것인지도 모른다. 쌍둥이 언니와 그녀의 완벽한 인생이 보이지 않는 곳에서의 고독. 파란 공허 속에서 내 속의 악마와 마주 앉는 일.

말도 안 돼. 나는 10대에나 느낄 법한 허세를 부린 걸 후회한다. 만일 내가 꼭 혼자 항해해보고 싶어 하리라 생각한 거라면, 서머는 실망하게 될 것이다. 먼바다에서 혼자 배를 타고 있다면 나는 아마 반나절도 지나지 않아 미쳐버릴 테니까.

"농담이야!" 서머는 큰 소리로 말한다. "그렇지 않아도 힘든데 너 혼자 바다를 건너가도록 내가 그냥 둘 것 같아? 게다가, 난 널 사랑하잖아. 나는 너랑 있고 싶다고! 완벽하다고 생각하지 않아? 아프리카까지 가는 동안 넌 날 마음대로 부려 먹을 수 있어. 오, 내 쌍둥이! 우리 한참 떨어져 살았잖아. 아주 끈끈한 경험을 할 수 있을 거야! 태어나서 이렇게 기대가 컸던 적은 한 번도 없어!"

서머는 자신이 어디 있는지도 잊은 채 날 껴안으려 앞으로 몸을 내민다. 솔로몬이 좌우로 흔들린다. 나는 우현으로 몸을 날리면서 노를 아래로 강하게 눌러 우리 둘이 바다에 빠지지 않도록 한다.

4. 깜짝 선물

나는 밧세바의 조종석에 있는 푹신한 소파에서 양팔을 따뜻한 티크 계기판 위에 늘어뜨린 채 누워 있다. 몸은 열대 바다의 달콤한 리듬에 흔들리고, 부는 듯 마는 듯 살랑거리는 밤바람이 불어와 팔다리 맨살을 간지럽힌다.

담요도 필요 없다. 나는 속옷 바람으로 잠들었다. 몸을 일으켜 앉아 처음으로 낮에 태국을 본다. 요트 정박지에서 200미터 떨어진 야누이 비치의 조용한 새벽. 모래밭 여기저기 개들만 몇 마리 보인다. 해변 안쪽 땅에는 나무들이 울창하다. 어젯밤 내가 흘깃 본 북적거리고 싫증 나는 대도시와 이런 풍경을 연결하기는 쉽지 않다. 해변에 내놓았던 테이블은 사라졌고 식당들은 우거진 나뭇잎 뒤에 숨어 있다.

주변에 정박한 다른 요트들은 모두 먼바다까지 항해가 가능한 배들이다. 모든 배 선미에 깃발이 나부끼고 있는데, 멀리 떨어진 이곳에서도 미국의 성조기와 영국의 유니언잭은 잘 보인다. 어떤 배 한 척은 밧세바처럼 오스트레일리아 국기를 꽂고 있다. 다른 배의 선원들은 실내에서 자는 모양이다. 내가 세상에서 유일하게 살아남은 사람이라는 상상을 할 수도 있다.

서머가 갑판 선실에 과일 바구니를 준비해두었는데, 그 가운데 바나나 한 개를 깐 다음 옆 갑판으로 나가 껍질을 바다에 버린다. 바나나 껍질이 물에 첨벙 빠지자 선체 아래에서 시커먼 형체가 튀어나온다. 빨판상어. 내가 아는 물고기다. 빨판상어는 요트 아래 용골에 붙어서 산다. 녀석들은 밧세바가 항구를 옮겨 다닐 때마다 붙어서 따라와 갑판에서 버리는 음식물을 받아먹으며 산다. 마치 징그러운 시녀가 따라다니는 것 같다. 바나나 껍질은 좋아하는 먹이가 아닌지, 녀석들은 한번 냄새를 맡더니 재빨리 나왔던 곳으로 돌아가버린다.

멍하니 바닷물을 내려다보며 에메랄드빛 온기를 받아들인다. 깊은 곳에 닻을 내리고 있지만, 물이 무척 맑아 바닥의 상아색 모래를 알아볼 수 있다. 나는 세상 최고의 침대에서 잠을 잤다. 밧세바의 조종석은 내 몸에 딱 맞았고, 높이 매달린 장비들이 땡그랑거리는 소리, 배의 목재들이 삐걱대는 소리, 잔물결이 부서지는 소리는 내가 가장 좋아하는 자장가였다.

서머는 약속을 지키기라도 하듯 내가 배에 올라탄 순간부터 날 선장으로 대접했다. 어젯밤 서머는 '선장'이라는 글씨를 수놓은 애덤의 항해용 모자를 내게 내밀었다. 서머는 같은 모양의 모자들을 갖고 있었다. 서머가 쓰는 모자에는 '선원'이라는 글씨가 바보처럼 크게 새겨져 있고, 타르퀸의 아기용 작은 모자에는 '조수'라고 새겨져 있다. 서머는 내 여행 가방을 밧세바의 침실에 가져다 두었는데, 그곳에 있던 서머와 애덤의 물건들은 어릴 때 우리가 함께 사용했던 좌현 선미 쪽 아늑한 침상들이 있는 공간으로 이미 치운 상태였다. 우현의 침상 공간은 타르퀸을 위한 편안한 아기 침실로 꾸며둔 모습이었다. 아니, 그곳은 벤이 칸막이 달린 침대에서 잘 정도로 어렸을 때 이미 아기 침실로 사용한 적이 있으니 원래대로 돌아간 거라고 말할 수도 있다.

갑판 아래로 내려가기 위해서는 어린이 안전 출입문을 두 개 넘어야 했다. 하나는 조종석에서 갑판 선실 실내로 들어가는 곳에, 다른 하나는 갑판 선실에서 갑판 아래 휴게실로 내려가는 사다리 입구에 있다. 휴게실은 밧세바의 중심 공간이면서 개방형 조리실을 겸하고 있는데, 식사 공간과 함께 가죽 소파가 놓여 있다. 모든 물건이 잘 정리되어 있고 그 어느 때보다 항해에 적합했으며 둥근 현창과 천창 역할을 하는 갑판 해치에서 별빛이 흘러 들어왔다.

밧세바의 구조는 단순하다. 휴게실에서 뒤쪽으로 문을 지나면 선미 선실이 나오는데, 그쪽 공간은 위쪽 갑판 선실에 눌려 비좁고 천장이 낮다. 다른 문은 앞쪽 침실로 연결되는데, 그쪽 공간은 요트 폭만큼 넓고 부드러운 데다 커다란 더블베드를 갖추고 있으며 온갖 편의 시설이 있다. 심지어 벽에 TV도 달려 있다. 물론 마지막 출입문은 이중 거울이 설치된 욕실로 연결되어 있다.

짐 푸는 동안 서머가 매콤한 태국식 커리 요리를 후딱 만들었다.

내가 태국 음식을 아주 좋아하는 걸 기억하고 있었다. 그리고 '우리의 재결합을 축하하기' 위해 와인을 한 잔 따랐다.

"좀 더 좋은 상황이었더라면 좋았을걸." 내가 말했다.

"하지만 네가 날 위해 와주다니 정말 감동했어." 서머는 감격해 하며 말했다. "네가 세상에서 최고야. 오늘 밤은 특별하게 즐기자. 타키도 위험한 상태는 벗어났어. 이제 안심할 수 있고, 의사 말로는 일주일에서 2주면 퇴원할 수 있을 거래. 그러니까 우리만 즐거우면 괜찮아. ……퀸스타운에 찾아갔을 때 별 도움이 못 돼서 미안해."

내 결혼이 엉망으로 끝난 걸 자책하는 건 서머니까 가능한 일이었다. 사실 서머는 자기 말이 옳지 않았느냐며 의기양양하게 굴어야 마땅했다.

서머는 남자친구가 생겨도 유언장에 대해 절대 얘기하지 않겠다는 계획을 고수했다. 아무리 재능 있고 성격 좋고 예쁜 서머도 남자친구에게 제법 차였고, 그럴 가치조차 없는 쓰레기 같은 녀석 때문에 가슴 아파하며 우는 걸 내가 직접 본 적도 있다. 하지만 서머는 흔들리지 않았다. 심지어 애덤에게조차 결혼하고서야 말해주었을 정도다. 그에게는 신혼여행의 큰 보너스였을 것이다.

나도 노아에게 그랬더라면 얼마나 좋았을까. 나는 노아의 결혼 결정에 유언장이 영향을 주지 않길 원했지만, 유언장 얘기를 알게 되면 우유부단한 그가 조금은 서둘게 되지 않을까 기대도 했다. 노아와 나는 멜버른에서 몇 달 동안 사귀는 중이었는데, 그는 뉴질랜드의 고향에 있는 로펌에 난 자리를 받아들였다. 서머에게 전화를 걸어 노아가 뉴질랜드로 떠나려 한다는 소식을 전하려고 했는데,

서머는 애덤과 결혼하기로 막 결정했다고 말했다.

노아는 사실 나와 헤어진 것은 아니었다. 적어도 완전히 헤어지지는 않았다. 우리는 다른 나라에서 떨어져 지내게 되어 각자 다른 사람과 데이트를 하는 것뿐이었다. 나는 노아가 시간을 갖고 확신을 품을 수 있길 원했지만, 그래도 자신의 재정적 상황이 어떤지 확실히 알려줘야 한다고 생각했다. 우리가 엄청난 재산을 물려받을 가능성이 있는 걸 알았다면 그는 뉴질랜드의 일자리를 거절했을 수도 있다. 우리는 바로 살림을 차리고 아기를 가진 다음 1년 안에 갑부가 될 수도 있었다.

처음에는 계획이 잘 돌아갔다. 재산에 관해 노아에게 말하고 난 다음 날 우리는 급히 결혼하게 되었다는 소식을 사람들에게 알렸다. 2주도 지나지 않아 우리는 부부가 되었고, 나는 노아와 함께 퀸스타운으로 이사했으며 심지어 그가 일하는 회사에 내 일자리까지 마련했다. 사실은 직장에 나가고 싶지 않았지만 오래 다니게 될 거라고는 생각지도 않았다. 서머의 결혼식에 참석하기 위해 웨이크필드에 돌아올 때쯤이면 임신을 했으리라 생각했다. 상황은 좋아 보였다.

문제가 생길 수도 있다는 첫 번째 징조는 몇 달 뒤 노아가 서머의 결혼식에 가고 싶어 하지 않으면서 나타났다. 뭔가가 잘못되었는데, 뭔지 알 수 없었다. 내가 아직 아기를 갖지 못해 노아는 화가 난 걸까? 우리는 정말 열심히 애쓰고 있었다. 게다가 서머와 애덤은 급히 아기를 가지려 하지 않을 것이다. 그들은 밧세바 호를 사서 타르퀸을 데리고 세계 여행을 할 예정이었다.

변호사는 스트레스가 많은 직업인 데다 로펌에서 일을 시작하는 파트너 변호사들은 특히 그렇기에 나는 노아의 무분별한 행동을 참고 넘겼다. 다른 여자의 향수 냄새라든지 걸핏하면 야근이라면서 먼저 퇴근해 혼자 저녁을 먹으라고 전화를 걸어왔을 때 뒤에서 들리던 기분 좋은 듯한 여자의 목소리까지. 그런 일들은 큰 그림이라는 측면에서 보면 별일 아니었다. 로리는 노아의 예전 여자친구로, 어렸을 때는 둘이 사귀던 사이였다. 이제 그들은 같은 회사에서 다시 만났고, 혹시 다시 관계가 이어질지도 모른다는 걸 나도 알았다. 처음에 나는 신경 쓰지 않았다. 하지만 노아와 나는 더는 잠자리를 갖지 않는 관계가 되고 말았다.

그때쯤 서머가 우리를 찾아왔다. 서머는 뉴질랜드에 머무는 동안 노아를 만나 다시 결혼 생활을 충실히 해보라며 설득했다. 그러는 내내 나는 예감이 좋지 않았다. 나와 똑같이 생기고 훨씬 나은 사람을 경험한 남편이 왜 내 곁에 남겠는가? 서머는 최선을 다했지만, 노아는 내가 서머를 공항에 데려다주러 나온 사이 짐을 싸서 집에서 나가버렸다.

나는 자신을 속여가며 퀸스타운에 남아 노아 회사에서 계속 일할 수 있으리라 생각했다. 노아와 나는 계속 친구로 남을 수도 있으리라. 그리고 로리도. 우린 모두 성인이니까. 그리고 만일 내가 품위 넘치는 전문 직업인답게 행동한다면 아니, 만일 내가 다른 멋진 남자와 데이트하는 걸 본다면, 노아는 자신이 뭘 잃게 되는지 알고 내게 돌아올 수도 있을 터였다. 어쩌면 우리는 영원히 재결합하지는 못할 테지만, 나는 한두 달에 한 번 노아가 필요할 뿐이었다. 빌어먹을, 하룻밤 만에 될 수도 있는데. 누구든 전 애인과 완전히 갈라서기 전에 섹스 몇 번은 하는 것 아닌가? 그러는 편이 새 남편을 찾는 것보다는 나아 보였고, 내가 정식으로 이혼하기 전까지 서머가 아이를 갖지 않도록 기도하며 시간을 보냈다.

헤어진 남편, 그리고 그 바람 상대인 여자와 같은 직장에서 일하는 건 더할 나위 없는 굴욕이었고, 헤어진 남편과의 섹스가 늘 좋은 것도 아니었다. 누가 알았을까. 괜찮아 보이는 남자가 있어 작업을 걸면서 그런 이야기를 전남편에게 꺼내면 노아는 말하곤 했다. "잘됐네, 아이리스. 당신이 행복하다니 기뻐." 그리고 작업 중인 새 남자는 이렇게 말했다. "전남편에게 보여주고 싶어서 내게 이러는 거였어요? 다시는 연락하지 말아요."

뉴질랜드에서의 생활은 그렇게 끝났다.

바로 이 순간, 그런 일들은 아무 상관이 없는 것 같다. 모든 것이 잘 정돈되어 있는지 확인하면서 밧세바의 갑판을 이리저리 돌아다니는 동안 내 걱정거리는 모두 뱃전 너머로 내던져버린 것 같은 느낌이 든다.

아버지와 내가 함께 자주 꿈꾸던 항로였으므로 나는 어떻게 항해해야 할지 알고 있다. 벵골 만을 가로질러 길게 서쪽으로 항해한 다음, 적도를 넘어 남쪽으로 달릴 것이다. 스콜과 무풍지대를 지나야 한다. 그런 다음 거센 남동 무역풍을 뒤에서 맞으며 서부 인도양을 빠른 속도로 격렬하게 달려야 한다. 세이셸에 도착하기까지 약 2주가 걸릴 것이다.

시간이 가장 중요하다. 지금 같은 계절에는 동쪽에서 부는 계절풍이 약하고, 현재 우리가 있는 태국처럼 바람이 정체된 곳에서는 매일 한낮에 바람이 잦아든다. 그러면 쥐 죽은 듯 고요해진다. 해가 뜨거운데 바람도 없이 파도에 흔들리는 것이다. 언젠가 부활절 휴가 때 우리는 매일 한낮 두 시간씩, 마치 저주받은 고대의 뱃사람들처럼 바다 위를 밀려다니며 땀을 흘린 적이 있다. 아버지는 엔진을 켜지 않겠다고 했다. 아버지는 요트를 타는 사람들 사이에서 '순수주의자'라고 불렸다. 모터를 절대 돌리지 않거나 큰 연료 탱크를 설치하지 않을 정도로 바람에 의지해 항해하고, 차라리 선원들이 지쳐가는 모습을 보는 걸 선택하는 사람들을 뜻하는 말이다. 그 선원들이 자기 자식들이라고 해도.

그러나 지나치게 돛에만 의존해야 하는 걸 제외하면 밧세바 호는 완벽했다. 밧세바는 길이가 18미터지만 길이에 비해 작은 편으로, 순종 경주마처럼 날씬하고 가벼웠다. 돛대는 높고 버뮤다 돛은 바람을 안고도 배가 빠르게 달릴 수 있도록 해주었다. 삭구는 서머와 애덤이 태국에서 교체했기 때문에 전부 새것으로 문제가 없었다. 배는 아침 햇살에 반짝인다.

나는 여기 갑판 위에 있을 때 집에 온 것처럼 가장 편안하다. 침실에도 창문이 많고 신선한 공기를 위한 해치도 있지만, 그곳에 있으면 더운 밤에는 여전히 폐소 공포증에 걸릴 것만 같다.

어제 나는 비행기를 타고 와 지쳐 그랬는지 서머가 음식과 와인을 권하는데도 침실로 들어와 잠이 들고 말았다. 서머는 미안해하는 분위기였고, 대양을 건너며 쌍둥이로서의 관계를 회복하는 여행을 준비하려 애쓰는 듯 보였다. 사실 침대에 몸을 펴고 누워 눈을 잠시 감고 있을 때 서머가 부부의 잠자리에 관한 이야기를 늘어놓은 것이 생각난다.

"그이는 천천히 하는 걸 좋아해." 서머가 말했다. "한 번도 급히 달려든 적이 없어. 촛불을 밝히고 내게 장미를 건네주고, 여자를 어떻게 다뤄야 하는지 아는 사람이야. 그러면서 완전히 단단하게 발기가 되면……."

서머가 실제로 이런 말을 했을 리 없다. 안 그런가? 서머는 늘 새침데기였다. 절반쯤 잠든 상태에서도 나는 내가 무슨 말을 들은 건지 이해하려고 애썼다.

"그이는 사랑을 나누는 동안 달콤한 이야기를 해줘." 서머는 이야기를 계속했다. "너무 깊이 넣어서 고통이 느껴질 때까지도…… 그리고 키스를 할 때는 마치 목마른 사람 같아. 그이는 마치 태양에 입 맞추는 것 같다고 하지."

밧세바의 뱃머리에 선 나는 어제 대화가 꿈이었다고 믿으려 애쓰고 있다. 서머는 이런 말을 하는 법이 절대 없다. 그러나 나는 더는 듣지 않으려고 베개로 귀를 막던 것까지 기억이 난다. 그리고 그 순간에 꿈을 꾼 것이 분명했다. 내 입술에 단단한 입술이 느껴졌기 때문이다. 나도 상대방에게 키스하며 입을 크게 벌렸다. 상대방이 노아가 아님을, 내 남편이 아니라서 그래서는 안 되는 걸 알고 있음에도. 상대에게서 강하고 좋은 향기가 났다. 튼튼한 두 팔이 내 양팔과 함께 몸통을 단단히 끌어안았지만, 나 역시 그걸 원했기에 신경 쓰지 않았다. 상대는 내 입 깊숙이 혀를 밀어 넣었고, 놀랍게도 나는 그의 혀가 믿을 수 없을 정도로 돌처럼 딱딱해져 있는 걸 느낄 수 있었다.

서머와 애덤이 쓰는 호화로운 침대에서는 도무지 제정신을 차릴 수 없었다. 불은 꺼져 있었다. 몇 시간은 족히 지난 것 같았다. 서머는 분명히 어디 다른 곳에서 잠든 것 같았다. 어둠 속에서 얼굴이 벌게진 채 어떻게든 꿈에서 빠져나오려던 나는 갑판 위로 뛰어 올라가 가장 먼저 보이는 소파에 몸을 던지고 달빛 아래 그대로 잠들었다.

지금 보니 서머는 이미 솔로몬을 밧세바의 선미에 있는 대빗 위로 끌어올려두었고, 수영용 사다리도 안전하게 걷어 올려두었다. 다시 배로 편하게 올라올 방법이 없고 물놀이에 낭비할 시간도 없지만, 이번 여행은 엄청난 경험이 될 터였으니 뭔가 의식을 치르지 않은 채 떠날 수는 없다. 물 위로 높이 뻗은 이물 난간에 기어 올라가 깊은 바닷속으로 연결된 검은 닻줄을 내려다본다. 아래쪽 보이지 않는 곳, 해저에 묻힌 밧세바의 커다란 닻은 날 육지에 묶어둔 유일한 물건이다. 바다가 날 부르고 있다. 바람은 노래를 부른다. 나는 머리 위로 양팔을 들어 올린다. 그리고 물에 뛰어든다.

*

그 뒤로 한 시간이 지났고 우리는 항해하고 있다. 언니는 내가 물에 뛰어드는 소리인지 내가 다시 수면으로 올라와 선체를 주먹으로 두드리는 소리인지에 잠에서 깼다. 서머는 갑판으로 뛰어나와 감탄의 눈빛을 반짝이며 날 위해 사다리를 내려준다.

"넌 정말 인어 같아." 서머는 난간 너머에서 팔을 내밀며 말한다.

나는 갑판 위에 짠물을 흘리며 서 있다.

"넌 바다에 나오면 집에 온 것처럼 보여. 함께 있으니까 무척 안전한 기분이야."

망고와 패션프루트 와플로 아침을 해결하고 나서 나는 일기예보를 확인했고, 서머가 애덤과 마지막 통화를 한 다음 우리는 출발했다. 나는 아버지가 그랬던 것처럼 큰 돛을 펼친 다음 닻을 감아 올렸다. 돛을 올린 밧세바는 조용히 아시아 대륙으로부터 멀어지기 시작했다.

이제 나는 서머에게 조타를 맡기고 새 지브를 편다. 서머는 서툰 솜씨로 배가 바람을 똑바로 뒤에서 맞도록 배의 방향을 맞춘다. 뒤에서 바람이 똑바로 불어오자 물결이 일 때마다 밧세바는 옆으로 흔들리고, 바람은 뒤쪽에서 큰 돛을 때릴 것처럼 위협한다. 바람을 받으면 돛의 방향을 바꿔야 한다. 큰 돛과 하활이 조종석 위를 지나 반대쪽으로 넘어가는 것이다. 밧세바 호의 활대는 사람 머리 높이에 달려 있어 누구든 조종석 안에 안전하게 앉아 있지 않고 멍청하게 선미 갑판에 서 있으면 위험했다. 제대로 준비도 하지 않고 돛과 활대를 반대편으로 넘긴다면 활대에 사람이 맞아 정신을 잃거나 배에서 떨어지거나 목숨을 잃을 수도 있다. 아버지는 설계 오류라는 사실을 알아차렸지만, 활대를 높이는 작업은 한사코 거부했다. 활대를 높이면 큰 돛이 짧아질 수밖에 없고 배의 속도가 떨어질 것이기 때문이다.

다시 조타를 맡은 나는 돛이 사고로 돌아가지 않도록 얼른 배의 방향을 바꾼다. 배의 움직임이 나아지더니 속도가 빨라진다. 우리는 밧세바가 가장 항해하기 좋은 옆바람을 받으며 나아가고 있다. 서머는 무안한 듯 아침 먹은 설거지를 하고, 밤에도 잠을 잘 수 없다는 걸 아는지 낮잠을 청한다.

산들바람이 북동쪽에서 불어와 선미를 쓸고 지나가고 밧세바는 치마를 들어 올린 채 서쪽으로 춤추며 나아간다. 항해를 맡은 나는 손으로 방향을 잡으며 푸른 수평선을 유심히 바라보고 있다. 날치들이 밧세바의 앞쪽에서 경쾌하게 달리다가 배가 일으킨 파도 속에서 펄쩍 뛰어오른다. 뒤쪽에서 금빛 태양이 태국 위로 뜨고 육지는 흐릿한 실루엣으로 변한다. 불어오다 멈추기를 반복하는 바람과 높아졌다 낮아지는 파도에 나는 내 몸과 밧세바가 서로 연결이라도 되어 있는 것처럼 리듬을 맞춘다. 바다의 노래에 키 손잡이가 윙 울린다. 아침나절 중간쯤 우리는 먼바다까지 나아간다. 태국의 바람 정체 지역은 벗어났고, 이제 그 무엇도 우리를 멈출 수 없다.

따뜻한 햇볕에 살갗이 따끔거린다. 정신을 바짝 차리고 나침반과 풍향계, 돛과 파도를 보고 있지만, 머리로 생각할 필요는 거의 없다. 내 두 다리는 나무 갑판을 힘차게 딛고 서 있다. 이제 배 위에서 걷는 일에 익숙해졌다. 입가에 소금기가 느껴진다.

나는 항해를 위해 세상에 태어났다. 진정으로 살아 있는 기분.

*

한낮 태양 아래 서머가 블루베리와 카망베르치즈, 캐비아를 접시에 차려 들고 나온다. 요즘 푸껫에서는 무엇이든 살 수 있나 보다.

"냉장고에 전부 다 안 들어가네." 서머는 말한다. "그러니까 이것들을 좀 먹어 치워주면 도움이 되겠어. 자동 조타로 돌려놓을게. 그래야 네가 나랑 갑판 선실에 좀 앉아 있을 수 있잖아."

편한 의자에 앉아 항해하면 안 된다고 말하고 싶지만 속으로 삼킨다. 서머 말이 옳다. 바다를 건너는 내내 직접 배를 조종하는 건 바보 같은 일이다. 요트를 타는 대부분 사람은 24시간 내내 자동 조종을 하면서, 달리는 내내 갑판 선실에서 빈둥거리며 시간을 보내고, 몇 분에 한 번씩 혹시 다른 배가 있는지 주변을 둘러보기만 한다. 아마도 한 시간에 한 번 전자 해도를 보면서 하루 한 번 적당히 항해일지를 작성할지도 모른다. 아주 가끔 다른 배가 보이거나 바람 방향이나 날씨가 바뀔 때 할 수 없이 조종석에 앉아 돛을 조정할 것이다. 아버지는 구식 뱃사람이어서 우리가 종이 해도와 전자 해도 모두 사용할 수 있도록 훈련했다. 하지만 아버지 역시 자동 조종 장치를 좋아해 장치에 데이브라는 이름까지 붙여주었고, 사람들에게 데이브가 '우리 배에서 제일가는 선원'이라고 말하길 좋아했다. 그러면서도 아버지는 우리 모두 손으로 조종하는 법을 익혀야 한다며 고집했다. 그리고 나는 바다, 바람과 교감하면서 공기의 이동과 파도를 최대한 이용해 직접 조종하는 방식을 가장 좋아한다.

밧세바는 같은 크기의 다른 요트와 달리 타륜 방식이 아니라 키를 이용해 조종한다. 키를 손으로 잡거나 양 무릎 사이에 끼우고 힘을 주면서 다리를 구부리는 방식으로 오르내리는 파도에 맞춰 좌현 또는 우현으로 배를 조종할 때는 마치 바다가 내 몸을 통해 숨 쉬는 느낌이다. 하지만 그건 상쾌한 아침이나 맑은 밤에 재미로 하는 것이지 살인적인 아시아의 긴 오후를 그런 식으로 보내고 싶은 것은 아니다. 서머가 버튼을 누르자 데이브가 윙 소리를 내며 작동을 시작하고, 나는 갑판 선실의 반가운 그늘 속으로 들어가 맛있는 음식을 즐기기 위해 언니와 합류한다. 강화 유리 창문들이 주변 바다와 하늘 경치를 보여주고, 우리는 자연스럽게 서로의 뒤쪽을 보며 마주 앉아 늘 배 주위를 감시하는 선원의 본능으로 수면을 훑어본다.

"태국에 좋은 친구가 많은데 두고 떠나기가 힘들었어." 서머는 내가 먹는 동안 한숨을 내쉬며 말한다. "하지만 우린 어딜 가든 좋은 친구들을 사귈 걸 알아. 전에는 요트 여행이 좋은 걸 왜 몰랐는지. 역시 네게 고맙다는 인사를 해야겠지. 네 덕분에 배에서 보내는 마법 같은 삶에 눈을 뜬 거야. 그리고 이제는 밧세바에서 사는 삶 말고는 상상할 수 없어. 인생이 천국이 된 것 같아."

밧세바가 지나온 흔적 너머로 육지가 사라졌고, 빠르게 달리는 밧세바는 완벽한 파란색 원 한가운데 자리 잡고 있다. 서머는 놀라울 정도로 편안해 보인다. 우리 두 사람 모두 뱃멀미는 하지 않지만, 서머는 먼바다에 나오면 늘 두려워하곤 했는데.

"하지만 배에서 평생 살 수는 없잖아?" 내가 묻는다. "애덤도 언젠가 다시 일해야 하는 거 아니야?"

서머는 애덤과 결혼하면서 간호사 일을 그만두고 타르퀸을 돌보고 있다. 두 사람은 애덤이 운영하던 여행사를 시부모에게 맡기면 평생 요트를 타며 살 수 있다. 그렇지 않더라도 휴가를 아주 길게 낼 수도 있다. 하지만 두 사람은 평생 놀고먹을 수 있을 정도로 재산이 많지는 않다.

"그래서…… 어젯밤에 설명하려고 했어." 서머가 눈길을 피하며 말한다. "네게 모든 걸 말해주지도 않고 중대한 여행을 이런 식으로 떠나는 건 옳지 않으니까. 하지만 네가 얼마나 피곤했는지 몰랐던 것 같아. 대화하던 중에 넌 잠들어버렸잖아."

조금 전까지 나는 서머가 지난밤에 늘어놓은 야한 이야기들이 비행 후유증으로 인한 악몽이라고 거의 믿고 있었다. 하지만 서머가 얼굴을 붉히며 말하는 걸 보니, 어젯밤 이야기가 실제 있었던 일임은 물론 서머는 그 이야기를 지금 다시 시작하려는 것 같다.

"뭐냐면, 나도 내가 남자 많이 사귄 걸 알아. 어쩌면 너보다 많이 사귀었을 수도 있지. 하지만 사람들 생각처럼 즐기진 못했어. 내가 완전히 불감증이라는 건 아니고 뭔가 발동이 천천히 걸린다고 하나? 솔직히 말하면 사귄 남자들 대부분은 잠자리도 한 번 갖지 않고 헤어졌어. 서로 안 맞을 걸 미리 알겠더라고. 무슨 말인지 알 거야."

새침데기 같으니. 내가 뻔히 알고 있다는 듯 말하고 있다. 잘난 체도 별로 하지 않으면서 서머처럼 늘 고결해 보일 수 있는 사람은 그 누구도 없다.

서머가 지금 내 앞에서 옷을 벗는 분위기지만, 내가 어찌 서머의 말을 막을 수 있을까? 블루베리를 다시 한 입 넣고 입을 다문다. 조금 역겨운 기분이지만 이 대화가 어디로 흘러갈지 알아내야 한다.

"처음 애덤이랑 결혼했을 때도 그랬어. 오해는 마. 우린 사랑하고 있으니까. 하지만 뭔가 여전히 빠르게 진행되지 않는 것 같아. 그이는 아주 참을성이 많아. 아주 사랑스러운 남자야."

이 대목에서 내가 거들 말은 없다. 동의할 수도 없는 내용이다. 이건 내가 전혀 알 수 없는 애덤의 사랑스러운 면이다.

"그런데 우리가 열대 지방으로 오면서 모든 게 바뀐 거야." 서머는 자리에 앉은 채로 자세를 고치더니 살에 달라붙은 사롱 자락을 허벅지에서 떼어내며 이야기를 이어간다. "더운 밤, 바다, 애덤에게서 나는 냄새, 심지어 그이의 땀까지도 날 불타오르게 만들지 뭐야. 그럴 거라고 기대하지 않았는데, 갑자기 서로 허기진 사람처럼 탐닉하게 됐어. 둘 다 미쳐버린 것 같았어. 우린 뛰듯 배로 돌아가 타르퀸을 얼른 아기 침대에 눕혀야 했지. 타르퀸이 잠들 때까지 기다릴 수도 없고, 조용히 소리 죽여 할 수도 없었어."

서머는 잠시 이야기를 멈춘다. 서머는 내 뒤 갑판 선실 창문을 바라보고 있다. 매우 의도적이고 집중하는 표정이어서 내가 보기에는 엄청나게 큰 배가 충돌할 것처럼 우릴 향해 다가오는 게 아닌지 생각이 들 정도지만, 무슨 이유인지 서머는 내게 경고하지 않고 나 역시 뒤돌아볼 생각을 하지 않는다. 나는 서머의 얼굴에서, 그녀의 작은 장미 꽃봉오리 같은 입에서 눈을 뗄 수가 없다. 언니 입에서 내 파멸 선언이 나올 것 같은 느낌이 든다고 해도.

그 순간 서머가 입을 연다.

"그러다 2주 전쯤에 일이 벌어진 거야. 내가 술 안 좋아하는 건 알잖아. 그런데 애덤이 장미 향이 나는 와인을 샀어. 그이는 뭐든 장미랑 관련이 있으면 내게 사주려고 하니까. 해변과 조금 떨어진 작은 만에 정박한 배에서, 그래도 조금 더 시원한 앞쪽 갑판에 앉아 있었어. 산들바람이 살짝 불었고 남쪽에서 파도가 살짝 밀려와 뱃세바가 살짝 흔들렸지."

서머는 '살짝'이라는 말을 할 때마다 손가락으로 자신의 허벅지를 누른다. 사롱이 벌어진 자리에 길게 늘어난 S자 모양 흉터가 위쪽으로 나 있다. 오랜 시간이 흘렀지만, 여전히 최근 생긴 상처처럼 보인다. 서머는 산호에 다치면 대개 그렇듯 최근 다시 상처가 벌어진 적이 있다고 말했다. 상처가 언젠가 지워질지, 결국 제대로 낫기는 할지 궁금하다.

"그런데 고맙게도 타르퀸이 잠들었어. 내가 마침 애덤을, 그이의 몸을 생각하고 있었거든. 아랫도리가 머리를 지배하는 것 같더라고."

나는 서머가 아랫도리라는 단어를 이런 식으로 사용하는 걸 한 번도 들어본 적이 없다. 서머는 마치 고양이가 기분 좋은 소리를 내는 것처럼 말한다. 서머가 한 말이 우리 사이 공간에서 공기를 간지럽힌다.

"온몸이 진동하는 것 같았어. 온몸의 피가 피부로, 가슴으로 몰리고 몸속 깊은 곳에서 뭔가 두근대는 것 같았지. 이제야 사람들이 왜 섹스에 미치는지 알 것 같아, 아이리스. 난 그 순간에, 바로 그때 갑판에서 그이의 몸을 가져야만 했어. 멀지 않은 곳에 있는 보트에서 불량스러운 사내들이 파티를 벌이고 있었고, 낮이라 해는 여전히 높이 떠 있었지만, 신경 쓰지 않았어. 옷을 전부 벗고 그이를 갑판 위에서 밀어붙여 그이 몸에 올라탔어. 그이의 크고 단단한…… 맙소사, 정말 기분 끝내줬어. 우린 그 자리에서 관계를 맺었고, 갑판에 몸이 쓸려 멍이 들 정도였어. 그리고 소리를 얼마나 질러댔는지, 아마 푸껫 사람들 절반은 들었을 텐데도 난 신경 쓰지 않았어. 죽어도 좋다는 생각이었어." 그러더니 이제 서머는 내 눈을 들여다본다. "내가 무슨 말을 하려는 건지 알 수 있을 거야."

그러니까 얘기가 여기서 끝이 아니란 소리군. 더 있단 얘기야. 더 나쁜 얘기.

"우리가 이럴 계획이 아니었다는 걸 네가 알아주었으면 해." 서머가 말한다. "애덤은 피임을 잘 챙기는데, 내가 그만 대책 없이 덤벼들고 말았던 거야. 배에 콘돔이 전혀 없었거든. 다음 날 쇼핑할 때 사려고 했었지. 그렇게 대책 없이 한 건 그날이 유일하고, 그날 일은 사고였던 거야. 난 이러고 싶지 않았어, 아이리스. 우리 사이에 이런 일이 벌어지는 건 정말 원하지 않았다고."

서머의 멋진 이야기에 정신이 나가서, 내가 꾼 꿈에 사로잡혀서, 갑판 위에 앉은 애덤의 그곳이 삼손이 무너뜨린 기둥처럼 단단하게 솟아오르는 모습을 상상하느라 바빠서, 나는 이제야 서머가 무슨 말을 하고 있는지 알 수 있었다. 그리고 서머는 진정으로 미안해하는 것처럼 보인다. 내 인생을 망쳐놓고 내가 너무 쉽게 져준 건 착한 바보여서 그런 거라고 말하는 것처럼 안타까워하는 표정이다. 나는 서머가 차마 내게 하지 못한 말을 꺼낸다.

"축하해. 언니 임신했구나."

5. 미인대회

유서 내용을 알게 되었을 때, 나는 서머와의 경쟁이 맹렬하리라 생각했다. 우리는 1억 달러를 두고 경쟁하는 것이다. 우리 말고는 경쟁자가 없었다. 벤은 자신이 품은 작은 비밀이 없다고 해도 우리보다 네 살이나 어렸다. 우리는 벤이 열여덟 살이 되기 전까지 결혼하고 아이를 가질 시간이 4년이나 있었다.

벤은 열세 살이 넘어가자 동성애자임을 고백했고, 아무도 놀라지 않았다. 나는 어른들이 오래전부터 이미 알고 있었다는 걸 깨달았다. 벤이 반짝이 핫팬츠를 입고 돌아다니거나 다른 남자애들에게 들러붙지 않아도 어른들은 어쩐 일인지 모두 알고 있었다. 릿지 카마이클은 아이를 일곱이나 두었지만, 그에게는 이성애자 아들이 한 명도 없었다.

카마이클이라는 이름은 사라질 터였다. 아버지는 미치고 펄쩍 될 노릇이었을 것이다.

내 생각에 아버지는 자신이 사망할 때는 우리가 모두 성인이 되었으리라 생각했고, 그러니 딸들이 스무 살도 되지 않아 먼저 시집가려고 경쟁하리라고는 꿈도 꾸지 못했을 터였다. 아버지는 자신이 한 실수를 자식들이 저지르지 않기를 원했다. 아버지는 그 실수 때문에 마거릿과 이혼했고, 너무 늦은 나이에도 아이를 낳아야 했다. 우리 쌍둥이는 젊은 아내를 얻어 재도전해볼 기회도 얻을 수 없었다.

아버지 장례식 다음 날 나는 어머니 침실에 몰래 들어가 유언장 사본을 살짝 빼냈다. 나중에 혼자 읽기 위해 화장실에 가 서둘러 휴대전화로 유서 내용을 모두 촬영해두었다. 규칙은 평범한 영어 문장으로 설명되어 있었다. 아버지는 나름 진보적이고 공평한 기회를 제공하는 유언을 작성했다. 태어날 손주가 사내아이일 필요는 없었다. 그렇지만 가장 먼저 태어나 카마이클이라는 이름을 이어받는 첫 손주여야 했다.

엄밀히 말해 이 소중한 손주가 성인이 될 때까지는 재산은 신탁해두어야 하지만, 신탁 관리자가 아이의 부모가 되고 어떤 식으로 돈을 사용하든 광범위한 권리를 갖게 되어 있었다. 아이의 부모는 자신을 위해 또는 다른 자식을 위해 돈을 쓸 수는 있지만, 나머지 형제와 나누어 가질 수는 없었다. 아버지는 패자에 대한 보상에는 관심이 없었다. 승자가 독식하는 방식이었다.

서머와 나는 30대가 될 때까지 결혼을 미룰 수도 있었다. 프랜신과 네 명의 이복 자매만 없었다면. 그 집 아이들은 아버지가 죽었을 때 어린아이들에 불과했지만 어쨌든 프랜신으로서는 유일한 희망이었다.

아버지의 장례식이 지나고 며칠 안 되어 애나베스와 프랜신은 각각 변호사를 통해 서로 연락했다. 호화로운 봉투가 등기우편으로 여러 차례 해변 저택에 배달되었다. 애나베스는 허둥지둥 침실로 들어가 우편물을 읽은 다음 벌게진 얼굴로 아무 말도 없이 나오곤 했다. 그리고 전화로(엿들으려 엄청나게 애썼지만, 상대가 누군지 도무지 알아낼 수 없었다) 프랜신이 동정심이라고는 없다면서 자신이 '슬퍼해야 할 시간'은 줘야 하는 거 아니냐며 훌쩍거렸다. 어머니가 아버지와 부부로 가장 오래 산 사람이었기 때문이다.

그래봐야 아무 소용 없었다. 휑한 구석에 잘라낸 나무처럼 갈색인 크리스마스트리가 서 있는 가운데 거실에 종이 상자들이 나타났다. 어머니의 눈물은 분노로 바뀌었다. 책들은 종이 상자 속에 던져졌다. 냄비와 프라이팬들은 나무 상자 속에 처박혔다. 하지만 어머니는 크리스털과 유리잔은 조심스럽게 다루었다. 아무것도 깨뜨리지는 않았다.

애나베스는 여름 내내 짐을 싸는 것 같았다. 어머니는 그녀가 '가정파괴범'이라고 부르기 시작한 프랜신이 집에 남은 어머니의 보석이나 고급 그릇을 하나라도 차지할 수 없도록 조심하며 짐을 쌌다. 내가 버지니아의 아버지가 누군지 알게 된 것도 그때였다.

"혼인 중에 임신하고 낳은 아이여야만 해요." 어느 날 애나베스가 무릎을 꿇은 채 샴페인 잔을 포장해 반쯤 채운 상자를 앞에 두고 전화기에 대고 속삭이듯 말했다. "아뇨, 소급해서 적출로 인정할 수는 없어요. 결혼하고 낳기까지 적어도 9개월은 되어야 하고, 그렇지 않으면 아기가 조산아였다는 의학적 증거가 있어야 해요. 버지니아도 예외는 아니에요. 자, 그게 위선이 아니라면 뭐가 위선인지 모르겠네요. 비키도 마찬가지예요. 비키는 그들이 결혼하고 나서 겨우 6개월 만에 태어났잖아요."

어머니의 통화 상대방이 뭔가 위로의 말을 한 것이 틀림없다. 어머니의 말투가 변했기 때문이다.

"그래, 그래요. 알아요. 시간이야 많죠." 어머니는 중얼거렸다. "걔는 겨우 여섯 살이니까. 아뇨, 그 아이를 릿지의 죄 때문에 처벌하는 건 당연히 원치 않아요. 하지만 솔직히 어떻게 사생아에게 버지니아라는 이름을 붙일 수가 있는지! 아이 이름은 '간통'이라고 지었어야 했는지도 몰라요!"

다음 날에도 비슷한 대화를 들었고, 그다음 날도 마찬가지였다. 날씨가 더워졌고 벤과 서머는 서로 말다툼하고 징징거렸다. 애나베스는 우리가 귀찮게 굴지 못하게 할 핑곗거리를 찾기 시작했다. 결국 두 시간 동안 돌아오지 말라는 당부와 함께 어머니는 우리를 매일 아침 해변으로 내몰았다. 하지만 우리가 한 시간을 견뎌내는 경우는 드물었다. 물을 가져가는 걸 잊거나 먹을 것이 떨어지기 일쑤였다. 한 번은 햇빛 차단제를 깜박 잊고 나가는 바람에 피부가 약한 벤이 살이 심하게 타서 일주일 동안 밖에 나가지 못한 적도 있었다.

애나베스는 너무나 혼자 있고 싶은 나머지 매년 방학 마지막에 친한 친구네 가서 하룻밤을 자고 오던 서머에게 나를 불청객으로 딸려 보냈다. 부드러운 눈빛의 갈색 곱슬머리인 러티샤 버킹엄은 전형적인 착한 바보로 서머는 그 아이에게 푹 빠져 있었다. 러티샤와 서머는 유치원 때부터 친구였지만 나는 러티샤를 견딜 수가 없었다.

어머니회 회장에 만족하지 못하는 러티샤의 어머니는 웨이크필드 해변 위원회를 조직했다. 그 위원회는 해변에 어울리지 않는 옷을 입은 해변에 어울리지 않는 사람들이 우글거리는 해변에서 해변에 어울리지 않는 행사를 열어 웨이크필드 해변을 망치는 일을 전문으로 하는 조직이었다. 그해 여름 전까지 버킹엄 부인은 패션 퍼레이드와 장기자랑 대회를 개최한 적이 있었다. 남편인 버킹엄 씨는 모래 위에 판자로 산책로를 설치해 아내가 발바닥에 붙은 것 같은 하이힐을 신고도 해변을 돌아다닐 수 있도록 해주었다. 나는 그 여자가 개최하는 행사에서 가능한 한 멀리 떨어져 있으려고 했고, 아무도 날 알아보지 못하는 해변 끄트머리에서 대개 수영으로 시간을 보냈다.

러티샤네 집에 가서 하룻밤을 보낸 바로 다음 날, 버킹엄 부인은 첫 번째 웨이크필드 해변 소녀 미인대회를 개최했다. 딸인 러티샤가 참가할 수 있도록 열여섯 살 이하의 여자들만 참가할 수 있도록 했다. 금, 은, 동 세 개의 어깨띠와 금박 왕관이 버킹엄 저택의 현관 앞에 기다리고 있었다. 버킹엄 부인은 마치 자신이 따내기라도 한 것처럼 어깨띠와 왕관을 전시해두었다.

나는 버킹엄 부인이 왕관을 쓴 모습을 상상했다. 그녀의 이름은 실리아였는데, 나는 이 이름(고전적이고 우아하다)과 버킹엄 부인의 너부죽한 얼굴 그리고 떡 벌어지고 버스처럼 느려터진 몸의 대조를 즐겼다. 실리아는 애나베스보다 열 살은 더 먹었을 것 같은데, 두 사람의 딸이 아주 친한 것 말고는 공통점이라고는 없었다. 애나베스는 여전히 날씬하고 눈에 띄게 아름다웠고, 중년의 흉물인 실리아 버킹엄과 달리 미인대회를 주최하는 게 어울리는 여자였다.

실리아는 넓은 주방에서 카푸치노를 마시며 아침을 먹는 여자아이들을 지켜보면서 동시에 바람이 심하다는 일기 예보를 두고 뭐라고 중얼거리고 있었다. 바람이 세면 얇고 가벼운 야회복이나 섬세하게 단장한 머리에 문제가 될 수 있었다. 나는 미인대회 장소를 웨이크필드 쇼핑센터 내부로 변경하고 '해변은 야외 활동을 즐기는 사람들에게 돌려주는 것'이 어떠냐고 제안했다. 실리아는 나를 노려보았다.

애나베스는 오후가 될 때까지 집에 돌아오지 말라고 했지만, 그렇다고 해서 내가 종일 버킹엄 가족과 어울려 놀아야 한다는 의미는 아니었다. 나는 늘 찾아가는 해변 끄트머리로 가면 될 터였다. 친구도 필요 없었다. 나와 바다만 있으면 괜찮았다.

하지만 빠져나가려던 순간, 날 위해 다른 계획이 준비되어 있다는 걸 알게 되었다.

"네 어머니가 네 참가비도 내셨다." 실리아는 뚫고 지날 수 없는 코뿔소처럼 현관 앞에 서서 내게 말했다.

나는 극심한 무대 공포증이 있다는 둥 '미인대회는 여자에 대한 착취'라는 둥 온갖 핑계를 댔지만, 실리아는 강압적으로 날 밀어붙였다. 서머마저 내 반란에 동조하기를 거부하고 날 배신했다.

"같이 가서 재미있게 놀자." 서머가 말했다. "엄마를 위해서 그냥 해. 이렇게 하는 게 엄마로서 얼마나 힘들었을지 너도 알잖아."

해변에 나갔더니 천막은 막 날아오르려는 거대한 갈매기 떼처럼 바람에 펄럭거리고 있었다. 하지만 당장 비바람이 몰려올 것 같지는 않았다. 자유롭고 야생인 바다가 번쩍이는 모습이 흘깃 보였지만 천막이 바다의 광경을 가리고 있었다. 실리아 버킹엄이 원하던 상황이 그런 것임이 틀림없었다.

여자아이들이 길게 줄을 서서 미인대회 참가 신청을 하고 있었다. 그들은 줄을 설 필요가 없는 내부 관계자인 서머와 러티샤, 그리고 내가 옆으로 지나가자 조용해졌다. 그들 대부분은 우리와 비슷한 나이거나 한 살 정도 많아 보였다. 예쁘지만 대단히 아름답지는 않았다.

나는 실리아가 맞닥뜨리게 될 싸움을 떠올리고 히죽거리며 웃을 수밖에 없었다. 몸이 유연하고 구릿빛인 러티샤는 집에 놀러 온 친구들만 없었다면 당연히 미인대회의 주인공이었을 것이다.

서머와 러티샤는 참가 신청서를 작성하고 있었고 나는 내가 작성한 신청서를 읽었다.

"고상한 수영복이라는 건 뭐죠?" 내가 물었다.

어린 여자아이들을 대상으로 하는 미인대회에서 고상한 것이 있을 리 없다.

"비키니는 안 된다는 거야." 실리아가 말했다.

무대 주변 모래밭에는 이미 변태들이 잔뜩 몰려와 자리를 잡고 있었는데, 그들이 10대 여자애들의 팔다리를 제외한 몸을 전혀 볼 수 없으리라는 걸 알고 나니 그나마 안심이었다. 하지만 서머와 나는 비키니 수영복만 가져온 상태였다. 집에 가서 원피스 수영복을 가져와야 했다. 서머는 해변을 따라 걸으며 애나베스에게 전화를 걸었다. 어머니가 미리 연락하지 않고는 집에 돌아오지 말라고 했기 때문이다.

나는 미인대회에 아예 나가지 않으려 한다는 서머의 말을 듣고 깜짝 놀랐다.

"짐 싸는 거 도울게요, 엄마. 이번엔 정말 약속해요." 서머가 말했다. "지금까지는…… 도움이 못 돼서 죄송해요."

애나베스가 하는 말이 언뜻 들렸다. 당연히 우리는 미인대회에 참가해야 했다. 우리가 퀸즐랜드에서 가장 예쁜 소녀들이기 때문이다.

화려하게 빛나는 더운 날 아침이었고, 서머의 머리는 햇볕에 그을린 어깨 위에서 녹아내리는 금빛으로 찰랑거리며 내려와 허리까지 닿았다. 서머는 몸에 꽉 끼는 흰색 반바지를 입었는데, 다리에는 뼈만 남았다는 표현에서 가까스로 벗어날 수 있을 정도의 근육밖에 없었다.

최근 들어 생긴 변화였다. 서머가 눈치채고 있는지 알 수 없지만, 나는 남자애들이 서머를 보는 눈이 변한 걸 알았다. 어른 남자들까지도. 우리 둘 다 아직 생리를 시작하지 않았지만, 서머는 다 큰 여자처럼 보였다. 서머가 브래지어 사이즈는 나보다 크고, 엉덩이도 나보다 더 튀어나왔지만 우리는 여전히 같은 사이즈 옷을 입었다.

“그게 문제라니까요, 엄마.” 서머는 눈을 깜박여 눈물을 참으며 말했다. 서머는 요새 눈물이 잦아졌다. 강아지를 잃어버리는 따위 일에도 마음이 약해지는 그런 아이였다. “우리 둘 다 우승할 수는 없잖아요? 그리고 우리 중 누구라도 2등이 된다는 건 끔찍한 일이라고요.”

서머는 얼른 덧붙였다. “우리가 꼭 이긴다는 건 아니에요. 여기 아주 예쁜 애들이 많아요.”

애나베스의 웃음소리가 전화기에서 울렸다. 서머의 겸손함에 어머니는 아주 기뻐하고 있었다. 왜 나는 저런 말을 전혀 생각해내지 못하는 거지? 나도 서머가 말한 상황을 두려워하고 있었다. 우리는 어쨌거나 쌍둥이였다. 같은 생각을 할 때가 많아 무서울 정도였다. 그렇지만 나는 사심 없이 걱정하는 척하거나 쌍둥이 언니의 기분을 상하게 할까 봐 걱정하는 척해야겠다는 생각은 단 한 번도 하지 못했다. 하지만 그게 중요한 대목이었다. 서머는 그런 척하는 게 아니었다.

“당연히 너희는 한 팀으로 참가해야지!” 우리가 집에 도착하자 애나베스는 큰 소리로 말했다. “요즘에는 나도 너희를 구분 못 하는데. 너희는 왕관을 함께 나누어 쓰게 될 거야!”

착한 건 바보다. 애나베스는 진짜로 자신이 한 말을 믿고 있었다. 그리고 어쩌면 서머도 믿고 있을지 몰랐다. 왜냐하면 서머는 태어난 뒤로 가장 착하고 가장 멍청한 짓을 하려고 마음먹고 있었으니까.

*

해변에 사는 서머와 나는 비키니가 아주 많았다. 우리가 가진 유일한 원피스 수영복은 학교에서 사용하는 것으로, 점잖은 흰색이고 당연하게도 똑같은 모양이었다. 서머는 집에서도 나와 같은 옷 입기를 오래전부터 거부해오고 있던 참이었기에 서머가 불만스러워하지 않아 나는 깜짝 놀랐다.

해변으로 돌아온 우리는 행사를 지원하는, 싼값에 옷을 빌려주는 업체에서 받은 드레스를 입고 우승을 노리는 서른 명의 다른 참가자와 함께 의기양양하게 무대 위를 활보했다. 관중에는 눈길을 보내지 않으려 애썼다. 관중 속에는 얼굴이 벌겋게 익은 노인네들도 엄청나게 많았다.

드레스 무대가 끝나자 우리는 수영복으로 갈아입었다. 다시 무대로 나가기 위해 줄을 서서 경쟁자들을 살펴보았다. 가망이라고는 없어 보이는 말라깽이 열두 살짜리 아이들은 꼭 그들 엄마가 미인대회에 돌봐달라고 맡긴 애들 같았다. 예쁘게 생기긴 했지만 수줍음이 많고 내성적이어서 태연한 자세를 유지하지도 못하는 아이들. 못생겼지만 예쁘고 싶은 아이들.

내가 즐거웠던 한 가지는 미인대회에서 성적 요소를 뿌리 뽑으려던 실리아의 노력이 망가지고 있다는 점이었다. 실리아는 친구 중 한 명인 중년 여자를 선택해 심사위원을 맡겼고, 참가자들이 무릎 아래까지 내려오는 점잖은 이브닝드레스와 수영복을 입어야 한다고 고집하는 등 무척 열심히 노력했다. 그러나 아무 소용 없었다. 한 참가자가 야한 모양 수영복을 입었다는 이유로 무대에서 내려가도록 했지만, 벌써 남자들이 휘파람을 한바탕 불고 지나간 뒤였다. 실리아는 참가자들이 '모델이 아니라 학생들'이라는 사실을 상기시키는 안내를 했다. 하지만 그런 안내는 대회를 더욱 변태적으로 만들고 말았다.

열 명이 결선에 진출했다. 나, 서머, 러티샤 그리고 꿈 많은 다른 일곱 명이었다. 실리아는 우리를 다시 무대에 올렸고, 우리는 발이 아플 때까지 무대 위를 돌았다. 심사위원은 아직도 우승자를 결정하지 못한 건가? 누구든 심사위원에게 가서 만일 최고상을 두 명이 공동으로 받게 되면 2등은 뽑을 필요가 없다는 걸 알려줘야만 했다. 그러면 러티샤를 3등으로 뽑고 끝내면 되는데.

무대는 높고 무더웠다. 나는 배가 고팠고 겨드랑이와 사타구니에 붙인 땀 흡수 밴드가 겉으로 보일까 봐 두려웠다. 그리고 무대 위를 오래 돌수록 다른 가능성이 머릿속에 떠올랐다.

생각을 떨쳐낼 수 없었다. 왜 심사위원이 이렇게 결정을 쉽게 내리지 못할까? 답은 뻔했다. 나와 서머 사이에서 1등을 가리려 애쓰는 것이다. 당연히 왕관은 나눠 가질 수 없었다. 금색 어깨띠와 금빛 왕관은 각각 하나밖에 없었다.

서머는 순위에 무관심했고, 서머가 욕심이 없다는 걸 누구나 알 수 있었다. 서머의 움직임은 물 흐르듯 자연스러웠고 하트 모양 얼굴에는 화장기가 보이지 않았으며 웃는 모습은 건강해 보였다.

서머가 우승할 터였다. 가슴이 크다거나 엉덩이와 허벅지에 새롭게 비옥한 곡선이 생겨나서가 아니었다. 서머는 내가 절대 갖지 못한 걸 갖고 있었다. 그건 내적인 아름다움이었다. TV에서 진행하는 미인대회에 나온 사람들이 하는 거짓말. 진정한 미는 내면에서 우러나온다는 것.

여자애들이 무대에서 울음을 터뜨리는 건 원치 않았는지 우리를 포함한 참가자들은 자유롭게 관객 사이에 자리를 잡았다. 이제 곧 수상자들을 발표할 예정이었다.

앉을 자리를 찾고 있는데 애나베스와 벤이 나타났다. 어머니는 불안해 보이는 대외용 웃음을 짓고 있었다. 그리고 벤이 나를 우애 어린, 연민과 우정의 표정으로 바라보는 순간 나는 뭔가 깨달았다. 온통 쓰레기 같은 상황에서도 나는 결과에 신경 쓰고 있었다. 서머가 빛나는 금빛 왕관을 쓰고 있을 때 웃으며 손뼉을 치고 싶지 않았다. 끔찍할 것이다.

자포자기식의 계획이 떠올랐다. 모래언덕 위 오래된 탈의실과 공중화장실이 있었다. 실리아 버킹엄이 무대 위로 올라가고 있었다. 애나베스는 다른 참가자 어머니와 대화에 푹 빠져 있었다.

"난 망했어." 나는 벤에게 말하고 허둥지둥 화장실로 갔다.

탈의실에서는 발표 내용이 제대로 들리지 않았지만, 실리아의 뱃고동 같은 목소리를 중간중간 터지는 박수 소리와 함께 알아들을 수는 있었다. 끝내주는 상황이었다. 우승 발표를 일부러 듣지 않고 있다니. 진짜처럼 보이려고 하얀색 원피스 수영복을 발목까지 내려놓고 소변을 보는 척하며 앉아 있었다. 5분만 더 지나면 모두 끝나 있겠지. 패자의 어깨띠야 나중에 받으면 그만이었다.

달려오는 발소리가 요란하게 들리더니 누군가 화장실 문을 두드렸다.

"얘야!" 애나베스가 헐떡거리며 불렀다. "네가 이겼어! 네가 우승이야!"

애초에 우승이 당연하다는 듯 말했던 어머니는 놀란 것 같은 목소리였다. 놀랄 일이었다.

옷을 끌어 올려 입고 물 내리는 것도 잊은 채 밖으로 달려 나갔다. 서머와 공동 수상이라는 생각밖에 들지 않았다. 애초에 애나베스의 말이 옳았다. 착한 건 바보지만 착한 게 항상 잘못은 아니다. 착한 것도 괜찮았다. 나는 공동 우승에도 행복했다. 구름 위를 걷는 것 같았다. 하늘을 나는 것 같았다.

하지만 무대로 다가가던 나는 바닥에 얼굴을 처박고 쓰러질 뻔했다. 주최 측에서는 3등부터 시작해 수상자들을 거꾸로 발표하고 있다는 걸 알았기 때문이었다.

서머는 이미 무대 위에서 어깨띠를 두르고 있었는데, 금색이 아니었다. 그렇다고 은색도 아니었다.

러티샤가 은색 어깨띠를 몸에 두르고 있었다. 그녀는 까만 눈을 번쩍이며 웃고 있었다. 기쁨에 도취한 상황에서도 나는 그걸 알아볼 수 있었다. 승리의 순간에도 나는 나쁜 년이 아닐 수 없었기 때문이다. 러티샤의 젖은 눈은 자기가 이길 거로 생각했다는 걸 말해주고 있었다. 저게 정신이 나갔나?

그렇지만 그보다 더 말도 안 되는 상황은 러티샤가 서머를 이겼다는 사실이었다. 그리고 나도 서머를 이겼다.

서머의 어깨띠는 동색이었다.

심사위원은 내가 쌍둥이 둘 가운데 더 예쁘다고 판단한 것은 물론 우리 사이에 은상을 끼워 넣기까지 했다. 마치 둘 중 한 사람을 골라내는 일이 전혀 어렵지 않았다는 걸 온 해변에 알리기라도 하는 것처럼.

서머는 눈물을 흘리지 않았다. 서머는 진정한 사랑을 담은 웃음을 지으며 햇살처럼 나를 바라보고 있었다. 평정심을 유지하는 서머는 이상하게 승리자로 보였다. 나였다면 절대 서머처럼 행동할 수 없었을 터였다.

계단을 밟고 무대 위로 천천히 올라갔다. 어깨를 당당히 폈다. 내가 설 자리로 가기 전에 잠시 발을 멈추고 관객 속에서 벤을 찾아 그리로 손을 흔들었지만, 벤과 애나베스 두 사람 모두 서머에게서 눈을 떼지 않고 있었다.

나는 완패한 두 사람 사이, 내 자리에 섰다. 심사위원이 내가 두를 금색 어깨띠와 왕관을 들고 앞으로 나섰다. 반짝거리는 왕관은 정말 아름다웠다.

실리아는 관객들에게 자막이 필요하기라도 한 것처럼 여전히 뭔가를 떠들어대고 있었다. '아름답다'느니 '즐겁다'느니 하는 단어들이 행복의 구름에 휩싸인 내 주위를 휘감았다. 저 아래서 부러워하는 얼굴들이 손뼉을 치고 있었다.

나는 미스 웨이크필드 비치였다. 최고의 미인이었다.

머리 위에 왕관이 씌워지는 순간, 나는 팔을 우아하지만 크게 흔들었다. 미인대회에서나 보는 손짓이었다. 왜 사람들이 날 뽑았지? 서머가 진짜 살이 쪘나? 하지만 누구나 우리를 구분하기 어렵다고 했는데.

나는 미인대회를 반대했던 모든 이유를 잊었다. 내가 웨이크필드에서 가장 아름다운 소녀였다. 내가 서머보다 더 예뻤다.

"신사 숙녀 여러분." 실리아가 말을 이었다. "여러분께 미스 웨이크필드 비치를 소개합니다. 서머 카마이클!"

언니는 그런 사람이었다. 내가 화장실에 숨어 있을 때 무대에서 3등으로 아이리스 카마이클이 호명되었고, 서머는 나 대신 창피를 당하러 무대에 올라간 것이다. 서머는 자신이 이겼다는 걸 알면서도 내가 승자의 어깨띠를 두르고 왕관을 쓰도록 해주었다. 서머는 내가 무대에서 우승자가 되어 언니에게 바쳐질 영광을 대신 차지하고 관중의 칭찬과 환호에 빠지는 걸 아주 좋아하리라 생각하는, 착한 사람이었다.

착한 건 바보짓이다.

*

우리는 거의 들키지 않을 뻔했다. 여전히 수영복에 어깨띠를 메고 왕관을 쓴 모습으로 집에 돌아갈 무렵까지는 그랬다.

그 순간 벤이 말했다. "다리에서 피가 흘러내려, 아이리스."

물론 벤은 서머를 보며 말하고 있었다.

서머의 다리 상처가 가끔 그랬던 것처럼 다시 벌어진 걸까? 아니, 그런 게 아니었다. 하얀색 수영복 속에서 생리 혈이 배어 나오고 있었다. 하지만 피가 어디서 나는지는 중요하지 않았다. 문제는 벤이 말하자마자 모두가, 다시 말해 애나베스, 러티샤, 실리아 그리고 함께 따라오던 여자아이들까지 서머의 허벅지를 쳐다본 거였다. 흐르는 피 아래로 선명히 보이는 길고 붉은 흉터를 모두가 본 것이다. 서머를 상징하는 듯한 S자였다.

이제 모두 누가 누군지 알게 되었다. 그리고 모두 나를 바라보았다. 자격도 없이 왕관을 쓰고 있는 못생긴 쌍둥이인 나를.

"서머, 얘야." 어머니가 떨리는 목소리로 말했다. "동생을 위해 정말 아름다운 행동을 했구나."

입을 열 수 없었다. 어깨띠를 찢어버리고 왕관을 벗어 언니 머리 위에 거칠게 얹었다. 그리고 종일 가고 싶었던 유일한 곳을 향해 뛰기 시작했다. 바다로.

6. 음모

나는 임신한 서머의 배를 물끄러미 바라본다. 전부 끝났다. 꿈은 사라졌다.

눈에는 눈물이 차오르고, 거짓으로 너무 기뻐 울음이 나온다는 식으로 꾸며댄다. 어쩌면 서머도 믿을지 모르겠다. 착한 사람은 다른 사람들도 착하다고 생각하는 법이니까.

돈 때문에 이러는 건 아니다. 한 번도 가져본 일 없는 1억 달러를 잃는다는 건 아직은 현실성이 느껴지지 않는다. 내가 생각하는 건 미인대회다.

러티샤 버킹엄은 서머에게 져서 2등이 되었을 때 울었고, 나는 걔가 정신이 나갔다고 생각했다. 언니를 미모로 이길 생각을 하는 바보라니. 하지만 그로부터 9년이 흐른 지금 나는 더 큰 바보가 되고 말았다. 언니도 결혼했고, 더구나 기꺼이 아이를 낳아 아버지가 되기를 원하는 남자와 결혼했다. 나는 결혼 생활이 망가진 상태인데도, 여전히 상황이 내게 유리하게 돌아가 손에 거액을 거머쥘 수 있으리라 생각하고 있었다니.

왠지 재산은 내 것이 되어야만 할 것 같다.

나는 언니를 끌어안는다. 이미 몸에서 나는 냄새와 느낌이 다르다. 새로운 생명이 몸속에서 자라며 뭔가 더 부드러워진 것 같다. 뭔가 더 우아해진 서머에게서 지나치게 익은 것처럼 거의 곰팡내에 가까운 과일 향이 났다.

태국에 있을 때 병원에서 애덤이 서머에게 키스했을 때, 나는 둘 사이에 뭔가 비밀이 있음을 알아차렸다. 애덤은 서머가 마치 뭔가 기적이라도 만들어낸 것처럼 바라보았다. 어찌 보면 기적이 맞다.

노아는 결혼한 날 밤에 출산이 두려운지 물어보았고, 나는 그의 목소리에서 그가 임신을 원하지 않음을 느꼈다. 그는 내가 부풀어 올라 터지는 모습을 보고 싶어 하지 않았다. 애덤은 다르게 느끼고 있다는 걸 알 수 있었다. 그는 새롭고 체격이 달라지는 서머를 그 어느 때보다 더 멋지게 생각했다. 서머의 가슴은 이미 부풀어 오르고 있었다. 배도 조금 나온 것 같았다.

"아직 초기야. 애덤이 그러는데, 헬렌이 임신했을 때랑 내가 똑같이 행동한다고 하더라고. 냄새나 맛에 반응하는 게 말이야. 그래서 생리 주기가 오기도 전에 미리 정밀 진단을 받았어. 사실 생리는……." 서머는 손가락을 꼽아본다. "앞으로 사나흘 뒤야. 하지만 확실히 임신인 건 알겠어. 그냥 알겠더라고."

"정말 잘됐다, 내 쌍둥이." 내가 말한다.

속이 뒤틀리고 꼬이는 것 같다.

그냥 돈 때문에 그런 거라면 몰라도, 그렇지 않다. 유산 상속 말고도 서머의 삶은 완벽 그 이상이었다. 일생의 사랑을 만나 결혼했다. 호화로운 요트를 타고 1년이나 휴가를 즐기고 있다. 그런데다 서머는 내가 알기로 스스로 항상 원하던 걸 가지게 되었다. 바로 아기다.

"너도 잘된 거야, 내 쌍둥이." 서머가 중얼거린다.

이건 또 무슨 소리야? 서머는 내 혼란스러워하는 표정을 알아차린다.

"애덤과 내가 이제부터 네게 베풀 거야." 서머가 말한다. "돈은 이제 프랜신으로부터 안전해. 유산을 너와 나눌 수는 없지만, 우리가 이미 가진 돈은 줄 수 있어. 사실은 애덤의 재산이라고 해야겠지. 우리가 널 확실히 챙겨줄 거야. 애덤이 너그러운 사람이라는 걸 확실히 알게 될 거야."

"고마워." 목이 메어 제대로 말하지 못할 뻔했다. 마치 푼돈을 받게 되리라는 약속을 얻어낸 노인 연금 생활자가 된 기분이다. "하지만 프랜신 걱정은 왜 하는 거야? 버지니아는 이제 겨우 열다섯 살인데."

"그 여자 얘기로 기쁜 순간을 망치지 말자." 서머가 말한다. "그 쪽 얘기는 나중에 해줄게. 오, 내 쌍둥이! 내 삶을 복제할 수 있으면 얼마나 좋을까! 네게도 애덤과 밧세바 그리고 아기가 있었으면 좋겠어! 하지만 언젠가 네게도 전부 생길 거야! 넌 내가 가진 모든 걸 갖게 될 거야! 내가 먼저일 뿐이지! 어쨌거나 우린 계획을 세워야 해. 정리해야 할 게 너무 많아."

순간적으로 서머가 자신의 임신과 관련한 출산 계획 같은 어이없고 세부적인 일들에 날 끌어들이려는 거로 생각했다. 정말이지 최고로 피하고 싶은 이야깃거리다. 다행스럽게도 서머는 그것보다는 제정신이었다. 계획은 항해를 두고 한 말이었다.

앞으로 2주 이상 우리 가운데 한 명은 밤이고 낮이고 항상 근무를 서야 한다. 서머는 내가 배에 올라탔을 때부터 무척 고분고분해졌고, 그래서 나는 원하는 시간을 언제나 골라 근무를 설 수 있으리라 생각했다. 그러면 저녁 별빛과 장밋빛 새벽을 즐기고 뜨거운 한낮과 야간 근무는 고마워하는 언니에게 떠넘길 수도 있다. 하지만 지금 나는 임신한 여성과 바다에 나와 있다. 서머는 충분히 자고 싶을 터였다. 결국 온갖 힘든 일은 내 몫이 될 것이다.

*

열네 살 이후 나는 서머의 달콤한 꿈에 장단을 맞추면서, 유서 때문에 사랑하는 사람과의 결혼을 포기하지 않을 것처럼 행세했다. 서머처럼 남자친구들에게 유서에 관해 한마디도 하지 않았다.

사실 아버지의 장례식 이후 나는 계획을 세웠다. 열여덟 살이 되는 날 누군가와 결혼하리라. 그게 누구든. 그리고 아이 만드는 일에 죽어라 매달릴 것이다.

열여덟 번째 생일이 다가오기 시작했을 때, 당시 사귀던 남자친구에게(캐시라는 애였는데 이름과 완벽하게 어울리는 그런 애였다)

프러포즈를 하려다 내 실수를 깨닫고 말았다.

미래가 별로 재미없을 것 같았다. 돈이야 있으면 당연히 멋진 일일 것이다. 하지만 나는 캐시와 결혼하게 될 터였다. 캐시는 내 계획에 장단을 잘 맞출 것 같아서 선택한 녀석일 뿐, 그것 말고는 인생의 동반자로서 내게 아무런 감흥도 주지 못했다. 나야 서머가 바라는 환상 속 동화 같은 결혼식 따위는 전혀 신경 안 쓰는 사람이었지만, 창피하게 뛰어가 혼인 신고를 해야 하고 거기에 임신까지 하면 몸이 망가질 터였다. 어떤 10대 여자아이가 그런 상황을 원하겠는가?

생일을 2주 앞두고 나는 엉뚱하고도 기발한 질문을 캐시에게 했다. 돈을 얼마나 주면 나와 결혼해 아기를 낳겠느냐고.

"50달러." 캐시가 말했다. "서류상으로만 결혼하는 거고, 이를테면 아이를 만나야 한다든가 그런 조건 없으면."

나는 생각하기 시작했다. 꼭 이렇게 서둘러야 할까? 서머는 남자친구가 없다. 내 계획은 서머도 나처럼 열여덟 살이 되자마자 돈을 차지하기 위해 남자랑 살림을 차린다는 가정하에 세워졌다.

그러나 서머는 절대 그럴 리 없다. 진정으로 그렇다는 걸 알고 있다. 서머는 은밀하게 결혼식장으로 뛰어갈 리 없다. 공개적이고 진실하게 접근할 것이다. 서머는 사랑에 빠져 결혼할 것이고, 모든 걸 제대로 된 방식으로 진행할 것이다. 결혼 선언, 약혼 파티, 성대한 결혼식. 그러려면 시간이 걸린다.

내게는 시간이 있었다. 버지니아가 열여덟 살이 되려면 아직 8년이 남았다. 캐시보다 더 나은 누군가를 찾아낼 가능성이 있다. 최악의 시나리오는 서머가 약혼을 발표하면 누구든 그때 사귀는 사람이랑 결혼하는 것이다. 최선의 시나리오는 그전에 사랑에 빠지는 것이고.

돌이켜 생각해보면 캐시는 노아보다는 더 나은 남편일 수도 있었다. 정말이지 아이러니한 일이 아닐 수 없다.

여러 시간에 걸쳐 지겹게 역협상(누가 더 양보해 착한 사람이 될 것인가?)을 펼친 결과 서머와 나는 근무 시간표를 만들어낸다. 서머는 뜨거운 대낮에 항해를 즐기고 싶다면서 늦게까지 자지 않고 어둠이 내리는 걸 보면서 근무해도 괜찮다고 주장한다. 그러면 서머는 두려워하는 칠흑 같은 어둠 속에서 억지로 잠에서 깨야 한다. 결국 서머가 정오에서 늦은 오후까지 근무를 선 다음 저녁을 준비하는 동안 내가 근무를 서기로 정한다. 두 사람 모두 서머가 요리는 더 잘한다는 걸 알고 있다. 우리는 환할 때 일찍 저녁을 먹기로 했고, 그러면 서머는 내가 몇 시간 자는 동안 일몰부터 자정까지 근무를 서기로 한다. 그러고 나서 서머가 날 깨우면, 내가 새벽까지 근무하는 것이다. 새벽부터 정오까지는 누가 더 피곤한지 보면서 유연하게 대응하기로 했다.

"그러니까 앞으로 2주 동안 매일 자정이 될 때까지 임신한 여자를 근무하게 해야 하는 거네." 내가 말한다. "그렇게 하면 올해의 착한 자매상을 받긴 틀렸군."

"너도 가끔 자야지." 서머는 환하게 웃는다. "난 괜찮을 거야. 넌 정말 애덤만큼이나 자상해."

우리는 낮과 밤, 근무와 수면, 햇빛과 별빛으로 이어지는 일상을 시작하고, 밧세바는 벵골 만을 가로질러 날아간다. 아버지가 여전히 배에 함께 타고 있는 것 같다. 우리는 아버지가 오래전 가르친 규칙을 본능적으로 따른다. 조종석에서 일어설 때는 반드시 갑판 전체를 가로지르는 잭스테이에 몸을 안전 고리로 연결하고, 추가 안전장치로 갑판으로 나서기 전에 근무자가 아닌 사람에게 소리를 질러 대신 주위를 감시하도록 한다. 하지만 돛을 움직이는 건 대부분 조종석에 앉아서 할 수 있다.

서머가 근무 중일 때 앞 갑판에서 뭔가 해야 할 필요가 있으면 대개 내가 대신해주었다. 사실 생각해보면 서머는 근무를 설 때도 갑판 선실에만 있는 것 같다. 서머는 돛을 조절하는 걸 좋아하지 않았다. 상관없다. 내가 필요한 건 내가 잘 수 있도록 대신 감시해 줄 사람이었으니까.

여행을 떠난 첫 번째 주에 나는 애덤이 요트를 여러 면에서 개선해둔 것들을 발견한다. 나는 밧세바가 완벽하다고 생각했지만, 냉장고가 더 커지자 배에서 생각할 수 없었을 정도의 호화로운 저녁 식사가 가능해진 건 인정할 수밖에 없다. 매일 밤 서머는 마치 대형 여객선의 전문 요리사라도 된 것처럼 신선한 태국 요리를 제공한다. 애덤은 또 추가 물탱크를 설치했는데, 그래서 항구에 도착하기 전에도 땀범벅이 되어 고생하지 않고 매일 샤워를 할 수 있다. 찬물로 재빨리 해야 했지만, 열대 지방에서는 그것만으로 충분하다. 서머는 정오에 조종석에 있는 야외 샤워기를 이용해 몸을 씻는다. 간단히 손에 쥐는 샤워기로 탁 트인 바다를 달리는 이점을 이용해 아무도 보지 않는 상태에서 샤워할 수 있다. 조종석에 있으면 나는 매일 스트립쇼를 구경할 수 있는데, 서머는 이제 여학생 속옷을 입지 않았다. 전부 하얀색이나 분홍색 또는 빨간색인, 매춘부가 입을 법한 브래지어와 레이스 달린 가느다란 끈팬티였다.

"애덤이 이걸 사줬어." 서머는 조종석 옆에서 모조 다이아몬드가 잔뜩 박힌, 죄책감이 들 정도로 손바닥만 한 속옷을 벗으면서 말한다.

뜨거워진 살갗 위로 차가운 물이 쏟아지면, 서머는 잔뜩 햇볕에 그을린 풍성한 몸매를 드러낸다. 장미 향 샤워젤을 풍만한 가슴과 거의 평평한 배에 거칠게 문지르면 자극적일 정도로 깔끔하게 다듬은 음모 위에서 거품이 만들어진다. 임신으로 이미 부풀어 오른 젖꼭지는 분홍색에서 루비처럼 붉은색으로 짙어지고 있다.

새로 꺼내 입는 서머의 속옷은 언제나 위아래 맞춤으로, 모두 빅토리아 시크릿이나 아장 프로보카퇴르 제품이다. 이제야 나는 왜 서머가 얌전한 속옷들은 전부 웨이크필드에 두고 왔는지 알 수 있다. 서머의 취향이 변한 것이다.

나야말로 란제리의 여왕이었고, 카탈로그를 뒤져 가장 특이한 속옷들을 가장 화려한 상점에서 사곤 했다. 하지만 빚이 너무 많이 쌓이면서 소장품들이 줄어들었다. 하얀색 속옷들은 개숫물처럼 잿빛으로 변했고, 브래지어 컵은 늘어졌으며 두 번에 한 번은 브래지어와 팬티를 서로 맞춰 입지도 못했다.

애덤이 이 배에서 바꾸지 않은 것 하나는 지나치게 작은 연료탱크였다. 다행스럽게도 자동 조타 장치와 냉장고는 태양광 발전기로 작동했고, 항해에 필요한 바람만 충분히 불어준다면 우리는 연료가 아예 필요 없다.

애덤을 존경할 수밖에 없다. 애덤이 서머에게 해준 만큼만 아버지가 애나베스의 행복을 생각해주었더라면, 어쩌면 어머니는 배에서 내리고 싶어 하지 않았을 수도 있다. 어쩌면 아버지는 늘 말하곤 했던 대로 카마이클 브라더스를 콜턴 삼촌에게 맡기고 우리가 아직 가족일 때 모두 함께 아프리카로 항해에 나설 수 있었을지 몰랐다. 프랜신과 만나기 전에.

심지어 세탁기와 건조기도 생겼는데, 화장실 옆 찬장 속에 두 개가 세로로 설치되어 있다. 바다에서는 세탁기와 건조기를 사용할 정도로 물과 전력이 없지만, 서머는 항구에 도착하는 대로 세탁을 하려고 입고 난 속옷을 바구니에 벌써 잔뜩 모아두었다.

"애덤이 깜짝 선물로 설치해줬어." 서머는 내가 처음으로 오크 문을 열고 뒤쪽에 교묘하게 감춰둔, 반짝거리는 백색 가전제품을 찾아냈을 때 말했다. 서머는 마치 밧세바가 엿듣기라도 하는 것처럼 내 귀에 대고 속삭였다. "아무에게도 말하지 마. 난 이 배에서 이 세탁기가 제일 좋아."

내가 가장 좋아하는 물건은 여전히 이중 거울이다. 서머의 요트에 살면서 서머의 물건에 둘러싸인 채 서머가 해주는 음식을 먹고 애덤과 타르퀸, 그리고 아기에 관한 얘기를 듣는 나는 열기 속에서 녹아 사라지는 것 같은 느낌이었다. 조종석에서 근무하거나 갑판 아래 휴게실에서 쉬거나 이곳저곳 걸어 다닐 때도 서머가 시야에 나타나면 얼른 뒤집어쓸 흥미 넘치는 아줌마 같은 표정을 계속 준비해두고 있어야 한다. 바다를 가로질러 항해하다 보면 삶은 이렇게 쪼그라든다. 그러나 화장실에 들어가면 나는 내가 될 수 있다. 웃지 않아도 괜찮다. 거울 속 여자는 비참하지만, 적어도 진짜였다.

그리고 나는 여전히 서머보다는 훌륭한 뱃사람이었다. 우리는 매일 위성 전화를 이용해 일기예보와 타르퀸은 천천히 회복하고 있다는 애덤이 보낸 이메일을 다운로드했는데, 서머는 오직 이메일에만 관심이 있었다. 서머도 문제없이 근무했지만, 나는 여전히 매일 밤 저녁을 먹고 난 뒤에 어둠 속에서 서머가 밧세바를 잘 조종할 수 있도록 돛의 크기를 줄였다가 자정에 서머가 나를 깨워 내 근무가 시작되면 다시 돛의 크기를 키운다. 계절풍은 계속 강하게 꾸준히 우현에서 불어오고, 매일 밤 나는 서머가 밤잠을 자러 들어가면 돛을 더 크게 펼친다. 그리고 구보 속도로 제약받던 것에서 벗어나 무제한의 자유를 얻어 지칠 줄 모르고 서쪽으로 질주하는 밧세바와 그 순간을 즐긴다.

아프리카가 기다리고 있다.

*

모든 상황에도 밧세바의 조종석에 앉은 나는 행복하다. 노아와 그의 새 여자친구 로리를 잊을 수 있다. 서머와 애덤을 잊을 수 있다. 서머가 가진 아기를 잊을 수 있다.

주위를 둘러싼 것은 평화로운 밤바다뿐이다. 배는 단 한 척도 보이지 않고, 인간의 흔적이라고는 일주일이 지나도록 한 번도 볼 수 없다. 머리 위 빙글거리며 도는 인도양의 별들 사이에서 돛대가 흔들리고 있다. 침묵의 어둠 속에서 박탈된 감각의 자리를 환상이 채운다. 어느 날 밤인가는 마치 바다가 기울기라도 한 것처럼 밤새 언덕 아래로 질주하듯 항해했는데 아주 오래전 이미 가본 적 있는, 어딘가로 가고 있다는 느낌을 버릴 수 없었다. 내 기억의 범위를 벗어나는 곳 어딘가에 숨어 있는 오래전 조상들이 살던 곳이었다. 또 다른 밤에는 근무하다 깜박 졸았던 것이 분명했다. 애덤의 냄새를 맡고 맛을 느낄 수 있었기 때문이다. 그는 조종석에 나와 함께 있으면서 남자다운 양팔로 나를 끌어안고 이상하게도 단단한 혀를 내 입에 밀어 넣고 있었다. 또 어떤 밤인가는 서머와 애덤이 내게 밧세바를 분명히 넘겨주었다고 생각했다. 그들의 무시무시한 배신에 대한 보상치고는 꽤 괜찮았다. 나는 세계의 여러 바다를 두루 항해했고, 케이프 혼을 지났고, 밧세바를 몰고 미지의 남쪽을 향해 진눈깨비와 눈을 뚫고 움직이며 빙산이 다가오지 않는지 감시했다.

그런 내 꿈들은 냉정하게 대낮에 생각하면 미친 여자의 어리석은 꿈에 불과했다. 서머와 애덤은 이제 밧세바를 사랑하고 있다. 두 사람이 절대 밧세바를 내게 넘겨줄 리 없다. 애덤은 배에 올라타 온갖 힘든 일을 다 해낼 것이고, 서머는 밧세바를 집처럼 꾸미고 타르퀸과 새로 태어날 아기를 돌보고, 요리를 해서 애덤에게 먹이고, 매일 밤 사랑을 나눌 것이다. 그들은 절대로 열대 지방을 떠나지 않을 것이다. 그들의 삶은 영원한 여름이다.

단 두 명이 하는 항해에서는 서로 자주 볼 일이 없다. 한 사람은 늘 근무 중이고 다른 사람은 자고 있다. 그러나 서머와 나는 매일 저녁 식사를 마치고 함께 조종석에 앉고, 서머는 이야기를 한다.

우리 둘 사이가 멀어졌다고는 한 번도 생각해본 적이 없다. 혹시 유언장 때문에 우리 사이에 살짝 균열이 생겼을 수는 있지만, 서머는 행복에 겨워 알아채지 못하고 있다. 서머는 내게 절대 쌀쌀맞은 태도를 보인 적이 없었고, 내가 노아와 눈이 맞아 살림을 차리고 자기보다 먼저 도둑 결혼을 하려고 했을 때조차 그랬다. 하지만 지금은 친절 그 이상으로 나를 대하고 있다. 서머는 나를 사랑하고 있다. 그렇지만 퀸스타운에 있을 때도 서머는 나를 사랑했다. 지금은 그보다 더 강한 감정이다. 서머는 나를 찬양하고 있다. 내가 인생을 엉망으로 살고 있음에도 나를 동정하거나 우월감을 드러내지 않는다. 서머는 나를 여왕처럼 대한다.

어쨌든 서머는 말이 지나치게 많았다. 날 괴롭히려는 건 아니지만 대화의 모든 주제가 결국 서머로 사는 게 얼마나 멋진지 광고라도 하는 것 같다. 나는 늘 죽은 여자가 남긴 아이를 대신 키운다는 게 골치 아픈 일이라고 생각했다. 하지만 그런 일이 나름 도움이 되기도 한다. 애덤은 서머의 타르퀸을 향한 사랑에 너무나 감사했고, 그 대가로 서머의 삶이 편해지는 것이라면 뭐든 해주었다. 힘든 일을 줄이려고 늘 유모와 가정부를 쓰게 해주었고, 서머에게 혼자만의 시간을 주려고 타르퀸을 데리고 외출하기도 했다.

그리고 타르퀸은 서머의 인생에서 가장 덜 매력적인 부분이다. 다른 모든 것은 그보다 훨씬 나았다. 여행사 사장인 남편은 최고였다. 그들이 밧세바에서 생활한 건 얼마 되지 않았지만, 애덤은 내가 좋아했던 모든 곳, 태국의 숨겨진 보물 같은 장소를 세 사람이 함께 방문했다. 팡아베이의 동굴 섬, 수린 섬의 산호 정원, 코끼리들이 목욕하러 오는 파라다이스 비치까지. 밧세바의 삭구를 교체하는 동안 애덤은 타르퀸을 유모에게 맡겨두고 비행기로 서머를 미얀마에 데려가 '두 번째 허니문'을 보냈다. 두 사람이 결혼한 지 채 1년도 되지 않았을 때의 일이다.

제일 듣기 싫은 건 애덤이 무척 로맨틱하다는 이야기다. 서머가 밤 해변에서 변태적인 섹스를 했다는 이야기 정도는 들어줄 수 있다. 하지만 그 이상의 이야기도 있다. 애덤은 깊은 사랑에 빠져 있다. 아마도 전처가 죽는 바람에 인생이 덧없는 걸 배웠는지, 이제 그는 촛불을 켜고 만찬을 하고 즉흥적으로 보석, 향수, 하얀 란제리 등의 선물을 하고, 천천히 유혹하고, 섹스를 할 때마다 첫 데이트인 것처럼 새롭고 겸손한 모습을 보인다.

"그이는 아직도 키스할 때 부끄러워하는 것 같아. 그런데 또 키스는 엄청나게 잘해. 다른 남자라면 감히 하지 못할 행동을 하지만, 그런 일들마저 정말 멋져. 그이가 어떻게 해주는지 설명하기도 어려울 정도야. 그냥 날 즐겁게 하는 걸 너무 좋아한다고 말해둘게. 조절을 아주 기가 막히게 해. 미쳐버릴 것 같아."

하지만 오늘 밤은 상황이 다르다. 바람이 바뀌고 있어서 나는 수다스러운 서머의 말을 막아야 한다. 밧세바는 마침내 피곤함에 지친 것처럼 느릿느릿 움직이고, 돛은 펄럭거린다.

"계절풍을 벗어났어." 나는 서머에게 말한다. "지금 부는 바람이 계속 약해지다가 곧 풍향이 바뀔 텐데, 그걸 이용해야 해. 이제 적도를 넘어갈 거야."

서머는 놀라지 않은 것처럼 보이려 애쓴다. 서머는 갑판 선실로 가서 종이 해도를 가져와 조종석 좌석에 펼쳐놓고 접시로 해도를 누른다.

"애덤이 경로를 그려뒀어. 지금 우리 어디 있어?"

"우리는 동에서 서로 똑바로 가고 있지 않아."

나는 무시하는 것처럼 해도 위로 몸을 숙이며 말하지만, 애덤이 연필로 그려둔 경로도 사실 내가 가는 방향과 비슷하다. 초보자치고 나쁘지 않은 솜씨다. 애덤이 그린 경로는 인도양을 절반쯤 지났을 때 남쪽을 향해 500킬로미터쯤 지그재그로 움직이다가 다시 서쪽으로 방향을 잡고 있다.

하지만 우리가 같은 계획을 세운 사실이 놀랍지는 않다. 논리적으로 유일한 경로이기 때문이다. 북반구의 계절풍은 최대한 멀리까지 우리를 데려왔다. 하지만 다행스럽게도 계절풍이 멈추면서 남반구의 남동 무역풍이 불어오기 시작한다. 무역풍은 3월에서 4월로 넘어가면서 더 강해질 것이다. 바람과 파도는 지금 북쪽인 이곳보다 훨씬 사나울 것이고, 우리는 아프리카까지 가는 내내 흔들려야 한다.

문제는 무역풍을 타기 시작하는 일이다. 적도 구역은 남북으로 500킬로미터밖에 되지 않지만, 아주 힘든 구간이다. 그곳에서는 바람이 전혀 없다가도 스콜과 함께 미친 듯 불기도 하고, 파도가 온갖 방향에서 한꺼번에 밀려들곤 한다. 역설적으로 요트는 바람이 없으면 돛을 차분하게 유지하기 위해 더욱 요동치는데, 지난번에 우리 가족이 인도네시아에서 적도를 넘어갈 때는 내 기억에 유일하게 내가 뱃멀미를 했을 정도였다. 그래서 뱃사람 대부분은 엔진을 켜고 직선으로 적도 구역을 지난다. 나도 그러려고 계획을 세웠는데, 그러면 밧세바에 실은 연료 대부분을 사용하게 될 터였다.

"어딘가에 잠시 멈췄으면 좋겠는데." 서머가 말한다. "날이 갈수록 더 피곤하네."

나도 같은 기분이다. 하지만 우리는 문명 세계에서 한참 멀어져 있다. 해도 위에서 가장 가까운 나라인 몰디브만 해도 바람을 안고 한참 가야 하는 곳에 있다. 게다가 그들은 이미 우리보다 한참 뒤에 있다.

"나도 피곤해." 내가 말한다.

서머가 임신 초기에 너무 무리한 것이 아닌가 하는 생각에 소름이 돋는다. 혹시 유산이라도 하면 어쩌지? 서머에게도 끔찍한 일이겠지만, 내게도 도움은 되지 않을 것 같다. 서머는 곧바로 다시 임신할 것이기 때문이다. 그런데 서머가 프랜신에 대해 했던 말이 뭐였더라?

쌍둥이로 산다는 건 신기한 일이다. 서머가 임신했다고 말한 날 이후 우리는 프랜신에 대해 일주일 넘게 단 한마디도 하지 않았다. 그런데 내 생각을 읽은 것처럼 서머는 "프랜신에 대해서는 여전히 할 말이 남아 있어"라고 말한다.

내가 새로운 남쪽 경로로 밧세바의 방향을 바꾸는 사이 서머는 접시를 치우고 해도를 갑판 아래로 가져다 둔 후 아이패드를 가지고 돌아온다.

"너, 버지니아와 페이스북 친구지?" 서머가 묻는다. "혹시 버지니아 페이스북에서 마지막으로 봤던 글이 뭐야?"

내 이복 자매인 버지니아의 페이스북은 여학생들이 좋아하는 지루한 사진들이 끝도 없이 이어지는 공간인데 최근 들어 새로운 소식이 있었는지 전혀 기억이 나지 않는다.

"걔 요새 페이스북 안 하는 것 같던데." 내가 말한다.

"아니야." 서머는 소리 내며 웃는다. "걔가 우리를 차단한 거야. 아직 페이스북 친구 사이인 것처럼 보이지만 사실은 걔가 올리는 글을 우린 볼 수 없어. 프랜신도 마찬가지고, 버지니아의 동생들도 그래. 전부 찾아봤는데, 내게 보이는 건 오직 프로필 페이지뿐이더라고. 우린 걔네가 어떻게 사는지 전혀 알 수 없는 거야."

"어떻게 그걸 확신하는거야." 내가 말한다. "언니가 걔들 글을 볼 수 없는데, 글을 올리는지 어떻게 알아?"

"애덤 덕분이지." 서머는 아이패드를 흔들어 보이며 대답한다. "애덤은 페이스북을 거의 하지 않아. 프로필 사진도 안 올렸어. 내 추측은 프랜신이 버지니아에게 우리를 전부 차단하라고 시키면서 애덤을 깜박 잊은 것 같아. 내가 애덤의 아이패드를 가끔 사용할 때마다 그들의 페이스북을 확인하는 걸 몰랐겠지. 애덤은 늘 페이스북을 로그인 상태로 두거든."

"우리 전부, 라는 건 무슨 말이야?"

"너랑 나, 그리고 아마 벤이랑 어머니겠지. 전부 차단당해서 걔들이 어떻게 지내는지 우리 전부 모르고 있는 거라고."

"그런데 프랜신이 버지니아에게 그러라고 시켰다는 거야?"

"내 생각엔 그래."

"그래서, 무슨 일이 있는데?" 내가 묻는다. "콜턴 삼촌이 말하기로는 걔네 집 애들은 전부 잘 지내고 있고, 버지니아는 학교에서 공부도 잘하고 있다던데……."

"이런 말 해서 미안하지만, 애덤은 콜턴 삼촌도 한편이라고 의심하고 있어." 서머가 말한다. "생각해봐. 우리 삼촌처럼 부자에다 우리 아버지랑 비슷하게 생겨서 미남인 남자가 아직 결혼도 하지 않고 아이도 낳지 않는 이유가 궁금한 적 없어?"

콜턴 삼촌이 날 공항에 데려다주러 왔을 때 어머니 곁에 서 있던 모습을 기억한다. 두 사람은 아주 잘 어울렸고, 잘 정리하고 손질하고 건강한 몸을 갖고 있다. 삼촌은 죽은 형의 아름다운 전 부인과 시간을 보내면서 어떤 기분이었을까? 애나베스는 죽은 전남편의 동생과 시간을 보내며 어땠을까? 어색했을까? 어색한 정도는 아니었을까?

하지만 서머의 다음 질문은 충격적이다.

"프랜신은 어때? 아버지가 죽은 다음에 남자친구 한번 없었어. 왜 그럴까? 프랜신은 매력적이고 아직 30대에 돈도 아주 많아. 혹시라도 버지니아가 유산을 물려받게 된다면 훨씬 더 부자가 되겠지만. 어떤 사람들은 늘 더 많은 돈을 원한단 말이야. 그럼 프랜신은 그동안 진짜 남자 없이 지냈던 걸까?"

머릿속 그림에서 어머니의 사진이 지워지고 프랜신의 얼굴이 콜턴 삼촌 옆에 나타난다. 더 젊고 더 금발에 더 무자비한 여자. 아버지는 애나베스를 버리고 프랜신을 선택했다. 콜턴 삼촌이 그러지 말라는 법이 있겠는가?

프랜신과 삼촌의 사랑, 사랑이 아니더라도 뭔가 비밀스러운 성적 관계를 상상하는 것은 서머의 성격상 어울리지 않아 보인다.

"그럼 삼촌이 프랜신하고 그렇고 그런 관계란 거야?"

"진정해, 아이리스! 난 그런 건 전혀 생각하지 않아. 애덤의 생각이 그렇단 거지. 난 추측은 좋아하지 않아. 하지만 추측이 아닌 걸 말해주지." 서머는 아이패드를 두드리며 말한다.

"서머, 분위기 깨기는 싫지만, 인도양 한가운데서 페이스북을 확인할 수는 없어."

"알아." 서머가 화면을 내 얼굴에 들이밀며 말한다. "하지만 애덤이 캡처를 해두었어. 여기!"

버지니아의 페이스북 페이지. 내 이복 자매는 내가 작년 서머의 결혼식에서 마지막으로 봤을 때보다 훨씬 나이 들고 예뻐진 모습이다. 프로필 사진 속 버지니아는 몸에 꼭 붙는 드레스로 새로운 곡선을 드러내고 있다. 예전의 알비노 같았던 모습이 사라지고 없다.

눈썹과 속눈썹이 더 짙어졌고 머리는 곱슬곱슬해 보인다. 그렇게 꾸미니 우리와 훨씬 더 닮은 모습이다.

"저장해둔 사진이 더 있어." 서머가 화면 위로 손가락을 움직이며 말한다. 서머는 목소리가 새롭고 단호하게 변하고, 우리 이복 자매의 꼴을 보면 도저히 참을 수 없다는 것처럼 화면에 눈길을 던지고 있다.

저장해둔 다음 사진에는 바람 부는 해변에서 젊은이들 한 무리가 포즈를 취하고 있다. 모래는 칠흑같이 까맣고 사람들 뒤로 마치 바다를 내다보는 사자처럼 거대한 바위가 솟아 있다.

"이 사진은 버지니아의 페이스북 사진이 아니야." 서머는 사진 속 앞쪽에서 웃고 있는 얼굴을 가리키며 말한다. "이건 제이크라고 애덤의 오래된 동창 친구야."

"나도 여기 해변 알아." 내가 말한다. "뉴질랜드의 피하 해변에 있는 사자바위 있는 곳인데."

"맞아." 서머가 말한다. "잘 봐."

사진 앞쪽에 있는 사람들은 누군지 아무도 알아볼 수 없지만, 사진 뒤쪽에 있는 알록달록한 비키니를 입은 연한 금발은 눈에 익어 보인다.

나는 그 사람을 가리켜 보인다. "이게 버지니아라는 거야?"

"분명해." 서머가 말한다. "내가 저 무지개색 비키니를 버지니아한테 줬거든. 자, 이번엔 이 사진을 잘 봐."

또 다른 해변 사진인데, 버지니아처럼 백색에 가까운 금발 머리 10대 남자아이를 가까이에서 찍은 사진이다. 사진 속에 '열여섯 살이 되는 리치'라는 글귀가 있고 '리처드 비숍'이라는 이름이 태그되어 있다. 사진 대부분을 사내아이의 얼굴이 차지하고 있지만, 아이 뒤쪽에 여자가 서 있는 걸 볼 수 있다. 벌거벗은 여자의 몸통이 보이지만 무지개색 천이 살짝 보이고, 마른 두 팔로 사내아이의 어깨를 감싸 안고 있는데, 그 모습은 친근한 것 같으면서 동시에 불편해 보인다. 여자의 얼굴은 사진에 나오지 않지만, 눈처럼 하얀 금발은 보인다.

"자, 리처드는 뉴질랜드에 살고 있어."

서머는 캡처한 사진들을 뒤져가며 밑에 쓰인 글귀를 가리킨다.

"리처드 비숍, 내가 아는 이름인 것 같은데." 나는 머릿속 기억을 샅샅이 뒤진다.

"비숍은 프랜신이 미혼일 때 성이야. 리처드는 프랜신의 오빠의 의붓아들이고. 진짜 아버지는 알려진 바가 없어서 그냥 의붓아버지의 성을 따른 거지."

나는 서머의 적개심을 이해하기 시작한다.

"우웩." 내가 말한다. "그렇다면 걔랑 버지니아는 사실상 사촌이라는 거잖아. 그런데 둘이 사귀는 거야?"

"사귄다는 말이 옳은지 모르겠어." 서머가 말한다. "역겨운 말이지만 걔들이 사귀는 거라면 좋겠어. 하지만 버지니아의 자세를 봐. 양팔을 보라고. 어깨에 팔을 올리고 있어야 맞는데, 남자애 몸에서 살짝 떠서 유지하고 있단 말이야. 버지니아는 남자애를 만지기 싫은 거야. 버지니아는 남자애를 마음에 들어 하지 않는다는 걸 알겠지? 그러니까 말해봐. 좋아하지도 않는 친척이랑 사귀는 데 무슨 이유가 있겠어?"

서머로부터 아이패드를 넘겨받아 리처드의 얼굴 사진을 다시 들여다본다. 여자아이의 얼굴은 일부러 잘라낸 것처럼 보인다. 나는 리처드의 어깨와 왼손 위에 떠 있는 팔을 확대해서 확인한다. 버지니아는 알이 굵은 다이아몬드 반지를 끼고 있다.

"얘네 약혼한 거네." 내가 말한다. "프랜신이 오빠랑 작당해서 버지니아가 열여덟 살이 되자마자 결혼을 시키려는 거야. 우리가 서두를까 봐 비밀로 한 거고. 하지만 우리가 뭘 할 수 있을지 모르겠어. 얘네들은 진짜 친척도 아니고, 설사 실제 사촌 간이라고 해도 사촌하고 결혼하는 게 불법은 아니잖아."

"젠장." 서머가 말한다. "난 네가 사촌 간 결혼이 위법이라고 말하지 않을까 기대하고 있었어. 아니면 최소한 결혼에 장애라도 되거나. 그러니까 결혼할 때 신부님이 누구든 이 두 사람이 결혼하면 안 되는 이유가 있느냐고 묻는 거 아니야?"

"그렇지 않아." 내가 말한다. "결혼식에서 결혼을 막으려면 법적으로 타당한 이유가 있어야 해. 이를테면 두 사람 가운데 한 명이 이미 결혼했다든지, 근친상간인 결혼이라든지. 하지만 진짜 사촌 사이라고 해도 근친혼으로 보지는 않아. 오스트레일리아에서도 그렇고 뉴질랜드에서도 마찬가지인 걸로 알아. 하지만 뉴질랜드는 혼인법이 다르긴 하지."

뒷덜미가 간지러워진다. 내 생각에 열다섯 살은 약혼하기에 끔찍할 정도로 이른 나이다. 이제야 뉴질랜드의 혼인 관련 법률에서 뭔가 달랐던 점이 머리에 떠오른다.

"그러니까 내가 임신한 게 그래도 운이 좋은 거 아닌가 해." 서머가 말한다. "그렇지 않았다면 프랜신이 어떻게 할 수 있었는지 보라고. 그 여자는 버지니아의 열여덟 번째 생일날 결혼식을 치렀을 거야."

"그보다 더 안 좋은 거 같아, 서머." 내가 말한다. "모르겠어? 뉴질랜드라는 게 중요해. 뉴질랜드가 저들의 숨겨둔 패야. 지금까지 우리는 시간이 충분하다고 생각했어. 하지만 프랜신은 자신의 계획을 숨겨두고 있었던 거야. 어쩌면 콜턴 삼촌도 한패일 수 있어. 중요한 건 뉴질랜드의 결혼 가능 나이가 오스트레일리아와는 다르다는 거야. 부모의 허락만 있으면, 내 추측에 부모가 허락하지 않을 리 없고, 뉴질랜드에서는 열여섯 살이면 결혼할 수 있어. 버지니아 생일이 언제지?"

서머는 똑바로 몸을 세운다. 눈이 동그래진다.

"5월! 버지니아는 5월 1일이면 열여섯 살이 돼!"

벌써 4월이 거의 다 되었다. 당연히 결혼식은 한 달 남았을 것이다.

착한 건 바보다. 나는 서머와 애덤이 나보다 앞서 프랜신의 사악한 계략을 알아냈다는 사실을 믿을 수 없다. 게다가 그들은 뉴질랜드의 법적 결혼 가능 나이를 확인해볼 생각도 하지 못하고 있었다. 그러니 서머는 1억 달러짜리 임신을 한 몸으로 바다 항해에 나선 것이다. 만일 유산이라도 한다면 버지니아의 결혼 전에 다시 아이를 가질 수는 없을 것이다. 10대 아이들이 미친 것처럼 아이를 잘 낳는다는 건 누구나 아는 사실이다. 버지니아는 결혼식 케이크를 자르기도 전에 임신할 것이다.

7. 적도 구역

"그런 몸으로 바다를 건너다니 대체 무슨 생각이야?" 나는 서머에게 말한다. "임신한 언니 몸에 얼마나 많은 것이 달렸는데!"

아이패드를 조종석 의자에 내려놓고 임신한 언니를 진지한 눈으로 바라본다. 부드럽게 빛나는 석양을 받은 얼굴이지만, 서머는 기진맥진해 보인다. 입술은 텄고 눈 아래에는 다크서클이 보인다.

"융통성 없는 소리 마." 서머는 대답한다. "임신 중에도 활동해야 건강에 좋아. 집에서 가만히 앉아만 있었는데 유산하는 여자들도 많아. 태국에 그대로 있다가는 아기와 밧세바를 전부 잃었을 수도 있어! 게다가 나는 사악한 프랜신의 변덕에 휘둘리며 살지는 않을 거야. 설사 뉴질랜드에서 결혼이 가능한 나이를 미리 알았다고 해도 마찬가지야. 아무것도 변할 건 없어. 내 말은 프랜신이 돈 때문에 우리를 속이려고 해도 난 신경 쓰지 않는다는 거야. 오히려 내가 신경 쓰는 건 그 여자가 자기 딸에게 하는 짓이야. 결혼시키는 것만 해도 끔찍한데, 버지니아는 남자애랑 침대에 가서 아기를 만들어야 한단 말이야! 그건 아동 인신매매라고!"

정말이지 고결하기 그지없는 서머였다. 어떻게 된 일인지 나는 버지니아가 그렇게 많은 돈에 팔려간다면 행복해할 거라는 생각이 든다. 버지니아는 벌써 서머의 프린세스컷 다이아몬드만큼 크게 보이는 반지도 받았다.

머리통을 바이스에 넣고 조이는 것 같다. 자매 두 명이 임신했거나 한다고 생각하니 왠지 성적으로 불구가 된 기분이다. 게다가 배의 선장이 되니 뭔가 남자가 되어버린 것 같기도 하다. 나는 애덤의 '선장' 모자를 자주 쓰지 않지만, 서머는 심지어 갑판 선실에 있을 때도 '선원' 모자를 늘 쓰고 다닌다.

나는 배를 책임지고 있지만, 선원들을 책임지지는 않는다. 선장은 늘 규칙을 정하는 사람이다. 특히 선원들이 단독으로 근무를 설 때 지켜야 할 규칙을 정한다. 그리고 나는 우리가 태국을 떠나던 날 서머가 아무렇지도 않게 배가 곧장 바람 부는 방향을 향하도록 했던 일을 기억한다. 서머는 뱃사람이 아니다.

"전에 미리 말했어야 했어." 나는 말한다. "대개 그런다는 걸 알지만, 어쨌든 이제부터 언니가 근무할 때는 꼭 갑판 선실에만 있기로 해. 임신한 몸으로 미끄러져 넘어지면 안 되잖아. 뭐든 할 일이 있으면 날 불러."

내가 제시간에 조금 더 자겠다고 매일 밤 자정까지 서머에게 근무를 서도록 했다니 믿을 수 없다. 만일 버지니아가 재산을 차지한다면 내게는 부스러기조차 떨어지지 않을 것이다. 밧세바는 물론이고 어떤 배도 얻을 수 없을 테고 생활비조차 건지지 못하겠지.

"지금부터 난 낮에만 잘게." 내가 말한다. "내가 밤새 근무할 거야. 언니는 휴식을 취해야 해."

*

48시간이 지났지만 우린 여전히 적도 구역에 있다. 겨우 320킬로미터밖에 이동하지 못했는데, 그건 내 실수다. 내가 근무를 설 때만이라도 돛을 펴고 이동하려고 고집하다 보니 욕만 잔뜩 나오고 뱃멀미까지 생기면서 앞으로는 전혀 나가지 못하고 있다. 밧세바는 쓸데없이 돛을 펄럭거리면서 바람이라고는 없는 바다 위에서 술에 취한 것처럼 축 늘어져 있다. 몇 번 바람이 불어오면서 뜨끈한 비가 쏟아지기도 했는데, 그럴 때마다 밧세바는 한쪽으로 격렬하게 기울었다. 그럴 때면 마치 거대한 손이 돛을 바다 쪽으로 납작하게 누르는 것 같다.

서머는 자기 근무 시간이 되면 돛은 안전하게 접어두고 내내 모터를 켜고 제법 먼 거리를 이동했다. 그런데도 우리는 웬일인지 다시 동쪽으로 64킬로미터가량 흘러왔다. 해도로 확인해보니 이곳에 강한 조류라고는 전혀 없어 놀랐지만, 나는 당황하지 않으려 노력한다. 중요한 건 남쪽으로 이동해 무역풍을 만나는 것이다. 그러면 우리는 지금까지 잃어버린 시간을 빠르게 되찾을 수 있다. 서머는 내게 의지하고 있고, 배 속 아기도 마찬가지다.

돛을 펴봐도 아무 소용 없는 길고 긴 밤을 보내면서 나는 버지니아 생각을 멈출 수 없다. 피가 절반 섞인 자매들에 대해 한 번도 시간을 들여 생각해본 적이 없다. 쌍둥이가 있으면 자매가 더 필요 없는 법인 데다, 어쨌거나 그들 네 사람 모두 서머와 비교하면 초라한 존재라서 더 그렇다.

버지니아는 아주 착한 애지만 재미가 없다. 근친상간에 다른 사람 재산을 훔치는 일은 고사하고 개 취미가 뭔지도 알지 못한다.

하지만 버지니아를 보호하고픈 마음이 든다. 서머를 보호해야 한다는 새로운 감정과는 서로 어울리지 않는다. 버지니아는 아직 어린아이다. 서머와 애덤은 왜 이 약혼에 대해 말하고 나서지 않았지? 만일 그들이나 내가 간섭하지 않는다면 버지니아는 결국 친척과 결혼하고, 아무 이유 없이 애를 가지게 될 것이다.

서머가 조종석에서 저녁을 먹고 있을 때 내가 그 얘기를 꺼냈다.

"물론 못 하게 말리고야 싶지." 서머는 말한다.

오후 항해가 별 소득 없이 끝난 터여서 서머는 요리에 대한 열정이 없었던 모양이다. 파스타 푸타네스카는 묘하게 통조림 맛이 나고, 나는 어쨌거나 게걸스럽게 먹지만 서머는 음식에 별로 손을 대지 않는다.

"한꺼번에 너무 많은 일이 벌어지고 있어." 서머는 말한다. "난 이제 막 임신 테스트를 했고, 우린 태국에서 요트를 빼냈어. 그리고 타르퀸은 기저귀에 온통 고름이……."

"그만." 나는 올리브가 목에 걸려 말한다. "무슨 말인지 알겠어."

"우린 버지니아가 그렇게 금방 결혼하게 되리라 생각도 못 했잖

아. 그리고 5월 1일이 되기 전에 버지니아에게 말할 수 있는 시간은 여전히 많아. 하지만 있잖아……."

서머는 눈을 감고 자신의 작은 배에 우아하게 손을 얹는다.

"표현하기가 어려워. 난 이제 막 피어나는 생명을 보호해야겠다는 느낌이 들어. 배 속 공주님의 존재를 적들에게, 날 해치길 원하는 사람들에게 밝히는 건 잘못이라는 느낌이야. 더구나 이제 막 새로 생겨나 연약한데."

공주님. 서머는 태아가 남자인지 여자인지 아직 알 수 없는데도 딸이라고 상상하고 있다. 이미 타르퀸이 있으니 놀랄 건 없지만, 그런 생각에 마음속이 어지러워진다.

나는 서머가 가진 아기가 '카마이클 집안의 후계자'이기 때문에 늘 사내아이라고 생각했다. 노아와 내가 아이를 가지려고 애쓸 때도, 나는 늘 우리 아기가 사내아이라고 생각했다. 한 번도 딸을 낳는다는 상상을 해본 적이 없다. 그런 생각은 스스로 절대 허락하지 않았다.

나는 서머가 요새 매일 입고 다니는 금빛 사롱에 반쯤 가려진, 햇볕에 그을린 배를 물끄러미 바라본다. 어쩌면 다른 옷은 이미 몸에 맞지 않는 건지도 모른다.

법적으로 서머의 아기는 내 조카지만 유전자적으로는 서머의 딸인 동시에 내 딸이나 마찬가지다. 나는 내 아기가 아닌 서머의 아기를 통해 내 유전적 유산인 후손을 직접 만나는 영광과 마법을 처음 경험할 것이다. 조카를 양손으로 안고 냄새를 맡고 무게를 느낄 테지만, 서머가 아기를 아무리 많이 안을 수 있게 해준다고 해도 결국 아기를 서머에게 돌려줘야 할 것이다.

왠지 서머가 아기를 내게서 훔쳐간 것 같은 기분이다.

“살아 있는 시체처럼 보여, 아이리스.” 서머가 말한다. “밤새 잠을 안 잘 수는 없어. 어차피 난 자정까지는 자지 않을 거잖아. 가서 조금이라도 쉬어.”

나는 저항해보지만 서머는 단호하다.

“난 젊고 건강해. 그리고 요즘 밤에 잠도 잘 안 와. 그냥 여기 앉아서 데이브가 배를 모는 동안 주위를 지켜보기만 하면 되잖아.” 서머는 자동 조타 장치를 두드린다. “뭐든 해야 할 일이 생기면 꼭 부를게. 사실 계속 말해주려고 했어. 아니, 너도 이미 알고 있지 않아? 내가 어쩌고 있는지 확인하고 싶으면 TV로 보면 돼.”

서머는 갑판 아래 선실 쪽을 가리켜 보인다.

“무슨 말이야?” 내가 묻는다.

“몰랐어? 아빠가 너한테 이미 말한 줄 알았는데. 갑판 선실 나침반 바로 위에 카메라가 달려 있고, 침실에 있는 TV로 연결되어 있어. TV가 작동하지 않는 거 알지? 아빠는 우리가 TV 켜는 법을 몰랐으면 했던 거야. 아빠는 침대 위쪽 잠긴 서랍에 리모컨을 숨겨두고 있었어. 내가 항해할 때 결혼반지 넣어두는 서랍 말이야. 우리는 우리끼리 근무 설 때 아빠가 우리를 믿는다고 생각했잖아? 아빠는 침대에 누워 우리가 잘하고 있는지 확인하고 있었던 거야.”

“그럼 언니도 날 지켜보고 있었던 거야?”

서머는 웃는다. “당연히 그건 아니지. 여전히 제대로 작동하는지도 모르는걸. 난 침실이 아니라 뒤쪽 침상에서 자잖아, 몰라?”

나는 마음이 놓인다. 조종할 때, 특히 밤에 멍하니 정신을 놓고 있을 때가 내게는 가장 개인적인 시간이다. 나는 인정하고 싶지 않을 정도로 오랜 시간을 애덤을 생각하며 보내고 있다. 어쩌면 내 환상은 얼굴에 드러나거나 내 몸의 움직임에서 드러날지도 모른다. 혹시라도 그런 걸 읽을 수 있는 사람이 있다면, 그건 내 쌍둥이일 것이다.

하지만 동시에 나는 배신당했다. 서머를 말하는 게 아니다. 서머는 분명히 진실을 말했다. 배신자는 아버지였다. 내가 처음으로 근무를 섰던 날, 나는 혼자서 책임을 맡았다는 사실을 한껏 즐겼다. 그런데 아버지는 나를 몰래 보고 있었던 것이다.

서머가 밤늦게까지 잠을 못 잔다는 사실이 여전히 마음에 걸렸지만, 난 지쳤고 결국에는 잠이 상식을 이기고 만다. 나는 엔진을 켠 후 펄럭거리는 돛을 접고 밧세바의 항로를 점검한 후 침대로 간다. 신이시여, 저는 임신한 쌍둥이 언니를 혼자 두고 자러 갑니다.

"자정에 깨워줘."

나는 언제나처럼 말하고, 서머도 대답한다.

"물론이지."

*

늘 그렇듯 침대에 얼굴을 박은 채 침실에서 잠을 깬다. 햇볕이 목에 입을 맞춘다. 맑은 날이다. 밧세바는 엔진 소음을 내며 흔들리고 있다. 고개를 든다. 현창으로 비치는 아침 해 각도로 보아 배는 여전히 남쪽을 향하고 있다.

하지만 뭔가 변했다. 침대 끄트머리로 몸을 미끄러뜨린다. 기운 바닥 위에 힘겹게 발을 내리고 일어선다. 밧세바는 이제 무풍지대에서 맴돌고 있지 않다. 밧세바는 바람에 우현으로 기운 상태다.

현창으로 밖을 내다본다. 혼란스럽던 적도 지역의 바다는 사라지고 남동쪽에서 깔끔한 파도가 밀려오고 있다.

무역풍을 만난 거야! 공기 중의 새로운 에너지가 온몸에 울려 퍼진다. 1,000년 동안 선배 뱃사람들이 그랬던 것처럼, 나는 무풍지대의 죽음에서 탈출한 느낌에 황홀하다. 천장에 뚫린 채광창으로 보니 서머가 메인 돛을 올렸지만, 제대로 해내지 못한 것 같다. 돛은 펄럭거리고 배는 엔진 힘으로 전진하고 있을 뿐이다.

서머는 날 깨웠어야 했다. 나였다면 제대로 바람을 받아 앞으로 갈 수 있도록 서쪽으로 방향을 바꾸고 엔진을 껐을 것이다. 시간과 연료를 낭비하고 말았다.

오전에 낮잠을 자려고 선실로 내려온 사실조차 기억이 나지 않는다. 마지막으로 기억나는 건 해 질 무렵 파스타 푸타네스카를 먹고 설거지도 하지 않은 채 잠자리에 든 다음 몸을 가누지도 못할 정도로 푹 잠에 빠진 일이다. 침대에 오르기 전 나는 서머가 근무를 서는 동안 우리 배가 적도를 넘으리라는 걸 깨달았다. 그래서 다시 사다리를 타고 갑판으로 올라가 서머에게 적도를 넘을 때는 전통적으로 파티를 열고 바닷물을 퍼서 선원들이 뒤집어쓴다고 이야기했다. 어떤 사람들은 기념으로 바다에 뛰어들기도 한다.

"그런 짓을 하기엔 내가 임신부라서 말이야." 서머는 말했다.

더는 말하지 않았다. 그런 식으로 험하게 말하는 걸 보니 서머도 지친 모양이었다.

"그럼 적도 넘어갈 때 굳이 나 깨울 것 없어." 나는 고향인 남반구로 되돌아온 걸 기뻐해야 했지만, 수면이 필요했다. "자정까지 잘 거야. 물론 필요하면 언제든 깨우고."

"잘 자, 내 쌍둥이." 서머가 말했다.

하지만 자정에 서머가 날 깨운 기억은 없다. 지금 일어나보니 나는 침실에 있고 대낮이다. 피곤함에 지치고 임신한 언니가 밤새 근무한 건가?

온몸에 소름이 돋는다. 엔진은 내내 돌아가고 있고, 내게는 늘 살아 있는 것 같았던 밧세바는 차갑고 딱딱하고 죽은, 금속과 목재를 밧줄로 묶은 덩어리가 되어 끝없는 바다를 뚫고 남쪽으로 나아가고 있다. 침실에서 튀어나가 휴게실을 지나 갑판 선실로 올라간다.

조종석은 비어 있다.

앞쪽 갑판으로 눈길을 던지면서 나는 그곳에 혼자 올라간 서머에게 소리 지를 준비를 하면서 얼굴을 찌푸린다. 안전에 대해 잔뜩 이야기를 나눈 뒤 아닌가. 하지만 그곳에 서머가 보이지 않자 반쯤 찡그렸던 내 얼굴이 풀린다.

서머는 어디에도 보이지 않는다.

날카로운 얼음 조각이 목 뒤를 찌르는 것 같다. 뭔가 괴물 같은 존재가 내 머리를 잡아 돌려서 뽑아내는 것 같다. 어딜 찾아봐야 할지 알잖아.

그래서 나는 뒤쪽 바다로 눈길을 돌려 최대한 멀리까지 본다. 밧세바가 바다를 헤치고 달리면서 생기는 두 개의 쌍둥이 파도 사이를. 유독성을 띤 것 같은 잿빛 바다가 끊임없이 이어지고 있다.

"서머!" 소리쳐 부른다. 그리고 더 큰 소리로 외친다. "서머! 서머!"

화장실. 그럼, 그렇지! 갑자기 안도감이 밀려온다. 나는 껑충거리며 뛰다시피 휴게실을 지난다. 손으로 두드리는데 손이 닿자마자 화장실 문이 힘없이 열린다. 이중 거울 속에서 유령 같은 내 얼굴이 바라보고 있다. 서머는 없다.

침상 구역에도 서머는 없다. 타르퀸이 사용하는 상자 같은 아기 침대에도 서머는 없다. 갑판 아래에는 그 어디에도 서머가 보이지 않는다.

"서머! 서어머어!" 나는 비명처럼 서머를 부른다.

다시 갑판으로 뛰어 올라간다. 하활에 부딪히지 않도록 조심해야 한다거나 구명조끼나 안전줄이 없다는 사실에도 아랑곳하지 않고 오직 더 멀리 보겠다는 생각에 선실 지붕으로 뛰어 올라간다. 고개를 이리저리 돌리면서 사방을 둘러보기 위해 메인 돛 아래로 몸을 숙였다가 펴기를 반복한다. 주위 바다를 샅샅이 훑어본다. 아무것도 보이지 않는다.

무슨 생각을 하는 거지? 만일 서머가 바다에 빠졌다면, 우리 배는 지금도 서머한테서 멀어지고 있는 거잖아. 갑판 선실로 뛰어들어 빨간색 버튼을 누른다. 좌현으로 10도 진로를 바꿔야 해. 자동조타 장치는 키를 옆으로 돌린다. 밧세바는 다가오는 파도 속으로 방향을 바꾼다. 나는 반복해 여러 번, 최대한 빠른 속도로 빨간 버튼을 누르면서도 횟수를 세는 걸 잊지 않는다. 열여덟 번 버튼을 누르자 밧세바는 반대쪽으로 방향을 바꾼다. 북쪽으로.

나는 돛대로 뛰어간다. 돛대 양쪽에는 기어오르는 사람이 잡을 수 있도록 접이식 사다리 장치가 달려 있다. 아버지가 사용하는 걸 한 번 본 적이 있다. 계류장에 배를 정박해둔 상태였고, 애나베스가 안전줄 반대편에 끈덕지게 매달려 있었는데도 올라가는 아버지를 보던 일을 떠올리면 지금도 속이 울렁거린다.

지금은 안전줄을 매달 여유도 없다. 사다리 몇 칸을 순식간에 잡고 기어오르기 시작하지만, 펄럭이는 돛이 얼굴을 때리면서 시선을 방해한다. 좀 더 높은 곳으로 올라가야만 한다.

서머, 서머, 어디 있는 거야?

땀으로 손바닥이 미끄럽고 발바닥도 기름을 바른 것처럼 미끈거린다. 가랑이 아래를 내려다본다. 지금은 성냥갑만큼 작아진 밧세바의 갑판이 아래쪽에서 시소처럼 요동을 친다. 떨어지면 죽는다. 갑판에 떨어져 즉사하거나 옆으로 떨어져 바다에 빠지면 밧세바가 즐겁게 날 버리고 가는 걸 지켜봐야 할 것이다.

서머도 이렇게 바다에 떨어진 걸까?

그런 생각을 할 시간이 없다. 계속 기어올라야 한다. 내가 꾸물거리면 서머의 목숨이 위태롭다. 다음 사다리 가로장을 잡으려고 손을 뻗었는데 날카롭게 튀어나온 금속 위로 손이 미끄러진다. 밑으로 내려가 악몽처럼 뾰족한 금속으로부터 손과 발을 보호할 장갑이나 신발을 찾아야 하지만 시간이 없다. 올라가야 해. 서머를 찾아야 해.

한 걸음. 또 한 번. 살갗은 축축하고 차가워진다. 돛대는 끝없는 사다리처럼 느껴진다. 그리고 이제 돛대 꼭대기에 섰다. 그곳은 도르래와 LED 전등, 풍향계, 그밖에 고정된 용품으로 엉망이다. 모든 것이 덜컹거리며 이리저리 움직인다. 아무 밧줄이나 붙잡고 매달렸더니, 밧줄이 붉은색으로 물든다. 뭔가에 손을 벤 것 같은데, 뭐에 그랬는지 알 수도 없고 감각도 느껴지지 않는다.

보고 또 보고 또 본다. 서머, 서머의 금빛 사롱, 금발 머리, 커다란 흰색 모자. 멀리 수평선까지 바다 전체를 샅샅이 살핀다. 나는 돛대 앞쪽에 매달려 고물을 향해 보고 있다. 몸을 돌려서 뱃머리 쪽을 본다. 영원히 그렇게 볼 수 있을 것 같은 기분이다. 바다와 하늘은 잿빛이다. 뭔가 색깔이 보이면 몸이 움츠러든다. 뭐든 서머일 수 있다.

태양이 구름 뒤에서 나오며 모든 걸 파랗게 칠한다. 멀리 아래쪽에서는 거대한 대양의 파도가 줄지어 계속 밀려들고 있다. 이런 파도는 수백만 년 동안 멈춘 적이 없다. 날 위해 파도가 멈출 리 없다. 돛대는 폭풍 속 나무처럼 흔들리고, 내 배 속에는 똬리를 튼 뱀들이 둥지를 튼 것 같다. 입에서 뿜어져 나온 토사물이 바다와 갑판 위로 뿌려지기 전에 잠시 공중으로 흩어진다. 하지만 그러는 중에도 나는 주위를 둘러본다.

아무것도 없다. 전혀. 오직 파랗고 파란 파란색.

바다는 서머를 통째로 삼켜버렸다.

뒤쪽에서 뭔가 움직인다. 펄럭. 뒤를 돌아본다. 하얀색 바닷새 한 마리가 내 눈높이에서 날고 있다. 앨버트로스처럼 거대하다. 녀석의 머리털이 마치 왕관처럼 황금색으로 반짝인다. 남반구의 새인 오스트레일리아 가넷이다. 고향에서 본 아는 새다. 녀석은 내 눈을 보더니, 수평선을 향해 크게 원을 그리며 멀어진다. 새는 금세 한 개의 얼룩이 되고, 밝은 태양 아래 까만 점처럼 보인다.

나는 남반구에 있고 혼자다. 내 심장은 오른쪽 가슴속에서 마치 살아 있는 짐승처럼 아우성치고 달리고 싸운다. 서머가 없으니 심장은 리듬을 잃었다. 진실이 뭔지 벌써 아는 것 같다.

난 이제 쌍둥이가 아니다. 서머가 죽었다.

8. 수색

나는 여전히 수색하고 있다. 지치지 않고 체계적으로 진심을 다해 서머를 찾고 있다. 이렇게 열정적으로 뭔가를 해본 적이 없다. 너무 열심히 찾다가 내가 죽을 것 같다.

돛대에서 어떻게 내려왔는지 기억도 나지 않는다. 몇 초 후 나는 갑판 선실에서 밧세바의 경로를 재조정하고 있었던 것 같다. 계획을 세우고 수색하고 주위를 확인하고 다시 계획을 세운다. 해류에 따라 표류할 거리를 계산하면서, 항해일지를 피로 물들이면서, 밧세바의 항로를 약간 동쪽으로 변경한다. 시간이 흐르면 서머는 더 멀리 떠내려갈 것이다. 열대 지방 바다 위에 산 채로 떠 있는 언니를 상상해야만 한다. 해도 위에 수색용 원을 그린다.

갑판 선실에 있는 텅 빈 전화기 받침대는 속이 뒤집힐 정도로 비현실적인 광경이다. 더 끔찍한 건 현실적으로 위성 전화가 있을 수 있는 유일한 다른 장소인 해도 테이블 서랍 속을 들여다보는 순간이다. 서머가 위성 전화를 두었을 것 같은 모든 곳을 확인하고 여기저기를 어지럽히며 찾고 있다. 찾을 수가 없다.

위성 전화가 없다.

위성 전화를 찾아낸다 해도 도움의 손길은 얼마나 멀리 떨어져 있을 것인가? 가장 가까운 나라는 몰디브와 세이셸, 마다가스카르, 소말리아다. 부자라고는 할 수 없는 나라들이다. 그런 나라에 수색 구조용 항공기들이 있을까? 아니, 수색 및 구조에 필요한 뭐든 있기나 할까?

"메이데이, 메이데이, 메이데이."

VHF 무전기에 대고 말하는 내 목소리가 떨린다. 하지만 나는 뭘 말해야 하는지 잊지 않고 있다. 밧세바의 호출 부호. 승선 인원. 현재 위치의 위도와 경도, 항로와 속도. 나는 GPS를 보고 숫자를 확인한다.

그렇지만 희망은 없다. SSB 무전기가 필요한데, 애덤이 고장 났다고 했다. 무전기에서는 아무 소리도 나지 않는다. VHF는 눈으로 보이는 육지나 다른 배와 교신할 수 있는데, 태국을 떠난 뒤로 육지나 배는 전혀 보지 못했다. 무전기를 계속 켜두고 있지만 물론 아무도 대답하지 않는다.

애덤 말로 구식이라는 비상 부표를 띄우려 시도해봤지만 작동하지 않는다. 심지어 전원조차 들어오지 않는다.

밧세바는 모터로 항해할 때보다 돛을 달고 더 빨리 움직인다. 그래서 나는 엔진을 끄고 제노아 지브(이물 삼각돛-옮긴이)를 펼친다.

침묵은 소름 끼친다. 나는 내가 배에 혼자 타고 있다는 걸 확실히 안다. 그런데도 나는 해야 할 중요한 일들을 정리해 적고 있다. 그중에 '요트 내부 수색'이 들어 있다. 서머의 안전줄 벨트와 팽창식 구명조끼는 갑판 선실 바닥에 놓여 있다. 볼 때마다 눈물이 난다.

견딜 수 없지만 계산해야 한다. 서머가 있을 가능성이 큰 구역을 확실하게 확인해야만 한다. 서머가 바다 위에 떠 있지 않을 가능성은 고려하지 않는다. 시체가 된 서머는 생각하지 말자. 서머가 생존할 수 있는 시간 내에 최대한 넓은 구역을 수색해야만 한다. 상어들은 생각할 수 없다. 구명조끼를 안 입었지만, 서머가 탈진했을 가능성도 생각할 수 없다. 서머는 선헤엄을 치며 수면에 떠 있어야 할 것이다. 하지만 저체온증은 어쩔 수 없이 고려해야 한다. 적도 지역은 찌는 듯 더운 곳이지만, 이곳에서조차 바닷물은 서머의 체온을 빨아들여 사라지게 할 것이다.

여러 해 전 들었던 섬뜩한 대화가 생각난다. 계류장에서 술에 취한 선원들이 칵테일을 마시면서 '바다에 떨어진 사람'에 관한 오싹한 이야기로 떠들고 있었다. 그들은 주워들은 이야기를 하면서 아이들이 듣고 있다는 사실조차 신경 쓰지 않았다. 하지만 고마운 일이었다. 소름 끼치는 주정뱅이들이 서머가 얼마나 오래 바다에서 견딜 수 있는지 내게 말해준 것이기 때문이다. 28시간이 지난 뒤 생존자가 발견된 적이 딱 한 번 있다. 하지만 그건 멀리 나간 바다가 아니라 해협이었고, 그 지역 바닷물은 특이할 정도로 따뜻했다. 그런데도 그 사건은 기적으로 여겨졌다.

지난 삶이 조각조각 떠오른다. 기억들, 색깔들이(천창을 통해 하얀색 돛이 흘깃 보이고, 황금색 머리의 오스트레일리아 가넷이 보인다) 환각이라 느껴질 정도로 선명하게 머릿속에서 번쩍거리며 지나간다. 어처구니없는 감정이 생긴다. 내가 왼손잡이라서 오른손에 상처를 입었음에도 별로 불편함을 느끼지 않는다는 사실에 묘한 기쁨을 느낀다. 밧세바가 이렇게 빨리 달리는 것이 자랑스럽다. 나는 구조 작업에 집중하고 있다.

하지만 속으로는 진실을 알고 있다. 영화에서야 바다에 빠진 사람을 찾아내곤 하지만 현실은 다르다. 심지어 누군가 바다에 빠지는 장면을 목격한다 해도 다시 건져 올리기는 쉽지 않다. 오늘 아침에 일어났을 때는 서머를 마지막으로 본 지 열두 시간 정도 흐른 뒤였다. 서머가 날 깨우지 않아서 지친 몸은 그만 늦잠을 자버리고 만 것이다. 내가 너무 깊이 잠들어 있으니 서머는 직접 메인 돛을 올리려고 한 것 같다. 보통 소음이 나거나 배의 움직임에 변화가 있으면 나는 벌떡 일어나 갑판으로 뛰어가곤 했지만, 이번에는 그러지 못했다. 서머가 언제 돛을 올렸는지 알 수 없다. 어디서 바다에 빠졌는지. 어떻게 그런 일이 벌어졌는지도.

*

정오쯤 나는 적도 구역으로 되돌아와 있다.

이런 사실을 근거로 서머가 언제쯤 돛을 폈는지 추측해볼 수 있다. 남동 무역풍과 적도 구역의 혼란스러운 흐름이 만나는 지역에서 바람의 경계는 하루에 그렇게 많이 움직이지 않는다. 그러니 이곳으로 되돌아오기까지 여섯 시간 걸렸다면 내가 잠에서 깨기 여섯 시간 전에 이 지역을 지났다고 추측할 수 있다. 지금 밧세바는 더 빨리 움직이고 있으므로 자정 또는 그보다 조금 더 이른 시간이었을 것이다.

신중히 생각해야 한다. 서머는 적도 구역을 벗어난 뒤에야 돛을 펼쳤을 것이다. 잠깐, 서머는 자정 이후 바다에 떨어졌을 리 없다. 자정에는 날 깨우기로 약속했기 때문이다. 서머가 내 근무 시간까지 계속 항해했을 리는 없다.

시간대를 좁혀본다. 아마도 자정 40분 전부터 자정 이후 10분 사이일 것이다. 미친 사람처럼 의기양양해 수색 반경을 다시 그린다. 수영을 하는 몸이 떠내려가는 속도가 불확실하다는 것까지 생각해 그린 수색 대상 구역의 반지름은 약 8킬로미터다. 기하학 계산을 해야 한다. 원의 면적 구하기. 반지름 곱하기 반지름 곱하기 파이. 내가 이런 걸 알고 있어 얼마나 다행인가. 내가 수색해야 할 면적은 약 200제곱킬로미터이다.

언니는 열두 시간째 바다에 빠져 있다. 앞으로 열두 시간, 최대 열여섯 시간 살아 있을 것이고, 여섯 시간 후면 해가 진다. 밧세바의 연료 탱크가 얼마나 차 있는지 알 수 없지만, 적도 구역 끄트머리에서 돛을 펼치고 수색하는 건 복잡한 일이다. 밧세바가 바람을 안고 똑바로 나아갈 수 없고, 돛은 시야를 가릴 것이다.

살아 있어, 서머. 죽지 마.

요트의 방향을 잡은 다음 자동 조타 장치의 리모컨을 반바지 주머니에 넣는다. VHF 무전기와 물 한 병을 배낭에 넣고 뭘 먹을 수 있을 것 같지 않지만, 초콜릿도 조금 넣는다. 돛을 접고 엔진을 켠다. 안전줄 벨트를 차고 카라비너를 몇 개 챙겨 걸고 선장 모자를 쓴 다음 선글라스와 망원경을 목에 건다.

다시 돛대를 타고 오른다.

이번에는 두렵지 않다. 죽음은 왠지 아무것도 아닌 것 같다. 꼭대기에 도착해 양팔을 자유롭게 놀릴 수 있도록 돛대에 내 몸을 연결한다. 꼭대기에서 리모컨을 이용해 밧세바의 방향을 바꿀 수 있다. 아무것도 하지 않고 이제 찾아보기만 하면 된다.

그리고 생각해야 한다.

내 인생의 9년이 녹아 사라진다. 1억 달러의 재산이 9년 동안 내 마음을 사로잡았지만, 이제 그런 건 잊는다. 내가 생각할 수 있는 건 서머, 내 쌍둥이, 내 영혼의 더 나은 반쪽뿐이다.

나는 서머를 사랑한다. 남자든 여자든 다른 누구도 절대 서머만큼 사랑하지 않을 것이다. 서머가 아름답고 친절하고 복된 삶을 살았기 때문이 아니다. 서머가 내 쌍둥이 언니여서 사랑하는 것이다. 서머를 위해 사람을 죽일 수도, 내가 할 수만 있다면 대신 죽을 수도 있다.

서머를 찾아야 한다.

*

태양은 하늘을 가로지르며 불타고 있다. 이제 태양은 구름 침대를 향해 가라앉고 있고, 바다 색깔은 부드러워지고 있다.

나는 여전히 돛대에 매달려 있다. 물병은 텅 비었다. 초콜릿을 먹으려 해봤지만, 입안에서 초콜릿은 재처럼 느껴진다. 팔다리는 뇌가 보내는, 움직이라는 지시에 거의 반응하지 않는다. 안전줄을 연결한 벨트에 몸을 맡긴 채 한쪽 다리와 다른 다리, 양팔에 각각 무게 중심을 두고 온갖 가능한 자세를 취해본다. 어떤 자세에서도 고통을 참을 수가 없다.

바다가 싫다. 푸른 색깔도 싫다. 태양이 싫다. 그러나 해가 지지 않았으면 좋겠다. 태양이 하늘 높이 머물며 밝게 빛났으면 좋겠다.

언제까지나 이곳, 돛대 꼭대기에 머물 것이다. 이곳에 있을 것이다. 삭구가 철컹대는 소리는 죽은 사람을 묶은 쇠사슬 소리다. 돛은 죽은 자들의 수의다.

하지만 나는 여전히 멍하니 바다를 보고 있다. 서머. 서머의 빛나는 머릿결. 머릿속에서는 볼 수 있지만 내 눈앞에는 없다.

이제 선글라스가 필요 없다. 바다는 연보라, 라벤더, 인디고색이다. 바다는 로즈골드색으로 반짝거린다. 하늘은 비둘기처럼 부드럽다. 그리고 이제 나는 어둠 속을 응시하고 있다.

돛대를 내려가는 일은 끔찍하다. 팔다리가 송장처럼 뻣뻣해 그런 것만이 아니다. 피부는 햇볕에 타 욱신거리고, 다친 손은 불타는 것처럼 아프고, 울다 지친 목은 언니를 찾아 비명을 지르다 말라붙었다. 더 끔찍한 것은 갑판에 내려가면 돛대 아래 풀썩 주저앉으며 이제 끝나고 말았다는 현실을 마주해야만 한다는 사실이다.

서머를 잃었다.

*

머릿속에서 어떤 목소리가 계속하라고 말하고 있다. 차갑고 미운 목소리는 내가 알고 싶지 않은 것들을 내게 말한다.

넌 자야 해. 목소리는 말한다. 갑판 위에 누워 슬퍼하지 마. 어둠 속에서는 수색할 수 없어. 가서 부드러운 침대에 누워. 기운을 차려야 해. 새벽이 되면 다시 수색을 시작할 거야.

어쩌면 서머는 어떻게든 체온을 유지하고 있을 것이다. 어쩌면 바다에 떨어질 때 따뜻한 옷을 입고 있었을 수도 있다. 어쩌면 뭔가 물건이 함께 빠져서 서머가 몸 일부라도 물 밖으로 내놓고 있을 수도 있다. 확인해보니 위성 전화 말고는 사라진 물건이 없긴 했지만. 솔로몬은 대빗에 여전히 묶여 있다. 구명 고무보트도 앞쪽 갑판에 고정되어 있다.

어쩌면 이곳 물이 내 생각보다 따뜻할 수도 있다. 어쩌면 서머는 특별히 체온을 잘 유지하는 비결을 가졌는지도 모른다.

넌 계속해서 찾아봐야만 해.

나는 목소리에 복종한다. 몸을 이끌고 갑판 선실로 가 항해등을 켠다. 연료계 바늘은 연료가 없다고 말하고 있지만, 엔진은 여전히 돌아가고 있다. 엔진을 끈다. 내일을 위해 연료를 아껴야 해.

내일이 싫다. 나는 이제 바람과 파도에 이리저리 흘러 다니는 밧세바의 휴게실로 비틀거리며 내려간다. 밧세바는 불안한 바다에서 흔들리기 시작한다.

여긴 아니야. 내가 휘청거리며 소파로 향하자 목소리가 말한다.

크고 좋은 침대에서 자. 그래야 휴식을 취하지.

만일 밧세바가 밤사이 다른 배의 항로를 지나게 된다면 상대방 항해사가 밧세바의 희미한 항해등을 발견하고 부딪히지 않게 피해갈 것임을 믿어야 한다. 아버지는 우리에게 밤새 근무를 서지 않는 일은 용서받을 수 없는 신성 모독이라고 가르쳤지만, 다른 방법이 없다. 난 자야 한다. 어쨌든 태국을 떠난 뒤로 우리는 다른 배를 한 척도 만난 적이 없다. 나는 VHF 무전기로 온종일 연락을 시도했다. 그리고 바로 지금 밧세바는 세계에서 가장 텅 빈 바다 한가운데, 배들의 항로에서 며칠이나 떨어진 곳에 있다. 아무도 오지 않을 것이다.

침실에 들어가 불을 켠다. 어두운 TV 스크린에 비친 내 모습을 흘깃 바라본다.

TV. 머리로 피가 몰리는 것 같다. 가슴께를 얻어맞은 것 같은 느낌이다. 그래, CCTV! 서머가 뭐라고 했더라? 그냥 화면만 보낸다고 했던가? 녹화까지 한다고 했나? 서머는 카메라가 작동하는지조차 모른다고 했다. 리모컨. 서머는 리모컨이 결혼반지와 함께 잠가둔 서랍 속에 있다고 했다. 아버지는 서랍 열쇠를 어디 두는지 절대 말해주지 않았고, 서머 역시 내게 말하지 않았다. 뱃사람이 쓰는 칼을 꺼내 책상 서랍에 찔러본다. 서머가 사라진 지 열여덟 시간이 지났다. 녹화된 테이프가 24시간마다 지워지는 건 아니겠지? 아버지가 CCTV를 설치한 옛날에는 기술이 어떤 수준이었는지 나는 알 수 없다. 하드 디스크를 사용하나?

쿡쿡. 나는 암살자처럼 서랍을 칼로 쑤셔본다. 서랍이 조금씩 흔들리자 나는 서랍 손잡이를 움켜쥐고 비틀며 잡아당긴다. 서랍이 바닥에 떨어지고 내용물이 흩어진다. 굴러가는 서머의 결혼반지와 약혼반지를 얼른 붙잡는다. 안전하게 보관하려고 반지들을 피투성이 오른손에 낀다.

리모컨. 허겁지겁 리모컨을 찾아내 TV를 향해 '전원' 버튼을 누른다. 아무 반응이 없다.

배터리가 없구나. 배터리가 다 닳았다. 리모컨 뚜껑을 열자 배터리가 바닥으로 쏟아진다. 갑판 선실로 뛰어간다. 해도 테이블 아래 온갖 크기의 배터리가 준비되어 있다.

찾았다. 새것으로 보이는 두 개의 AA 배터리. 다시 침실로 달려오면서 더듬더듬 배터리를 리모컨 안에 넣는다. 이번에는 TV 화면에 불이 들어온다.

이리저리 채널을 돌려본다. 잡음과 하얀 화면밖에 나오지 않는다. 그런데 한 채널에서 까만 화면이 나온다. 하지만 화면 아래쪽에 시간과 날짜가 박혀 있다. 3월 29일 오후 7시. 생중계 화면이다.

어떻게 뒤로 감지? 리모컨에 있는 모든 버튼을 눌러본다. 어떻게 이걸 작동할 수 있는 거지? 녹화 시스템은 어딘가에 두뇌를 갖고 있을 것이다.

벽에서 TV를 떼어낸다. TV 뒤쪽에 오래된 노트북이 연결되어 있다. 트랙패드를 손가락으로 건드렸더니 노트북 화면이 켜진다. 노트북 속에 '홈 CCTV'라는 프로그램이 깔려 있고, TV 화면에서 보던 것과 똑같은 생중계 화면이 돌아가고 있다. 그리고 다른 프로그램 창에는 각각 다른 날짜가 파일명인 파일이 일곱 개 보인다. 가장 최근인 어제 날짜 파일을 클릭한다.

나는 3월 28일 오후 11시부터 화면을 보기 시작한다. 몇 번 짧게 뒤로 시간을 건너뛴다. 화면은 전체가 까맣다.

자정 15분 전 조종석 불빛이 켜지고 서머가 모습을 드러낸다.

"그래!" 나는 소리친다.

서머는 무척 익숙하고 더할 나위 없이 생생하게 보여서 나는 마치 모든 일이 잘 돌아가기라도 하는 것처럼, 마치 서머를 찾아낸 것처럼 한숨을 내쉬며 침대에 몸을 눕힌다. 그러다 이제부터 내가 뭘 보게 될지 기억해낸다. 나는 언니의 죽음을 목격할 것이다.

*

희망은 악마다. 희망은 사람을 놀리면서 장난을 치다가 사람이 그걸 믿기 시작하면 사라진다. 죽어버린다. 서머가 먼저 죽었고, 이제 희망도 사라진다.

서머는 짧은 반바지를 입고 커다란 모자를 쓰고 조종석에 서서 인상을 쓰고 있다. 하지만 뭔가 걱정하는 건 아니다. 이건 서머가 스스로 기쁠 때 보이는 표정이다. 서머는 뭔가 놀래줄 일을 계획하고 있다.

카메라는 수평선이 아니라 배를 비추고 있어서 서머가 메인 돛을 올리는 동안 배가 어느 방향으로 가고 있는지 알기는 어렵다. 화면에서 보니 조종석 뒤쪽 바다는 오른편이 높고 왼편이 낮은 것처럼 보인다. 카메라가 고물을 향하고 있으니까 결국 좌현의 바다가 높은 것이다. 아니, 배가 좌현으로 밀려가고 있다고 해야 하나.

배가 적도 구역을 벗어나면서 서머는 서풍을 만난 것이 틀림없다. 어떻게 될지 내가 왜 서머에게 말해두지 않았지? 서머는 바람이 기다리던 무역풍과 방향이 다르다는 걸 알고 있었을까? 이 바람은 국지적으로 불어온 우연한 것이다. 이런 바람은 절대 오래 이어지지 않는다. 하지만 서머는 이런 사실을 모르고 있다. 서머는 돛을 정돈하고 앉는다. 마치 항해가 스스로 발명한 새로운 기적이라도 되는 것처럼 보인다.

몇 분이 흘러간다. 서머가 펄쩍 뛰어 일어나더니 카메라를 향해 뛰어온다. 얼굴이 커다랗게 보이다가 화면 밖으로 사라진다. 서머는 갑판 선실로 들어간 것이다.

서머가 귀에 위성 전화를 대고 다시 나타난다.

서머는 뱃머리 쪽을 보고 있다. 지금은 카메라 바로 앞에 얼굴이 있어서 화면 속에서 서머 얼굴이 거대하게 보인다. 서머의 눈이 전화기를 향해 돌아간다. 서머는 위성 전화를 뺨에 대고 누른다. 표정이 더할 나위 없이 행복하다. 애덤의 전화가 틀림없다.

왜 전화를 한 거지? 타르퀸에게 무슨 일이 생겼나?

서머는 조종석 의자 위로 뛰어 올라가 전화기가 높은 곳에 있도록 한다. 전화기에 대고 말하는 모습이 보인다. 아마도 소리를 지르고 있는 것 같다. 연결이 좋지 않은 것이 분명해 보인다.

배가 흔들린다. 배의 움직임에 몸이 흔들리는 서머가 움찔거린다. 나는 무슨 일이 벌어지는지 추측할 수 있지만, 서머는 알지 못하고 있다.

바람이 바뀌고 있다. 서머는 뭔가 잘못되었다는 걸 느끼지만 최악의 방식으로 반응한다. 이상한 움직임이 뭔가 앞에 있는 것 때문이라고 생각한다. 그러곤 좀 더 잘 보기 위해 선미 갑판 위로 내려선다. 안전줄 벨트도, 구명조끼도 없는 모습이다.

퍽.

화면에서는 소리가 나지 않지만, 서머가 죽는 소리는 내 머릿속에서 마치 폭발음처럼 크게 들린다. 바람이 메인 돛 뒤쪽에서 휙 불어온다. 밧세바의 돛이 반대쪽으로 넘어가면서 활대가 서머의 머리로 날아든다. 서머의 몸이 봉제완구처럼 바다로 날아간다.

*

서머는 즉사했다. 분명히 그랬을 것이다. 스스로 확신하려고 일부러 소리 내어 그렇게 말하기도 했지만, 혹시 죽지 않았을 가능성이 있다는 걸 나는 안다. 어쩌면 서머는 정신을 잃은 채 떨어진 것일 수도 있다.

그렇다고 해도 고통스럽지는 않았을 것이다. 구명조끼도 없었으니 정신을 차리기도 전에 익사했을 것이다.

그러나 나는 여전히 수색한다. 다음 날에도 온종일 수색한다. 종일 같은 생각만 떠오른다. 이제 살아 있는 서머를 찾아낼 가능성은 없을 뿐 아니라 이미 오래전부터 그럴 가능성이 없었다는 것. 나는 시체를 찾고 있었고, 시체가 바다에 떠 있는지조차 알지 못한다. 희망이 있어 수색하는 게 아니다. 수색하지 않으면 수색을 포기하는 것이기에 수색할 수밖에 없다.

서머가 배 안에 있을 리 없음에도 요트 내부를 뒤진다. 그냥 뭔가 하기 위해 밧세바의 내부, 모든 곳을 샅샅이 뒤진다. 적도 구역으로 되돌아와 바람이 불지 않는 곳에서 돛을 내리고 밧세바가 멈춰 있도록 해두고 발가벗고 스노클링 장비를 착용한 다음 옥색 바다로 뛰어들어 선체 아래로 수영해 들어간다. 언니의 시신이 용골과 방향타 사이에 끼어 있기라도 한 것처럼. 내가 물속에 있을 때 밧세바가 빠르게 움직이면 어쩌나 겁을 먹었던 적도 있다. 요트는 아주 가벼운 바람에 돛을 내린 상태에서도 수영으로는 따라잡을 수 없을 만큼 빠르게 움직일 수 있다. 하지만 이제 그러거나 말거나 문제가 되지 않는 것 같다.

밧세바가 흘러가려면 가라지. 난 서머를 만나게 될 것이다. 배 아래 이곳은 조용하다. 바닷물은 부드럽고 깨끗하고, 피와 땀은 푸른색에 씻겨나간다. 그러나 배 아래에는 아무것도 없다. 빨판상어조차 사라지고 없다. 엄청나게 선명한 바닷속에서 밧세바의 검은 선체가 보일 뿐이다. 영원히 깊은 바닷속을 볼 수 있다. 바다가 너무 깨끗해 열심히 내 두 다리를 흔드는 모습이 마치 하늘에서 떨어지는 것처럼 보인다. 언니 시체가 끝없이 멀리 아래로 떨어지는 모습을 상상한다. 입을 열어 선명하고 짠 바닷물을 들이마신다. 아래로 가라앉는 건 무척 쉬울 것이다.

침묵은 달려들기 직전의 짐승이다. 세상에 나만 살아남았다.

선체 반대편으로 헤엄쳐간다. 물속에서 올려다본 바다 수면은 마치 거울 같다. 그리고 나는 거울 속을 통과해 서머의 세상으로,

깊은 세상으로 들어온다. 내 머리 위 높은 곳에서 노란 태양은 흐릿하게 빛난다. 물밖으로 나와 수영 사다리를 붙잡고 다급하게 공기를 들이마신다. 시원한 바닷물이 머릿속 이성을 되돌려놓는다. 감은 눈꺼풀 너머에서 피 섞인 분홍색으로 타오르는 태양은 며칠 동안 끝없이 겪은 푸른색 끝에서 충격으로 다가온다.

나는 젊은 여자고 인생은 길다. 다시 음악을 듣고 싶다. 내 손가락 끝 아래서 가볍게 움직이는 피아노 건반을 다시 느끼고 싶다. 사막에, 눈밭에 서 있고 싶다. 누군가와 사랑을 나누고 싶다.

여기서 죽고 싶지는 않아.

나는 다시 배에 오른다.

*

여전히 광기가 날 사로잡는다. 매일 무자비한 하늘에서 태양은 점점 더 뜨겁게 타오른다. 밧세바의 연료가 없어 돛을 이용해 움직이며 수색해야 한다. 식수도 줄어들고 있지만 나는 여전히 아프리카로 뱃머리를 돌리지 못한다. 어쩌면 이미 늦었는지도 모른다. 내가 며칠 동안이나 수색하고 있는 거지? 애덤이 태국에서 소식을 기다릴 것이다. 이미 엄마를 한 번 잃은 적 있는 아기인 타르퀸도. 그들에 대해 생각하지 말아야 한다.

밧세바 내부를 다시 한번 샅샅이 뒤져 콜라 몇 캔과 와인 두 병을 찾아낸다. 이것들을 마시며 이틀 정도는 더 찾아볼 수 있다. 물과 콜라 와인을 전부 버리는 방법도 있다. 그런 생각이 머릿속에서 윙윙거리며 맴돈다. 절망적인 순간에 그렇게 하면 어떨까? 자책하며 천천히 치명적인 고통을 맞이한다면? 선체 배수구를 열어 밧세바를 물로 채워버리는 방법도 있다. 몸이 흘러나가지 않도록 침대에 묶어야 한다. 나와 배는 흔적도 없이 사라질 것이다.

태양이 내 몸을 최악의 상황까지 불태우도록 갑판 위에 그냥 누워 있을 수도 있다. 남쪽으로 배를 몰아 남극까지 가버릴 수도 있다.

*

비가 오는 상상을 한다.

나는 서머가 쓰던 침상에서 자고 있다. 서머가 입고 있었다고 생각했던 금빛 사롱이 침대에 떨어져 있다. 여전히 사과와 하얀 해변의 냄새가 난다. 사롱에 얼굴을 묻었다가 허리에 두르고 묶는다. 손톱으로 왼쪽 허벅지 안쪽에 길게 곡선으로, 서머의 흉터와 똑같은 흔적을 만든다.

서머가 다친 건 우리가 여덟 살인가 아홉 살일 때였다. 우리는 아무도 살지 않는 천국 같은 산호섬에 닻을 내렸지만, 아버지는 기분이 좋지 않았다. 아버지는 우리 셋에게 해변에 가서 "박쥐들이 날아다닐 때까지 오지 말라"고 했다. 늘 그랬듯 내가 노를 잡았다.

해변까지 가려면 산호초를 넘어 노를 저어야 했지만, 나는 통로가 어딘지 알 것 같았다. 그런데 갑자기 내가 물에 빠지고 말았다. 헤엄쳐 올라왔는데 뒤집힌 솔로몬의 몸통 안쪽 어둠 속이었다. 깊게 숨을 들이마시고 밖으로 헤엄쳐 나왔더니 바다가 온통 피로 물

들어 있었다. 서머가 비명을 지르고 있었다.

나는 보트를 똑바로 세우고 벤을 배 위로 밀어 올린 다음 밧세바로 가서 도움을 청하라고 시켰다. 얌전하게 구는 벤이었지만 그래도 믿을 수 있다고 생각했다. 벤은 노를 젓기에는 어렸지만, 내가 노 젓는 법을 가르쳐두었고 바람이나 파도를 맞아 힘껏 나아가야 할 때 '어떻게 힘을 주는지'도 가르쳐둔 상태였다. 일단 벤이 요트 쪽으로 향하는 걸 확인하고 난 다음 서머에게 다가가 서머를 해변으로 끌어당겼다. 해변에 도착한 다음 젖은 수건을 서머의 다리에 감아 피를 멈추려고 애썼다. 나중에 모두가 잘했다고 칭찬했지만, 나는 사실을 알았다. 산호에 다친 상처는 절대 낫지 않는다는 걸. 서머는 평생 흉터를 안고 살아야 했고, 그건 내 잘못이었다. 흉터를 안고 살아야 하는 건 나였다.

나를 서머로 만들 것이다. 서머를 다시 살려낼 것이다. 언니를 되살려내기 위해 내가 해내야 할 유일한 일은 언니처럼 상처를 만드는 것뿐이다.

나는 밧세바에서 가장 움직임이 적은 조종석에 서 있다. 항해용 칼을 꺼내 허벅지로 가져간다. 돛대에 기어오를 때 찢어진 손이 여전히 아프다. 또 다른 상처를 내기는 싫다. 더는 고통은 원하지 않는다. 하지만 해야 한다. 서머를 다시 살려내야 한다.

칼이 살갗에 닿았지만, 상처가 날 정도로 찌를 수가 없다. 뭔가 잘못되었다. 칼이 피를 내기 전에 손을 멈춘다. 내가 무슨 생각을 하는 거지? 나는 끔찍한 실수를 저지르려 하고 있다.

나는 서머가 내 앞에 서 있던 모습에 너무 익숙해져 있다. 지금도 눈앞에 서머가 서 있는 것 같다. 나는 서머의 거울이고 서머는 내 거울이다. 나는 거울 속에 비친 서머에게 상처를 내려고 한다.

더는 서머의 거울이 되기 싫다. 나는 서머, 완벽한 쌍둥이, 제대로 된 사람이 되고 싶지만 혼란스럽다. 내 마음이 어떤지 제대로 알 수가 없다.

머릿속이 욱신거린다. 서머에 대한 기억이 벌써 사라지고 있는 걸까? 내 앞에 선 서머를 볼 수 있지만 서머에게 다가설 수 없고, 서머의 시선으로 서머의 상처를 볼 수가 없다. 어떤 쪽 허벅지에 상처가 있었는지 기억이 나지 않는다. 상처가 허벅지 끝까지 휘어져 올라가고 아래로는 무릎까지 닿는 걸 알고 있다. S자 모양이라는 것도 안다. 서머를 상징하는 S.

내가 손톱으로 긁어 그린 자국을 확인한다. S자가 아니라 거꾸로라서 구불거리는 Z자이다. 더구나 다른 쪽 다리에 그려놓았다.

틀려서는 안 된다. 펜을 들고 내 오른쪽 허벅지 안쪽에 S자를 아래서부터 그려 넣는다. 상처가 어디서 끝나는지 정확히 알고 있다. 바로 속옷 끄트머리다.

애덤은 이 상처를 사랑했을 것이다. 그는 서머에게 아무런 결점이 없다고 말했다고 했다. 상처는 당연히 결점으로 보지 않았을 것이다. 상처도 서머의 일부이며, 그가 사랑하는 달콤하고 부드러운 서머 몸의 일부이다. 하지만 애덤은 다시는 서머의 상처를 볼 수 없다.

칼을 잡고 다시 S자를 그리기 시작한다. 이번에는 피가 흘러나온다.

9. 희생

마침내 서머를 위해 나는 떠난다. 서머를 위해 서머를 이곳에 남겨두고 가야 한다. 살아서 육지에 도착해 서머에게 무슨 일이 생겼는지 애덤에게 알려야 한다. 순식간의 죽음이었다고. 그래서 서머는 괴롭지 않았다고.

아주 천천히 서쪽으로 방향을 바꾼다. 하지만 밧세바는 내 기분을 알아차리지 못한다. 밧세바는 바다를 가로질러 깡충거리며 춤춘다. 이곳에서의 항해는 쉽다. 일주일도 걸리지 않는다.

하지만 나는 손으로 직접 조종하지 않는다. 바다와 하늘을 바라보는 즐거움은 모두 사라지고 없다. 바다와 하늘이 밉다. 갑판 선실에 앉아 있지만, 며칠 동안 다른 배를 찾아볼 생각은 하지 않는다. 그러다 문득 혹시 다른 어선과 충돌한다면 더 많은 사람을 죽이게 될 수도 있다고 생각한다.

이미 너무 많은 사람을 죽였는데.

아기를 떠올리지 않으려 하지만, 악몽은 막을 수가 없다. 엄마의 죽은 자궁 속에서 썩어가는 아기. 서머의 팔다리가 떨어져 나가고, 나머지 몸이 녹아 사라지면서 결국 가운데 남는 유일한 한 가지. 바다 생명체들을 위한 썩은 시체.

*

명단을 적는다. 내가 소식을 전해야 할 사람들. 내가 마음을 아프게 만든 사람들의 명단.

애덤.

타르퀸.

애나베스.

벤.

남동생은 죽은 아버지의 인정을 받기 위해 뉴욕에서 경제학을 전공하고 있다. 벤은 나를 위로하기 위해 최대한 빨리 달려올 것이다. 다른 사람들은 내가 겪은 일을 생각하면서 가슴 찢어지는 슬픔에 잠길 것이다.

말해주어야 할 사람들이 더 있다. 서머의 친구들. 러티샤 버킹엄은 여전히 서머의 가장 친한 친구이다. 그리고 서머에게는 내가 전혀 알지 못하는 전 직장 동료들이 있다.

프랜신과 콜턴 그리고 네 명의 배다른 여동생들에게도 말해야 한다. 프랜신이 슬퍼하는 척하면서 속으로 좋아할 걸 생각하니 더는 견딜 수가 없다.

*

물이 부족하다는 걸 깨닫고 나서 양을 정해서 마시고 있지만 바람이 약해 가야 할 거리를 별로 줄이지 못하고 있다. 거리와 남은 양을 계산해 물을 아껴 마신다. 서머가 얼마나 무감각하게 매일 샤워를 해댔는지 믿을 수 없다. 우리는 출발했을 때부터 훨씬 물을 아껴 사용했어야 했다. 이제 나는 안전을 위해 심각할 정도로 물 섭취를 줄여야 한다.

내 피부는 항상 뜨겁다. 머리는 욱신거린다. 이제 울어도 눈물도 나오지 않고 바삭거리는 혀로 입술을 핥아야 한다. 바다는 시원하고 매혹적으로 파랗고, 마실 수 있을 것만 같아 애가 탄다. 하늘조차 젖은 것처럼 보여서, 마치 마실 수 있는 이슬이 떨어질 것만 같다.

태양은 고통이다. 나는 와인을 마지막까지 아껴두겠다고 다짐했지만, 어느 뜨거운 오후에 한 병을 따서 한 방울도 남김없이 마셔버렸다. 다음 날 다른 한 병도 모두 마시고 말았다. 몸에 필요한 수분을 줄이기 위해 온종일 자고 해가 질 무렵 일어난다. 소변도 거의 나오지 않는다.

태양과의 접촉이 사라진다. 저녁 하늘을 가득 채운 달과 함께 일어난다. 나는 달에게 말을 건다. 밧세바와 대화한다.

서머를 잃었을 때, 밧세바는 죽은 것 같았다. 하지만 이제 마치 날 구하려고 애쓰는 것처럼 다시 생기를 되찾았다. 나는 선장 자리를 내놓고 모든 걸 포기한 채 누워 죽기를 기다리지만, 밧세바는 계속 항해하며 나를 안전하게 품고 있다. 모함(母艦), 어머니 배다. 밧세바는 나의 세 번째 어머니, 금발의 애나베스와 은발 프랜신에 이은 검은 어머니다. 잠이 들면 나는 밧세바의 포근한 자궁 속에서 둥둥 떠 있다.

우리가 어렸을 때, 아버지는 밧세바가 솔로몬 왕의 어머니, 다윗 왕의 부인이라고 우리에게 말했다. 서머는 성경 이야기를 아주 좋아했다. 서머는 사람들에게 우리 배의 자동 조타 장치의 이름이 데이브이고, 작은 보트 이름이 솔로몬인 이유를 설명하곤 했다.

그러다가 우리는 아버지가 요트를 타는 다른 사람들에게 들려주는 진짜 이야기를 엿듣게 되었다. 아버지는 조종석에서 사람들과 술을 마시면서 놀고 있었고 어린 우리는 휴게실에서 어른들 얘기를 몰래 들었다. 우리는 다윗이 밧세바를 만났을 때 다른 사람 부인을 강간했다고 아버지가 말하는 걸 들었다. 서머는 조종석으로 뛰어갔다. 울면서.

"아빠, 요트 이름을 바꿔야 해요!" 서머는 비명을 질렀다. "아빠는 우리 자동 조타 장치에 강간범 이름을 붙였잖아요! 다시는 그걸 만지지 않을 거예요!"

손님들은 어색하게 킥킥거리며 웃었다. 아버지는 서머에게 엉뚱한 소리 하지 말라고 했지만, 서머는 멈추지 않았다. 결국 아버지는 서머에게 저녁도 먹지 말고 자러 가라고 말했다.

난 행복했다. 서머가 그렇게 곤란해지는 상황은 보기 드물었다. 그리고 나는 밧세바 이야기가 마음에 들었다. 강간 피해자에서 왕의 어머니가 되다니.

나는 서머의 분노를 다시 체험한다. 서머가 서서 아버지에게 소리 지르던 곳인 조종석에 서서, 마치 아버지가 앞에 있는 것처럼 소리치고 욕한다. 마치 서머가 된 것처럼.

서머가 했던 나쁜 일이 떠오르지만, 별로 많지 않다. 서머가 화내거나 생각 없이 굴었던 짧은 순간들. 죽은 사람이 싫었던 순간을 떠올리면 안 되지만, 어쩔 도리가 없다.

부모님이 아무렇게나 고른 꽃 이름이 내 이름이 되었다는 이야기를 들려주었을 때, 벤은 그때 병실에 피튜니아가 없던 것이 얼마나 다행이냐고 말했다. 서머는 그 농담을 듣고 끝도 없이 다른 이름을 만들어냈다.

"안녕, 튤립."

날 그렇게 부르기도 했다.

"요즘 어때, 베고니아?"

이런 식이었다.

놀림은 여러 달 계속되었다. 서머는 아이리스보다 더 못난 이름을 찾아냈다. 하이드랜지어(수국), 크리센써멈(국화), 글라디올러스. 서머는 이제 아예 내 진짜 이름은 부르지 않았고, 학교의 다른 아이들까지 가세했다. 나는 같이 웃으려 애쓰면서 서머에게도 괴상한 이름을 붙이려고 해봤다.

어텀(가을), 윈터(겨울). 전혀 통하지 않았다.

벤이 그 장난을 멈추게 했다.

"누나가 싫어하는 거 몰라?" 벤은 서머에게 말했다. "누나는 장기가 제자리에 있고 좋은 이름까지 있으니 좋겠지. 그런데 그렇지 못한 사람을 놀려서야 되겠어."

자신이 얼마나 못된 짓을 한 건지 깨달은 서머는 울음을 터뜨렸다. 결국 나는 서머를 달래야 했다.

이런 일은 생각하고 싶지 않다. 완벽했던 서머를 기억하고 싶다. 서머는 잘못을 저질러도 쉽게 용서할 수 있는 그런 사람이었다.

*

배는 붉은 달이 뜬 날 세이셸 뱅크를 넘는다. 파도가 거칠게 선체를 때린다. 물이 얕아져 바다가 불안정하다. 육지가 어스름하게 보인다.

해도를 크게 확대해 인도양 진체와 아시아, 아프리카 대륙 그리고 중동 모두를 볼 수 있도록 한다. 이대로 방향을 유지하면 된다. 내일이면 육지를 만날 것이다. 나는 물이 부족하다. 하지만 내 손은 항로를 바꾸는 버튼 위에 멈춰 있다.

그냥 계속 항해할 수도 있다. 서쪽을 향해 마다가스카르까지. 북쪽, 해적들이 출몰하는 소말리아까지. 남극해의 괴물 같은 파도가 있는 남쪽으로. 어디든.

내일이면 나는 소식을 알려야만 한다. 애덤은 이미 한 번 아내를 잃었다. 도대체 무슨 말로 그에게 소식을 전한단 말인가? 헬렌이 죽었을 땐 그래도 아기는 구해낼 수 있었다.

*

갑판 선실 테이블 위에는 내가 손으로 쓴 노트들이 온통 어지럽게 널려 있다. 더 통통한 왼쪽 뺨, 더 튀어나온 왼쪽 광대뼈. 이런 차이는 누구도 알아차리지 못한다. 아무도 우리 둘을 구분하지 못한다. 더 짙은 눈썹. 눈썹은 다듬었다. 더 마른 몸. 오랜 시간 바다에서 항해했기에 당연히 몸은 말랐다.

왼손잡이.

내가 왼손잡이라는 건 내 몸속 장기들이 반대쪽에 있다는 걸 겉으로 드러내 보여준다. 하지만 왼손잡이는 육체적으로 보이는 것이 아니라 습관에 불과하다. 오른손으로는 글씨를 잘 못 쓰지만, 지금 당장은 다쳐서 손에 붕대를 감고 있다. 다친 손으로 글씨를 쓰는 건 아무도 기대하지 않을 것이다.

심장과 다른 장기가 반대쪽에 있다는 점.

애덤이 알까?

항해. 피아노 연주. 내가 서머보다 잘하는 것들. 하지만 항해 솜씨가 나쁜 척하는 일은 쉽다. 어쩌면 피아노를 못 치는 척하는 편이 더 힘들 것이다. 피아노 근처에는 가지 않는 편이 더 안전하다.

요리와 아이들. 서머가 나보다 잘하는 일들. 요리와 육아는 배우기 어려운 일도 아니다. 해야 한다면 나도 할 수 있다. 간호사 일이라면 서머도 한참 전에 그만두었다.

내가 도저히 숨길 수 없는 서머와 나 사이 다른 점은 서머의 허벅지 흉터와 임신했다는 사실인데, 흉터는 이제 막 만들었다.

*

그 생각이 언제 처음 떠올랐는지 모르겠다. 정오의 열기 속에서 그랬을 수도 있다. 나는 밧세바의 까만 자궁 속에서 서머 꿈을 꾸다 깨어난다.

빠져나갈 수 있다. 직장도 없고 집도 없고 사랑도 없는 생활에서. 밧세바는 내 것이 될 수 있다. 애덤도 내 것이 될 것이다. 유산도 차지할 수 있다.

아기도 내 것이 된다.

하지만 아기는 없다.

어쩌면 늘 그런 생각을 해왔는지도 모른다.

해도 테이블 위에 온통 흩어져 있는 노트에 글을 쓸 때부터 해온 생각일까?

내 삶을 버리고 서머의 요트에 서머의 남편과 함께 올라타려고 했을 때부터 그런 생각을 품었던 걸까? 아버지의 시신 아래로 웅크리고 숨었을 때부터, 그래서 아버지가 재산을 골고루 나눠주지 않기로 했다는 사실을 알게 되었을 때부터?

다리에 상처를 낼 때는 이런 생각을 하지 않았다. 계획은 없었다. 그저 상징적인 행동으로 느꼈다. 문신처럼 서머를 기리는 의미를 담은 행동이었다.

애덤에게는 거짓말이 통하지 않아. 아니, 애덤도 우리를 구분할 수는 없어. 그리고 그 사람은 부주의한 편이라 몇 가지 실수를 해도 눈치채지 못할 거야. 그리고 난 이제 서머의 인생을 잘 알아. 심지어 잠자리에서의 모습까지. 서머는 이번 여행에서 모든 걸 내게 말해줬어. 애덤에 관해 지나칠 정도로 들었고, 이제는 꿈에도 그가 나올 지경이야.

CCTV에 녹화된 걸 보고 나서는 혹시 다른 사람들이 보기 전에 지워질까 봐 걱정했다. 보관 기간이 7일밖에 되지 않았기 때문이다. 아마 그 후에는 자동으로 지워지는 게 분명했다. 해당 파일을 디스크에 옮겨 서랍에 넣어두었다.

나는 여행 가방 속 안감이 뜯어진 곳을 찾아내 그곳에 디스크를 넣어 숨긴다.

유혹을 느낀다는 걸 부정할 수 없다. 나는 이제 카마이클 집안의 재산을 미끼로 사용하면서도 결국 남편을 옆에 붙잡아두지 못한 여자가 아니다. 이제 직장에서, 집에서 쫓겨난 여자가 아니다. 애나베스는 노아가 날 버리고 떠난 사실을 알 필요가 전혀 없다. 노아는 스스로 원한다면 아내를 잃어 가슴 아픈 연기를 해낼 수도 있다.

나는 마치 선물 가방이라도 되는 것처럼 내가 살아온 인생을 샅샅이 뒤지면서 뭔가 보관하고 싶은 것을 찾는다. 아무것도 찾을 수 없다. 심지어 날 위해 울어줄 사람조차 없다. 어머니는 늘 서머와 더 가까웠다. 내가 세상에서 가장 사랑하는 사람, 어쩌면 세상에서 내가 유일하게 사랑하는 사람일 수도 있는 건 동생 벤이다. 하지만 벤 입장에서 나를 잃는 것과 서머를 잃는 것이 무슨 차이가 있겠는가?

*

하지 않을 것이다. 애덤에게 절대 거짓말하지 않을 것이다. 하지만 다른 사람의 배를 타고, 어쩌다 보니 편리하게도 주인이 바다에 빠져 죽었다고 이야기하며 세이셸에 나타나는 어색함은 걱정스럽다. 증거가 담긴 디스크가 있지만, 통역을 통하다 보면 이야기가 이상해질 수도 있다. 아프리카의 교도소에서 삶을 마감하고 싶지는 않다.

그리고 내 여권 문제도 그렇다. 어쩌다 보니 태국에서 신고도 없이 출국했다는 걸 믿을 수 없다. 그런 문제는 당장은 별것 아닌 것 같다. 서머와 요트는 정상적으로 출국한 상태지만 나는 그렇지 않다. 이제 그 점도 불길하게 느껴진다. 세이셸 이민국에서도 분명히 달가워하지 않을 것이다. 적도 지역에서 서머를 수색하느라 오랜 시간 맴돌았고 일정에 비해 늦었는데, 그것도 의심을 보탤 것이다. 게다가 그런 와중에 태국에 있는 애덤에게 전화해 소식을 전해야 한다.

*

세이셸 당국에는 내가 서머인 척할 수 있다. 그렇게 세관과 이민국을 통과한 다음 비행기를 타고 태국으로 가서 애덤에게만 개인적으로 말하면 된다. 아이리스 카마이클은 승선 명단에 없다. 누군가 배에서 떨어졌다는 사실을 세이셸 사람들 가운데 누구도 알 필요가 없다.

다만, 애덤은 세이셸 사람이다. 작은 나라이고 애덤은 친척이 많다. 슬픔에 빠진 그는 고향으로 달려올 것이다. 그는 세이셸 사람들 가운데 서머가 사라진 사실을 아는 이가 한 명도 없다는 걸 알게 될 것이다. 날 어떻게 생각할까? 난 아마 미친 여자처럼 보일 것이다. 어쩌면 아이리스가 바다에 빠졌다고 당국에 말할 수도 있을 것이다. 서머인 나는 아이리스일 때처럼 의심을 받지 않을 것이다. 요트의 주인이자 여권도 제대로 정리가 되어 있고 세이셸 국민과 결혼해 이곳 시민권도 갖고 있기 때문이다. 당국은 실종 사건을 조사할 테고, 내가 출국해 남편을 만나겠다고 하면 의심하지 않고 허락을 받을 수 있을 것이다. 그러면 나는 애덤을 만나 진실을 말할 수 있다.

하지만 혹시 소식이 흘러나간다면? 오스트레일리아의 부잣집 딸이 요트에서 바다에 빠지는 일은 흔하지 않다. 신문에 날 것이다. 뉴스가 태국까지 전해질 수도 있다.

애덤에게만 아이리스 행세를 하면서 다른 모두에게 서머인 척할 수는 없다. 애덤은 충격과 슬픔을 숨길 수 없을 것이다. 어쩌면 애덤에게는 사실을 천천히 밝힐 수도 있다. 우선은 그에게도 내가 서머라고 말하지만, 아기는 유산했다고 말한다. 아이리스는 바다에 빠졌고 나는 그로 인한 충격으로 아기를 잃은 것이다. 그렇게 하면 애덤은 더 끔찍한 소식에 대비할 수 있을 것이다. 그러면 그에게 진실을 말할 적당한 순간을 기다리다 기회를 잡을 수 있을 것이다.

그런 거짓말을 며칠 이상 끌어갈 수는 없다. 아무리 서머를 잘 안다고 해도, 서머의 가장 은밀한 비밀을 전부 안다고 해도, 남은 평생 서머 노릇을 하며 살 수는 없다. 서머를 흉내 낼 수 있지만 내가 원하는 건 그런 것이 아니다.

죽지 않은 서머의 여러 모습을 생각한다. 서머는 아무것도 없는 나와 달리 밧세바와 애덤, 타르퀸을 갖고 있다. 이미 임신하지 않았더라도, 만일 살아 있다면 여전히 시간을 갖고 임신해 버지니아를 제치고 재산을 차지할 수도 있다. 그리고 재산이 없다 해도 서머에게는 애덤과 그의 재산과 사랑이 있다.

나는 모두에게 도움이 되는 행동을 할 수 있다. 애덤과 타르퀸 그리고 애나베스에게도 친절한 행동이 될 것이다. 서머에게도 도움이 되는 일이다.

지금까지 서머는 내게만 죽은 사람이다. 나를 제외한 세상 모두의 눈에 서머는 계속 살아갈 수 있다.

사롱으로 몸을 감싸고 서머의 침대에 누워 서머의 사과 향을 들이마시며 날 안고 있는 애덤을 상상한다. 매일 밤, 매일 아침, 남은 내 평생. 밧세바를 타고 바다를 건넌다. 앞 갑판에서 벌거벗은 채 황금빛 태양 아래 사랑을 나눈다. 함께 우리 아기, 카마이클 가문의 후계자를 키운다.

진실을 털어놓으면 어떻게 될까? 웨이크필드에 돌아가봐야 내게 남은 인생은 없다. 나는 어머니에게 비행기를 타고 돌아가야 할 텐데, 어머니는 서머 집에서 살고 있다. 하지만 계속 그럴 수는 없다. 애덤과 타르퀸은 어디서 살게 될까? 그들은 집을 되찾고 싶어 할 것이다. 애덤은 서머 없이는 바다에 나가지 않을 것이고, 그는 나를 보기 싫어할 것이다. 그는 잃어버린 사랑이 살아 있는 것처럼 보이는 내 모습을 견뎌낼 수 없을 것이다.

그들은 밧세바도 원하지 않을 것이다. 요트는 서머가 죽은 곳이다. 어쩌면 애덤은 밧세바를 내게 넘겨줄 수도 있다. 그리고 나는 혼자 밧세바를 타고 세계 여행을 다닐 수도 있다.

내 앞에는 긴 세월이 남아 있다. 남은 평생 세계의 바다를 돌아다니며 서머를 찾을 수 있다. 아니면 내가 서머가 될 수도 있다. 그러면 아무도 서머를 찾을 일이 없다. 아이리스는 어차피 누구도 찾지 않는다. 아무도 아이리스를 그리워하지 않는다. 그러는 편이 모두에게 더 나을 수 있다.

하지만 난 그럴 수 없다. 너무 큰 희생이다. 내 인생이 텅 빌 수 있다. 내 인생인데. 내 인생이 바로 나인데.

프랜신이 이길 것이다. 그건 나도 어쩔 수 없다.

*

인공수정에 대해서도 생각한다. 노아가 떠났을 때 나는 임신했다고 생각했다. 젖가슴이 부드러워지는 등 여러 징후가 보였지만, 곧바로 생리가 시작되었고 그 뒤로는 섹스를 한 적이 없다.

노아의 정자를 조금이라도 보관해둘 수 있었더라면. 결혼하기 전까지 얼마나 많은 정액을 콘돔 속에 뿜어내고 결국은 버렸던가. 아기가 조금 늦게 태어났다고 말하면 된다. 아기들은 가끔은 좀 일찍 태어나기도 하고 늦게 태어나기도 하는 것 아닌가? 어차피 앞뒤 딱 맞는 과학이 아니니까.

노아는 기뻐할 것이다. 입에 1억 달러 수표를 물고 태어났는데 누가 그런 자식을 마다하겠는가?

애덤이 진실을 알면서 내게 협조한다면? 서머는 죽었지만, 당신은 내가 서머인 척해야 해. 당신은 아기를 낳을 수 있는 정자만 주면 돼. 돈은 둘이 함께 나누는 거야.

불가능한 일이다. 애덤은 비참해할 것이다. 애덤은 정직한 남자다. 좋은 연기자가 되지는 못할 것이다. 그리고 노아처럼 그 역시 이해할 수 없이 돈에 무관심한 사람이다. 애덤과 서머는 우연히 임신했다. 혹시 프랜신을 방해하기 위해 애덤이 협조할 수도 있다. 아닐 수도 있지만.

아무래도 못할 것 같다. 너무 어렵다.

어쨌거나 나는 내 약혼반지와 결혼반지를 배 밖으로 던져버린다. 반지들은 밧세바가 일으키는 녹색 파도 속으로 사라진다. 왜 반지를 이렇게 오래 간직하고 있었는지 알 수 없다. 노아가 내 눈과 어울린다고 생각했던, 칙칙하고 작은 에메랄드는 어차피 서머의 다이아몬드 옆에서 늘 싸구려처럼 보였다. 오른손에 끼고 있던 서머의 로즈골드 반지 두 개를 왼손으로 옮겨 낀다. 이 반지들은 잃어버리고 싶지 않다.

마치 거울 속을 통과하는 느낌이다.

*

바다에서의 마지막 밤, 나는 번개 치는 폭풍 속을 항해한다. 마치 누가 문을 닫는 것처럼 바람이 멈추고 바다는 고요하다. 돛들은 활기를 잃은 채 매달려 있고, 검은 하늘에는 수천 개의 바늘 끝 같은 별들이 흩어져 있다.

번개에 피해를 보지 않도록 전자제품을 오븐에 넣어 보호해야 하지만, 위성 전화는 사라진 데다 그것 말고는 신경 쓸 것이 없다. 추잡한 버지니아의 사진이 들어 있는 아이패드는 말할 것도 없다. 번개에 튀겨지라지. 전부 불타버려라.

어둠 속에서 앞 갑판에 서 있다. 한쪽 발은 바로 서머와 애덤이 아기를 만들었다는 곳 기둥에 발을 얹은 채. 나는 돛대에서 최대한 먼 곳까지 나와 당당히 서 있다. 덤벼라.

공기가 탁탁거리는 소리와 함께 타올라 별처럼 터진다. 천둥소리에 귀가 울린다. 하지만 아무것도 내 몸을 건드리지 못한다. 나는 나 자신의 목에 걸린 앨버트로스 꼴이다(새뮤얼 콜리지의 시 「노수부의 노래」에서 앨버트로스를 죽여 저주받은 선원의 목에 새의 시체를 건다는 내용-옮긴이). 저주를 받아 죽을 수조차 없는.

*

밧세바는 연료 탱크가 빈 상황이라서 번개 폭풍에서 벗어날 방법이 없다. 멍하니 몇 시간을 보고 있다가 조종석에서 잠든 나는 추위에 잠에서 깬다. 여전히 어둡지만 별들이 하늘에서 지고 있다. 살갗 위로 가볍게 바람이 불어온다. 억지로 몸을 일으켜 돛을 올린다.

첫 햇빛이 야생의 뜨거운 하늘 아래 포트 빅토리아를 향해 달리는 우리를 비춘다. 바람이 강해지자 밧세바는 지나칠 정도로 힘을 받지만, 나는 도저히 돛을 작게 줄일 수가 없다. 밧세바는 비명을 지르며 날뛰지만 나는 계속 밀어붙인다. 입술이 마른다. 목구멍은 욱신거린다. 피부는 너무 뜨거워 얇게 벗겨지는 것 같더니 금세 가루로 변해 날아가버릴 것만 같다.

마헤 섬은 수평선에서 가파르고 거칠게 보이지만, 좀 더 다가가자 짙은 숲에 덮인 언덕 모습의 실루엣으로 변한다. 너무나 그리로 기어오르고 싶다. 육지. 이제 곧 안정된 땅에 올라서게 될 것이다.

거친 파도가 일면서 배가 점점 더 흔들린다. 내 뒤쪽 바다가 격렬해진다. 하늘은 이제 잿빛이 되고 바닷물은 심판의 날처럼 흐릿하지만 비는 아직 내리지 않는다. 내 몸은 건조하기 그지없다. 내 몸은 사막이다.

나는 밧세바가 앞으로 나가도록 밀어붙인다. 이제 아주 작은 섬인 생트 안이 눈에 보이고, 그 뒤로 마헤 섬의 더 높은 봉우리들이 보인다. 두 섬 사이 안전하고 물이 잔잔한 곳에 항구가 있다.

생트 안 섬을 향해 달리는 사이 바다는 으르렁거리며 포효한다. 밧세바는 경주용 자동차처럼 미끄러지듯 달린다. 이렇게 빨리 달려본 적이 없는데도 눈에 뻔히 보이는 곳에 절대로 닿지 못할 것 같다. 내 목마름이 내가 탄 배를 계속 달리게 하는 힘이다.

그리고 이제 배를 정박할 생트 안에 도착한다. 밧세바는 방향을 바꾸면서 뒤쪽에 혼란스러운 파도를 남긴다. 도착했다. 별 멋없는 항구. 배의 우현으로 보이는 바다와 언덕 사이의 마을은 차분하고 즐겁고 평범하다. 문명. 사람들.

그러나 밧세바는 계속 달린다. 벌써 돛을 내려야 했다. 이제는 내리려 해도 너무 늦었다! 조종석의 한쪽 끝에서 반대쪽으로 뛰어오르며 윈치를 돌린다. 욕을 내뱉고 땀을 흘리고, 줄에 발이 걸려 허둥거린다. 메인 돛이 내려오고 이제 요트를 조종할 수가 없다. 제노아 지브만 펼친 채로는 밧세바가 균형을 잡을 수가 없다. 나는 키를 거칠게 우현으로 밀어붙여보지만, 밧세바가 바람을 받게 할 수 없다. 섬과 부딪칠 것 같다. 나는 세이셸과 충돌하게 될 것이다.

빨리 닻을 내려야 한다. 어디에 내릴지 고를 시간이 없다. 수심경보기가 비명을 지른다. 요트가 바닥을 긁기 직전이다. 닻은 천천히 꺼낼 수 없다. 브레이크를 잡아당기고 50미터 체인이 달린 닻을 물속으로 던져 철컹거리며 내려가게 한다. 참사가 벌어진 것 같은 소리가 난다. 내 몸은 젖어 있다. 갑판에 물이 줄줄 흐르고 몸이 흠뻑 젖었다. 비가 오는지 알아차리지도 못했다. 팔에 흐르는 물을 빨아보지만, 피부에 묻었던 물이라 짜고 더럽다.

하지만 바닥에 닿은 닻은 돌풍 탓에 속으로 파고든다. 재빨리 제노아 지브를 붙잡고 목숨을 걸고 윈치를 감아 닻이 떨어져 나가기 전에 돛을 접는다. 그 순간 VHF 무전기에서 누군가의 목소리가 들린다. 마침내 인간의 목소리가 들린다. 악센트 강한 영어 목소리.

"요트 밧세바, 요트 밧세바. 항만 당국이다. 제한 구역에 닻을 내렸다. 선박을 이동하라."

전송 버튼을 누른다.

"못 움직여요." 나는 흐느끼며 말한다. "연료가 없어요. 물도 없어요. 제발, 좀 도와줘요. 동생이 죽었어요. 동생이 바다에 빠져 죽었어요."

*

항구 안쪽에서 모터보트 한 대가 나타나더니 다가온다. 오렌지색 긴 보트다. 군복을 입은 남자들이 앞 갑판에 서 있다. 10여 명은 되어 보인다. 경찰인가? 나는 갑판 아래로 몸을 숙인다. 뭐라고 말해야 하지? 날 신문하러 오는 걸까?

서머를 잃은 뒤 샤워를 한 번도 하지 못했다. 몸에서 냄새도 나고 옷은 후줄근하다. 이중 거울 앞에 서면 이상한 얼굴이 날 쳐다보고 있다. 몸은 잔뜩 탔고, 벗겨진 피부는 짙은 갈색이다. 수척하고 눈이 빨갛게 충혈되어 야만인 같다. 흠뻑 젖은 머리는 얼굴과 목에 들러붙었고, 더럽고 찢어진 사롱을 입고 있다. 오른손과 오른쪽 다리에는 밴드를 붙이고 있다.

다리에 붙은 밴드를 떼어낸다. 밴드 속 상처는 벌써 아물어 빨간색 선이 되어 있다.

거울 속 여자는 서머도 아이리스도 아니다. 누군지 알 수 없다. 눈매가 적대적이고 야만스럽다.

최소한 이 냄새만큼은 좀 씻어내야 한다. 걸레를 들고 수도꼭지를 쥐어짜보지만 물론 물은 전혀 나오지 않는다.

누군가 화난 듯 배의 선체를 주먹으로 두드리는 소리가 난다. 굵은 목소리, 부츠가 쿵쾅거리는 소리. 그들이 배에 올라타고 있다.

이런 모습으로 저들을 맞을 수는 없다. 화장실 벽장을 열고 서머의 향수를 꺼낸다. 몸에 향수를 뿌린다. 서머의 향기. 사과와 해변의 향기.

이상한 악센트의 굵은 목소리가 들린다.

"선장님! 선장님! 경찰입니다."

조종석으로 달려간다. 저들에게 진실을 말할 생각이다.

햇빛 아래로 한 걸음 나간 나는 붙잡히고 만다. 강인한 두 팔이 날 끌어안는다. 달콤한 정향 냄새. 뜨거운 눈물이 내 얼굴에 떨어진다.

"서머, 서머, 서머." 그가 말한다. "하느님, 감사합니다. 살아 있었군. 왜 이렇게 늦었어. 기다리느라 죽는 줄 알았잖아. 다시는 나랑 떨어지게 두지 않겠어!"

그에게 매달린 나의 몸 깊은 곳에서 댐이 무너져 내린다. 나는 울고 또 운다. 울면서 두 사람으로 갈라진다.

"애덤." 나는 흐느껴 운다. "여보, 당신 생각보다 끔찍한 일이 일어났어. 동생이 죽었어."

결국 난 서머를 위해 해낸다.

"아이리스를 잃고 말았어." 나는 말한다. "아이리스가 죽었어."

2부 서머

그들은 전에도 우리를 분간하지 못했고,

지금도 그렇다.

마치 내가 원래부터 서머였던 것 같다.

10. 경찰

나는 서머야. 나는 서머야. 나는 서머야.

나는 미인대회 우승자고, 아내고, 어머니이자 첫 딸이야. 나는 남편의 품속으로 녹아든다. 내 몸은 빨간 온기가 차오르고 전기 오른 것처럼 따끔거린다. 피부가 녹아내리는 것 같다. 내 몸이 애덤 속으로 녹아 섞일 것 같다. 우리는 서로 껴안은 채 기쁨의 눈물로 서로를 적신다.

슬퍼해야 할 사람은 아무도 없다. 완벽한 가족은 안전하고 건강하다.

나중에 무슨 일이 벌어지든, 지금 당장 이 순간은 이럴 만한 가치가 있다. 나는 쌍둥이 중에 착한 쪽이고 사랑받고 있다. 애덤이 나를 너무 꼭 껴안고 있어서 내 두 다리가 공중에 떠 있을 정도다.

*

경찰관은 애덤이 날 바닥에 내려놓을 때까지 참지 못하고 질문하기 시작한다. 당신은 누구냐고, 세이셸에는 어떤 목적으로 입국했느냐고.

"제 이름은 서머 로즈 로맹입니다." 내가 말한다. "저는 세이셸 시민과 결혼했습니다. 이 배는 우리 요트입니다."

경찰관은 조종석 너머에서 나를 노려본다. 애덤의 따뜻한 손을 꼭 쥔다. 덩치가 큰 경찰관은 턱이 날렵하고 광대뼈가 높이 솟아, 안에 든 두개골이 얼굴 겉으로 잘 드러나 보인다. 그의 경찰 배지에 반사된 햇볕이 눈을 부시게 만든다. 그는 무뚝뚝하고 퉁명스럽게 으스대는 듯 돌아다닌다.

"이곳 시민입니까?" 그의 목소리는 크게 울린다. "크레올어(語)를 할 줄 압니까?"

애덤은 나를 부드럽게 끌어당겨 자기 옆 조종석 좌석에 앉히고 내 손을 꼭 쥔다. 그는 대신해 내가 알아듣지 못하는 말로 대답한다. 내가 애덤이 하는 말을 알아들어야 하나? 애덤이 내게 크레올어를 가르쳤나?

내가 알고 있어야 하는 것이 100가지, 1,000가지는 되는 것 같다. 나는 할 수 없을 것 같다.

애덤이 여기 와 있을 줄은 꿈에도 몰랐다. 이 사람이 세이셸에서 뭘 하는 거지?

"서머? 서머!"

홱 고개를 든다. 누군가 내 이름을 부르면 대답하는 걸 배워야만 한다!

내 남편은 눈을 크게 뜬 채 고개를 흔든다.

"이래서는 안 되겠어." 애덤의 목소리가 갈라진다. "나조차 아내를 알아볼 수 없어요. 무슨 상황을 겪었을지 상상해보세요. 이 사람은 내내 혼자 항해했습니다. 배를 제대로 다루지 못하는 걸 봤잖아요. 아내 동생은 배를 잘 다룹니다. 아니, 다뤘었죠."

경찰관 사내는 애덤 어깨에 손을 얹더니 다시 크레올어로 말하지만, 이번에는 목소리가 조금 조용하다. 두 사람은 서로 속삭이듯 말을 주고받는다. 마치 내가 알아듣기라도 할 것처럼. 내가 알아들을 수 있을까? 크레올어는 프랑스어와 비슷하게 들린다. 아이리스는 학교에서 프랑스어를 배웠고, 파도 소리 중간에 일부 문장이 귀에 들어온다. Dans la mer. 바다에서. Bonne femme. 좋은 여자.

나는 내가 크레올어를 배웠다고 생각하지 않는다. 나는 지금 오가는 말을 알아듣지 못해야 한다.

경찰관의 벨트에 매달린 수갑이 철컹거린다. 경찰관 사내는 담배를 피워 물더니 연기를 들이마시고 재를 티크 바닥에 떤다.

누가 '좋은 여자'라는 거지? 나를 말하나? 아니면 바다에 빠진 여자?

"이런 상황이 힘들 거야. 알아, 여보." 애덤은 나를 더 가까이 끌어당기며 보호하듯 내 무릎 위에 팔을 얹는다. "하지만 혹시 아이리스가 어디서 바다에 빠졌는지 말해줄 수 있어? 우리가 어딜 수색해야 해?"

애써 거짓 반응을 보일 필요가 없다. 울음이 터져 나오고, 가슴이 요동쳐 제대로 말을 할 수가 없다.

"일주일 전이었어. 더 지났나? 1,600킬로미터 넘게 떨어진 곳에서!" 나는 울부짖는다. "잠에서 깼더니 없더라고! 찾았지. 며칠을 찾았는지 모르겠어. 연료가 바닥날 때까지 수색했어. 마실 물이 떨어질 때까지 찾았지."

경찰관이 추가로 질문한다. 사내는 내게 영어와 크레올어로 쏘듯 질문을 던진다. 애덤이 통역한다. 다른 사내들이 뜨거운 태양 아래 갑판으로 올라온다. 그들의 묵직한 발걸음에 밧세바가 흔들린다. 뱃머리에 모여 서서 담배를 피우는 사내들은 돌아가며 나를 노려보고 담배 연기를 내뿜는다.

나는 오직 한 가지만 거짓말로 대답하고 있지만, 경찰관 사내는 그 부분에 대해서만 질문을 하지 않는다. 나는 그것을 제외한 모든 상황을 상세히 설명한다. 틀림없이 엉성하게 날조한 이야기를 털어놓는 사기꾼처럼 보일 것이다. 모르는 것이 너무 많다. 여동생이 사라진 건 무슨 요일이었나? 오늘이 무슨 요일인지조차 알지 못한다. 경찰관은 사고 당시에 내가 자고 있었다는 사실이 큰 문제인 것처럼 군다. 마치 인도양 전체를 건너는 내내 잠들지 않고 깨어 있어야 했다는 것처럼. 임신한 여자인 내가.

"항해일지를 확인합시다."

애덤은 갑판 선실로 향한다.

"그래요!" 내가 소리친다.

너무 열의가 넘친다. 나는 일지 내용이 내 이야기와 들어맞는다는 걸 안다. 글씨 연습을 미친 듯이 했던 노트는 어젯밤에 없애버렸다. 혹시 펜에 눌린 자국이 들통날까 봐 노트 아래를 받치고 있던 종이들까지 버렸다. 혹시 모를 상황이 벌어질지도 몰라 '선장'이라는 글씨가 새겨진 모자도 바다에 버렸다. 하지만 지금도 나는 갑판 선실 주위에 굴러다니는 종이 쪼가리라도 없는지 재차 확인해야 하는 상황이다. 버려야 하는 건 모두 잘 버렸을까? 확인하려고 일어서지만, 다리가 휘청거린다. 애덤이 얼른 달려들어 양팔로 나를 끌어안는다. 내 얼굴이 그의 옷깃에, 그의 부드러운 면 셔츠에 닿는다. 눈을 감고 숨을 들이마신다.

"경관님, 제 아내는 임신 중입니다." 애덤이 말한다.

"엄청난 시련을 겪은 사람입니다. 아이리스는 아내와 쌍둥이 자매예요. 두 사람 사이 유대감은 믿을 수 없을 정도입니다. 우리는 아내가 어떤 일을 겪었는지 상상조차 하지 못합니다. 아마 자신의 영혼이 갈가리 찢어진 것처럼 느낄 거예요."

애덤은 크레올어로 계속 말하지만, 경찰관은 말을 끊는다. "저도 쌍둥이입니다."

애덤은 갑자기 말을 멈춘다. 놀랍다. 경관 사내가 나를 꿰뚫어 볼 것 같다. 사내는 믿을 수 없는 유대감 따위 말에 넘어가지 않을 것이다.

"일단 부인을 그늘로 데려가세요." 사내가 말한다.

"목격자가 쓰러지는 모습은 보고 싶지 않군요. 물을 좀 마시게 하시고."

"물이 없어요." 내가 말한다. "한 방울도 남지 않았습니다."

내가 휘청거리며 다리를 떨자, 애덤은 내가 어린이 안전문을 지나 갑판 선실에 들어갈 수 있도록 돕는다. 내가 '목격자'라는 건 무슨 의미일까?

경찰관은 갑판 아래 휴게실까지 내려가더니 수도꼭지를 올렸다가 내리고, 좌우로도 돌려보지만 아무 소용이 없다. 사내는 갑자기 욕실로 들어간다. 아마도 욕실 수도꼭지를 틀려나 보다.

사내는 다시 갑판으로 올라와 우리 옆을 지나더니 크레올어로 뭔가 지시를 내린다. 얼굴은 화난 것처럼 잔뜩 찡그리고 있다. 앞쪽 갑판에 있던 사내들이 쿵쾅거리며 그들이 타고 온 보트가 묶여 있는 고물 쪽으로 움직인다. 사람들이 움직이자 밧세바가 한쪽으로 기운다.

"일단 육지로 모시고 가겠습니다, 로맹 부인." 경관 사내가 말한다.

나는 일어선다. 끝났다. 사내는 욕실에서 뭔가를 봤고, 상황을 파악한 것이다.

"잠깐만요." 애덤이 말한다. 그는 경관에게 뭔가 크레올어로 말한다.

무슨 일이 벌어지는지 나는 알 수 없다. 나는 경관의 이름조차 알지 못하는 상황이고, 그가 왜 열 명도 넘는 부하들을 이끌고 배에 올랐는지 알지 못한다. 그저 일반적인 세관 직원들일까? 아니면 나를 조사하려는 사람들일까? 경관과 애덤 사이에 오가는 대화의 분위기를 알 수가 없다. 두 사람은 마치 무슨 눈싸움이라도 벌이는 것 같은데, 그러다 웃으며 끝날지 주먹질을 하게 될지 예측할 수 없다.

경관 사내가 먼저 눈을 껌벅인다. 사내는 우리 쪽으로 다가오더니 손을 내민다.

"로맹 부인. 부인께서는 물이 바닥날 때까지 동생을 찾으려 했습니다. 부인께서 살아남은 것만 해도 기적입니다. 일단 몸과 배 속 아기를 돌보셔야 합니다. 조사는 말이죠……." 사내는 조사라는 말을 프랑스어로 발음한다. "천천히 진행해도 됩니다. 우선 저희가 병원으로 모셔다드리죠."

"안 돼요!" 나는 울부짖는다.

애덤에게 아기에 관해 진실을 털어놓기 전에는 절대 의사가 내 곁에 오도록 둘 수 없다. 애덤, 경관, 옆 갑판에 서 있는 사내들까지 모두 고개를 돌려 날 바라본다.

"제발, 나는 그저 물과 음식이 필요할 뿐이에요. 일이 벌어지고 나서 거의 아무것도 먹지 못했어요. 하지만 어떤 식으로든 조사를 방해하고 싶지 않아요. 배의 항해일지를 가져가세요. 실종자가 발생했을 때 우리 위치를 기록해두었으니까."

벌써 요령이 생기고 있다. 이름을 부르지 마. 그냥 '실종자'라고 해. 제대로 생각할 수 없는 것처럼 모호하게. 기억하지 못하는 것처럼. 당황해 실수하는 모습을 보여줘.

사내들은 한 사람씩 보트로 내려간다. 우리가 뜨거운 햇볕 아래 기다리고 있는 사이 경관 사내가 항해일지를 펼쳐본다. 그는 아이리스의 단정하고 뒤로 기울어진 손 글씨로 채운 항해일지를 한 장씩 넘기며 확인한다. 아이리스의 왼손에 닿은 자주색 잉크가 번져 있다. 마지막으로 아이리스가 남긴 기록은 3월 28일 오후 6시에 작성한 것이다. 정확하고 인간미 없는 항해일지 내용에는 위도와 경도가 소수점 아래 세 자리까지 포함되어 있다. 적도 구역을 건너기 위해 모터를 이용 남쪽으로 항해. 풍향은 고르지 않음. 속도 6노트. 파도는 불규칙적, 돌풍이 부는 날씨.

다음 페이지는 미친 여자가 흘겨 쓴 글씨로 뒤덮여 있다. GPS 좌표로 보이는 온갖 숫자가 마구잡이로 쓰여 있어 읽을 수조차 없는데, 그 위에 마른 핏자국까지 보인다. 수색 구역을 여러 개로 나누어 대충 그린 해도 위에 화살표들이 그려져 있다. 이런 내용이 쌍둥이 가운데 누구 글씨인지 알아볼 수 있는 사람은 아무도 없다.

경관은 항해일지를 탁 덮더니 나를 옆 갑판으로 데려간다. 보트에 내려서려면 크게 한걸음에 내려야 하는데, 몸은 약해지고 목마른 상태지만 나는 단번에 내려설 수 있을 것 같다. 하지만 나는 애덤의 단단한 어깨에 몸을 기댄다. 애덤과 경관은 양쪽에서 내 팔을 하나씩 붙잡고 마치 작은 인형 다루듯 나를 아래쪽에서 기다리는 사내들의 억센 팔에 넘겨준다. 나를 둘러싼 사내들은 밧세바의 옆에 붙은 보트가 위아래로 출렁거리자 모두 놀라며 나를 붙잡는다.

내 몸 안 뭔가가 바다의 놀처럼 치밀어 오른다. 해낼 수 있다. 서머가 될 수 있다. 내가 모르는 것들은 사소한 내용이다. 조금 전 끌어안았던 애덤은 마치 결혼해 여러 해를 함께 지낸 것처럼 내게 익숙하다.

나는 서머의 가장 중요한 부분을 모두 알고 있다. 평생 내가 연습해온 것들이다. 나야말로 서머다. 그리고 눈에 보이는 모든 사내가 알아서 날 도우려 애쓰고 있다.

밧세바에서 날 삼켰던 광기가 내게는 가장 좋은 친구가 될 것이다. 제대로 기억하지 못하는 서머, 뭔가 달라진 것 같은 서머, 혼란스러워하는 서머. 당연한 일이다. 먼바다에서 서머는 영혼을 잃어버렸다.

더는 나와 비교할 사람이 없다. 더 큰 가슴도, 더 달콤한 미소도, 땀구멍까지 흘러넘치던 그녀의 미덕도. 쌍둥이는 나이를 먹으면서 서로 달라지지만, 이제 그럴 일은 없다. 서머와 아이리스는 이제 태어난 순간으로 되돌아갔다. 그들은 다시 한 사람이 되었다. 한 여자. 그리고 그 여자 이름은 서머 로즈다.

*

경찰 보트에서 육지로 내려선다. 이번에는 진짜로 어지럼증이 느껴진다. 콘크리트 제방은 단단하지만 내 몸은 바닥이 흔들려야 한다고 믿고 있다. 육지에 내릴 수 있어 기뻐해야 마땅한데도, 내 몸은 뱃세바의 흔들림을 간절히 원하고 있다. 앞쪽에 풀밭이 보이는데 풀잎들은 각도에 따라 색깔이 다르게 보인다. 풀잎 사이로 보이는 비옥한 흙은 물기를 머금고 있다. 그리로 비틀거리며 다가간다. 애덤과 경관 사내가 나를 마치 유명 인사, 또는 죄수나 되는 것처럼 양쪽에서 따라온다. 부드러운 땅바닥에 엎드려 얼굴을 풀밭에 묻는다. 젖은 흙이라도 빨아먹을 것처럼 행동하는 내 몸을 말릴 수가 없다.

흐느낌에 가슴이 울렁거리지만, 몸이 건조해 눈물은 나오지 않는다. 뒤에 선 사내들이 마치 죽어가는 새끼 고양이를 보는 것처럼 안타깝게 중얼거리는 소리가 들린다. 그리고 이제 애덤이 뭔가를 내 입에 가져다 댄다. 물병이다.

마시고 또 마신다. 목이 차오를 때까지 물을 마시고 나서 머리 위에 물을 붓는다. 얼굴, 목, 온몸이 금세 시원해지면서 생기가 돈다. 머리칼과 사롱 자락이 살갗에 들러붙는다.

갈증을 해결한 나는 처음으로 주위를 둘러본다. 우리는 형형색색 옷을 입은 사람들이 우글거리는 열대 지역 도로 위에 있다. 모두 날 쳐다보고 있다. 나는 쌍둥이 언니가 혹시 내 옆에 서 있는지 주위를 둘러본다.

한 나이 든 여자가 앞으로 나선다. 얼굴에 걱정이 한가득하다.

"죄송합니다, 여러분. 저는 요트 클럽에서 나왔어요." 여자는 나와 내 뒤에서 나를 끌어안아 일으키는 애덤의 사이쯤을 바라보고 있다. "저희가 무선으로 오가는 내용을 들었어요. 마음속 깊이 애도를 표합니다. 두 분 모두 요트 클럽을 얼마든지 이용하셔도 됩니다. 샤워장과 음식이 있고 누워서 쉴 수도 있어요. 손님으로 맞이하겠습니다."

"감사합니다." 애덤이 말한다.

"안 돼요." 내가 말한다. "저는 가서 경찰에 협조해야 해요."

"서머, 당신 몸을 보살피지 않으면 누구에게도 도움을 주지 못해." 애덤이 말한다.

"바르베 경관이 항해일지를 갖고 있어. 그걸 보고 조사하라고 해. 당신은 먹고 쉬어야 해. 아기를 위해서라도."

나는 슬쩍 바르베 경관을 바라보며 반대하기를 기대하지만, 그는 고개를 끄덕여 동의한다.

"그러세요, 로맹 부인. 이제부터 수색은 저희가 맡죠."

나는 거의 들리다시피 거리를 따라 걷는다. 주위로 사람들이 몰려든다. 나는 그들이 애덤과 비슷하게 생긴 세이셸 사람들이라는 걸 알아볼 수 있다. 모두 애덤처럼 순진한 얼굴에 덩치가 탄탄하다. 열기에 모든 것이 흐릿하다. 머리 위로 야자수가 어렴풋이 보인다. 노점상 앞을 지나자 따끈한 고기향이 향기로운 공기 속에 스며든다.

"먹을 거." 내가 말한다. "배고파."

"괜찮아요. 요트 클럽에 음식이 있습니다." 내 어깨를 붙잡은 남자가 말한다.

나는 깜짝 놀란다. 어느새 애덤 아닌 남자가 날 붙들고 있다. 애덤은 어딜 간 거지? 남자는 애덤과 같은 옷을 입었고 같은 느낌을 주고 같은 냄새를 풍긴다. 남자의 목소리도 애덤처럼 짙은 억양이다. 하지만 눈동자는 애덤의 짙은 갈색과 달리 연한 금빛이다.

"걱정하지 말아요. 애덤은 뛰어서 먼저 갔어요." 남자가 말한다. "전 대니얼이에요. 그리로 제가 모셔다드릴게요. 애덤도 조금 있으면 만나게 될 겁니다. 지금 요트에 연료를 다시 넣고 정박장으로 가져가는 일을 해줄 사람을 찾고 있을 겁니다. 요트 클럽 사람들이 돕고 있어요. 지금 배에서 연료 탱크를 분리하고 있습니다."

낡은 옷을 입은 남녀 한 쌍이 우리를 스쳐 지나간다. 머리는 잿빛이고 피부는 어두운색 가죽처럼 보인다. 남자는 손에 디젤 기름통을 들었다. 여자의 밝은 파란색 눈이 내 눈과 마주친다. 현명해 보이는 여자의 눈에 슬픔과 친절이 깃들어 있다. 그들이 나를 돕는 요트 클럽 회원이라는 걸 알 수 있다. 바다에서 자매를 잃은 불쌍한 젊은 임신부라니.

저런 사람들을 안다. 무일푼의 요트족이지만 누구보다 먼저 도움의 손길을 내민다. 아버지가 했던 말을 떠올린다. 착한 건 바보짓이다.

"당신도 요트족인가요?" 나는 대니얼에게 묻는다.

"아뇨, 전 애덤의 사촌이에요, 기억나세요? 결혼식 후에 전화 통화 한 번 했잖아요."

나는 몸이 휘청거려 더 힘을 주며 그의 팔에 기댄다. 이러면 대니얼은 추가로 대답을 기대하지 않을 것이다.

우리는 선박 수리장을 지나 지붕으로 덮인, 바다를 내려다보는 공간으로 들어선다. 실내에는 사람들이 앉아 점심을 먹고 있다. 시끄럽고 태평스러운 분위기다. 여러 가지 언어가 뒤섞여 들린다. 이곳이 요트 클럽인 것 같다. 한쪽 테이블로 안내를 받는다. 어디선가 음식과 음료가 나타난다. 가장 먼저 우유 한 잔을 집는다. 우유는 꿀물처럼 목을 타고 흘러 들어간다. 뜨거운 감자튀김을 입안에 쑤셔 넣는다. 대니얼은 우유를 추가로 주문한다.

사람들이 우리를 둘러싸고 두런거린다. 모두 어느 정도 거리를 두고 떨어져 보고 있다. 얌전해서 그런 걸까? 아니면 내 이야기를 듣고 너무 마음이 아파 차마 내 얼굴을 볼 수 없는 걸까? 대니얼조차 눈길을 아래로 두고 있다.

내가 생각한 것보다 일이 훨씬 쉬울 것 같다. 바르베 경관은 요트 물탱크가 빈 걸 보고 넘어갔고, 누구도 임신한 여자에게 의문을 제기하고 싶어 하지 않는다. 만일 조금이라도 이상한 상황이 되면 울거나 이상한 짓을 하면 된다. 굳이 연기할 필요도 없다.

"……가족 전부가 여기 있어요." 대니얼이 말하고 있다. "애덤은 당신이 임신한 걸 비밀로 하려 했지만, 너무 스트레스가 많았어요. 전화 통화를 하고 난 뒤에 애덤은 너무 상태가 안 좋았어요. 타르퀸에 관해 당신에게 전화를 걸려고 했는데, 그러고 나서 열이틀 동안 아무 소식을 듣지 못한 거죠. 요트는 일주일 이상 도착이 늦었잖아요, 서머."

타르퀸.

애덤은 내게 타르퀸에 관해 말하려고 전화를 걸었다.

빌어먹을 애새끼 같으니. 내가 의붓아들에 관해 묻는 걸 잊었구나. 아니, 그냥 아들이지. 맙소사, 난 그 녀석이 몇 개월 되었는지 기억도 안 나는데. 그런데 애는 진짜 어디 있는 거지? 내가 일을 크게 망쳤네. 여기 도착하자마자 울면서 타르퀸을 찾았어야 했는데. 우리 아기는 어디 있어요? 내 아기를 데려다주세요!

하지만 최악은 그게 아니다. 빌어먹을 열이틀 동안이나 애덤이 위성 전화로 통화할 때 내게 뭐라고 했는지 궁금해하지도 않았다니. 아니면 내가 그에게 했던 말이나.

내 입술이 움직이는 모양은 봤지만, CCTV의 좋지 않은 화질로는 입술을 읽을 수 없었다. 어떻게든 다시 요트로 돌아가 디스크를(여전히 내 가방 안감 속에 숨겨져 있는, 아니, 아이리스의 여행 가방 안감이지) 재생해본다 해도 전혀 보탬이 될 수 없을 것이다.

애덤은 언니가 죽을 때 났던 퍽 소리를 들었을까? 활대가 언니의 머리를 깨뜨리는 소리를? 분명 뭔가 큰 소리를 들었을 것이다. 바다에 풍덩 빠지는 소리일 수도 있다. 그러고 나서 통화는 끊겼을 것이고, 애덤은 다시 전화를 걸 수 없었을 것이다. 그리고 이제 애덤은 위성 전화가 사라졌음을 알게 될 것이다. 이 모든 걸 어떻게 설명해야 하나? 그는 나 서머, 바로 살아남은 쌍둥이와 통화하고 있었다고 생각할 것이다.

한 가지는 확실하다. 절대로 애덤이 CCTV 화면을 봐서는 안 된다. 애덤은 전화로 무슨 이야기를 했을까? 타르퀸에 관한 거였을까? 두 사람은 비상시에만 전화를 주고받기로 약속했다. 타르퀸에게 무슨 일이 있었던 걸까?

쨍그랑. 우유가 든 컵을 바닥에 떨어뜨렸다. 양손이 떨린다. 깨진 유리를 집으려는 나를 대니얼이 제지한다.

"그냥 둬요." 그가 말한다. "이제 더 먹거나 마시지 말아요. 몸이 회복할 시간을 좀 줘야죠. 쉬어야 해요."

전문가도 아니면서 그런 말을 하느냐고 대꾸하려는데, 뒤에서 누군가의 목소리가 들린다. "닥터 로맹, 차가 준비되었습니다." 닥터 로맹. 맙소사, 내가 지금 절대로 만나지 말아야 할 사람이 바로 의사인데. 의사라면 테이블 건너편에 앉아서도 가짜 임신을 눈치챌 수 있을까? 어쨌든 정신을 차려보니 나는 요트 클럽을 떠나고 있다. 내가 어디 있는지도 잘 몰랐지만, 이제 떠나면서 주위를 둘러본다. 다른 테이블에 앉아 식사하던 사람들이 내 눈길을 피한다.

요트 클럽에는 벽이 없다. 마치 고대 로마처럼 하얀색 기둥들이

지붕을 떠받치고 있다. 가장 가까운 기둥 눈높이에 해조류가 묻었던 흔적이 보인다. 물의 흔적. 주위를 둘러보니 기둥마다 같은 높이에 같은 자국이 있다. 손으로 자국을 눌러보니 회반죽이 부서진다.

나는 이 건물 속 수중에 서 있고, 내 눈높이까지 바닷물이 들어찼다. 물에 빠져 죽어가지만 움직일 수 없다.

"진짜 여기까지 찼어요?" 내가 묻는다. "바닷물이 이 건물에 들어왔어요? 이 높이까지?"

몸을 돌려 뒤를 바라본다. 항구의 바닷물은 요트 클럽의 끄트머리에 거의 닿을 정도다. 내가 선 곳에서 콘크리트 방파제가 보이고, 그 너머에 항구에서 까딱거리고 있는 밧세바의 돛대가 보인다. 하지만 어떻게 바닷물이 이렇게 높은 곳까지 올라올 수가 있지? 내가 헛것을 보고 있나?

"쓰나미예요." 애덤이 말한다. 아니, 애덤이 아니라 대니얼이다. "지난 2004년이었죠."

숨이 쉬어지지 않는다. 공기가 바닷물처럼 녹색으로 변하고, 나는 발이 해저에 박힌 채 꼼짝할 수가 없다. 대니얼이 내 어깨를 붙잡더니 밖으로, 그리고 그의 자동차로 안내한다. 햇빛이 환하게 반짝인다. 나는 에어컨을 켜둔 세단의 뒷자리 가죽 시트에 앉는다. 대니얼은 내 옆에 앉고, 운전기사가 차를 몰고 도로로 나선다.

나는 대니얼에게 이곳에 무슨 일이 있었느냐고, 얼마나 많은 사람이 죽었느냐고 물을 수가 없다. 나는 한 사람을 잃고 미친 사람처럼 괴로워하고 있다. 대니얼은 얼마나 많은 친구를 잃었을까? 이곳 사람들은 어떤 상황을 견뎌냈을까?

물론 전에도 쓰나미에 대해 들어본 적이 있다. 푸껫에 가본 사람이라면 쓰나미 얘기를 들을 수밖에 없을 것이다. 하지만 그건 다른 사람들에게 벌어진 일이다. 바다는 대가를 요구한다.

나는 예외라고 생각했다. 하지만 이제 아이리스 카마이클이 바다에서 실종되었다. 어쩐 일인지 나는 살아남았다. 하지만 그건 시간문제일 뿐이다. 로맹 박사의 차분한 두 팔 안으로 무너지며 나는 미래가 보이는 것 같은 기분이다. 바다는 대가로 죽음을 요구할 것이다.

*

나는 허약함과 아픈 몸 사이의 미묘한 경계선 위를 걷고 있다. 너무 지쳐 질문을 받을 수는 없지만, 병원에 입원할 정도로 심각하지는 않다. 타르퀸이 어디 있는지 묻는 건 선을 넘는 일일까? 전화로 나눈 말은 전부 잊어버린 것처럼?

자동차는 다육 식물이 빽빽이 늘어선 현대식 도로를 따라 미끄러지듯 달린다. 튜브톱과 미니스커트 차림의 여자들이 인도를 따라 깡충거리듯 걷고 있다. 아름다운 옷을 입은 여자들은 자유롭고 행복하고 편안해 보인다. 만일 내가 세이셸 사람이라면 차에서 내려 사람들 사이로 사라져버릴 텐데.

아니, 나는 달아날 필요가 없어. 난 해낼 수 있어. 애덤과 나는 결혼한 지 오래되지도 않았고, 그는 나를 쌍둥이 처제와 절대 구분해낼 수 없어.

난 애덤에게 돌아가야 해. 왜 날 사촌에게 맡겨둔 거지? 애덤이 대니얼로 바뀐 순간을 눈치채지 못했다는 걸 이해할 수가 없다.

그리고 대니얼은 날 어디로 데려가는 거지? 제발 병원은 안 돼. 물어볼 수도 없다. 의사와 단둘이 만난다면 난 끝장이다. 대니얼이 내 몸속에 손가락을 넣어 만져보더니 자궁이 비었음을 깨닫고 조각 같은 얼굴로 혼란스러운 표정을 짓는 모습이 보이는 듯하다.

나는 그를 검진용 테이블 위로 잡아끌어, 내 위에 올라타게 한다. 내 손은 뱀처럼 그의 바지 속으로 파고든다. 의사 선생님, 제게 아기를 주세요. 재산을 함께 나누면 되니까요. 대니얼은 분명히 애덤의 DNA를 많이 나누어 가졌을 것이다. 아무도 절대 알아차리지 못할 것이다.

"애덤이 '라 벨 로망스'에서 기다리고 있어요." 대니얼이 말한다. 그는 휴대전화에서 뭔가 읽고 있다. "애덤은 당신네 아들을 우리 어머니께 밤새 맡겨두었어요. 타르퀸이 너무나 간절히 당신을 보고 싶어 한다고 애덤이 그러네요. 하지만 애덤은 지금 만나는 건 좋은 생각이 아니라고 해요. 우선은……."

대니얼은 불편한 것처럼 웃는다.

"일단 당신이 원래 모습을 좀 찾아야 할 것 같으니까요."

슬프지만 어쩔 수 없다는 표정을 지어 보인다. 나 역시 간절히 타르퀸을 만나고 싶지만, 논쟁을 벌이기엔 너무 피곤하다는 정도로. 뭐가 최선인지 의사가 알겠지.

다시는 녀석을 보고 싶지 않지만.

*

애덤과 서머가 라 벨 로망스에 관해 이야기하는 걸 들은 적이 있다. 애덤이 하는 사업 가운데 큰 부분은 부유한 오스트레일리아 사람들이 그의 조부모가 운영하는 호텔을 예약할 수 있도록 돕는 일이다. 로맹 여행사는 많은 신혼여행 부부와 결혼기념일을 보내기 위해 여행하는 나이 든 부부들에게 인기가 높다. 하지만 내가 머릿속에 그렸던 호텔의 모습은 소박하고 비좁고 낡은 건물이다.

대니얼의 운전사는 마헤 섬 안쪽에 있는 가파른 언덕 너머로 우리를 데려가 반대편 해안을 향해 내려간다. 이제 우리가 탄 차는 협죽도과(科)의 꽃이 만발하고 아찔하게 높은 야자수들이 늘어선 대로로 들어선다. 나무에 매달린 코코넛 열매들은 묘하게 두 개씩 붙은 모습인데, 마치 모두 두 개로 쪼개지려다 실패한 것처럼 보인다.

우리가 탄 차는 한 궁전 같은 건물 앞에 멈춘다. 난간과 줄지어 선 기둥들은 오래전 양식이지만, 건물은 완벽하게 관리가 되고 있고 하얀 벽은 오후 햇빛에 반짝거리고 있다. 주위는 목가적 분위기다. 잘 손질된 부지는 엽서 속 그림 같은 해변을 향해 내리막으로 연결되어 있다. 조각처럼 모양을 다듬은 나무들 사이로 돌아다니는 것들이 진짜 공작새들인가?

"부자네요." 나도 모르게 말하고 나서 얼굴이 뜨거워진다.

"조부모께서 아이를 여덟이나 낳지 않으셨더라면, 우리도 부자가 될 수 있었겠죠." 대니얼은 웃으며 말한다. "이제 손주가 열여섯 명이에요. 그러니 이곳을 조각내서 나눠 가져야겠죠. 하지만 맞아요. 가난하게 살 일은 없을 겁니다. 그건 그렇고, 그냥 기다리세요. 제가 내려서 문을 열어드리죠."

대니얼이 차에서 뛰어내리고 나는 혼자 앉아 열여섯 명의 애덤과 대니얼이 이 천국 같은 건물을 한 조각씩 소유하는 상상을 하고 있다.

차 문이 열리고 그곳에는 대니얼이 아닌 애덤이 기다리고 있다. 그의 목소리는 차분하고 달콤하지만 내게 말하는 게 아니다.

"우리 아기, 누가 왔나 보자." 애덤은 정답게 말한다.

"엄마가 돌아왔네."

나는 우리가 생각보다 조금 일찍 도착했다는 추측을 한다. 애덤 옆 잔디밭 위에 이곳 재산의 수많은 후계자 가운데 한 명이 서 있다. 동상처럼 꼼짝도 하지 않고 서서 유령이라도 되는 것처럼 나를 멍하니 보고 있다.

타르퀸.

내 아들.

11. 디스크

"타르퀸! 타키!" 나는 차에서 뛰쳐나간다.

입에 익숙하지 않은 애칭으로 부르려니 입에 뭐가 걸리는 것 같다. 이러면 애가 내 품으로 달려와야 하는 거 아닌가? 하지만 아이는 그 자리에 버티고 서 있기만 할 뿐이고, 심지어 사랑스러운 포옹을 위해 자상한 얼굴로 내게 다가서자 뒤쪽으로 몸을 움츠리기까지 한다.

결혼식 이후 타르퀸을 거의 본 적이 없다. 태국에서는 아이가 의식이 없었고, 그때도 그다지 자란 것 같지 않았다. 지금까지 나는 타르퀸이 아기라고, 우주복을 입은 채 굴러다니는 형체도 제대로 없는 젖살 덩어리일 뿐이라고 생각했다. 하지만 눈앞에 나타난 타르퀸은 제대로 모양을 갖춘 인간인 사내아이였다. 잘 모르는 사람.

뭐라고 말해야 하지? 어떻게 말을 걸어야 하나? "어이구, 어이구,

우리 아기"라고 해야 하나 "어떻게 지냈니, 우리 아기 신사?"라고 해야 하나? 혹시 틀릴지 몰라 나는 입을 열 수 없다. 그래서 혼란스러움을 눈물로 감추며 침묵을 지키고 있다. 아이도 날 끌어안기 바라며 아이를 껴안는다. 혹시라도 "아이리스 이모, 안녕?"이라고 폭탄선언을 하지 않을까 몸이 떨린다. 아이는 내 품속에서 몸부림친다.

애덤은 노래라도 부르는 듯한 목소리로 말한다. "봐, 엄마야. 타키는 엄마 많이 보고 싶어 했잖아?"

나는 애덤으로부터 신호를 받는다.

"안녕, 타키." 평소 내 목소리보다 한 옥타브 높은 목소리로 말한다. "엄마도 네가 보고 싶었단다."

타르퀸은 아무 말이 없다. 애덤이 계속 아이를 대신해 말한다.

"타키는 이제 행복하겠네."

맙소사. 이 빌어먹을 녀석은 아직 말을 배우지 못한 것 같다. 나는 그저 부끄러운 마음에 침묵을 지키는 것인지 몰라 불안해하고 있는데, 아이가 옹알거린다.

"오비 보비 보비."

내가 가장 바라던 소리다. 이상한 소리를 내는데도 애덤은 아무 관심이 없는 걸 보니, 아들이 뭔가 의미 있는 말을 하는 건 기대도 하지 않는 모양이다. 타르퀸은 겉으로 보이는 것만큼 자라지는 않았다. 그냥 곱슬머리를 짧게 깎았고 혼자 두 다리로 걸을 수 있게 된 것뿐. 그걸 제외하면 타르퀸은 여전히 아기다.

다행스럽게도 친척이 누군가 와서 타르퀸을 얼른 데려간다. 타르퀸을 볼 때마다 아이가 입을 다물고 있다고 두려워할 이유는 없다. 오랫동안 헤어져 있던 어머니인 척 연기만 하면 된다.

나는 한 무리의 시댁 친척들을 소개받는다. 얼마나 많은지 믿을 수 없을 정도다. 시조부모, 시부모의 형제자매, 아내와 아이들을 거느린 사촌들. 다행스럽게도 애덤은 형제가 없고, 나는 오스트레일리아에 사는 시부모 말고는 전에 한 번도 시댁 친척들을 만난 적이 없다. 어쨌든 애덤은 사랑하는 아내가 충격을 받은 상태라고 설명하면서 어려운 질문을 모두 피해 나가고 있다.

매끈한 대리석으로 꾸민 번쩍거리는 로비를 지나 곡선 모양 계단을 오른다. 라 벨 로망스 호텔의 화려함은 사치스러운 정도를 지나 사람을 당황스럽게 할 정도다. 사람들은 우리를 다이아몬드 스위트룸으로 안내한다. 틀림없이 호텔에서 가장 고급스러운 공간인 것 같다. 부디 그랬으면 좋겠다. 웅장하다는 단어는 이곳에 매달린 샹들리에를 표현하기 위해 만들어진 단어일 것이다.

대니얼은 상처 입은 내 손의 붕대를 갈아주고, 나는 오래 샤워를 한다. 욕실에서 나와 보라색 긴 소파에 맥없이 앉아 있는데, 남자 종업원이 과일을 담은 접시를 내온다. 애덤은 마치 긴장한 간호사처럼 주위에서 서성거리고, 대니얼은 애덤 뒤에 숨어 기다리고 있다. 의사인 대니얼은 내가 너무 많이 먹지 않아야 한다고 주장하지만, 결국 매콤한 양고기 한 조각을 먹을 수 있도록 허락한다.

"부인께서 채식주의자라고 하지 않았던가?" 대니얼이 애덤에게 묻는다.

"약간 채식주의 쪽이라고 했지……." 애덤은 내가 소스라치게 놀라기도 전에 대답한다.

서머는 채식주의에 여러 번 빠졌다가 말았다가 반복했고, 나는 그러거나 말거나 신경도 쓰지 않았다. 서머가 배에 타고 있을 때 고기를 먹었나? 확실히 먹었던가? 고기 요리를 몇 번 했던 건 분명하다.

“하지만 임신하면 어떤지 잘 알잖아.” 애덤이 어깨를 으쓱하면 계속 말한다. “배가 고픈 거지.”

임신. 애덤에게 유산했다고 말하기에는 너무 늦어버렸다. 왜 이야기할 적당한 순간을 놓쳐버렸지? 아마도 애덤이 임신했다는 핑계로 날 경찰로부터 구해줬기 때문이었을 것이다. 임신 사실과 텅 빈 물탱크를 확인한 뒤에야 경찰의 의심은 동정으로 바뀌었다. 내가 불쌍하고 임신한 로맹 부인이 아니었다면 경관은 나를 경찰서로 끌고 갔을 것이다. 어쩌면 지금도 그럴 생각인지 모르지만, 적어도 들려줄 이야기를 정리할 시간을 확보할 수 있게 되었다.

신경 쓰지 말자. 유산이야 언제든 할 수 있으니까.

애덤은 애정 넘치고 세심하게 내게 신경을 쓴다. 그가 긴 소파 옆에 무릎을 꿇고 앉아 내게 몸을 기울이고 얼굴에 흘러내린 머리칼을 치워주거나 내 손을 잡을 때마다 몸에 소름이 돋는다. 하지만 애덤은 성적인 느낌은 전혀 주지 않은 채 내 슬픔을 존중해주고 있다. 의사인 대니얼은 바다의 포식자처럼 주위를 맴돌면서 금빛 눈동자로 나를 지켜보고 있다. 내가 임신한 여자처럼 행동하고 있나?

“위성 전화로 연락했을 때 내 목소리 들렸어?” 애덤은 내 뺨에 뺨을 맞대면서 묻는다. 너무 가까워 그의 얼굴을 볼 수 없다. "그게 아이리스가 바다에 빠지기 전이야, 후야?"

머릿속에서 뇌가 돌아가고 있다. 뭐라고 대답해야 하지? 전화를 내게 걸었을 때 아이리스가 바다에 빠지기 전인지 후인지 어떻게 모를 수 있지? 함정이 있는 질문인가?

잠깐.

애덤이 한 말에 선물이 들어 있다. 빠져나갈 아주 큰 구멍이.

"아니." 나는 천천히 말한다. "당신이 위성 전화로 전화했을 때 소리가 들리지 않았어."

나는 그의 뺨에 얼굴을 맞댄 채 양팔로 그의 머리를 끌어안는다. 그의 부드러운 피부에서 깔끔하게 깎지 못한 수염 그루터기가 느껴진다.

"당신도 내 목소리 안 들렸어?"

"전혀." 애덤이 말한다. "그냥 바람 소리만 나더라고. 그러더니 전화가 끊겼지. 다시 걸려고 했는데 연결이 안 되더라고."

"그래." 내가 말한다. "그랬어. 연결이 끊겼지. 그러고 나서 나는 침대로 갔어. 그리고 내가, 아니 아이리스가 혹시 다시 전화 올지도 모르니까 전화를 들고 있겠다고 했어. 나중에 보니까 전화기가 어디 갔는지 찾을 수 없었어. 아마 아이리스가 들고 있었나 봐, 그때⋯⋯ 그러니까⋯⋯."

"지금은 그런 생각 하지 마." 애덤은 몸을 똑바로 세우더니 내 손을 잡으며 말한다. "당신에게 너무 힘든 일이야."

나는 눈물 한 방울을 뺨 위로 흘린다. 전화 통화와 위성 전화기가 사라진 상황을 설명해냈다. 아주 아름답게 앞뒤가 맞는다.

어쩌면 좀 더 밀어붙여 더 많은 걸 알아내야 할지도 모른다.

"전부 너무 헷갈려." 내가 말한다. "당신, 왜 전화한 거야? 원래는 비상 상황에서만 위성 전화를 쓰기로 한 거 아니었어?"

"알아." 애덤이 말한다. "하지만 당신에게 우리가 세이셸에서 기다리고 있다는 좋은 소식을 전해주고 싶었던 거야. 그리고 당신의 아름다운 목소리를 듣지 않고는 하루도 더 견딜 수 없더라고."

나는 서머가 더없이 행복해하며 충동적으로 선미 갑판으로 뛰어오르던 모습을 떠올린다. 남편 목소리를 듣기 위해 필사적이던 모습. 그러니까 서머의 머리에 치명적인 충격을 가한 건 서머를 찾는 애덤, 그리고 애덤의 사랑이었다.

입에 파인애플을 더 집어넣는다. 힘든 대화를 처리한 건 맞지만 디스크는 어쩌지? 디스크 속 내용은 내가 방금 한 이야기와는 앞뒤가 맞지 않는다.

내 에메랄드 반지, 노트와 달리 디스크는 바다에 버리지 않았다. 혹시라도 경찰에게 보여줘야 할 때를 대비해서였다. 그 화면은 언니가 사고를 당해 바다에 떨어졌다는 걸 보여주는 증거였다.

하지만 애덤의 등장이 상황을 바꿔놓았다. 내가 준비한 작은 보험이 이제는 문제가 되었다. 애덤이 화면을 보고 왜 아이리스가 '선원' 모자를 쓰고 있는지 궁금해한다고 해도 그 정도는 설명할 수 있었을 것이다. 하지만 이제 위성 전화기로 통화하던 여자가 바다에 빠지는 장면을 설명할 방법이 없다. 나는 전화를 직접 받았다고 주장했기 때문이다.

빌어먹을. 애덤이 아무 말도 듣지 못한 걸 미리 알았더라면 아이리스가 전화를 받았다면서 CCTV 화면을 보여주면 되었을 텐데. 이제는 너무 늦어버렸다. 디스크가 모든 상황을 망칠 수 있다. 말한 대로 밀어붙여야 한다.

애덤의 전화가 울린다.

"네, 애덤입니다." 그의 목소리는 긴장한 듯 날카롭다. "죄송하지만, 알아서 준비하셔야 할 것 같아요……."

애덤은 방에서 걸어 나가지만, 열린 문으로 길고 격렬한 울음소리가 들린다. 전화 상대방은 어머니, 애나베스다.

몸속 피가 모두 빠져나가는 느낌이다. 어머니! 어머니가 애덤에게 전화할지도 모른다는 걸 왜 미리 생각하지 못했을까?

모든 걸 망쳐버렸다. 긴 소파에서 벌떡 일어나 울음소리가 들리지 않게 복도를 급하게 걸어가는 애덤을 따라가야 한다. 어머니에게 사실이 아니라고 외칠 것이다. 딸은 죽지 않았다고.

하지만 나는 소파에 그대로 앉아 있다. 사실이다. 애나베스는 딸을 한 명 잃었다. 혹시 어떤 딸이 죽었는지가 문제라면, 만일 어머니들이 그렇지 않은 척하면서도 더 좋아하는 자식이 있다면, 나는 어머니가 더 좋아하는 딸 노릇을 할 것이다.

나는 세이셸에서 벗어날 때까지 며칠 동안만 사실을 숨기려고 했다. 하지만 이제 어떻게 되돌릴 수 있단 말인가? 애나베스에게까지 이런 거짓 사실을 전하려고 한 것이 절대 아니었는데.

애덤이 난처한 표정으로 다시 방으로 들어온다.

"어머니에게 소식을 전하게 해서 미안해." 내가 말한다. "내가 먼저 전화했어야 했는데. 벤에게는 내가 전화할게."

"아니야." 애덤이 말한다. "어머님이 직접 전화하신대. 그러고 싶다고 하셔."

남동생 벤의 목소리, 차분하고 일상적인 그의 목소리를 생각한다. 동생이 여기 있었으면. 벤이 필요해. 이제 내게 남은 유일한 형제. 우리를 미워하라는 교육을 받으면서 자란 프랜신의 딸들은 형제라고 말할 수 없다. 벤이라면 며칠 안에 이리로 달려올 것이다. 벤은 자신이 할 수 있는 한 가장 빨리 이리로 올 것임을 나는 안다. 그때까지 견뎌내야 한다.

벤은 나를 알아보지 못할 것이다. 지금의 내 모습이라면. 혹시 알아차린다 해도 신경 쓸까? 어차피 둘 중 누가 죽었든 무슨 상관일까? 벤은 조용하고 소심하다. 목소리를 높이지 않을 것이다.

*

이른 저녁에 애덤에게 다시 밧세바로 데려가달라고 부탁하지만, 그는 그러면 안 된다고 말린다.

"할머니 할아버지께서 이 방을 얼마든지 오래 쓰라고 하셨어." 그가 말한다. "당신이 그 요트를 두 번 다시 보고 싶어 하지 않으리라 생각했다고."

이유를 줘야 한다. 시댁 친척들에게 둘러싸여 있는 게 싫어서 그런다고 말할 수는 없다. 그렇다고 바다가 그리워 그런다고 말할 수도 없다.

“동생이랑 마지막으로 있던 곳이라 그래.” 내가 말한다. “아이리스가 마지막으로 살아 있던 장소.”

애덤은 의심스러워하는 것 같지만, 나는 계속해 부탁한다. 애덤은 결국 나를 차에 태워 데려다주기로 한다. 타르퀸은 친척들과 하룻밤을 보낼 것이다. 대니얼이 차를 빌려준다.

차에서 나는 처음으로 애덤과 단둘만의 시간을 갖는다. 대니얼의 운전기사는 어딘가 다른 곳에서 바쁜 모양이다. 이제 정리해야 할 시간이다. 여보, 나 아기를 유산했어. 말하기는 아주 쉽겠지만 그 다음엔? 당장 다시 아기를 갖자. 하지만 잃은 아기는 가지려고 해서 생긴 아이가 아니었다. 애덤이 좀 더 기다리자고 한다면?

말이 나오지 않는다. 그리고 애덤은 밧세바가 우리를 기다리고 있는 정박장에 도착할 때까지 쉬지 않고 이야기한다. 그는 밧세바가 날짜가 지나도 나타나지 않았을 때 거의 죽는 줄 알았다고 한다. 그러다 내가 갑판에서 혼자 요트를 조정하느라 애쓰는 모습을 보고 엄청나게 당황했다고 말한다. 나를 다시 품에 안전하게 안았을 때 얼마나 심장이 터질 것 같았는지도.

“당신이 이번 일을 이겨낼 수 있도록 도울 거야, 서머. 내가 헬렌을 잃었을 때 당신이 내게 해준 것처럼.”

그가 말하는 모든 건 사랑해, 사랑해, 사랑해였다.

우리는 에덴 아일랜드 마리나에 차를 세우고, 줄지어 선 옥외 레스토랑들을 지나 걷는다. 해가 저무는 가운데 식당들의 간판이 번쩍거리며 빛난다. 프랑스, 터키, 브라질, 중국 등 각국 음식들. 매콤한 향기가 저녁 공기 속에서 훅 밀려온다.

"어디서 먹고 싶어?" 애덤이 묻는다.

저녁 먹을 생각은 할 수 없다. 요트에 혼자 올라가야 한다. 디스크를 없애야 한다. 하지만 그렇다고 애덤에게 나 없이 혼자 가서 저녁을 먹으라고 말할 수는 없는 일이다. 천신만고 끝에 만난 두 사람인데.

저녁 내내, 애덤은 화장실에 갈 때를 제외하고는 나를 혼자 둘 이유가 없다. 그리고 애덤이 화장실에 간 사이 디스크를 꺼내올 수는 없다. 다친 손을 재빠르게 놀릴 수도 없다. 시간도 부족할 테고, 애덤이 무슨 소리를 들을 수도 있다. 요트에서는 다른 사람이 여행 가방을 들고 움직이면 그런 움직임도 느낌으로 알 수 있다.

이제 슈퍼마켓, 그리고 파파야와 라임을 쌓아놓고 파는 노점상들이 보인다.

"오, 신선한 음식이네." 내가 말한다. "배에서 먹을 수 있을까? 당신하고만 있으면 좋겠는데."

"그럼 아름다운 당신을 위해 내가 저녁을 준비하지." 애덤이 말한다. "스테이크랑 채소를 좀 사자. 사과주스도 살까?"

스테이크는 좋은 생각 같다. 채식주의를 고집해야 할 필요는 전혀 없다.

"혹시 당신이 저녁거리를 좀 사 올 수 있을까?" 내가 부탁한다. "나랑 배에서 만나."

"내 생각엔 둘이 붙어 있어야 할 것 같은데." 애덤이 말한다. "배에 혼자 있으면 힘들 수도 있잖아."

"아니, 아니야. 난 괜찮을 거야." 내가 말한다. "오히려 땅에서 멀미가 난다면 모를까. 흔들리는 배에 있는 편이 더 나아."

서머답지 않은 말이지만, 내 말이 먹힌다.

"좋아." 애덤이 말한다.

"얼른 다녀와, 자기." 나는 무심한 듯 말한다.

애덤이 눈에 보이지 않을 때까지는 억지로 천천히 걷는다. 그의 모습이 사라지자 나는 허둥거리며 부교를 따라 밧세바로 향한다. 밧세바의 돛대가 바로 코앞에 보였는데 가보니 엉뚱한 통로다. 빌어먹을! 바로 앞에 요트가 보이지만 3미터나 되는 물 위를 건너뛸 수는 없다. 결국 거의 슈퍼마켓이 있는 곳까지 온 길을 되돌아가 다시 제대로 된 부교 통로를 찾아내야 한다.

마침내 요트에 도착한 나는 휴게실로 내려간다. 자물쇠가 달린 장에서 아이리스의 여행 가방을 꺼내와 흔들리는 손으로 지퍼를 연다. 가방의 안감 속으로 손을 밀어 넣으며 디스크를 찾는다. 없다. 없어졌나? 혹시 경찰이 벌써 배를 수색해 찾아낸 걸까? 막 포기하려는데 손가락에 차갑고 얇은 플라스틱이 닿는다. 눈물이 나올 것 같은 기쁨을 억누르며 디스크를 빼내고 얼른 여행 가방을 제자리에 돌려놓는다.

조종석에 올라가니 밤이 내리고 있다. 이렇게 해야 하는 게 맞다. 경찰 일도 해결했고, 아니 애덤이 해결해준 건가? 어느 쪽이면 어때. 어쨌든 이제 디스크는 바닷속에 잠겨야 한다. 밑바닥이 보이지 않는 바다 대신 물이 얕은 정박장이지만 어쨌든 바닷속은 바닷속이다. 그 누구도 이런 바닷속을 뒤질 일은 없다.

정박장은 조용하지만 여전히 빛이 남아 있고, 다른 배들도 주위에 많이 보인다. 다른 배에서 누군가 밖을 내다보고 있을 수도 있다. 배 밖으로 물건을 버리는 건 정박장에서는 금기 사항이니, 누군가 본다면 잘 기억해둘 수도 있다. 그리고 그 사람이 애덤 앞에서 이야기를 할 수도 있다.

기다려야 한다. 남자는 슈퍼마켓에서 절대 장을 빨리 보지 못한다. 조금만 기다리면 성급한 열대의 밤이 나를 혼자 있도록 가려줄 것이다. 조금만 더 어두워질 때까지 기다리자.

*

하늘은 짙은 회색으로 변하고 밧세바의 선체와 부교 사이 축축하고 시커먼 공간으로 떨어지는 디스크는 흐릿한 광택을 발한다. 디스크는 아무것도 없는 공간 속으로 미끄러져 들어간다.

발소리. 고개를 든다. 애덤이 부교 위로 날 향해 오고 있다.

날 봤을까? 그의 얼굴은 분노 덩어리가 되어 있다. 아니면 두려움일까? 아직 그의 표정을 제대로 읽을 수 없다. 그는 손에 전화기를 들고 있다.

"나쁜 소식이야." 그가 말한다. "바르베였어."

애덤은 배에 올라오더니 휴대전화로 조명을 켠다. 그러고는 허리를 숙이고 조종석 주변을 비춘다. 조종석 좌석 아래 푹신한 쿠션에 반쯤 가려진 곳에 빨갛게 뭔가 튄 것이 보인다. 피.

내가 서머를 기리며 다리에 새겨 넣은 상처 때문에 흘린 피다. 난 바로 이곳에 서 있었다. 잠깐이면 되었을 텐데 피를 닦을 생각도 하지 않고 바다를 건너 항해했다니 스스로 믿을 수가 없다.

내 얼굴에 불빛을 비추는 애덤의 아랫입술이 떨린다.

"저거 피 아냐?" 그가 묻는다.

"경찰이 저걸 봤어?" 내가 묻는다. "그 사람이 왜 전화해서 저 얘기를 해?"

"누구? 바르베? 아니, 그 사람은 피는 몰라. 어쨌거나 내가 생각하기엔 모를 거야." 애덤이 말한다. "그 사람이 당신한테 질문할 때 내가 본 거야. 그런데 경찰관들은 눈치채지 못한 것 같더라고. 그 사람들이 의자에 앉지 않았으니 다행이지. 그랬더라면 정통으로 볼 뻔했어. 보긴 했는데, 장모님께 소식을 전하고 타크를 챙기느라 잊어버리고 있었어. 당신 손에 난 상처나 생선 피나 뭐 그런 것 같은데. 낚시했어? 어쨌거나 경찰이 이상한 생각 하면 안 되잖아. 내가 계속 생각해봤는데, 서머. 아이리스가 이상하게 행동했다는 이야기는 경찰에게 절대 하지 마. 그러니까 당신과 비슷한 옷차림을 했다든지, 머리 모양을 따라 했다든지, 그런 얘기 말이야. 당신 겁주고 싶지는 않지만, 이곳 경찰은 오스트레일리아 경찰과는 전혀 달라."

애덤은 손을 뻗어 내 얼굴을 문지르며 눈을 가리는 머리칼을 쓸어 넘겨준다. 그가 말하는 '이상한 행동'이 무슨 뜻인지 이해할 수 없다. 나는 뉴질랜드에 있을 때 서머와 비슷한 모양으로 머리를 잘랐다. 미용실에 가서 서머의 사진을 보여주며 똑같이 잘라달라고 한 것이 처음도 아니었고, 그저 편리해서 그랬을 뿐이다. 옷차림은 서머가 새 옷을 사면 가격표까지 함께 사진을 찍어서 인터넷에 올리는 습관을 이용해 그저 싸게 잘 산 옷을 나도 샀을 뿐이다. 나는 절대로 서머 흉내를 낸 적이 없다.

그렇다고 애덤과 언쟁을 벌일 수는 없다. 현재 상황에 집중해야만 한다. 애덤은 경찰에 대해 무슨 말을 하려는 걸까? 날 향한 바르베 경관의 적대감은 내가 스스로 켕겨서 그렇게 느낀 거로 생각하기 시작했는데(그는 많은 질문을 했지만 내게 친절하게 대했다) 그런 상황이 아닐 수도 있다.

"그런데 나쁜 소식이 뭐야?" 내가 묻는다.

"당신한테 이걸 어떻게 말해야 할지 모르겠어." 애덤이 말한다.

애덤의 두 눈은 헤아릴 수 없이 깊고 검은 웅덩이 같다. 날 사랑해줘, 애덤. 보호해줘.

"여긴 작은 나라야. 제대로 된 해안경비대도 없고, 경찰도 기본적인 수준이야. 게다가 열이틀이나 지났다고, 서머."

"그래." 내가 말한다.

"이렇게 말해야 할 것 같아. 수색은 하지 못할 거라고. 어차피 수색할 인력이나 장비도 없지만."

진심인가? 물론 수색은 할 수 없을 것이다. 동생은 열이틀 전에, 1,600킬로미터도 더 멀리 떨어진 곳에서 죽었다. 시체는 바다 밑바닥에 있다.

굳이 충격을 받았거나 놀란 것처럼 굴 필요조차 없다.

"애덤, 나도 알아. 나도 그럴 필요가 없을 때까지 찾아 헤맸어. 전부 소용없다는 거 알아."

"그럼 일어나 보니 사라지고 없었겠네." 애덤은 위로하듯 내 어깨를 꽉 잡는다. "어쩌다 바다에 빠진 건지 혹시 단서라도 없어?"

모르는 척해야 한다. "내가 아는 건 내가 자러 갈 때는 봤다는 거야. 일어나 보니 사라지고 없더라고. 자세한 내용은 정말이지 상상도 하고 싶지 않아."

"혹시 어떻게 된 건지 알아낼 방법이 있지 않을까 생각했어. 하지만 결국 막다른 골목이네. 당신 희망을 꺾고 싶지 않아서 당신이 대니얼과 있는 동안 요트로 돌아와 아버님이 전에 설치한 CCTV를 확인했어. 안타깝게도 낡은 기계라서 지난 일주일만 자료가 남아 있더라고. 너무 늦어버린 거야."

"괜찮아. 나도 이제 정확히 무슨 일이 있었는지 결코 알 수 없으리라고 받아들일 준비가 됐어. 어쩌면 그러는 편이 더 나을지 몰라."

"알았어. 궁금해하며 미쳐가는 게 무슨 소용이 있겠어. 아이리스가 어쩌다 바다에 빠졌는지 안다고 해도 아무것도 바뀔 것이 없는데."

애덤은 한참 동안 나를 끌어안고 있다. 그의 목은 내 얼굴을 들이밀 수 있는 바로 그 높이에 있다. 그러더니 그는 나를 갑판 선실에 앉혀두고 내가 환자라도 되는 것처럼 사과주스 한 잔을 가져다주더니 비눗물 한 통을 가져온다. 아마 다른 요트의 사람들이 배의 물탱크를 채워둔 것 같다. 애덤은 조종석에 묻은 피를 닦아낸다. 아주 작은 한 방울의 자국까지도.

그는 아내에게 무슨 피인지 묻지도 않는다. 몇 가지 가능성에 관해 이야기하긴 했지만, 내가 뭐였는지 말하기를 기다리지도 않는다. 동생이 사라진 상황에 대해 이것저것 질문을 하지도 않는다.

애덤은 아내를 절대적으로 믿고 있다. 그리고 그는 세이셸 경찰을 신뢰하지 않는다. 이곳 경찰은 오스트레일리아의 경찰과 다르다는 말이 무슨 뜻인지는 두려워 물어볼 수 없지만, 그가 피를 지우기로 한 결정은 내게 설득력 있는 메시지로 다가온다.

라 벨 로망스에서 샤워를 했으니 내 몸에서는 분명히 좋은 향기가 나겠지만, 애덤이 청소하는 도중에 나는 욕실로 들어가 사과 향수를 좀 뿌려본다. 공기 중에 향수를 뿜어내고 그리로 걸어 들어가 달콤한 향기를 들이마신다.

거울 속 여자는 아침에 봤던 것보다 훨씬 멋진 모습이다. 세월이 지나면서 얼굴이 변하겠지만, 이제 비교할 사람이 없으니 아무 문제 없다. 쌍둥이 중에 누구인지 아무도 묻지 않을 것이다.

애덤은 스테이크를 굽고 샐러드를 만든다. 우리는 조종석에서 저녁을 먹는다. 돛대가 삐걱거리고 상쾌한 바람에 밤꽃 향기가 날아온다. 대화는 이어지다 끊어지기를 반복하지만 그럴 만도 했다. 가족을 잃은 상황에서 무슨 말을 해야 할지 알 수 없기 때문이다.

새 삶이 자리를 잡아가고 있지만, 가장 좋은 부분은 아직 시작하지 않았다. 저녁 식사 후 나는 서둘러 침실로 내려가 소금기를 머금은 냄새나는 시트를 침대에서 걷어내고 하얀 새 시트를 준비한다. 여기저기 서랍을 뒤져 깨끗한 속옷을 찾아내 입는다. 부드러운 핑크빛 새틴 속옷은 아주 새것이다. 가격표가 붙어 있어서 떼어내야 한다.

애덤은 밖에서 내가 나오길 기다리지만 나는 침대에 들어가 기다린다. 심장이 너무 두근거려 가슴을 겉에서 봐도 분명히 드러나 보일 것 같다.

온종일 애덤은 내 머리칼을 건드리고 손을 잡아주고 내 몸을 부드럽게 누르곤 했다. 그 가운데 그가 가장 섹시했을 때는 무릎을 꿇고 엎드려 핏자국을 닦아낼 때였다. 애덤은 내 남편이다. 날 사랑한다.

애덤이 어슬렁거리듯 방으로 들어오더니 팬티를 벗고 침대 속 내 옆으로 들어온다. 그는 따뜻하고 단단한 양팔로 미끄러지듯 내 몸을 껴안는다. 그가 가까이 다가오자 내 살갗이 따끔거린다. 그는 내 머리칼에 코를 문지른다.

"서머, 달콤한 내 햇빛." 애덤이 중얼거린다. "모든 일이 미안해. 이제 푹 자. 내가 안고 안전하게 지켜줄게. 당신과 우리 아기까지."

애덤은 천국의 향기를 풍긴다. 내 온몸이 욕구로 펄떡거린다. 애덤의 따뜻한 살갗이 내 등을 문지르고, 근육질 두 다리가 내 허벅지 뒤쪽에서 감겨온다.

숨도 쉬지 못한 채 애덤이 먼저 움직여주기를 기다리지만 내 엉덩이에는 아무런 압박도 느껴지지 않는다. 애덤은 흥분하지 않은 상태다. 그냥 나를 안심시키기 위한, 괴로워하는 여인을 위한 정신적 사랑을 바탕으로 한 포옹이다.

앞서 나가면 안 돼. 참을성 있게.

임신과 출산 날짜를 계산해보려고 하지만, 머릿속에서 숫자들이 이리저리 튀어 다니기만 한다. 내가 아는 건 서로 들어맞지 않으리라는 것뿐이다. 모든 것이 완벽하다. 한 가지만 제외하면. 내 배 속에는 아기가 없다.

12. 세탁기

물론 나는 내가 누군지 안다. 잊지 않았다. 잊을 수 없다. 하지만 그런 생각을 해서는 안 된다. 단 한 순간이라도, 이렇게 많은 시댁 식구들이 둘러싸고 있는 상황에서는. 애덤, 애덤, 사방에 애덤이 깔렸다.

내가 누군지 아는 이유는 애덤의 가족이 친절한데도 나는 그들로부터 도망치고 싶고, 도망쳐야 할 필요가 있기 때문이다. 서머였다면 라 벨 로망스에서 로맹 가족에 둘러싸여 잤을 것이다. 로맹 가족은 모두 서머가 가장 최근에 사귄, 가장 친한 친구들이기 때문이다. 라 벨 로망스에서 자는 서머의 품속에는 타르퀸이 몸을 웅크리고 있었겠지.

내가 누군지 아는 이유는 내가 직접 애나베스와 벤에게 전화하지 않았기 때문이다. 서머였다면 그들과 직접 마주했을 것이다. 서머는 그렇게 애덤에게 덫을 놓았던 것 아닌가? 서머는 애덤의 슬픔을 피하지 않고 다가갔다.

내가 누군지 아는 이유는 따뜻한 밤에 애덤이 나를 뒤에서 껴안고 졸린 듯 듬직한 왼손이 뱀처럼 내 몸을 쓸고 지나 내 오른쪽 젖가슴 주변에 머물 때, 다스리기 어렵고 매정하고 엉뚱한 곳에 달린 내 심장이 뛰면 오른쪽 가슴이 두근거리는 모습을 내 눈으로 볼 수 있기 때문이다.

나는 아이리스, 뾰족한 보라색 꽃이지 달콤하고 동그란 장미가 아니다. 나는 눈 속 홍채(영어로 iris라고 부른다-옮긴이), 두 개의 검은 눈동자 주위를 둘러싼 두 겹의 청록색 원으로, 잃어버린 내 영혼과 연결되는 창이다.

나는 어둠 속에서 땀에 젖은 채 퍼뜩 깨어나 깨닫는다. 잠에서 날 깨우는 건 악몽이 아니라 삶의 냉혹한 현실이다. 냉혹한 현실은 뜨거운 칼날처럼 내 잠을 뚫고 들어온다. 밧세바는 산들바람에 흔들리고 나는 여전히 바다에 있는 꿈을 꾼다. 나는 오늘 육지에 내려 애덤에게 진실을 말할 것이다. 물론 그는 내게 도움을 줄 것이다. 그는 경찰을 처리하고 사촌인 로맹 박사를 부를 것이다. 나는 병원 검사를 거부할 필요가 없다. 의사가 내 몸을 모두 확인하도록 허락할 것이다.

이렇게 계속 살 수 있을까? 언젠가 실수를 저지를 수밖에 없다. 웨이크필드로 돌아갈 수만 있다면 좋을 텐데. 서머의 옷장 서랍 속 파일에 서머의 인생 전체가 들어 있다. 그 파일대로만 해낸다면 실수하지 않을 수 있다. 한 장도 빼놓지 말고 읽어야지. 애덤이 좋아하는 음식. '새천년 카마수트라'도.

그놈의 사과 향수만 몸에 뿌리지 않았더라면. 아니, 애덤이 나를 품을 때 사롱을 입고 서머의 반지를 끼고 있지만 않았더라면. 하지만 그런 상황은 어떻게든 설명해낼 수는 있다. 애덤이 그렇게 사랑스럽게 말하거나 따뜻하게 끌어안지만 않았더라면. 또 그렇게 좋은 향기를 풍기지만 않았더라면.

하지만 이렇게 된 것은 더 오래전에 결정된 것 같기도 하다. 볼품없는 내 녹색 반지와 내가 세운 계획을 글로 옮겨둔 노트를 함께 바다에 버렸을 때부터. 서머를 향한 순수한 사랑이긴 했지만, 내 허벅지 위쪽에서 사타구니까지 상처를 내지만 않았더라면. 그랬더라면 내가 아무리 원한다고 해도 이런 상황까지 오지는 않았을 것이다. 허벅지에 상처를 내지 않았다면 나는 진실을 말할 수밖에 없었을 것이다.

애덤이야 죽은 아내의 쌍둥이 동생과 절대 결혼하지 않겠지만, 수많은 로맹 가문 남자들 또는 세이셸이나 세상 어딘가의 다른 남자들 가운데 아이리스 카마이클을 언젠가 사랑해줄 사람이 있을 수도 있다.

아니다. 어쩌면 지금 이곳에 최악의 소식을 전하러 온 사랑받지 못하는 존재로 혼자 누워 있었을 것이다. 아니면 혹시 애덤의 도움을 받지 못한 채 벌써 교도소에 들어가 있었겠지. 어쩌면 애덤은 바르베 경관 앞에서 배에 묻은 피가 죽은 아내가 흘린 피인지 아이리스에게 물어봤을 수도 있다.

애덤이 그러지 않았다고 해도, 모든 일이 최대한 잘 해결되었다고 해도, 애덤이 내게 밧세바를 넘겨주었다고 해도, 내가 세이셸에 발 딛던 순간 처음 본 남자가 나와 사랑에 빠진다고 해도, 내가 정식으로 이혼할 때쯤이면 버지니아가 벌써 후계자를 낳았을 것이다.

프랜신이 이기는 것이다.

애덤은 햇빛이 금빛으로 변하는 와중에도 잠에서 깨지 않는다. 나는 침대에서 내려온다. 이제 감출 것은 전혀 없다고 확신하지만, 어젯밤 침대에서 벗겨낸 시트는 세탁해야만 한다. 애덤은 알아차리지 못할 수도 있지만, 시트에서 아이리스의 냄새가 난다는 걸 나는 안다.

빨래 바구니는 서머의 아름다운 새 속옷과 그냥 버려도 될 것 같은 아이리스의 낡은 팬티로 가득 차 있다. 지금은 정박장에 있으니 전기와 물을 얼마든지 사용할 수 있다. 이제 애덤의 완벽한 아내 역할을 시작해야 할 때다.

세탁실을 덮은 문을 활짝 열면 커다랗고 번쩍거리는 세탁기와 건조기가 보인다. 배에서 서머가 가장 좋아했던 물건들이다. 서머는 늘 평범한 일에 아주 만족했다. 예쁜 앞치마를 두르는 일, 타르퀸의 기저귀를 가는 일, 애덤이 좋아하는 음식 만들기.

훅 풍기는 오래 묵은 빨래 냄새가 과일 껍질이 썩는 것처럼 느껴진다. 빨래 바구니는 세탁기 위쪽 뚜껑 위에 놓여 있다. 빨래 바구니를 바닥에 내려놓고 세탁기 뚜껑을 당기며 열어보지만 열리지 않는다. 뭔가 잠금장치가 있어 항해 중에 아무렇게나 열리지 않는다고 서머가 말한 적이 있다. 하지만 뚜껑 여는 방법이 어려울 리 없다. 머리를 세탁기 위와 건조기 아래 사이 좁은 공간으로 밀어

넣는다. 배에서는 모든 물건이 좁은 곳에 빽빽하게 설치되어 있다. 세탁기 위로 몸을 숙인 채 안쪽으로 손을 뻗어 뭔가 걸쇠 역할을 하는 레버를 잡으려 애쓰고 있는데 일이 벌어진다.

그가 나를 밀어붙인다. 내 다리 뒤쪽에 닿는 그의 근육질 허벅지가 뜨겁게 느껴진다. 그리고 끈팬티 뒤로 뭔가 단단한 것이 느껴진다.

"이런 야한 년." 그의 목소리가 왠지 날카롭다. "작은 엉덩이를 이렇게 흔들어대고 말이야."

애덤의 목소리라는 걸 믿을 수가 없다. 서머에게는 이런 식으로 말하지 않았는데. 알고 있는 거야. 내 정체를 알아. 이를 갈며 고개를 돌려 눈을 맞추려 애쓴다. 끝장난 상황이라면 당당히 맞겠어.

하지만 애덤은 내 머리칼을 움켜잡고 내가 그의 얼굴을 보지 못하도록 밀어붙인다. 몸이 세탁기 뚜껑에 강하게 부딪힌다. 뺨이 세탁기 계기판을 때린다.

"뭐 하는 거야?" 나는 소리 지른다. "아프잖아!"

"좋잖아." 그가 말한다. "강제 섹스 좋아하잖아, 더러운 창녀 년아."

엉덩이에 압박이 가해진다. 애덤은 끈팬티를 옆으로 젖히려고도 하지 않는다. 그냥 마구잡이로 밀어붙이자 팬티가 찢어지는 느낌이 든다. 애덤은 내 몸속에 들어와 있다.

숨을 쉴 수가 없다. 내 몸은 아직 준비가 덜 된 상태다. 나는 그의 단단한 몸과 딱딱한 기계 사이에 끼어 있다. 애덤이 엄청난 힘으로 나를 밀어붙이자 요트 전체가 움직이는 것 같다. 뜨거운 바늘이 등을 타고 올라가 머릿속을 찌르는 기분이다. 두 다리가 바닥에서 들린다.

서머가 되는 일 따위에는 관심 없다. 장단을 맞춰야 하는 건지 모르겠지만 신경 쓰고 싶지 않다. 아무 생각도 들지 않는다. 이런 식이 될 거라고는 생각하지 못했다. 애덤은 서머를 이런 식으로 다루지 않는다고 들었는데.

애덤이 내 머리채를 잡아당기자 내 엉덩이가 세탁기 금속 모서리에 부딪힌다.

"그만!" 나는 울부짖는다. "이러지 말라고! 제발 그만 좀 해!"

"좋아하면서." 애덤은 멈추지 않는다.

어떻게 하는 건지 모르겠지만, 애덤은 내 머리채를 잡은 채 두 손을 브래지어 속으로 집어넣는다. 그의 거친 손바닥에 내 젖꼭지가 반응을 보이기 시작하자 그런 와중에도 내 얼굴이 부끄러움으로 달아오른다.

"당신이 원하는 걸 난 느낄 수 있어." 그가 말한다. "속으로 좋잖아, 이 창녀 마누라 년아. 어제 경찰관들 보는 꼴을 봤어. 네가 경찰관이랑 붙어먹는 모습이 얼마나 화끈한지 알아?"

애덤의 목소리가 귀 가까이에서 들린다. 그는 세탁기와 건조기 사이 공간으로 몸을 기울이고 있다.

"제복 입은 그 새끼랑 벌거벗은 너. 그 자식 수갑을 멍하니 보는 것도 봤어. 그 새끼가 널 감옥에 처넣고 철창에 몸을 묶은 채 따먹는 걸 내가 지켜보는 거야."

어쩌면 애덤은 내 정체를 모를 수도 있다. 어쩌면 이건 그냥 끔찍한 역할 놀이 같은 것인지도 몰라. 촛불이니 로맨스니 하던 서머의 이야기는 다 뭐지? 장단을 맞춰야 한다.

“음, 당신 엄청 단단해.” 나는 최대한 서머 같은 목소리를 내며 말한다.

그런 말 정도는 해도 괜찮을 것 같았지만, 움직이던 애덤의 리듬이 깨진다. 그가 기대하던 말이 아니다. 내가 역할을 제대로 해내지 못하고 있다. 뭘 해야 할지 알 수 없다.

그만하라는 암호는 만들어두지 않았을까? 나는 이런 섹스를 원하지 않는다. 남편이 두 팔로 안아주길 원한다. 남편이 날 사랑해주길 원한다. 다른 방식으로 시도해본다.

“난 착한 아이예요.” 나는 혀짤배기소리를 낸다. “풀어주면 착하게 굴게요.”

“너무 늦었어.” 애덤이 말한다. “벌거벗은 엉덩이를 들이대기 전에 미리 생각을 했어야지, 이 추잡한 꼬맹이 창녀 년아.”

그러니까 애덤이 내게 말하고 싶었던 건 이거야. 안도감과 뜨거운 부끄러움이 뒤섞인다. 서머의 성생활은 이런 거였군. 이게 진실이었어.

“죄송해요.” 나는 속삭인다. “다음에는 착하게 굴게요.”

애덤은 속도를 높이고 더 거칠게 몸을 밀어붙인다. 두 손이 젖가슴을 파고든다. 지저분한 말들이 날아든다. 창녀, 매춘부, 걸레, 잡년. 나는 굳이 말은 더하지 않아도 되는 듯하다. 눈을 감고 어딘가 다른 곳에 있는 상상을 한다. 나는 세탁기 위에 엎드린 몸뚱이에 불과하다. 나는 빨래를 하고 있다.

나는 아무 행동도 하지 못한 채 굳어 있지만, 애덤은 신경도 쓰지 않는 것 같다. 그는 흔들어대던 몸을 멈추더니 내 몸을 놓는다. 거의 끝난 것이다.

바로 그 순간, 내 살갗에 불이 붙는 듯한 느낌이 들더니 고통에서 풀려나는 내 몸이 두근거리며 뛴다. 몸을 휩쓸고 지나는 뜨거운 쾌락의 물결을 감출 수가 없다. 그 순간 애덤이 격렬하게 사정한다. 장담컨대 그의 정액이 내 자궁 속으로 쏟아져 들어가는 걸 느낄 수 있다. 끝난 것이다.

내 마음은 내 것이지만 내 몸은 서머의 몸이다. 애덤이 세탁기 위에 엎어놓고 강간할 때 서머는 절정을 느낀다. 어쩌면 그래서 서머가 이런 섹스를 좋아하는 것인지도 모른다.

*

애덤은 샤워 중이다. 욕실 문이 닫혀 있지만 나는 문이 잠겼는지 확인하고 싶지 않다. 혹시 서머라면 미끄러지듯 들어가 함께 샤워를 즐길지도 모르지만.

욕실 안에 들어갈 방법이 없다. 침실로 들어가 침대에 몸을 던진다. 결코 몸이 다시 깨끗해지지 않을 것 같은 기분이지만, 애덤은 뭐가 잘못되었는지 모르고 있다. 그는 욕실에서 음정도 맞지 않는 노래를 즐겁게 부르고 있다.

놀랄 것은 없다. 사람들은 괴상한 자신의 비밀을 자매끼리도 털어놓지 않는다. 애덤이 뭐라고 불렀더라? 억지로 하는 섹스라고 했나? 아니, 강제 섹스다. 속이 뒤집히는 단어지만, 둘이 합의로 만들어낸 것이 분명하다. 남자들이 실제로 강간할 때 그런 말을 할 리 없다.

애덤은 서머를 사랑한다. 그들은 함께 아기를 가졌다. 그는 지저분한 말을 내뱉었지만, 양손으로 서머의 몸을 기분 좋게 어루만졌고, 거칠었지만 아기를 해칠 정도로 거칠지는 않았다. 그렇다. 서머는 그들의 성생활을 검열을 거쳐 들려주었고, 서머가 한 말은 일종의 진실이었다. 그들은 서로에게 미쳐 있다. 방식이 끔찍할 뿐. 완벽한 남자는 없다는 걸 알아야 했다. 시적인 대화와 섬세한 준비는 무슨. 사실일 리 없을 정도로 달콤했다.

최악인 부분은 내가 원하지 않았다는 점이다. 나는 변태적 성행위를 한 번도 해본 적이 없다. 섹스를 원하지 않는 척해야 할 필요도 없었고, 섹스하면서 맞아본 적도 없다. 나는 애덤을 막아낼 뻔했다. 몇 마디 말만으로도 충분했을 것이다. 난 서머가 아니야. 난 서머의 쌍둥이 동생이라고.

그러나 서머가 될 수 있다면 다른 모든 걸 견뎌낼 수 있다. 애덤은 날 원한다. 그는 내 몸속에 들어왔었다. 그의 몸을 단단하게 만든 건 내 몸이고, 내 몸이 그를 그런 식으로 움직이도록 만들었다. 나는 원하지 않았지만, 내 몸이 그렇게 했다.

애덤은 서머가 좋아하던 일을 해준 것이다. 두 사람은 둘만의 행위를 위해 징그러운 단어까지 만들어두었다. 강제 섹스. 그들에게는 멈추라는 암호도 있을 것이다. 하지만 서머는 말해주지 않았다. 그녀가 절정에 이르렀을 때 애덤은 놀라지 않았다. 그는 흐트러진 머리에 키스하고 옷을 벗고 욕실로 들어갔다.

지금 이 상황을 만든 건 나다. 애덤이 절대로 하지 않아야 할 짓을 하게 한 사람은 나다. 애덤은 착한 사람이다. 자신이 저지른 일을 알게 되면 부끄러워 죽고 싶어 할 것이다. 그리고 그는 다른 그 누구보다 날 더 미워했을 것이다.

이제 애덤에게는 절대 말할 수 없다.

도저히 그에게 말할 수 없다.

등을 침대에 대고 누워 두 다리를 머리 위로 들어 올린다. 중력이 도움이 될지도 모른다. 버지니아가 열여섯 살이 되려면 채 한 달도 남지 않았다. 오늘이 유일한 기회일 수도 있다.

*

나는 그만두라는 암호가 뭔지 모른다.

나는 서머의 비밀번호는 전혀 알지 못한다. 어떻게 하면 서머의 전화기, 이메일, 페이스북, 은행 계좌에 접근할 수 있을까? 사람이 자신의 비밀번호를 잊을 수 있나? 그걸 사람들이 믿을까?

애덤이 욕실에서 나오자 나는 위로 치켜들었던 두 다리를 내린다. 그는 아무렇지도 않게 뭔가에 열중한 듯 뽐내며 돌아다니고, 나는 그의 벗은 몸을 슬쩍 한눈에 파악하려 애쓴다.

나는 여전히 포르노에나 나올 법한 분홍색 란제리를 입고 있다. 분홍색은 순결하다는 느낌이 전혀 없다. 서머와 애덤의 세상에서 분홍색은 섹스를 가리키는 색이다. 애덤이 보기 전에 시트 사이로 몸을 밀어 넣는다. 어쩌면 애덤은 한 번 더 하고 싶다고 생각할 수도 있다. 하지만 그는 나를 바라보지 않는다. 그는 전화기를 들여다 보면서 팬티를 입는다.

"작은집에 가서 타크를 봐야겠어." 그가 말한다. "어제 당신 모습을 보고 애가 겁먹었나 봐. 얼굴이 너무 마르고 시커멓게 탔으니까. 게다가 내가 봐도 당신이 애랑 있는 걸 힘들어하니까……."

"아니야!"

아닌 척해보지만, 물론 그의 말이 옳다. 타르퀸이 아직 말을 할 줄 모른다는 걸 안 뒤 사라졌던 아이에 대한 두려움이 다시 돌아와 있는 상태다. 아이가 내게 반갑다며 달려들 수도 있는데, 나는 아이에게 어떻게 반응해야 할지 모른다.

"여보, 괜찮아. 이해한다고." 애덤이 말한다. "헬렌이 세상을 떠났을 때 나도 마찬가지였는걸. 아이를 보면 사랑해야 한다 생각하는데, 고통이 너무 큰 거야. 어제 당신 얼굴에서 그런 마음을 봤어. 아이와 마음이 이어지지 않는 거지. 마치 아이의 엄마 노릇을 어떻게 해야 할지 잊어버리기라도 한 것처럼."

애덤의 목소리가 부드러워지는 걸 보니 내가 느낀 만큼 놀라움이 내 표정에 드러난 것이 틀림없다.

"자기야, 마음 아프게 하려던 말이 아니야." 그가 말한다. "타크 일은 천천히 해결하자고. 이런 사고가 있었으니 나도 요트에 아이를 데려오고 싶지는 않아. 위험하게 느껴지니까. 잠깐 당신 혼자 있게 해도 되겠지? 빨래방에 빨래 맡기고 먹을 걸 좀 더 사 올게. 대니얼에게 대신 와달라고 할 수도 있어."

"그래!" 내가 말한다. "아니, 괜찮아! 그래, 난 괜찮아. 아니, 그러니까…… 대니얼을 오라고 할 필요 없다고."

의사가 내게 가까이 와서는 안 된다. 내 가슴에 대니얼이 청진기를 들이대는 일은 없어야 한다. 청진기를 왼쪽 가슴에서 오른쪽 가슴으로 옮길 때 대니얼의 얼굴을 상상할 수 있다. 살아오면서 만난 모든 의사가 내 가슴속에서 나는 소리를 듣고 난 뒤 짓는 그런 표정일 것이다. 의대에서 공부할 때 말고는 접해볼 기회조차 없던 단어를 입 밖에 꺼낼 기회를 잡은 의사들은 놀라기보다는 오히려 즐거워하곤 했다. "덱스트로카르디아! 심장이 우측에 있는 우심증의 라틴어죠." 의사들은 내가 그런 단어를 전에 들어본 적 없으리라 확신이라도 하는 것처럼 말하곤 했다.

대니얼은 오지 않아도 된다. 내가 가장 원하는 건 혼자 있는 것이다.

애덤이 손을 뻗더니 내 몸에서 시트를 걷어낸다. 애덤의 시선이 몸을 훑어내리자 벌거벗은 느낌이다. 바다에서 호된 시련을 겪은 내 몸은 아이리스나 서머의 몸과는 여전히 사뭇 다르게 보인다. 검게 탄 피부는 거칠다. 애덤은 어느 때보다 더 평평한 내 배에 얼굴을 가져다 댄다. 몸무게가 줄었다면서 걱정하겠지. 슬픈 일이야, 여보. 안됐어.

"잘 있니, 로즈버드?" 그는 내 배에 대고 속삭인다. "잘 있어야지."

애덤은 서머 배꼽에 이름이라도 붙인 걸까? 내 얼굴은 놀란 표정을 하고 있지만, 애덤은 보지 못한다. 그는 돌아서더니 나가고, 기운 넘치게 갑판 선실로 통하는 사다리를 타고 올라가는 소리가 들린다.

로즈버드?

그렇군. 내게 말하는 게 아니었다. 로즈버드는 배 속 아기의 애칭이야. 바닥에 토할 것 같은 기분이다.

애덤이 미처 요트에서 내려서기도 전에 나는 서랍을 뒤지며 서머의 아이폰을 찾는다. 보석 상자를 열었더니 그 속에 전부 로즈골드색인 목걸이와 귀고리 여러 개와 함께 아이폰이 들어 있다. 애덤의 빌어먹을 장미 집착증은 정도가 좀 심하다. 보석에 로즈핑크 란제리에 이제는 태아 이름을 장미 봉오리라고 붙이다니. 지나치다.

애덤은 서머를 사랑한다. 거친 섹스를 마치자마자 괴로움에 공감해주고 빨래와 쇼핑을 자처하고 나선다. 그는 부드럽고 사려 깊다. 만일 서머 로즈가 강제 섹스를 싫어하게 된 걸 알게 되면 그만둘 것이다. 문제는 애덤이 전에 알던 서머와 너무 다르게 굴면 안 된다는 점이다.

전화기는 방전된 상태지만 샤워하면서 요트의 전원 콘센트에 꽂아 충전한다. 벌거벗고 침실로 돌아온 나는 내 옷으로 손을 뻗을 뻔한다.

실수하지 않게 조심해야지. 나는 내 소지품, 옷, 책, 화장품, 전화기 등을 침실 서랍에서 꺼내 여행 가방에 쑤셔 넣는다. 그리고 서머의 속옷 중에서 가장 평범하고 점잖은 면 속옷을 골라 입는다. 처음에는 절제하는 편이 가장 좋다. 나는 서머의 다른 옷을 다시 침실 서랍에 채워놓는다. 때가 되면 모든 옷을 입게 될 것이다.

서머의 아이폰을 켠다. 비밀번호 입력 화면이 네 개의 숫자를 넣으라며 반짝거린다. 서머는 뭔가 기억하기 쉬운 숫자를 사용할 테지만, 그래도 마구잡이로 넣어보기에는 위험 부담이 크다. 그러다 전화기가 잠겨버리거나 하면 안 되기 때문이다.

애덤의 생일이 있고 타르퀸의 생일도 있다. 나는 아예 알지도 못하는 날짜들. 정확히 몇 살인지도 모르는 마당에. 우리 생일을 넣어볼 수도 있다.

잠깐. 이건 애덤을 만나기 전에 산 전화기다. 그리고 서머는 비밀번호를 새로 바꾸는, 그런 사람이 아니다.

서머는 자기 생일을 사용하지 않을 것이다. 나와 함께 사용하는 날짜이기 때문이다. 서머는 늘 자신의 지루한 전화기를 누군가 들여다볼까 봐 걱정했다. 마치 내가 그런 짓을 하기라도 할 것처럼.

충동적으로 7673이라는 숫자를 넣었더니 전화기가 풀린다.

벤이 늘 설명해달라고 말하는, 쌍둥이끼리만 통하는 어떤 느낌이다. 하지만 나는 쌍둥이로 산다는 것이 어떤지 설명할 수 없다. 벤이 쌍둥이가 아닌 삶을 내게 절대 설명해주지 못하는 것과 마찬가지다. 언제나 이런 식이다. 그게 내가 아는 전부다.

그냥 추측으로 맞힌 느낌이 아니다. 마치 기억하고 있던 것 같다. 비밀번호는 로즈(Rose, 전화기 숫자판 알파벳-옮긴이)이다.

*

애덤은 적어도 몇 시간은 돌아오지 않을 것이다. 비밀번호가 똑같은 전화기와 아이패드를 충전한다. 나는 너무 조심스러워 외워야 할 것들을 따로 적어두지는 않지만, 이메일에서 '생일'을 검색어로 넣고 찾아본다.

애덤은 6월 6일이면 서른 살이 되고 타르퀸은 1월 말에 두 살이 됐다. 엄마들 사이에서 아이가 고등학교를 졸업할 때까지 아이 나이를 만으로 월 단위까지 바로 말할 수 있는 게 자랑이라는 걸 알고 있다. 그래서 '타키는 26개월 반 됐어요'라는 문장을 외워둔다. 맙소사, 나도 구역질 날 정도로 엄마 흉내를 내고 있네. 서머처럼.

다음 질문은 아마 '임신한 지 얼마나 되셨어요?'일 것이다. 대답하기 더 어려운 질문이다. 아무도 신경 쓰지 않지만, 임신한 여자들이 주 단위로 정확한 대답을 한다는 걸 나는 알고 있다. 누가 그런 걸 신경이나 쓴다고 그러는지.

애덤은 아이가 있으니 어쩌면 임신한 기간과 예정일까지 남은 시간을 전부 알고 있을 수도 있다. 다른 한편 애덤은 남자 기준으로 봐도 모든 면에서 상당히 멍한 편이기도 하다.

나는 노아와 아이를 가지려고 노력할 때부터 여자의 임신 날짜에 관해 상당히 자세히 알고 있다. 서머가 한 말을 기준으로 생각해보면 임신은 3월 7일경이었을 것이다. 오늘은 4월 10일이다.

정박장의 와이파이에 접속해 비밀 검색 기능을 켜고 임신 계산기를 검색한다. 서머가 임신했던 아기는 11월 28일 태어날 예정이었다. 그리고 만일 내가 오늘 임신했다면 출산일이 언제일지 검색한다.

내년 1월 1일이다.

심지어 같은 해도 아니다. 빌어먹을 운수 같으니. 임신하고 출산하더라도 너무 늦다.

날짜를 이리저리 계산해본다. 애덤은 분명히 서머가 임신한 날짜를 기억하지 못할 것이다. 게다가 갑판에서의 멋진 섹스 이야기가 얼마나 진실일까? 애덤이 서머의 출산 예정일을 알까? 남자들이 그런 일을 기억하나?

구글로 검색해보면 아기의 출산은 2주 정도는 이르거나 늦어도 괜찮다고 한다. 서머가 출산이 너무 늦어 의사들의 도움을 받아야 할 때가 되면 내가 낳을 아기가 나올 때가 될 것이다. 아기가 생각보다 작을 수 있지만, 출산일보다 늦은 아기가 아니라 미리 나온 아기라는 걸 쉽게 알아보지는 못할 것이다. 신생아의 몸무게는 제각각이니까.

완벽해. 몸이 작지만 멀쩡한 아기를 얻으면서 출산일도 비슷하게 넘어갈 수 있다. 아무도 차이를 모를 것이다.

오늘 관계로 결과가 있어야만 가능한 일이다. 애덤이 내 몸속에 씨를 뿌리던 순간 느낀 뭔가 무시무시한 경련에 내가 아기를 가질 수 있다는 느낌이 들었다. 마치 내 몸이 그의 DNA를 자궁 속으로 빨아들이는 것 같았다.

그런 생각을 하자 다시 한번 뜨거운 물결이 온몸에 퍼진다. 몸이 나를 배신하는 기분이다. 머릿속에서는 애덤의 지저분한 말이 역겹다고 고집스럽게 말하지만, 몸의 나머지 부분은 그걸 덥석 받아들이고 있다. 그가 무슨 말을 하든 무슨 상관인가? 서머의 완벽한 남편이 나와 섹스를 하고 있는데. 그것도 미칠 것처럼 멋진 섹스를. 대낮에 우리의 호화 요트에서.

최악의 남편과 사랑스러운 남편이 뒤죽박죽인 내 머릿속 환상에서 애덤은 선량한 방관자일 뿐이다.

사실 애덤은 오늘 아침 나를 강간하지 않았다. 내가 상황을 만들어냈다. 비난받을 사람은 나다. 내가 그를 절대 하지 않을 짓을 하도록 만들었다. 그리고 애덤이 그런 사실을 절대 알아차리지 못하도록 하는 방법은 하나뿐이다. 이 역할 놀이를 평생 해내는 것.

13. 피

아무도 아이리스를 위해 울지 않는다.

출산일을 계산하고 있는데 서머 계정으로 이메일이 밀려 들어온다. 남동생 벤으로부터 온 것도 있는데, 어찌나 읽고 싶은지 제대로 클릭을 할 수도 없다. 벤이 보낸 메일을 간신히 여는 데 성공한다.

서머 누나

이런 일이 벌어지다니 정말 믿을 수가 없어. 엄마가 어제 전화했는데, 엄마가 하는 말을 믿을 수 없었어. 너무 끔찍하고 끔찍해. 엄마가 장례식은 오스트레일리아에서 할 거래. 시신도 없는데 엄마는 장례식이라고 말하더라고. 안타깝게도 나는 기말고사 때문에 참석할 수는 없을 거야. 누나가 이해해주었으면 좋겠어. 내가 노아에게 대신 소식 전하겠다고 했어. 노아가 집에서 나간 걸 누나는 알 테지만, 엄마는 모르고 있고 앞으로도 알 필요 없을 것 같아. 노아와는 최근에 연락하며 지냈어. 로리하고는 헤어졌고 다시 아파트로 돌아왔으니, 엄마는 둘이 헤어졌다는 걸 알지 못할 거야. 벌써 전화로 알렸어. 그러니 누나가 따로 연락할 것 없어. 엄마가 둘이 헤어졌다는 걸 알고 고통스러워하기를 원하지 않으니 노아에게는 당분간 뉴질랜드에 있는 게 좋겠다고 말했어. 혹시라도 오스트레일리아에 가면 탄로가 날 수도 있으니까.

내가 할 수 있는 일이 있다면 알려줘. 애덤이 누나 옆에서 챙겨줄 수 있어 다행이야.

몸 건강 잘 챙기길.

벤

이메일을 세 번이나 읽는다.

벤은 내 이름을 언급하지도 않는다. 마치 죽은 사람과는 몇 번 만나보지도 못한, 먼 친척 동생이 보낸 이메일 같다. 자매를 잃은 친척 누나에게 보내는 예의 바른 애도의 표현이 담긴 이메일.

얼굴에서 눈물이 떨어져 아이패드 스크린 위에서 튀어 오른다. 벤은 서머가 죽은 것만큼이나 날 위해 눈물 흘려주리라 생각한 유일한 사람이다. 벤이 뉴욕으로 간 뒤 한 번도 만나지 못했지만, 우리는 서로 자주 연락하며 지냈다. 전화는 자주 하지 않았지만, 인터넷 메시지를 주로 사용했다. 노아가 날 떠났을 때는 타자로 친 글이지만 엄청나게 화를 내주기도 했다.

벤은 세이셸에 오지 않는다. 엄마 곁으로 서둘러 오지도 않는구나. 내가 죽었는데, 내 동생은 이메일을 보낸 걸로 그만이야.

*

한 시간이 지난 지금도 나는 여전히 서머의 이메일을 뒤지고 있는데 선체를 두드리는 소리가 들린다. 밖으로 나가보니 부교 위에 대니얼이 자동차 열쇠를 흔들며 서 있다.

"혼자 계시고 싶다는 거 알지만 애덤이 걱정하고 있어요." 그가 말한다. "애덤은 저희 어머니 집에 타르퀸과 함께 있는데, 당신을 모셔오라고 하네요. 그건 그렇고, 비행 편을 알아보고 있어요. 내일 콜롬보를 거쳐 집으로 가는 비행기가 있더군요."

"집요?" 내가 말한다. "지금은 이곳이 집 아니에요? 애덤은 자기 가족과 있고 싶을 텐데요. 우리는 9월까지 여기 머물기로 했어요."

괜히 이런 말을 해서 일을 망치는 게 아닐까? 서머와 애덤이 밧세바를 샀을 때, 그들은 6개월 동안 세이셸로 항해하기로 했다. 하지만 임신으로 혹시 계획을 바꾼 것은 아닐까?

"하지만 계속 배를 타고 싶지 않잖아요?" 대니얼이 묻는다. "사고가 난 뒤라 애덤은 타크를 배에 태우는 일이 걱정스러운 것 같아요. 서머, 제가 의사에게 모셔가도 될까요? 제가 직접 진료하는 건 물론 불편하실 겁니다. 하지만 제가 아는 아주 멋진 여자 의사 선생님이……."

"아뇨." 내가 말한다. "전 괜찮아요."

하지만 대니얼은 대화를 이어가면서 계속 비슷한 말을 한다. 대니얼은 금빛 눈동자 색을 제외하고는 외모나 목소리가 애덤과 아주 많이 닮았다. 하지만 애덤과 달리 성격이 단호하고 날카롭다. 대니얼의 관심을 어딘가 다른 곳으로 돌려야 한다.

"아들을 보고 싶어요." 결국 나는 말한다. "타르퀸에게 데려가 주시겠어요?"

10분 뒤 우리는 차를 타고 산 쪽으로 달리고 있다. 대니얼은 오늘 기사를 데려오지 않았고, 우리는 둘만 타고 있다. 대니얼은 자꾸 의사에게 진료를 받아보라는 식으로 말하기는 하지만, 그와 함께 있으면 마음이 차분해진다. 아마도 그가 서머를 한 번도 만나본 적 없기 때문이리라. 그래서 그가 질문을 시작할 때도 나는 방심하고 있다.

"타르퀸은 말하는 게 늦네요." 그가 말한다. "제가 소아과 일은 해본 적이 없지만요. 조산으로 태어나서 그러는 걸까요?"

이런, 맙소사. 의사와 간호사 사이 대화라니. 내가 그런 걸 어떻게 알까.

"아, 그럼요." 내가 말한다. "당연하죠."

"타르퀸이 몇 주였죠?"

26개월 반 됐어요. 외워둔 말이 혀끝에서 맴돌지만, 대니얼이 물은 건 그런 내용이 아니다. 타르퀸이 임신 몇 주 만에 태어났죠? 임신해본 사람이라면 나이를 아는 것만으로 충분하지 않다. 2년 뒤에도 녀석이 몇 주 만에 태어났었는지 기억하고 있어야 하는 법이다. 그리고 서머는 그때 다른 곳도 아닌 신생아실에서 일하고 있었다. 모를 리 없는 내용이다.

"갑자기 생각이 안 나네요." 내가 말한다.

"그럼, 태어날 때는 어땠나요?" 대니얼이 묻는다.

"혹시 신생아 분만 외상이 있었나요? 제왕절개로 낳았어요?"

"모르겠어요." 나는 양손을 힘없이 흔들며 말한다. "모든 일이 잘 기억나지 않아요."

대니얼은 곧바로 차 속도를 줄이더니 내게 고개를 돌린다. 나는 위험을 무릅쓰고 그를 바라본다. 대니얼의 금빛 눈동자가 내 머릿속을 파고든다.

"기억이 안 나요?" 그는 천천히 내가 한 말을 되묻는다. "어떻게 그럴 수 있죠?"

그의 눈길이 내 몸을 훑는다.

아는 거야. 눈치채고 있어. 아니면 이제 곧 알아내겠지.

나는 머릿속에 처음으로 떠오르는 말을 한다.

"대니얼, 나 유산했어요."

통한다. 대니얼의 머릿속에서 타르퀸은 바로 사라진다. 유산했다는 말을 제발 애덤에게 하지 말라고 부탁한다. 대니얼은 비밀을 지키는 의사의 의무는 신성한 거라며 나를 안심시킨다.

"애덤이 친형이라도 말하지 않을 겁니다." 그는 내 손등을 다독이며 말한다. "생각해보니 다른 무엇보다 바다 한가운데서 혼자 유산을 겪은 거로군요."

아마도 그는 온몸에 전율이 흐르는 것 같다. 아이를 잃은 날 위해 슬퍼하고 있다. 도로에 차 세울 공간이 거의 없는데도, 대니얼은 옆으로 차를 세운다.

우리는 언덕 꼭대기, 세이셸에서 거의 가장 높은 곳에 있다. 인도양이 마치 푸른색 만찬처럼 눈앞에 펼쳐져 있다. 다시는 사랑할 수 없으리라 생각했던 색깔. 내가 일을 완전히 망쳐버린 지금, 이 순간에도 나는 바다의 아름다움에 정신을 뺏기고 있다. 우리가 있는 곳은 돛대보다 훨씬 더 높지만 느낌은 같다. 사방이 푸른 공기와 행복한 햇빛으로 가득하다.

"아기를 잃었을 때가 몇 주였어요?" 대니얼이 묻는다.

아니, 병원에서 일하는 작자들은 왜 이렇게 몇 주 되었는지에 매달리는 거야?

"아주 초기였어요." 내가 대답한다. "내가 임신했다는 걸 알자마자였죠."

대니얼은 유산 때문에 내 몸이 여전히 좋지 않을 수도 있다는 식으로 말하면서 검진을 받아야 한다고 다시 말한다.

"최소한 애덤에게는 말해야 해요. 최소 3개월 내에는 다시 임신하려고 하면 안 되고요."

대니얼의 충고는 반드시 무시해야 할 것이다. 그의 말을 듣고 생각난 것처럼 나는 고개를 숙이고 창피한 것처럼 두 손을 서로 꼭 마주 쥔다.

"좀 더 일찍 그걸 알았더라면 좋을 뻔했네요." 나는 속삭인다.

대니얼은 나를 물끄러미 바라본다. 금빛 눈동자 뒤로 보이는 건 웃음일까?

"그럴 수 있죠." 대니얼이 말한다. "두 사람은 아주 오래 떨어져 있다가 만났으니까요. 너무 걱정하지 않아도 될 거예요. 유산 직후에는 임신할 가능성이 별로 없으니까."

내가 애덤에게 유산했다고 말하지 않는 또 다른 이유다. 서머처럼 임신한 척하는 것도 있지만, 애덤이라면 의사들 충고에 반해 유산 직후 아기를 만들려고는 하지 않을 테니까.

이런 거짓말 놀음을 하는데 위로가 될 보상도 받지 못한다면 말이 되지 않는다. 내가 치르는 희생에 1억 달러는 괜찮은 보상이라고 말할 수 있다. 나는 이제 그 돈이 꼭 필요하다. 이제 변호사나 간호사로는 일할 수 없는 처지가 되었기 때문이다.

대니얼은 다시 시동을 켜고, 자동차는 미끄러지듯 앞으로 달려 라 벨 로망스를 향해 내려간다.

"우리 무슨 얘기 하고 있었죠, 바다 아가씨?" 그가 묻는다. "아, 그렇지. 타르퀸의 건강 문제요. 아이가 어떤지 전부 말해봐요."

*

하지만 타르퀸에 관한 질문에 답하는 건 실제로 타르퀸을 만나는 일에 비하면 너무 쉽다. 차에서 내리며 나는 이미 신경과민 증세를 보이기 시작한다. 한 남자는 내가 임신했다고 생각하고 다른 남자는 내가 유산했다고 알고 있다니. 게다가 이제 나는 빌어먹을 꼬마 녀석과의 전쟁터로 직행해야 하는 신세다.

우리는 식물이 무성한 정원 속에 자리한 방갈로에 도착한다. 대니얼의 어머니가 사는 집인데, 애덤은 그녀를 자클린 숙모라고 부른다. 길게 땋은 머리를 한 조각상 같은 여자가 황홀한 미소를 띠고 우리를 거실로 안내하자 그곳에 애덤이 다른 친척 몇 명과 함께 기다리고 있다.

"엄마 왔다!"

우리와 함께 안으로 들어가면서 자클린이 타르퀸을 향해 큰 소리로 말하지만, 작은 악마 녀석은 날 피해 숨어버린다. 녀석은 소파 쿠션 속으로 파고들면서 얼굴을 감춘 채 소리만 꽥꽥 질러댄다. 애덤은 놀라 어쩔 줄 몰라 함께 있는 사람들의 얼굴만 바라본다.

원래 내 계획은 아이를 들어서 꽉 안아 반발을 좀 줄여볼 생각이었는데, 그만 선 자리에서 몸이 굳어버리고 만다.

자클린이 도움을 준다. 그녀는 타르퀸을 숨은 곳에서 끌어내더니 내 품에 넘겨준다. 내가 아이를 떨어뜨리기 전에 자클린이 색깔이 화려한 끈을 배에 대고 감아 아이를 내 몸에 묶어준다.

"아이들은 엄마가 멀리 떠났다 돌아오면 이런 식으로 벌을 주는 거예요." 자클린의 목소리는 따뜻한 음악처럼 들린다. 마치 아이가 나를 처벌하는 일이 사랑스럽기라도 한 것처럼. "아이는 당신을 다시 사랑하는 법을 배워야 해요. 자기가 병원에 있었는데 엄마가 옆에 없었으니까. 아이는 당신이 어떤 고생을 했는지 몰라요."

빌어먹을. 나는 타르퀸이 받은 수술에 대해 한마디도 물어보지 않았다. 서머였다면 지금쯤 타르퀸의 기저귀를 벗기고 고추의 상처가 얼마나 아물었는지 살펴봤을까? 아니면 그런 짓을 하면 이상한 행동이라고 할까?

타르퀸은 자클린이 만들어준 임시변통 포대기에 감싸인 채 몸부

럼치고, 나는 땀을 잔뜩 흘린다. 허우적거리는 짐승을 몸에 묶고 있자니 견뎌낼 수 없다. 옷이 몇 초 만에 땀범벅이 되어 끈적거린다. 냄새에 속이 뒤집힌다. 내가 개똥이라도 밟은 건가?

그런데 도리깨질이 멈춘다. 몸이 축 늘어지더니 끙끙거린다.

자클린이 웃으며 내 등을 두드린다. "그래서 이렇게 투덜거렸군, 안 그래요? 이제 엄마가 돌아왔으니 모든 걸 내려놓은 거야. 화장실은 복도 왼쪽에 있어요."

"화장실요?" 내가 말한다.

"코가 고장이라도 난 거예요?" 자클린은 이상하다는 듯 내게 묻는다. "아기 기저귀 갈아야지, 애 엄마. 욕실에 기저귀 테이블이 있어요. 손자가 오면 쓰는 곳이죠. 필요한 물품도 다 있으니까 써요."

나는 방금 똥을 싼 다른 인간과 끈으로 묶여 있고, 이제 그 똥을 직접 치워야 한다.

"최악의 하루야, 이건 최악이라고." 화장실로 걸어가며 반복해 말한다.

화장실에서 불쾌한 과업을 즉흥적으로 해낸다. 왜 애덤은 스스로 나서서 이걸 대신해주지 않는 거지? 임신한 상태에서 형제를 잃어 힘들어할 때조차 엄마들은 쉬지 못하는 건가? 다친 오른손이 아직 아물지도 않은 건 차치하고. 혹시 내가 뭔가에 감염되면 어쩌나 아무도 신경 안 쓰는 거야?

그나마 나를 지켜보는 사람은 아무도 없다. 아무 말 없는 녀석 말고는. 일회용 기저귀를 기저귀 테이블 아래에서 찾아냈는데 사용법이 영어로 쓰여 있다. 숨을 참은 채 최근에 했다는 아이의 수

술 자국을 억지로 바라본다. 웩. 포경수술이 확실하게 되어 있는 모습이다.

상황은 나아질 것이다. 앞으로 기저귀를 몇 번이나 더 갈아야 할까? 타르퀸이 용변을 가리는 훈련을 받을 수 있을 정도로 나이를 먹은 건 분명하다. 오스트레일리아에 돌아가면 용변 가리는 법을 가르치는 어린이집이 분명히 있을 것이다. 아니면 타르퀸이 자기 몸을 돌볼 수 있게 될 때까지 자클린에게 맡겨둘 수도 있다. 자클린이라면 이틀이면 교육을 마칠 수 있을 것 같다.

더는 숨을 참을 수 없다. 숨을 들이마셨더니 거의 죽을 것 같다. 혹시 입덧을 핑계로 기저귀 가는 일을 떠넘길 수 있을까? 하지만 대니얼 앞에서는 임신 중이라는 말을 할 수 없다. 애덤에게 거짓말하는 장면을 대니얼이 보게 하고 싶지는 않다.

상황은 빠른 속도로 변하고 있다. 애덤은 변태성욕자이고 대니얼은 내 임신에 의문을 품게 되었는데 나는 타르퀸의 엄마 노릇을 손톱만큼도 할 수 없다.

아이를 어린이집에 보내야 하지만, 우선 오늘을 넘겨야 한다. 그리고 지금 당장은 이놈의 기저귀를 갈아야 한다. 도대체 아이는 뭐하러 낳는 거람?

넌 빨리 배우고 있어. 나는 스스로 말한다. 나는 모든 질문에 대한 답을 알게 될 것이다. 타르퀸의 건강 상태를 알게 될 것이고, 이 빌어먹을 기저귀를 채우는 방향도 알게 될 것이다. 다른 누군가의 삶을 대신 살고 있지만, 하루가 지날 때마다 그 삶은 내 것이 될 것이다. 지금부터 1년이 지나면 그때도 거짓으로 살아야 할까?

깨끗한 기저귀를 채웠더니 타르퀸은 기분이 좋아져 두 다리를 흔들며 내 목을 끌어안는다. 벗겨낸 기저귀를 뭉쳐 쓰레기통에 넣고 아이를 두 팔로 안아 올린다.

“오늘은 최악의 날이야.” 나는 중얼거린다.

“맘마마마아.” 아이가 말한다.

의미 없는 옹알이지만 그냥 알아듣는다고 생각하기로 한다. 다시 사람들 목소리가 들리는 곳으로 걸어오면서 나는 말한다.

“엄마도 우리 아기 사랑해. 다시 보니까 정말 좋구나.”

*

자클린의 집은 라 벨 로망스 호텔에서 그리 멀지 않다. 그리고 시댁 친척들은 언제든 내키는 대로 모습을 드러내는 것 같다. 노크 소리도 없이 로맹이 들어오고 또 로맹이 한 사람 더 들어온다. 자클린은 모든 이를 대접할 음식을 준비해두고 있다. 제복을 갖춰 입은 남자 웨이터를 보고 나서야 자클린이 라 벨 로망스에서 케이터링 서비스를 불렀다는 사실을 깨닫는다. 어느새 웨이터들이 여기저기서 나타나더니 모든 사람에게 음료수를 제공하고, 점심을 먹기 위해 테이블을 준비한다. 다양한 곁들임 요리 외에도 구운 햄과 칠면조 요리, 굴과 바닷가재가 준비되어 있다. 점심은 야자수가 줄지어 늘어선 정원에서 야외 식사로 진행된다. 사람들 머리 위에 똑같이 두 개씩 달라붙은 야자열매가 매달려 있다.

혹시 애덤이 벌써 내게 말해준 적이 있을까 봐, 그가 멀리 떨어져 있을 때 나는 야자열매에 관해 묻는다. 처음 만난 사람들 사이에서 서머 노릇을 하는 편이 더 쉽다.

"코코 드 메르라고 해요." 대니얼이 설명한다. "세이셸에서 나는 야자열매죠. 최음 효과가 있다고 사람들이 생각했어요. 모양이 여자 그곳과 닮아서요."

대니얼이 말을 하고 나니 그것 말고는 다른 모양으로 보이지 않는다. 야자열매는 누가 봐도 여자의 양쪽 엉덩이를 닮았다. 대니얼이 사용하는 언어는 아주 섬세하다. 대니얼이라면 세탁기에 날 밀어붙이면서 강제 섹스를 하지는 않을 것 같다. 물론 애덤이 그럴 거라고 생각도 하지 못했지만.

사촌들은 더 많이 있다. 로맹 가문의 남자들에게 이어진 피가 강한지 서로 많이 닮아서 사방에 애덤과 대니얼의 쌍둥이들이 있는 것 같다. 그들과 함께 온 예쁘고 잘 차려입은 아내들과 아이들도 있다. 애덤과 그의 신부를 위로해주기 위해 급히 연락했는데도 모두 일을 미뤄두고 모였다. 여기저기 와인 잔이 널려 있고, 그 가운데 하나를 집어 들지 않기가 매우 어렵다.

하지만 이 식사는 작별을 앞둔 점심 모임이라는 사실을 나는 천천히 깨닫는다. 아기들과 아이들에 대한 지루하고 수없이 많은 대화 후에 사람들은 떠나기 시작하고, 여자들은 서로 껴안으며 작별인사를 질질 끌고 있다.

그들은 말한다. "더 오래 있으면서 봤으면 좋았을 텐데요", "다시 만날 때까지 잘 있어요"라고.

나는 정원 한쪽 구석에서 타르퀸과 공을 차며 놀고 있는 애덤에게로 향한다.

"왜 전부 우리가 떠난다고 생각해?" 나는 그에게 묻는다.

"이미 비행기를 예약했으니까 그렇지." 그는 말하면서 나를 쳐다보지도 않는다.

얼굴로 피가 몰린다. 마치 아버지가 일일이 할 일을 가르쳐줘야 하는 아이가 된 것 같다. 어느 나라에 머물지 나는 의견도 내지 못한다는 말인가? 이제 막 몸이 편안해지고 세이셸을 즐기려던 참이다. 애덤의 가족들은 서머를 한 번도 만나본 적이 없고, 그들은 진심으로 날 반기며 뭐든 나누려 하고 아주 인자하다. 카마이클 집안사람들과는 전혀 다르다.

가까스로 진정하고 생각한다. 애덤의 목소리에서는 사과하는 느낌이나 의심하는 듯한 인상이 느껴지지 않는다. 서머는 이런 모습을 두고 애덤이 거만하다고 했던 걸까? 어쩌면 애덤은 침실 밖에서도 똑같이 거만한 사람인지도 모른다. 그리고 언니는 그런 태도를 선뜻 받아주었을 수도 있다. 어쩌면 애덤과 서머는 서로 이런 식으로 지내온 건지도 모른다. 애덤은 결정을 내리고 서머는 그 결정에 따르는 것이다.

그렇지만 나는 물을 수밖에 없다. "왜? 왜 그렇게 급해?"

"타크를 계속 숙모님께 맡겨둘 수는 없어." 애덤은 어깨를 으쓱한다. "그런 일이 있었는데 솔직히 당신이나 나나 아이를 데리고 배에서 잘 수는 없는 일이잖아. 당신은 이런 비극이 있기 전에도 배라면 겁을 먹었어. 그리고 다른 상황도 있고."

그러고는 나를 껴안더니 얼굴을 가까이 댄다. 이렇게 많은 사람

앞에서 내게 키스를 하려는 것이다. 아니, 애덤은 내 귀에 대고 속삭인다.

"피 말이야."

"피?" 나는 그가 한 말을 되풀이한다.

고개를 돌려 그의 눈길을 피하고 싶지만, 서머라면 그러지 않을 것이다. 힘겹지만 나는 애덤의 얼굴에서 눈길을 떼지 않는다.

"조종석에 묻은 피. 혹시 다른 사람이 봤으면 어떻게 해?"

"하지만 경찰은 못 봤잖아." 내가 말한다. "경찰이 분명히 못 봤다고 당신이 직접 말했잖아. 그들이 봤다면 우리가 닦아내기 전에 뭔가 말했겠지."

"우리 대신 배를 옮겨준 뱃사람들이 봤으면?"

애덤은 내 귀에 대고 쉿소리를 낸다. 나는 어제 벌어졌던 일들의 순서를 기억할 수 없지만, 애덤 말이 분명히 옳을 것이다. 뱃사람들은 애덤이 피를 닦아내기 전에 우리를 위해 배를 옮겨주었다.

꿰뚫어 보는 듯한 파란 눈의 여자가 날 도와준 일이 기억난다. 그녀는 당시에는 나를 불쌍하게 여기는 것 같았지만 지금은 그녀가 날 비난할 수도 있다는 생각이 든다. 애덤이 피를 아주 깔끔하게 닦아낸 것이 상황을 더 나쁘게 만들 수도 있다.

혹시 필요하면 버린 디스크를 되찾을 수 있을까? 정박장 물이 지저분하고 강한 파도가 계속 오가긴 했지만, 잠수부를 동원한다면 가능할 수도 있다. 그리고 나는 언니가 바다에 떨어져 죽는 장면이 담긴 증거 화면을 왜 바다에 버렸는지 설명해야 할 것이다.

디스크 속 화면이 사고였다는 걸 증명할 수 있을지조차 확신할 수 없다. 내가 일부러 돛대를 움직였다는 혐의를 받을 수도 있다. 언니가 선미 갑판에 서 있던 순간, 그 기회를 이용한 것이다. 자동 조타 장치를 이용해 급격하게 배를 좌현으로 모는 식으로.

"오늘 《세이셸 네이션》에 기사가 났어." 애덤이 말한다. "세이셸 사람들은 소문에 아주 민감해. 혹시라도 당신 아버지 유언에 관한 이야기라도 나온다고 생각해봐. 사람들은 온갖 이상한 생각을 해댈 거야. 어쩌면 아이리스가 당신보다 먼저 임신했을 수도 있어. 미친 소리지만 여기 사람들은 아무도 당신을 몰라. 혹시 누군가 아이리스가 얼마나 이상한 사람이었는지 말하기라도 한다면? 난 당신이 안전하게 이곳을 벗어났으면 좋겠어. 비행기표는 샀어. 일등석으로. 우린 내일 떠날 거야."

발아래 잔디가 바다처럼 흔들린다. 무슨 말을 해야 할지 모르겠다. 이상한 사람? 피? 여길 빠져나가는 비행기표?

하지만 애덤 말이 옳다. 우린 떠나야 한다. 애덤은 그렇게 생각한다. 게다가 그는 진실은 알지도 못한다. 만일 내 정체가 밝혀진다면? 만일 임신했고 그래서 곧 부자가 될 언니가 사고로 바다에 빠졌는데, 어쩌다 보니 언니인 서머 흉내를 내게 되었다고 질투심 넘치고 이상한 성격의 아이리스가 말한다면 그걸 누가 믿겠는가?

14. 발표

애덤은 저녁 식사를 위해 정박장에 있는 프랑스 레스토랑에 나를 데려간다. 자리를 잡고 앉아 메뉴판을 보고 있는데 그는 내가 어떻게 대답할지 알 수 없는 질문을 한다.

오늘 밤은 요트에서 자자고 이미 애덤을 설득해둔 참이었다. 밧세바에서 그런 일이 벌어졌음에도 나는 여전히 요트를 사랑한다. 나를 육지에 데려다준 밧세바에게 감사한다. 나는 마지막 하룻밤을 배에서 보내고 싶다.

애덤은 동의했지만, 타르퀸은 자클린에게 맡겨두자고 고집했다. 얼마나 맹렬하게 주장하는지 놀라울 정도였다. 나는 이제 막 걷기 시작한 아이를 데리고 요트에서 보내는 시간이 어떤지 한 번도 생각해본 적이 없다. 그리고 애덤과 서머가 아이 때문에 어느 정도로 조심해야 하는지도 모른다. 어린아이들을 데리고 요트에서 생활하는 많은 사람을 만났지만, 모두 늘 편안해 보였는데.

하지만 애덤은 처제가 배에서 바다로 떨어져 죽은 사람이었고, 게다가 아내는 임신 중이었다. 밧세바에서 내리자는 그의 주장을 반박할 수는 없다. 세이셸을 떠날 방법은 비행기를 타는 것뿐이다.

식당 마리 프랑스의 메뉴는 환상적이다. 달팽이 요리에다 개구리 다리까지. 하지만 서머의 음식 성향은 나처럼 도전적이지 않다. 그래서 나는 이미 스테이크를 주문하리라 결정해둔 상태였다. 1년만 지나고 나면 원하는 건 뭐든 먹을 수 있을 것이다. 하지만 지금은 안전하게 행동해야만 한다.

"출산일이 언제라고 그랬지?" 애덤은 와인을 홀짝거리며 묻는다.

애덤을 멍하니 보면서 함정을 숨긴 질문이 아니라는 신호가 나오길 기다린다. 대니얼에게 들은 걸까? 하지만 거짓 표정이라기엔 너무 자연스럽다. 애덤은 골똘히 나를 보고 있다가 고개를 숙인다.

"이런 거 기억하고 있어야 하는 거 알아. 내가 좀 더 신경 써야 하는데."

아냐, 자기. 당신은 이런 걸 기억하지 말아야 해. 절대로 하지 말아야 할 일이 더 신경을 많이 쓰는 거야.

"12월." 내가 말한다.

1월이라는 대답으로 위험을 감수할 순 없다. 만일 애덤이 12월이라는 말을 믿고 넘어간다면, 제대로 된 방향으로 나아가는 강력한 한 걸음이 될 것이다. 일단 그렇게 해두고 나서 태아가 적절한 시점에 모습을 드러내기만을 바랄 뿐이다.

만일 내가 오늘 아침에 임신했다면.

"아, 그렇지. 12월." 애덤이 중얼거린다. "나도 알고 있었는데."

애덤은 거짓말을 하면 티가 나는 사람이지만, 그래도 귀엽다.

"크리스마스 베이비네."

나는 애덤을 향해 웃어 보인다. "바로 그거야."

*

다음 날 아침, 샤워하고 있는데 애덤이 욕실로 들어온다. 문을 확실히 잠갔다고 생각했는데 착각한 모양이다. 그는 벌거벗었고, 나는 거대하게 발기한 그의 물건을 흘깃 보고서도 반응을 보이지 않으려 애쓴다. 서머는 그런 장면을 1,000번은 봤을 것이다.

"음, 들어와. 나 온통 비누투성이인데." 나는 샤워실 문을 열며 말한다.

어떻게든 다른 분위기를 만들어보려고 목소리를 꾸며낸다.

그의 손이 내게 다가오더니 내 몸을 돌려 샤워실 벽으로 밀어붙인다.

또 그럴 순 없어. 다시 한번 그가 알고 있는 게 아닌지 잠깐 두려운 생각이 들지만, 당황하지 않도록 마음을 다잡는다. 이건 역할극일 뿐이야. 그만하자는 암호만 알아내면 돼.

"자기, 나 하고 싶지 않아……." 나는 말을 시작한다.

"닥쳐, 이 밝히는 년아." 그의 손가락이 몸속으로 밀고 들어온다. "하고 싶어 안달이 났는데, 무슨 소리야. 네년이 내 사촌들과 시시덕거리는 거 봤어. 한꺼번에 몇 명이 붙어서 해줬으면 하고 바라는 거야?"

왜 이렇게 내가 다른 남자들이랑 하는 것에 집착하는 걸까? 묻고 싶지만, 그는 지금 내 몸속으로 성기를 밀어 넣고 있고 내 온몸에 뜨거운 기운이 퍼진다. 모든 것이 내 생각과 다르다. 심지어 내 몸마저도 그에게 협조하며, 애덤이 내가 이런 짓을 원한다고 생각하도록 만들고 있다.

그의 양손이 내 몸을 감싸더니 두 팔을 꼼짝하지 못하도록 붙잡은 채로 젖가슴을 움켜쥔다. 너무 뜨거운 물이 우리 두 사람 위로 아무렇게나 쏟아진다. 그가 내뱉는 지저분한 말들은 이미 지친 것처럼 들리지만(아마도 그런 말을 해야 서머가 흥분한다고 생각하는 것 같다) 그것도 잠시, 이내 신음이 들린다. 애덤은 섹스에 어설프지는 않지만, 오래 끌지 못하고 금세 끝나버리곤 한다.

하지만 그냥 그의 품속에서 늘어져 있을 수만은 없다. 서머처럼 뭔가 어린 여자애의 신음을 조금 내본다. 애덤과 박자를 맞춰 움직이려고 해보지만, 애덤이 워낙 나를 움직이지 못하게 꽉 잡고 있어서 그럴 수 없다. 그리고 이제 또 같은 일이 벌어지고 있다. 몸이 불타는 듯한 느낌이 들면서 전에는 내본 적 없는 소리가 입에서 흘러나온다. 발작하는 것 같다. 애덤도 이걸 느끼지 못할 리 없다.

애덤이 몸을 씻고 수건을 꺼내고 있는데도 나는 여전히 몸을 떨고 있다. 그는 중얼거리듯 뭔가 칭찬의 말을 한다.

"너무 멋졌어, 당신."

그리고 손으로 내 등줄기를 한 번 쓰다듬더니 욕실에 나를 홀로 두고 밖으로 나간다. 자신이 만족하는 순간 강간하듯 밀어붙이던 태도가 부드러움으로 바뀌는 모습은 기괴할 정도다. 어제와 똑같다. 나를 빌어먹을 세탁기에 대고 밀어붙이더니 금세 미안해, 사랑해, 라고 말했던 것처럼.

샤워실 밖으로 나와 수건으로 한쪽 거울에 묻은 물방울을 닦아낸다. 서머가 내 앞에 나타난다. 서머의 젖가슴에 여전히 붉은 손자국이 남아 있다. 두 눈썹은 단정하고 짙게 아치를 이루고, 허벅지 안쪽에서 곡선을 이루는 붉은 선은 파라다이스를 향해 길을 찾고 있다. 바다에서의 고생으로 여전히 말랐고 갈비뼈가 튀어나온 데다 복근이 눈에 띌 정도지만 여전히 아름답다. 애덤이 그녀에게서 손을 뗄 수 없는 것도 놀랍지 않다.

잠시 후 대니얼이 나타난다. 우리는 밧세바를 그의 손에 맡기기로 한다. 그래서 애덤은 그에게 요트를 보여주고 나는 그사이 정박장에서 서성거린다. 서머가 나를 태국으로 초대했을 때, 나는 멋진 정박장에서 부자 사내들과 어울리기를 기대했다. 하지만 지금 밧세바가 정박한 곳은 답답해 보인다. 밧세바를 이곳에 남겨두는 건 잘못된 것처럼 느껴진다. 더구나 내가 언제 돌아올지 알 수 없는데. 뱃머리와 고물이 부교에 단단히 묶인 밧세바는 비정상적일 정도로 차분하다. 요트라면 돛에 의지한 채 스스로 바람과 파도에 우아하게 박자를 맞추며 몸이 흔들려야 한다.

아직 늦지 않았다. 애덤의 눈을 피해 밧세바를 몰고 탁 트인 항구로 나가 바다로 달아날 수 있다. 내가 어디로 가든 누가 신경 쓰겠는가? 사람들은 요트가 출발하는 모습만 봐도 즉시 알게 될 것이다. 밧세바의 돛이 자유로운 바람에 휘날리는 걸 보는 순간 아이리스가 배에 타고 있다는 걸. 쌍둥이를 구별할 때는 언제나 외모가 아니라 그들의 행동을 봐야 한다.

오후가 되자 우리는 비행기를 타고 밤을 향해 날고 있다. 이제 겨우 몇 시간만 지나면 몇 주에 걸쳐 항해한 거리를 되돌아가게 된다. 콜롬보에서 우리는 택시를 잡아타고 고급 호텔로 간다. 고급스러운 호텔이지만 타르퀸과 함께 한 객실을 사용해야 한다는 사실에 안심한다. 오늘 밤 강제 섹스는 없을 것이다. 다음 날 우리는 비행기를 타고 집으로 향한다.

일등석에 앉아 비행하는 일은 바다를 가로질러 요트를 타고 항해하는 것과는 큰 차이가 있다. 다른 사람인 척하는 중이라고 해도 편안하다. 나는 내 역할에 편안하게 적응하기 시작하고 있다. 속여야 할 유일한 사람은 애덤인데, 그는 고맙게도 다른 곳에 정신이 팔려 있다. 우리 대화는 대부분 당장 급한 일들에 관한 것이다. 타르퀸이 배가 고픈지, 택시는 어디서 타는지, 탑승권을 잘 챙겼는지 같은. 대화에 장단을 맞추기 위해 많이 알고 있어야 할 필요까지는 없지만, 일등석의 수준 높은 서비스에 놀라지 말아야 한다는 점만은 기억해두어야 한다. 서머가 줄을 설 필요가 없다거나 모든 준비가 미리 되어 있다거나 전담 객실 승무원이 내 이름을 부르며 맞아주는 일에 익숙했다는 사실은 의심할 여지가 없다. 측근들을 거느리고 여행하는 듯한, 아주 멋진 붉은 머리 여자 한 명을 향해 모든 사람이 고개를 돌리지만, 나는 여자를 무시하려 애쓴다. 아마도 모델이나 영화배우일 것이다. 서머라면 분명히 누군지 알아봤을 것이다.

게다가 나는 아들의 생리적 리듬에 관심이 있는 척해야만 한다. 아이가 액체류를 얼마나 마시는지 진짜 감시해야 하는 건가? 아이가 목말라 죽을 지경이 되면 손 닿는 곳에 둔 빨대 컵을 붙잡겠지? 젠장, 아이가 변덕을 부릴 때마다 일일이 대신 뭔가를 해주지 않으면 녀석이 말하는 방법을 배울 수도 있는데. '컵'이라고 말하는 게 그렇게 힘든 걸까?

애덤이 지나간 이야기를 할 때는 조금 힘들기도 하다. 그는 푸껫에 두고 온 친구들을 회상하며 말하는데, 나로서는 브라이언이라는 사람이 술꾼이고 그레그가 손버릇이 나쁜지, 아니면 그 반대인지 정확히 해둘 필요가 느껴지지 않는다. 주의할 점은 애덤의 말을 너무 경청하면 안 된다는 것이다. 나는 피곤하고 비통한 임산부로 어린아이를 데리고 여행하는 중이다. 아무 생각 없이 웃으면서 고개만 끄덕이는 모습은 누구라도 이해할 것이다.

그렇지만 타르퀸은 다루기가 쉽지 않다. 이제 구역질하지 않고도 기저귀를 갈 수 있지만, 여행 가방에 기저귀를 넣는 걸 잊었다. 어쩔 수 없이 몰래 객실 승무원에게 부탁해 기저귀 몇 개를 구한다. 애덤은 내가 타르퀸에게 빨대 컵이나 특별한 유아용 주스가 아니라 유리잔에 든 물을 주자 눈썹을 치켜세운다.

가장 어려운 일은 아이가 엉뚱한 행동을 하면 지켜보며 즐거운 척해야 한다는 점이다. 나는 아이가 입에 먹을 걸 잔뜩 넣은 채 고개를 한쪽으로 꺾는 모습을 서머가 귀엽게 생각했다는 사실을 조금 뒤늦게 깨닫는다. 나는 칭찬을 쏟아내지만 내가 들어도 진실성 없게 들린다. 서머가 타키를 아주 좋아하는 것처럼 굴 때마다 속으로 의심해왔다. 하지만 지금 보니 정말 좋아했던 것이 틀림없다. 이런 수준의 관심을 보여준다는 건 지치는 일이다.

다시 한번 비행기 화장실에서 진을 빼며 기저귀를 간 후 코끝에서 겨우 한 뼘 떨어진 곳에 달린 거울을 보면서 나는 '어린이집'이라고 말해본다. 지금 당장은 '어린이집'이 세상 모든 언어 중에서 가장 아름다운 단어로 들린다.

"어린이집." 타르퀸이 말한다.

맙소사. 요 녀석 앞에서는 입조심을 해야겠군.

"아빠, 아빠, 아빠." 내가 말한다. "아빠라고 말할 수 있니?"

"아빠." 타르퀸이 말한다.

"그래! 아빠! 아빠라고 말했어!"

나는 구린내 나는 기저귀를 쓰레기통에 쑤셔 넣고 아이를 안아 올린다.

"아빠." 아이가 말한다.

"세상에! 새로운 말을 배웠구나, 타키! 잘했어! 엄마라고 말할 수 있니?"

"아빠."

"그래. 아빠랑 엄마. 타키는 아빠와 엄마를 사랑하지."

아기를 안고 애덤에게 돌아와 멋진 좌석에 앉는다. 화장실에서 탈출한 나는 마음이 풀린 나머지 아이를 처음으로 무릎 위에 앉히고, 마치 아이가 너무 부드럽다는 듯 내 몸에 대고 비벼댄다. 애덤은 자기 좌석에서 몸을 늘어뜨린 채 손에 빈 샴페인 잔을 들고 아이패드에 내려받은 것으로 보이는 스포츠카 사진들을 이리저리 뒤적이고 있다. 얼음을 담은 그릇 속에 담가둔 술병이 나를 부른다. 참을성 있게 오렌지주스를 홀짝거린다. 입덧만 없었더라면, 아니 조금 전에 내가 거절해 승무원이 지금 치우고 있는 참치 요리를 거절하지만 않았더라면 얼마나 좋았을까.

"타키가 아빠라고 말했어!" 내가 말한다. "다시 말해봐, 타키!"

타르퀸은 고개를 돌리더니 아빠의 눈을 본다.

"어린이집."

*

문제가 될 것은 없다. 애덤은 타르퀸의 말이라면 아내의 말보다 더 신경 쓰지 않으니까. 하지만 나는 교훈을 얻는다. 다시는 아이 앞에서 내가 듣기 원하지 않는 말은 절대 하지 않을 것이다. 다시 좌석에 자리를 잡고 앉는다. 이제부터 어린이집에 대한 환상은 혼자만 속에 간직할 것이다.

오스트레일리아에 돌아가면 진짜로 서머의 인생을 살게 될 것이다. 꿈이 현실이 되는 것이다. 눈을 부라리는 경찰도 없고, 닦아내야 할 핏자국도 없다. 여기저기서 시댁 식구들이 튀어나오지도 않을 것이다. 대니얼 로맹과 가짜로 의학적인 내용의 수다를 떨지 않아도 된다. 애덤은 하루 대부분 시간을 일터에 나가 보낼 것이고, 어린이집도 있다. 내가 할 일이라고는 오후 내내 수영장 옆에 누워 애덤의 아기를 기르는 것뿐이다. 하루하루 지날수록 나는 돈에 더 가까워진다. 혹시 애덤이 아직 나를 임신시키지 않았다면 곧 임신시킬 것이다. 눈을 감고 돈이 생기면 살 것들을 상상한다. 옷, 신발, 란제리…….

막 잠이 들려고 하는데 애덤이 팔꿈치로 나를 찌른다. 눈을 뜬다. 그가 가리키는 아이패드 화면에 '애나베스 카마이클 화상 통화'라는 글자가 보인다.

"안 돼!" 내가 소리치지만, 너무 늦었다.

애덤은 이미 화면을 터치하고 있다. 어머니 얼굴이 화면에 등장하는데, 카메라가 너무 가까워 형체가 흐릿하게 보인다.

"어머, 얘야. 귀찮게 해서 미안하구나. 내가 화상 통화로 걸었니?" 애나베스는 화면을 두드린다. "어떻게 해야 카메라가 꺼지는지 모르겠어. 어쨌든, 그래도 너희가 집이라도 볼 수 있을 테니."

나는 시클리프 크레센트에 있는 집 거실을 흘긋 바라본다. 검은 피아노, 높고 하얀 천장. 애나베스는 전화기를 빙 돌려 실내를 보여준다.

"내가 공항에 나가지 못한다는 걸 알려주고 싶었어. 혼자 너희를 기다릴 자신이 없어서."

"우리 비행기 안이에요." 내가 말한다.

하나 마나 한 얘기지만, 시간을 좀 벌어야 한다. 애덤의 아이패드 스크린에 나타난 어머니 모습에 마치 마법처럼 내 몸에 전기가 통한다. 어머니는 외모로나 목소리로나 나를 서머와 절대 구분하지 못할 테지만, 어머니를 보는 것만으로도 나는 곤혹스럽다. 어머니는 눈이 충혈되었고 눈 아래가 잔뜩 부풀어 올라 있다. 너무 슬퍼 보인다.

"오, 그래. 너희가 비행기에 있는 건 알아." 애나베스가 말한다. "스리랑카는 여기보다 다섯 시간 반 느리단다. 알고 있었니? 인터넷으로 보니까 너희가 탄 비행기는 예정보다 조금 빠르게 오고 있다는데, 수속 마치고 나오는데 30분은 잡아야 하고, 택시를 기다려야 할 테고, 공항에서 오려면 차가 막힐 수도 있으니까……."

애나베스의 말은 끝없이 이어진다. 우리가 시클리프 크레센트에 도착할 정확한 시간을 알아내기 위해 가능한 모든 변수를 분석하고 있다. 마치 그렇게 해내기만 한다면 자신의 괴로움이 모두 날아가버릴 것처럼. 고맙게도 타르퀸이 조금 전에 먹고 남은 과자를 아이패드 화면 전체에 문질러대며 관심을 끈다.

"끊어야 해요, 타크가 좀 흥분한 것 같아요. 비행기 곧 내려요. 저희는 금방 집에 도착할 거예요, 장모님." 애덤은 전화를 끊는다.

애나베스의 얼굴이 사라지고 화려한 내 꿈도 함께 사라진다. 가장 큰 장애물을 넘었다고 생각했는데, 아직 거대한 벽이 앞을 막고 있다. 바로 어머니다.

애나베스가 눈이 잘 보이지 않으니 모든 것이 괜찮으리라 생각했다. 나는 애덤을 옆에 두고 타르퀸을 품에 안고 시클리프 크레센트의 집에 들어설 것이다. 어머니가 왜 내 정체를 의심하겠는가?

서머를 흉내 내는 일도 몹시 어렵지만, 임신한 척하는 건 훨씬 더 힘들다. 애나베스가 손주에 집착하기 때문이다. 어머니는 임신에 관심이 지나칠 정도로 많다. 진짜 임신했을 때만 알 수 있는, 자세한 내용을 알고 싶어 할 것이다. 입덧은 물론이고 그밖에 뭘 궁금해할지 누가 알겠는가? 내가 겪게 될 증상을 조사해두었더라면 좋았을걸.

애덤에게 임신한 척하는 건 너무 쉽다. 애덤은 임신을 당연한 일로 여기기 때문이다. 그에게는 새로운 상황도 아니다. 어쨌거나 그는 산부인과와 관련한 상세한 내용은 알고 싶어 하지도 않는다. 하지만 애나베스는 그런 것들이 가장 중요한 대화거리인 사람이다. 그녀는 날짜를 되짚어 태아가 언제 생겨났는지 알아내고야 마는 그런 사람이고, 그런 다음 아무 생각 없이 애덤 앞에서 뭔가 실수를 저지르고야 말 사람이다. 애덤은 내가 그의 머릿속에 심어둔 '크리스마스 베이비' 이야기를 입에 달고 지낸다. 하지만 애나베스는 셈을 해보고 제대로 된 출산 예정일은 11월이라는 걸 알아낼 것이다.

조금 전까지만 해도 나는 계획이 통하리라 생각하고 있었다. 임신한 몸으로 수영장 가에 누워 부자가 되기만을 기다릴 날을 고대하고 있었다. 이 빌어먹을 비행기에 타기 전에 이런 문제들이 있으리라는 걸 왜 예상하지 못했을까? 집이 아닌 곳에 더 머물 수 있다면 훨씬 쉬웠을 텐데. 핏자국과 요트족들 그리고 바르베 경관 때문에 세이셸을 떠나야 했지만 다른 곳으로 갈 수는 없었을까? 다시 태국으로 돌아갔다면? 빌어먹을, 지금 같으면 시베리아 상공에서라도 기쁜 마음으로 뛰어내릴 판이다.

나머지 비행시간 동안 나는 여러 다른 전략 사이에서 고민한다. 대니얼에게 말한 것처럼 바다에서 유산했다고 애덤에게 말하는 방법이 있다. 지금 당장 애를 유산하는 척한다. 내일 출발해 애덤과 함께 피지 섬으로 로맨틱한 여행을 떠난다. 시험적으로 별거해

보고 싶다고 선언한다.

그러다 다시 생각한다. 어머니를 속일 수만 있으면, 그리고 애덤이 거친 섹스를 포기하도록 훈련할 수만 있으면, 타르퀸을 어린이집에 보낼 수만 있으면. 어린아이가 가는 기숙 학교 같은 건 없을까? 그러면 모든 걸 해결할 수 있을지도 모른다.

비행기가 마지막 하강을 시작하는 동안에도 여전히 어떻게 해야 할지 마음을 정하지 못하고 있다. 한 가지 확실한 건 애덤을 설득해 애나베스에게 내가 임신한 사실을 숨겨야 한다는 거다. 어머니의 넘치는 질문 세례를 막아내면서도 빠져나갈 구멍은 마련해둬야 한다.

*

우리는 입국 심사대를 지나고 있고, 나는 여전히 어떻게 애덤을 설득해 내 임신을 비밀로 할지 고민하고 있다. 설득하기 쉽지 않을 것이다. 애덤은 애나베스가 임신 소식을 얼마나 고대하는지 몇 번 말했다. 나는 누군가 내게 지문을 찍어달라고 요구할지도 모른다는 생각이 갑자기 든다. 쌍둥이라고 해서 지문까지 똑같지는 않다.

어쩌면 마지막 순간 이 문제를 다시 거론해 애덤에게 반박할 시간조차 주지 않는 방법을 택해야 할지도 모르겠다. 택시를 타고 집에 도착해 멈추는 순간 말해야 할 수도 있다.

입국 심사를 하는 동안 지문 스캐너는 눈에 띄지 않는다. 애덤은 타르퀸을 안고 입국 심사를 받고, 우리는 도착 라운지로 걸어

들어간다.

우리 앞에 누가 나타났는지 믿을 수 없다.

"삼촌은 정말 좋은 분 아니니?" 애나베스는 하얀 장미 한 다발을 들고 말한다. "도무지 공항에서 혼자 기다릴 수 없다고 했더니, 직접 여기까지 차를 몰고 함께 와주었어. 그리고 누가 나랑 같이 와서 기다려줬는지 봐라."

어머니는 목소리는 차분하지만 무시하는 듯한 손짓으로 어깨 뒤를 가리키며 분노를 드러낸다.

"너무 착한 사람들 아니냐?"

애나베스의 뒤쪽에는 고딕 양식의 결혼식에라도 참석하는 듯 온통 검은색으로 차려입은 나머지 가족 모두가 서 있다. 콜턴, 버지니아, 비키, 발레리, 베라와 프랜신까지. 저것들이 여기서 뭘 하는 거지? 내 동생 죽음이 무슨 잔치라도 된다는 건가? 나는 저들이 애나베스의 곁에 있어주려고 왔다는 생각은 한순간도 들지 않는다. 프랜신이 내가 생각했던 것보다 서머와 더 친했던 걸까? 아니면 염탐하러 왔나?

최악의 악몽이다. 가족 전체 앞에서 서머 노릇을 해야 한다니. 나는 완벽해야만 한다. 사방에 눈이 있다.

모두가 내게 달려와 나를 둘러싸고 나를 껴안고 키스를 퍼부어 질식이라도 할 것 같다.

"오, 서머. 우리 서머, 우리 불쌍한 아이!"

누가 한 말인지 기억도 나지 않는다. 그렇게 여러 가지 향수를 뒤집어써본 적은 한 번도 없다. 배다른 자매들은 마치 내가 비극의 여왕이라도 되는 양 행동하고 있다. 어떻게 된 일인지 결국 나는 프랜신의 강한 손아귀에 붙잡히고 만다. 볼레로와 펜슬 스커트를 차려입은 프랜신은 고상해 보이지만, 내 목을 조를 만큼 충분히 힘이 세다. 내 배에 손을 대고 있는 건 그 속에서 뭔가 자라는 징조가 있는지 느껴보기 위함이 분명하다.

"이런, 모두 조심해요!" 애덤이 말한다. "여러분 모두 만나서 아주 반가운데, 서머는 조심히 다뤄요."

나는 애덤에게 안 된다고 신호를 보내지만, 그는 나를 보지 않고 있다. 그는 애나베스를 보고 있다.

"아, 알아. 얼마나 끔찍하고 힘들었겠니, 얘야." 프랜신은 차가운 뺨을 내 뺨에 문지르며 말한다.

"생각하시는 것보다 훨씬 더 힘들었어요." 애덤이 말한다. "다른 무엇보다 서머가 임신한 상태거든요."

15. 시험

프랜신이 나를 너무 꼭 끌어안는다. 맹세컨대 내 몸속 아기를 쥐어 짜내려는 것이 분명하다. 나를 둘러싼 여섯 여자는 모두 마음속 감정을 드러내고 있지만, 모두 100퍼센트 가짜다.

배다른 자매들은 기쁨의 비명을 지른다. 프랜신은 내 귀에 쓸데없는 달콤한 말을 속삭여댄다. 어머니는 차분한 척하지만, 짐수레를 밀며 공항을 자랑스레 누비거나 수탉처럼 소리를 질러대고 싶어 하는 걸 나는 안다.

애나베스에게 뭔가 좋은 소식이 필요했다는 애덤의 생각은 옳았다. 아기 소식은 애나베스의 머릿속에서 아이리스를 당장 몰아낸다. 아니면 약을 먹은 상태인 것처럼 보인다. 애나베스는 빛나는 구름 위에 올라타고 있다. 나와의 포옹은 거미줄처럼 가볍고 두 눈은 신성한 존재를 보는 것처럼 또렷하지 않고 희미하다.

어머니가 날 의심하리라 생각했던 걸 믿을 수 없다. 아무도 복권에 당첨되었다는 사실을 의심하지 않는다.

인생 최고의 순간이다. 언니가 굴욕적인 동상을 받고 뒤에 물러나 있을 때, 자격도 없이 미인대회에서 우승해 칭찬받던 일 따위는 잊어도 좋다. 아무것도 이 순간을 뛰어넘지 못한다.

프랜신은 굳이 와서 괴로워하고 있다. 그녀는 반길 사람 없는 곳에는 나타나지 말아야 한다는 점을 배웠을 것이다. 울고 있는 프랜신은 날 위한 축하의 눈물로 위장하고 있다. 그녀는 제대로 된 문장을 만들지도 못한 채 계속 외친다.

"행복한 아기! 행복한 아기!"

이번에는 언니가 비밀을 누설할 방법이 없다. 이번에야말로 쌍둥이 언니에게 눌려 기가 죽을 일은 없다. 심지어 나는 이제 쌍둥이도 아니다. 나는 서머 로즈, 애덤 로맹의 아내, 카마이클 후계자의 어머니다.

애나베스는 노래를 부른다. 아기들에게 불러주는, 기쁨에서 우러난 일종의 자장가를. 그러더니 애덤의 품에서 타르퀸을 건네받아 마치 신생아라도 되는 것처럼 흔들며 어른다.

이런 순간이 마음에 쏙 든 나는 배다른 자매 모두를 각각 세 번씩 껴안고 그들로부터 더 많은 축하를 받아낸다. 버지니아를 껴안았다가 놓으면서 손을 확인했더니 반지가 보이지 않는다. 우리에게 자신의 계획을 알리고 싶지 않은 것이겠지만, 감추지 못하는 실망감을 알아차릴 수 있다. 지나치게 이를 드러내며 웃는 모습이 얼굴에 고정되어 있다. 그래도 경쟁에서 이미 졌다는 사실을 미리 알 수 있어 다행스러울 것이다. 그녀의 열여섯 번째 생일은 이제 2주 남았다. 근친상간이나 다름없는 결혼을 하기 직전이었던 아이였다.

그 순간 내 계획에 여전히 한 가지 흠이 있다는 사실이 떠오른다. 미인대회 때처럼 나는 서머인 척하고 있다. 남동생 목소리가 귀에 들리는 것 같다. 반갑지 않은 진실의 목소리.

"다리에서 피가 흘러내려, 아이리스."

애덤은 두 팔로 나를 끌어안고, 나는 그의 달콤하고 강한 향수 냄새 속에서 숨 쉬지만, 다른 때처럼 마법이 일어나지 않는다. 그를 밀쳐버리고 싶은 생각도 든다.

하지만 그럴 수 없다. 승리 앞에서 등을 돌릴 방법은 없다. 서머만이 아는 중단 암호를 안다고 해도 나는 그걸 사용하지 않을 것이다. 마지막 퍼즐이 제자리를 찾아 들어가기 전에는. 내가 임신하는 순간 모든 것은 완벽해질 것이다.

*

오스트레일리아에 돌아온 직후 생활은 쉽지 않다. 애덤과 내가 세계 여행을 떠난 뒤 애나베스는 살던 펜트하우스를 11월까지 세를 주었는데, 그래서 집이 다시 빌 때까지 우리와 함께 살아도 되겠다고 생각하는 모양이다. 호텔로 나가면 어떠냐고 설득하지만, 쉽지 않다. 평안한 상태에서 슬픔에 젖고 싶다는, 말도 안 되는 핑계를 둘러대야 한다. 내가 만일 아이리스였다면 애나베스를 30분 만에 내보낼 수 있지만, 서머라면 훨씬 힘든 일이다. 착한 사람들은 자신이 원하는 걸 다른 사람들에게 어떻게 시키는 걸까? 결국 애덤이 불편해한다는 식으로까지 말하기도 했지만, 사실 애덤은 대가족은 함께 모여 살아야 한다는 이상한 생각을 하는 사람이다. 세이셸에서 그렇게 살던 버릇 때문이라고 생각할 수밖에 없다.

처음에는 집이 넓은 점을 이용해 몸을 숨기고 어머니의 접근을 막는다. 어느 날 아침, 어머니는 노아가 슬픔을 어떻게 감당하고 있을지 걱정에 빠져서 뭐라도 위로가 될 만한 먹을 것을 보내줘야 한다면서 고집을 피우더니, 오후가 되니 노아는 아예 잊어버리고 이런 모든 스트레스가 태아에게 어떤 영향을 미칠지 걱정하고 있다. 그러던 중에 도무지 살이 왜 찌지 않느냐며 질문을 해대는 어머니를 피해 나는 옷을 입은 채 수영장에 뛰어들어 반대편까지 헤엄쳐 가기도 한다.

하지만 며칠이 지나자 나는 긴장을 풀기 시작한다. 어머니는 릿지가 유언장을 통해 버지니아가 생물학적 딸임을 선언하고 있음에도 그가 바람피운 걸 알아차리지도 못하는 사람이다. 애나베스는 무엇이든 스스로 진실이길 원하는 것이 진실인 사람이다. 다른 무엇보다 아이리스를 잃은 것이 그녀의 머리를 혼란스럽게 하고 있다. 그녀는 혼란의 안개 속에서 이리저리 돌아다니며, 한마디씩 할 때마다 기쁨과 슬픔 사이를 오락가락하고 있다.

"네가 집에 오니 얼마나 좋으니, 타키." 애나베스는 아기에게 말한다. "돌아온 이유는 좋지 않지만…… 하지만 네 엄마는 아기 때문에 돌아왔어야 한단다. 아, 생각해보니 크리스마스에는 아기가 태어나 있겠구나!"

여전히 어머니가 집에서 떠났으면 좋겠다. 아무리 생각이 없어도 우연히 진실을 알아낼 수도 있기 때문이다. 어머니는 최근 아이리스를 두고 지나칠 정도로 짜증스러운 태도로 말하기도 한다.

"아이리스는 정말이지 길 잃은 영혼이었어." 애나베스는 타르퀸의 지저분한 얼굴을 씻어주다가 푸념을 늘어놓는다. "서머, 난 너희 둘이 이번에 항해하면서 네가 아이리스를 좀 고쳐놨으면 했다. 네가 영향을 좀 줄 수도 있잖아."

한 번은 아침을 먹다가 울음을 터뜨린다.

"그래도 너랑 애덤이랑 아이들은 안전하니까." 애나베스는 흐느끼며 말한다. "네가 죽었으면 더 끔찍할 뻔했다. 내가 아이리스를 덜 사랑해서 그런 게 아니라, 내가 너랑 늘 더 가까웠으니 하는 말이야. 난 정말이지 아이리스를 이해할 수 없었다. 애덤이 사고 소식을 전해왔을 때는 말이야. 애덤이 너무 정신없이 굴어서, 순간적으로 끔찍하게도 혹시 네가 잘못된 줄 알았지 뭐냐."

이러니 어머니는 집에서 나가야 한다. 하지만 어머니를 택시에 태워 보내고 집으로 걸어 들어오던 나는 이제 날 도와 아이를 돌봐줄 사람이 없다는 생각이 든다.

당연하게도 타르퀸과 둘이서만 온종일 함께 있으니 아이는 믿을 수 없을 정도로 내게 달라붙는다. 타르퀸은 맨살이 어디든 나와 닿아 있기만 하면 행복한 것 같다. 붐비는 길거리에 함께 있을 때만 다른데, 그럴 때는 생각도 하지 못할 속도로 내게서 달아나고 싶어 한다.

자주 안아주는 건 어렵지 않지만, 타르퀸은 매 순간 내 관심을 원한다. 아이는 내가 한순간이라도 자기 말고 다른 생각을 하면 자신의 존재가 사라질지도 모른다고 믿는 것 같다. 한 번도 엄마 노릇을 해야겠다고 생각한 적은 없지만, 적어도 집에 있는 동안에는 잘 대해줘야 편하게 지낼 수 있겠다는 생각이 들었다. 아이가 장난감을 가지고 놀고 있으면 나도 가만히 앉아 책을 읽을 수 있다고 생각했지만, 결코 그렇지 않았다. 어린아이가 있는 집에서는 독서가 불가능하다. 아이는 엄마가 쉬고 있는 걸 알아차리고 공격해 쓰러뜨린다.

타르퀸은 내가 쉬기만 하면 그림책을 가져와 얼굴 앞에서 흔들어댄다. 무시하면 소리를 지르고 내 머리를 책으로 때린다. 말도 못 하는 녀석이 온종일 내내 책을 읽고 싶어 한다. 그리고 그림책은 너무 뻔하다. 나쁜 놈들이 붙잡히고 진실은 드러나며 정의가 승리한다. 하품 나는 일이다.

타크가 가져오는 책 가운데 별로 신경 쓰이지 않는 것이 하나 있다. 바닷속에서 살기 위해 집을 떠나는 여자아이 이야기다. 그림은 섬뜩하다. 바다는 검은색으로 빛나고, 여자아이가 수면 아래로 미끄러져 들어가면 두 다리는 사파이어와 에메랄드가 박힌 물고기 꼬리로 변한다. 모든 사람이 내가 바다에서 겪은 괴로움을 잊고 싶어 한다고 생각하지만, 이 책을 읽을 때마다 나는 밧세바를 꿈꾼다. 밀려오는 파도와 흩뿌리는 바닷물을 갈망한다. 그러나 타르퀸은 그 책을 싫어한다. 싫어하는 걸 무시한 채 계속 읽으면 책을 찢는다.

서머의 삶은 상상했던 것보다 훨씬 더 지루하다. 아름다운 드레스는 많지만 입을 일은 없다. 고급스러운 옷을 입고는 집안일을 할 수 없다.

엄마의 휴식 시간을 알아내는 레이더를 갖춘 타르퀸이 깨어 있을 때는 『새천년 카마수트라』를 읽을 수 없다. 그리고 타르퀸은 낮잠을 자는 법이 없다. 좋아하던 책을 모두 내다 버린 걸 보니 서머는 자신의 운명을 순순히 받아들인 것이 틀림없다. 심지어 서머의 책장에 자랑스레 자리를 차지하고 있던 가죽 장정 『프랑켄슈타인』과 『드라큘라』, 그리고 빅토리아 시대의 다른 스릴러들마저 보이지 않는다.

책들이 어디 갔는지 찾으면서 서머의 잘못이나 단점에 생각이 미친다. 그것들이 아무리 작은 것이라 해도. 책을 고르는 취향이 진짜 죄는 아니지만, 어렸을 때는 그런 것도 마음에 들지 않았다. 서머가 보는 책들은 정말 무시무시했다. 서머는 다른 면에서는 대부분 여성적 취향이었지만, 무서운 이야기를 책으로 보는 걸 정말 좋아했다. 어쩌면 아버지를 닮아 그런 건지도 모르겠다. 그건 어쩌면 아버지가 사람들 통행이 금지된 카마이클 다리에 우리를 데려갔을 때 본 사건에서 비롯되었는지도 모른다. 아버지는 악어들이 우글대는 강기슭에 닭을 산 채로 떨어뜨렸다.

닭이 점점 가까이 내려오는 데도 악어들이 햇빛 속에서 차가운 몸을 꼼짝도 하지 않고 참던 모습이 기억난다. 바로 코앞에 닭이 내려올 때까지도. 악어들이 펄쩍 뛰어 닭에게 달려드는 모습은 마치 전기가 튀는 것 같았다. 악어들은 서로 뒤엉키며 살아 있는 닭에게 달려들어 갈기갈기 찢어버렸다. 발작과도 같은 피투성이 소동은 수년 동안 내 꿈을 어지럽혔지만, 서머는 그런 모습이 '동물들의 자연스러운 방식'이라고 주장했고, '닭은 우리 식탁에 오르는 대부분 음식보다 덜 고통스러운 죽음을 맞았다'고도 했다. 물론 서머가 무슨 말을 하는 건지 알았지만, 우리가 그런 광경을 지켜보도록 한 아버지에게는 지금도 화가 난다. 그 사건을 머릿속에서 지웠으면 하고 바라기도 했다. 하지만 서머는 그때 이야기를 자주 했다.

정말 드물게 서머에게 화났던 일들 가운데 하나는 서머가 닭이 처참하게 죽은 걸 열심히 글로 썼을 때였다. 또 서머는 자기가 읽던 책에서 유혈이 낭자한 장면을 내게 읽어주곤 했는데, 그때는 그런 이야기에 내가 겁을 먹었다니 믿을 수 없다. 서머의 짧은 이타적인 삶 속에서 내가 기억해낼 수 있는 순간들이다. 나도 이러는 내가 싫다.

하루하루 갈수록 서머가 가정부를 두지 않고 일했다는 사실에 놀라고 있다. 시클리프 크레센트의 우리 집은 먼지가 아주 잘 드러나 보이는 유리와 대리석으로 가득 차 있는데도. 어린아이가 뛰어다니는 집에서는 이놈의 복숭아색 카펫만 깨끗하게 유지하려 해도 온전히 한 사람의 노동이 필요하다. 서머가 오스트레일리아에서 사용하는 유심 카드를 전화기에 다시 꽂았더니 저장해둔 알람이 울리기 시작한다. 매일 아침 전화기는 여러 번 울리면서 식료품점에 가서 타르퀸이 먹을 유기농 블루베리 반죽을 사라고 알려주거나 내일 먹을 뵈프브루기뇽에 사용할 소고기를 준비하라고 알려준다. 휴대전화 알람은 처음 하루나 이틀은 큰 도움이 되지만, 그 뒤로는 나를 미치게 만든다.

타르퀸을 집 밖에 데리고 나가는 건 악몽이지만, 일단 아이를 카시트에 앉히고 안전벨트를 채우면 서머의 매끈한 흰색 BMW를 몰고 동네를 신나게 돌아다닐 수 있다. 아직 검사는 너무 이를 수 있지만, 웨이크필드에서 가장 먼 곳에 있는 가게까지 가서 임신 테스트기를 사두고 매일 애덤이 일하러 나가면 바로 검사를 한다. 휴대전화로 1분을 정해두고 타이머가 울리고 나서야 결과를 확인한다. 그런 다음 검사 막대를 화장지에 싸서 보이지 않게 주머니에 넣은 다음, 애덤이 절대 볼 일 없는 외부 쓰레기통에 갖다 버린다. 그마저도 손이 들어가는 한 쓰레기통 가장 깊은 곳까지 쑤셔 넣는다.

한 번은 애덤이 저녁에 집에 돌아왔는데, 수영장 필터는 나뭇잎으로 꽉 막혀 있는 상황이고, 다림질하다가 와이셔츠를 세 벌이나 태워 먹은 내 모습을 발견한다. 타르퀸과 나는 그림책과 먹다 남은 사과에 둘러싸인 채 정리 안 된 침대에 누워 있다.

"어떻게 된 거야?" 내가 저지른 짓을 손으로 가리켜 보이자 애덤이 묻는다. 나는 누렇게 타버린 셔츠를 일부러 위로 잘 보이게 바닥에 늘어놓았다. "당신 이런 일에 솜씨가 좋았잖아."

"요즘 너무 피곤해." 눈물을 짜내려 애쓴다. "집 청소에 내 에너지를 쏟아야 할지 아니면 타르퀸의 복잡한 정서적 요구를 달래야 할지 선택할 수밖에 없어."

"가정부를 구해야 할지 다시 생각해야겠군." 애덤이 말한다. "하지만 누군가 돈 받고 일하는 사람이 와서 헬렌의 피아노를 만지는 건 싫어. 그것만은 약속해줘. 당신이 늘 피아노를 애지중지하는 게 정말 고마웠거든."

"당연히 그래야지." 내가 말한다.

"그럼 좋아." 그가 말한다. "당신이 알아서 가정부 구해."

나는 시간을 낭비하지 않는다.

스타인웨이 피아노의 검은 표면은 먼지 한 알갱이까지도 자세히 보여준다. 그래서 가정부를 구한 뒤에도 나는 한 곡 연주해보고 싶은 마음을 이겨내며 매일 빌어먹을 피아노를 닦는다. 타르퀸 말고는 주위에 아무도 없을 때조차. 한순간이라도 마음이 약해지면 모든 걸 잃을 수 있다.

서머는 혼자 집을 청소하고 피아노를 닦고 수영장을 관리하고도 매일 저녁 애덤을 위해 몇 시간 동안 저녁을 준비했음이 틀림없다. 애덤이 좋아하는 음식은 짜증스러울 정도로 요리 과정이 복잡하고, 서로 멀리 떨어진 전문점 여섯 군데에서 사 모아야 하는 양념이 들어간다. 애덤은 외식을 좋아하지 않는다. 어떻게든 입맛을 바꿔놓고 싶지만, 뭐든 너무 빨리 바꾸면 안 된다. 애덤과 서머는 편안한 일상 속에 살고 있었다.

게다가 강제 섹스 문제도 있다. 애덤은 밤낮으로 그런 식의 섹스를 원한다. 나는 그럴 때마다 점점 더 굴욕감을 많이 느낀다. 그런 상황에서도 늘 반응을 보이는 몸인 내게 그런 짓을 해서가 아니라, 언니인 서머에게 그런 짓을 해왔다는 생각 때문이다. 언니는 내가 이런 사실을 알길 절대로 원하지 않았을 것이다.

필요하다면 강제 섹스를 막을 수도 있다. 나는 중단 명령 암호를 알 것 같다는 생각이 든다. 인터넷으로 검색해보니 대부분 커플은 '빨간색'이나 과일을 암호로 삼는데, 상상력이라고는 없는 애덤과 서머는 분명히 빨간 과일을 골랐을 것이다. 어차피 두 사람은 이미 사과 냄새에 미쳐 있기도 했다. 단어가 혀끝에서 맴돌지만 나는 절대 말하지 않는다. 한 번 할 때마다 임신 기회가 오기 때문이다.

섹스보다 더한 일은 아기 돌보기, 그러니까 아이 보는 재주의 부족이다. 섹스는 빨리 끝나기라도 한다. 집에서 아이와 보내는 매일은 영원히 이어진다.

애나베스가 집에서 나가던 날 전화를 돌려봤지만, 동네 어린이집에는 빈자리가 없다. 요즘은 집에서 멀리 떨어진 곳까지 찾아보고 있다. 마침내 집에서 차를 타고 30분쯤 가야 하는 곳에 있는 어린이집들 가운데 주중에 하루 다섯 시간씩 아주 저렴한 비용으로 아이를 봐줄 수 있다는 곳을 찾아낸다. 시간이 조금 짧아 실망스럽지만 빌어먹는 주제에 가릴 수는 없다. 오스트레일리아에는 여덟 살이 되지 않은 아이를 받아주는 기숙 학교가 없다.

애덤이 집에 오자 나는 오리 콩피 요리와 그에 어울리는 멋진 와인을 차려놓고 좋은 소식을 전한다. 주방에서 나도 몰래 와인을 몇 모금 마신다.

"하지만 당신, 임신한 상태로 다시 일하는 게 의미가 있을까?" 애덤이 묻는다.

입에 오리고기가 든 채로 목이 막힐 것 같다. 내가 '다시' 직장으로 돌아간다는 생각에 등줄기에 전기가 흐르는 듯하다. 혹시라도 신생아실에서 일하게 되어 간호사로서의 전문가다운 실력을 발휘해야 한다면 분명히 나는 망하고 말 것이다. 내가 얼른 임신해야만 하는 또 다른 이유다.

"그야 물론 아니지. 이렇게 중요한 임신을 한 상태에서 야근으로 아이를 위험하게 할 수는 없는 일이잖아! 하지만 타키는 어쩌고? 타키는 이제 교실에 익숙해져야 해. 그러지 않으면 학교에서 제대로 따라가지 못할 거야. 나야 타키를 평생 집에 있게 하고 싶지만." 나는 양팔로 내 가슴을 끌어안으며 보낼 수 없다는 시늉을 해 보인다. "하지만 타키는 내가 줄 수 있는 것보다 더 많은 게 필요해. 같은 나이의 다른 아이들은 이미 읽고 쓰기를 배운다고."

"내가 보기엔 돈 낭비 같은데." 애덤은 얼굴을 찡그린다. "당신은 집에 앉아서 아이를 그리워하는데, 그 시간에 다른 사람에게 돈을 주고 아이를 봐달라고 한다는 게 말이야. 게다가 미숙하게 태어난 아이는 집에서 엄마와 있어야 한다고 한 사람은 당신이잖아."

맙소사, 애덤이 미숙아 얘기만 꺼내면 짜증이 나 견딜 수 없다. 타르퀸은 모든 면에서 최고로 키워야만 한다. 집에서 만든 음식, 쓸모도 없는 '자연 친화적'인 청소용품, 밀랍과 마호가니 고무나무로 만든 침대도 모두 타르퀸이 미숙아로 태어났기 때문이었다.

"하지만 그건 내가 몰라서 했던 말이야." 내가 말한다. "그리고 돈은 전혀 걱정하지 않아도……."

"확실해지기 전까지 그런 생각은 하지 말자고." 애덤이 말을 끊는다.

그는 카마이클 집안의 재산에 대한 언급에는 알레르기라도 일으키는 것 같은 반응을 보인다. 내가 돈을 어떻게 쓸 것인지 상상할 때도, 그런 말을 너무 많이 하면 미래에 재수가 없을지도 몰라 그러는지 맞장구치는 법이 없다.

"그리고 그건 당신 의견이 아니었어, 자기. 당신 말로는 월터나 마이클, 캐서린 모두 미숙아로 태어난 아기는 집에 있는 것이 좋다고 말했다고 했잖아."

나는 전부 아는 사람들인 것처럼 고개를 끄덕인다. 그들의 이름은 무서울 정도로 권위가 넘쳐 보인다. 의사들의 이름. 맙소사, 신생아실에서 일하는 의사와 간호사들 이름을 전부 찾아 외어야 한다. 내 전 직장 동료들. 혹시 슈퍼마켓에서 우연히 마주칠 수도 있다. 그리고 타르퀸이 주기적으로 병원에 가야 하지는 않을까?

"당신은 절대 타크를 낯선 사람에게 맡기지 않겠다고 맹세했고." 애덤이 말을 잇는다. "우린 이 문제에 이미 합의했어. 당신이 날 설득해서 학교 말고 집에서 교육하자고 했지. 그런데 어떻게 어린이집에 보내겠다고 말하는 거야?"

우리가 홈스쿨링을 하기로 했었군. 이런, 맙소사. 서머는 대체 무슨 생각이었던 거지?

하지만 어떻게 대꾸할 도리가 없다. 애덤이 말한 한 가지는 정말 옳기 때문이다. 그가 생각하는 것 이상으로 옳은 말. 그건 바로 미리 축배를 들면 안 된다는 것이다.

*

오스트레일리아에 돌아와 2주가 지났다. 간식을 먹이려고 타르퀸을 높은 의자에 털썩 내려놓고 TV 앞에 자리를 잡게 한 다음 유아용 딸기 요거트를 하나 뜯는다. 죽음의 냄새가 밀려와 콧속을 때린다. 숏구치는 구역질을 참으면서 화장실로 달려간다.

무슨 병에 걸렸나? 오늘 아침에 사용한 임신 검사 막대는 이미 집 밖 쓰레기통에 있고, 나는 하루에 한 개만 사용하기로 단단히 결심해두었다. 하지만 요거트는 상하지 않았고 어제는 좋은 냄새를 풍겼다. 변한 건 요거트가 아니라 나였다.

화장실 벽장 맨 아래로 손을 뻗는다. 그곳에는 임신 테스트기가 세 개 남아 있다. 나는 테스트기 포장 상자를 일부러 마구 구겨서 오래전부터 그곳에 있던 것처럼 해두었다. 오늘만 한 번 더 해보자. 나는 속으로 약속한다. 그리고 다시 하루에 한 개씩 하는 거야. 포장지를 뜯어버리고 급하게 변기 위에 쪼그리고 앉아 검사 막대에 소변을 본다. 두 손이 너무 떨려 검사 막대를 필요한 위치에 잘 댈 수가 없다. 게다가 깜박하고 휴대전화를 들고 들어오지 않아서 시간도 잴 수가 없다. 눈을 감고 60까지 세기 시작하면서 빨라지지 않아야 한다고 생각한다. 시끄러운 알람 소리에 눈을 떠 임신이 되지 않았다는 파란색 마이너스 표시를 본 것이 몇 번이었던가?

노아와 내가 임신하려고 애쓸 때, 내가 임신 검사를 할 때면 노아는 늘 곁에서 지켜보았다. 내가 소변을 보면 그는 화장실 밖에서 기다리면서 시간을 재고 나보다 먼저 검사 막대를 확인했다. 그리고 결과를 조용히 말해주었다. 그러고 나서 나를 안아주며 다시 노력하면 된다고 속삭여주었다.

수를 너무 늦게 셌기 때문에 55까지 세었을 때 그냥 눈을 뜨기로 한다. 결과는 희미하지만, 눈으로 확인할 수 있다.

난 임신했다.

*

주위 공기 속에 금빛 방울이 가득하다. 반짝이는 즐거운 방울들이 서로 부딪치며 물보라나 샴페인처럼 거품을 일으킨다. 내가 경주에서 이겼다. 서머가 가졌던 모든 걸 가졌다. 나는 이제 정말 서머가 되었다.

옷장 속에서 서머의 관능적인 드레스를 이리저리 뒤진다. 속이 비치는 은색 드레스, 반짝거리는 금빛도 있지만 빨간 장미 무늬가 있는 하얀색이 마음에 든다. 간단한 여름용 드레스다. 서머는 아마도 이 드레스를 입고 샌들을 신고 밀짚모자를 썼겠지만, 나는 제일 굽이 높은 빨간색 하이힐을 신는다. 입술을 붉게 바르고 사과 향수에 몸을 적신다. 몸을 빙글 돌리자 드레스가 활짝 펼쳐지며 둥글게 부풀어 오른다. 준비를 마치자 둥둥 떠갈 것 같은 느낌이다.

아래층에서 타르퀸은 여전히 TV를 보고 있다. 유아용 높은 의자에서 얼른 아이를 꺼내 BMW 뒷자리 유아 시트에 앉히고 접이식 아기 침대를 싣고 애나베스가 머무는 호텔로 향한다. 검사 막대의 파란색 플러스 표시에 너무 흥분한 나머지 제한속도를 제대로 지킬 수 없다. 차창 밖 세상은 햇빛과 밝은 색깔로 가득하다.

"오늘 애덤하고 데이트를 해야겠어요." 나는 기쁘게 아이를 받아 드는 애나베스에게 타르퀸을 넘겨준다. 호텔 방에는 손뜨개로 절반쯤 완성한 파스텔 핑크와 옅은 푸른색 양말과 모자가 널려 있다. 다른 때처럼 서두를 필요는 없다. 어머니가 내 임신을 두고 참견하는 질문을 해도 이제는 신경 쓰지 않는다. 심지어 아이리스를 두고 불평하는 말을 해도 아무렇지도 않다.

하지만 애나베스는 그런 말은 하지 않는다. 애나베스는 이제 기억 속에서 아이리스의 모습을 좀 더 편안한 모습으로 바꿔버린 모양이다. 애나베스는 자신이 아이리스와 '한 번도 다툰 적이 없었다'라고 말하는데, 그런 말을 내가 임신을 해 '피어난다'라거나 타르퀸이 '나이에 비해 아주 어른스럽다'처럼, 같은 수준의 망상 비슷한 말 중간에 끼워 넣는다.

나는 너그럽게도 30분 동안 머문다. 딸답게 애나베스의 지루한 취미와 지루한 친구들에 관해 많이 질문한다. 그런 다음 로맹 여행사로 간다.

"어서, 여보." 나는 애덤에게 부탁한다. "오늘은 오래간만에 일찍 퇴근해."

우리는 손을 잡고 시내 대로를 어슬렁거린다. 노아에게 소식을 전하는 내 모습을 상상할 수밖에 없다. 노아는 임신이 되지 않는 이유가 내 잘못이라 생각했다. 그런데 이제 나는 내 몸에 아무 문제가 없고, 그저 그가 너무 빨리 포기해버린 거였다고 절대 말해줄 수 없는 상황이 되었다. 좀 더 오래 임신을 위해 애써보기만 했으면 됐을 텐데. 아니면 혹시 노아에게 문제가 있었을지도 모를 일이다.

나는 머뭇거리지도 않고 말레이시아 분위기를 풍기는 한 아늑한 카페로 들어간다. 어쩌면 애덤이 내가 왜 이렇게 흥분했는지 의심할 수도 있을 텐데, 그렇지 않은 것 같다. 평생 지금보다 더 서머처럼 느껴진 적이 없다. 행복하고, 친절하고, 즉흥적이다. 살아 있다는 건 좋은 것이다.

애덤이 내가 고른 음식에 의문을 표하자(메뉴판에서 가장 매운 걸 골랐다) 나는 임신해서 그렇다고 말한다. 오늘 저녁 유일하게 기분 나쁜 대목은 내가 당장은 와인을 마실 수 없다는 걸 깨달은 것이다. 전에는 애덤이 집에 오기 전에 한두 잔씩 몰래 마셨지만, 이제 진짜 임신해서 앞으로는 그럴 수 없다.

하지만 이상하게도 와인을 거절하는 순간 나는 깨닫는다. 나는 임신했다. 시합에서 이긴 임신, 도망치는 데 성공한 임신, 프랜신에게 엿을 먹일 수 있는 임신만은 아니었다.

내 몸이 아기를 기르고 있다.

애덤을 차에 태우고 집에 돌아와 들어서자마자 화장실로 허둥지둥 뛰어간다. 임신 때문인지 소변이 자주 마렵다. 그런 생각을 하니 기분이 좋아질 정도다. 이런 과정을 겪으니 진짜 상황인 것처럼 느껴진다.

손을 씻으면서 이중 거울 속 내 모습을 들여다본다. 두 거울의 중앙에 진짜 내 모습이, 양쪽 옆에서는 좌우가 뒤바뀐 내 모습이 보인다. 서머, 아이리스, 서머. 손으로 오른쪽 젖가슴을 움켜쥔다. 흥분해 저녁 시간을 보냈음에도 심장 박동은 차분하다.

내 심장이 어느 쪽에 있는지 진정으로 느낄 수 있는 사람이 있을까? 손을 왼쪽 가슴으로 옮겨본다. 그쪽 가슴에서도 가슴이 뛰는 게 느껴진다. 조금 약하다고 할 수는 있을 것 같다. 아닐 수도 있고.

내 얼굴을 자세히 살핀다. 진짜 그렇게 비대칭인가? 나는 늘 내 왼쪽 뺨이 더 통통하고 왼쪽 광대뼈가 더 튀어나왔다고 생각했지만, 서머 말고는 아무도 그런 걸 알아채지 못했다.

나는 모든 사람을 속였다. 애덤, 타르퀸, 애나베스. 그들은 전에도 우리를 분간하지 못했고, 지금도 그렇다.

마치 내가 원래부터 서머였던 것 같다.

화장대 위 뻔히 보이는 곳에 임신 테스트기 포장지가 놓여 있다. 그곳에 포장지를 둔 것은 실수지만, 애덤이 혹시 볼까 봐 기겁하지는 않는다. 나는 가장 어려운 시기를 잘 견뎌냈다고 확신하고, 연습도 수없이 했다. 이제 뭐든 다 설명해낼 수 있다. 그렇지만 공연히 문젯거리를 만들어낼 필요는 없다. 포장지를 주워 화장지로 꼭꼭 싼다. 그리고 화장실 쓰레기통 가장 깊은 곳에 쑤셔 넣고 있는데 애덤이 화장실 문을 벌컥 열고 들어온다.

"이런 야한 창녀 같으니." 그는 숨을 몰아쉰다. "내가 일하고 있는 동안 어떤 놈이랑 붙어먹은 거야?"

내 치마는 여전히 허리춤 위로 올라가 있다. 애덤이 내 팬티를 붙잡고 무릎까지 끌어내린다.

"진짜 화장실에서 하잔 거야, 애덤?"

나도 모르게 내뱉고 만다. 숨 가쁜 어린 여자애 목소리를 내는 걸 잊고 말았다. 빌어먹을, 너무 아이리스처럼 말했군.

애덤은 꼼짝도 하지 않고 서 있다. 맙소사, 나는 생각한다. 서머야. 난 서머가 되어야 해. 하지만 여기서 강간하듯 당하는 섹스를 하고 싶지는 않아. 이중 거울 앞에서는.

"자기야, 모든 게 변한 걸 모르겠어?" 나는 간지러운 목소리를 낸다. "진짜로 말하는 거야. 임신한 뒤로 느낌이 예전 같지 않아. 난 엄마가 될 거야. 당신도 날 점잖게 다뤄야지. 이제 거친 섹스는 그만둬."

하지만 그는 강인한 두 팔로 내 몸을 붙잡더니 문을 닫아버린다. 그리고 내 얼굴을 거울로 밀어붙인다. 애덤은 이미 흥분한 상태로 바지 지퍼를 서둘러 열고 있다.

"사과!" 나는 울부짖는다. "사과!"

애덤이 손을 놓는다. 나는 돌아선다. 그는 숨을 몰아쉬고 있다. 그의 얼굴에 감정이 그대로 드러난다. 놀라움, 좌절, 부끄러움. 그리고 약간의 호기심도.

"화내지 마, 자기." 애덤의 청바지 속으로 손을 밀어 넣으며 말한다. "저녁 내내 집에서 놀 수 있잖아. 천천히 하자고. 내 몸은 요즘 부드럽고, 통통해졌어. 내가 샤워하는 동안 날 어떻게 유혹할지 새로운 방법을 좀 꿈꿔봐. 요즘 내게 키스 한 번도 안 해준 거 알아? 당신 내게 키스한 게…… 언제였는지도 모르겠네."

사실이다. 나는 아이리스였을 때부터 꿈꾸곤 했던 키스를 단 한 번도 해보지 못했다.

발끝으로 서서 애덤에게 키스한다. 그는 입술을 다문 채 내가 마치 뺨이라도 때린 것처럼 나를 멍하니 보고 있다. 그가 놀란 틈을 타 그의 바지 속에서 손을 꺼내고 그를 문밖으로 밀어낸 다음 문을 잠가버린다.

이제 더는 애덤과 섹스할 필요가 없다. 만일 애덤이 섹스를 원한다면 날 유혹해야 할 것이다.

나는 거울 속 여자를 보고 웃는다. 거울 속 여자도 나를 보며 웃는다.

"내일, 넌 저 애새끼를 어린이집에 데려가 등록해야 해." 거울 속 여자가 말한다.

"나도 알아, 언니." 나는 대답한다.

16. 경주

맑은 봄날 아침, 웨이크필드 해변을 여유롭게 걷고 있다. 비키니는 아름답게 봉긋 솟아오른 내 배를 드러내 보여주고 있다. 내 몸은 매끄럽고 관능적이다. 드디어 크게 부풀어 오른 가슴을 갖게 되었다.

지난 7개월은 행복한 꿈 같은 시간이었다. 임신 검사는 모든 걸 바꿔놓았다. 강제 섹스는 멈췄고, 타르퀸은 어린이집에 보내기 시작했다. 조금 더 가까운 곳에 있는 어린이집에 더 오래 아이를 맡길 수 있는 자리가 났을 때, 재빨리 다니던 어린이집을 바꿨다. 애덤이 반대했지만 나를 이길 수는 없었다. 나는 후계자를 임신하고 있었고, 이렇게 말하기는 그렇지만 애덤의 지난번 아내는 임신했다가 목숨을 잃었다. 애나베스는 애덤에게 조용히 입 다물고 내가 쉴 수 있도록 두라고 말했다.

나는 서머다. 모든 것이 날 위해 돌아가고 있다.

애덤은 내가 피아노 교습을 받고 있다고 생각한다. 몇 달 동안 나는 헬렌의 피아노를 열심히 두드렸다. 연주할 곡은 쉬운 것들로 골랐고 일부러 조금씩 틀리게 쳤다. 집에 아무도 없을 때만 제대로 연주했다. 하지만 최근에는 애덤 앞에서도 연주할 수 있게 되었다. 난이도가 있는 곡은 힘들겠지만, 적당히 어려운 곡들을 연주하면서도 충분히 즐길 수 있다. 애덤은 음악가가 아니니 내가 얼마나 빨리 피아노를 배우는지 알지 못할 것이다. 그는 집에서 다시 음악을 들을 수 있어 좋다는 말만 했다.

피아노를 연주할 때는 유일하게 밧세바의 키를 잡은 듯한 기분을 느낄 수 있다. 거대한 고대의 리듬에 몸을 맡기는 느낌. 피아노가 마치 밧세바의 영혼, 바다의 영혼을 품고 있는 것 같다. 피아노는 표백이라도 한 것처럼 전체적으로 하얀 거실 속에서 유일하게 검은색으로 빛을 낸다. 집 안에는 유리가 너무 많아 햇빛은 여기저기서 반짝거린다. 가끔 나는 커튼을 드리우고 내 눈을 쉬게 한다. 바다의 노래를 연주하며 바다의 움직임을 손가락으로 느낀다.

밧세바를 점점 더 많이 생각한다. 하지만 어떻게 해야 내 미래 속에 밧세바를 포함할 수 있을지 알 수 없다. 애덤은 계속 배를 팔자면서 군소리를 해대지만, 당장은 그런 생각을 하지 않도록 설득하고 있다.

언제든 내가 실수를 해 뭔가 서머답지 않은 행동을 할 때면, 나는 아이리스를 비난할 수 있다. 나는 피아노를 배우고 싶었다. 전에는 '동생에게서 관심을 뺏고 싶지 않아서' 피아노에 관심을 두지 않았을 뿐. 같은 이유로 나는 매일 아침 웨이크필드 해변에서 수영을 즐긴다. 아이리스가 웨이크필드에 살 때 그랬던 것처럼. 사람들은 이런 내 모습을 받아들인 것은 물론 그런 내 모습을 우러러보기까지 한다.

"너무 감동적이야. 네가 그런 식으로 죽은 동생을 기리다니 말이야." 러티샤 버킹엄은 내가 수영을 마친 뒤 함께 커피를 마시던 중에 흥분해 말했다.

러티샤는 열네 살 때와 똑같이 스물네 살에도 몸이 유연하고 사랑스러웠고 마찬가지로 어리석었다.

"넌 바다를 좋아한 적이 없었는데 말이야."

"아이리스는 내게 가르쳐줄 것이 많았어." 나는 대답했다. "아이리스를 잃을 때까지 아무도 아이리스가 얼마나 현명했는지 몰랐던 것 같아."

"하지만 걔는 징그러울 정도로 네 흉내를 냈잖아?" 러티샤가 말했다. "네가 미인대회에서 이겨서 아이리스가 망신을……."

"난 네가 그렇게 생각하게 했던 거야." 나는 말했다. "아이리스하고 나는 네가 들으면 믿지 못할, 말도 안 되는 생각을 하곤 했어. 네가 어디까지 믿는지 보려고 말이야. 사실 우리는 옷차림을 똑같이 맞추는 걸 아주 좋아했어."

그 뒤로 러티샤와 함께 커피를 마시지 않았다.

아주 조금씩 나는 서머의 인생을 내 것으로 돌려놓았다. 애덤에게는 임신 호르몬 때문에 성적인 취향이 변했다는 식으로 둘러대면서 침대 위에서 어떻게 날 만족시켜야 할지 가르쳤다. 그를 훈련해 외식을 더 많이 했고, 임신하니 몸이 너무 힘들다면서 가끔은 날 위해 저녁을 대신 차리게 만들기도 했다. 물컹거리는 침대 매트리스를 딱딱하고 얇은 것으로 바꿨고, 막 태어난 타르퀸을 안은 서머의 사진은 손님 침실 벽에 걸었다. 간호사 복장을 한 내 모습은 가장 예쁘게 보이지는 않았다.

타크조차 전처럼 최악의 악몽이 아니었다. 아이는 조금씩 자라서 마침내 대소변을 가리게 되었다. 하느님, 감사합니다. 이제 온종일 타르퀸을 보지 않아도 되었다. 그래서 전처럼 혼자만의 시간을 절망적으로 원할 필요가 없다. 서머가 해왔던, 아기를 위한 미식가용 식단은 오래전 포기했다. 타르퀸은 삶은 콩과 햄샌드위치를 먹고도 아주 잘 자라고 있다.

가장 짜증스러웠던 건 타르퀸이 말을 못하는 거였는데, 이제는 오히려 감사하고 있다. 입을 열어 나를 비난하는 법이라고는 절대 없고, 대신 나만을 좋아해주는 누군가와 함께 있을 수 있으면 마음이 느긋해진다. 게다가 사람들은 타르퀸이 말을 제대로 못하는데도 난리를 피우지 않는 나를 두고 훌륭한 어머니라고 생각한다. 타르퀸은 요새 가끔 간단한 말을 하곤 한다. 엄마 또는 아빠 정도. 모두 아이가 미숙아로 태어나 뭔가 문제가 있다고 생각하지만, 함께 시간을 보내며 살펴본 바로는 타르퀸은 상당히 똑똑하다.

요즘 내 생활은 이렇다. 매일 아침 해변에 가는 길에 어린이집에 타르퀸을 데려다준다. 서머의 지루한 친구들이 커피를 함께 마시자며 나를 찾을 때 그들을 피해 웨이크필드 뒷골목에 있는 아시아풍 카페 가운데 한 곳을 골라 그곳에서 점심을 먹는다. 애덤과 함께 분만 교실에 등록하기도 했는데, 두 번 가고 나서 그만두었다. 내가 초음파 검사를 전혀 하지 않는다는 걸 알고 하도 이러쿵저러쿵 말들이 많아서였다. 물론 나도 그들 의견에 동의한다. 자연주의 분만에 열광하는 사람 흉내를 내는 건 짜증스러운 일이다. 게다가 의학적 개입을 아주 싫어하고 가정 내 자연 분만을 열정적으로 지지한다기에 내 산파로 삼은 여자는 손톱으로 칠판을 긁어대는 행동을 인간으로 바꿔놓은 것 같은 사람이다. 자기 이름을 콜린에서 스카이버드로 바꾼 사실이 모든 걸 말해준다.

해변 저택이 시클리프 크레센트 거리에서 멀지 않고 웨이크필드 해변에서 겨우 몇 분 거리임에도, 프랜신이나 그 집 딸들은 그들이 패배한 뒤로는 흔적조차 보지 못했다. 프랜신이 공항에서 내게 그렇게 관심을 보이던 일이 무색했다. 애덤의 페이스북 계정을 이용해 버지니아가 어떻게 지내는지 몇 번 확인해봤는데, 어린 버지니아의 결혼이 진행되는 것 같지 않아 다행이었다. 버지니아는 피어나고 있다. 체육관에서 운동 복장이나 섹시한 배꼽티와 반바지 차림으로 찍은 셀카를 페이스북에 올리는데, 매달 새로운 남자친구와 팔짱을 끼고 있다. 매일 더 예뻐지는 것 같다.

오후에는 한 번에 여러 시간 동안 피아노를 치거나 풀장에서 시간을 보내며 케이크를 잔뜩 먹는다. 내 배는 만족스러울 정도로 부풀어 올랐지만, 아무리 먹어대도 사람들은 여전히 "임신 8개월은 아닌 것 같은데"라는 식으로 말하곤 한다.

서머의 원래 출산 예정일이 다가오고 있다.

내가 매일 하는 수영은 참회이며 나만의 방식으로 서머를 기리는 일이다. 이런 식이 아니고는 추모하는 사람조차 없이 넘어갈 그녀의 죽음을 슬퍼하는 행동이다. 매일 나는 물속, 서머의 세상으로 깊이 들어간다. 해변에 얼마나 많은 사람이 있든 상관없이 물속으로 들어가면 누구나 늘 혼자다.

나는 서머를 정말 사랑했다. 내가 저지른 짓이 잘못이라는 건 알지만, 서머는 이해해주리라 생각한다. 나는 서머의 어머니, 아들 그리고 남편이 그녀의 죽음 앞에 슬퍼하게 될 상황에서 그들을 구했다. 누구라도 그러길 원했을 것이다. 죽어가는 사람에게 최악인 것은 자신이 사랑했던 사람들이 쓰라린 슬픔으로 고통받게 되리라는 걸 아는 것 아닌가? 나는 알지 못했다. 내가 죽어서 괴로워할 사람이 없었다는 사실을. 남동생조차 아이리스의 죽음을 함께 슬퍼하기 위해 집으로 돌아오겠다는 말을 절대 하지 않았다. 사실 나는 살아 있는 남동생한테서 거의 연락을 받지 못했다. 이제 형제 없이 혼자가 된 것 같다.

태양이 수평선에서 막 튀어나오는 시간에 나가 일찍 수영하기도 한다. 물속 깊이 들어가 몸을 돌린다. 바다 한가운데서 밧세바 밑으로 들어가 그랬던 것처럼. 그리고 물속에서 물 너머에 있는 위쪽, 살아 있는 세상을 본다. 물리적으로 왜 그런지 알 수 없지만(아마도 뭔가 빛이 다른 매체를 통해 굴절되는 것과 관련이 있지 않나 싶다) 이렇게 이른 시간이면 태양은 동쪽 하늘에 작고 낮게 떠 있지만 바다 밑에서 올려다보면 마치 머리 위에서 거대하게, 금빛으로 빛나는 것처럼 보인다. 위쪽 바닷물은 파란색으로 반짝거리고, 태양은 부풀어 올라서 하늘 전체로 퍼져나가는 것 같다. 태양은 완벽하게 둥글고 기쁨에 넘친다. 그리고 이런 순간이면 나는 모든 일이 원래 정해진 대로 되었다는 상상을 한다. 나, 아이리스는 바다에 묻혔고 언니인 아름다운 서머는 정오의 태양이 되어 세상을 밝히는 것이다.

하지만 오늘 아침 하늘은 잿빛으로 무겁고, 바다는 언짢은 모습이다. 바닷속으로 걸어 들어가 언제나처럼 물속으로 깊이 들어가지만, 파도 아래에서 태양은 보이지 않는다. 나는 바다 밑 하얀 모래밭에 멈춰서 물속 침묵이 내게 평화를 주길 기다린다. 하지만 지난밤에 꾼 악몽이 머릿속에 떠오른다. 꿈속에서 해수면은 단단한 검은 물질이었다. 마치 옻칠한 나무 같다. 바다 깊이 들어갔다가 다시 수면으로 나오려고 했지만 나올 수 없었다. 처음에는 내 머리를 막는 검은 게 밧세바의 선체라고 생각했는데, 아무리 멀리까지 헤엄쳐도 도저히 벗어날 수 없었다. 게다가 물은 납처럼 딱딱했다. 나는 깊은 물속에 갇혀버렸다.

지금, 심장이 미친 듯이 뛰고 배 속 아기는 덫에 걸린 생명체처럼 날뛴다. 복부 근육이 경련을 일으킨다. 자궁 수축이 이런 느낌일까? 차분해야만 한다. 이러는 게 아이에게 좋을 리 없다. 모래를 박차고 위로 헤엄치며 혹시 악몽에서처럼 차단막에 부딪히지 않을까 생각한다. 하지만 나는 신선한 공기 속으로 튀어나온다. 급하게 숨을 들이마신다. 깊은 곳까지 나가 있던 나를 파도가 덮치고, 코와 입속이 바닷물로 가득 찬다. 몸이 아래쪽으로 다시 뒤집힌다. 몸이 떨리고 욕지기가 나면서 몸이 무척 피곤하다.

간신히 다시 수면으로 올라와 차분하게 숨을 몰아쉰다. 천천히,

차분하게 팔을 휘저어 해변으로 향한다. 금세 다시 얕은 곳에 도착한 나는 떨면서 몸을 따뜻하게 해줄 수건이 있는 곳으로 걸어간다.

이제 이런 바보짓은 그만둘 때다. 나는 만삭의 여자다. 더는 자유로운 몸이 아니다. 내 남편과 두 아이의 목숨이 내 생명에 연결되어 있다. 이것이 모성애다. 내 인생의 나머지 모든 부분이 아무리 가짜라고 해도 내가 가진 아기는 진짜다. 이제부터는 풀장에서 수영해야겠다.

*

오후에 나는 풀장 옆에 있는 접이식 의자에 누워 있다. 배 속 아기가 하늘로 발길질하는 순간, 누군가 미친 것처럼 문을 두드린다. 유리 창문을 통해 밖을 보니 여자의 커다란 팔과 두툼한 주먹이 보인다.

분만 교실에 함께 다니던, 서로 똑같아 보이는 임신부 가운데 한 명일까? 또 뭔가 내게 잔소리를 하려고 온 걸까? 하지만 아니다. 문으로 더 다가가자 유리 너머에 누가 있는지 보인다. 버지니아다.

머리를 사내처럼 짧게 자른 모습이다. 옷차림은 지저분한 게으름뱅이처럼 보인다. 몸집이 버스처럼 거대하다. 게다가 울고 있다.

문을 열어주니 버지니아는 나를 밀치다시피 안으로 뛰쳐 들어오더니 돌아서서 문을 잠근다. 그냥 부주의한 행동일 수도 있지만, 순간적으로 나를 밀어 바닥에 넘어뜨리려던 것인지도 모른다는 생각이 든다. 내 배 속 아기를 해치려고 온 걸까?

그리고 그 순간 나는 왜 이렇게 버지니아의 몸이 거대해졌는지 깨닫는다.

버지니아는 임신했다. 그것도 아주 오래되었다.

"엄마 여기 왔어요?" 그녀의 목소리가 떨린다. "콜턴 삼촌이나 누가 여기 왔었어요?"

나는 집에 혼자 있다고 말하고 싶지 않다.

"가정부가 있어. 그리고 정원사도 있고." 나는 거짓말을 한다.

"혹시 누구든 우리 가족하고 연락했어요?" 버지니아가 묻는다. "우리 에드거 삼촌하고 혹시 연락했어요?"

"그런 사람 들어보지도 못했어." 어쨌든 내 말은 진짜다.

버지니아는 무릎이 꺾이듯 주저앉더니 몸을 떨며 흐느껴 울면서 두 팔로 자신의 두 다리를 끌어안는다.

"서머, 어쨌거나 우리는 자매잖아요!" 버지니아가 소리 지른다. "우린 피가 섞였다고요. 절 도와줘야죠. 지금 절 도울 사람은 언니밖에 없어요. 다른 사람은 절대 내 옆에 올 수 없어요!"

*

10분 뒤 우리는 소파에 함께 앉아 있고, 버지니아는 분홍색 배낭에서 꺼낸 과자를 볼이 불룩해질 때까지 입에 털어 넣고 있다. 버지니아는 여전히 울고 있지만 그래도 조금 정신을 차린 상태다.

알고 보니 버지니아는 5월 첫날 결혼했다고 한다.

"난 사랑에 빠졌다고 생각했어요." 버지니아가 말한다. "우린 정말 비슷한 점이 많았거든요. 둘 다 만화를 좋아해요. 리치는 나보다 만화를 더 잘 그려요. 하지만 결혼식 날 밤이 지나고, 그러니까 그거를 한 다음에 모든 것이 변했어요. 우리가 공통점이 많았던 이유는 친척이기 때문이라는 걸 깨달았어요. 피가 섞인 건 아니지만, 난 걔를 사촌으로 보면서 자랐잖아요. 걔는 친오빠나 마찬가지라고요! 언니도 남동생이 있잖아요. 그러니까 무슨 말인지 알 거예요! 아무리 사랑한다고 해도 남동생과 섹스를 하고 싶지는 않잖아요!"

어린 버지니아의 입에서 튀어나온 말은 추잡하게 들린다. 무슨 말인지 설명하기 위해서 굳이 내 남동생을 들먹일 필요는 없다. 나도 무슨 말인지 아니까.

"이 모든 일의 목적이 뭐야?" 내가 묻는다. "넌 내가 임신한 걸 알잖아."

"엄마는 언니가 유산했다고 했어요." 버지니아가 말한다. "심지어 엄마가 내게 위로의 말을 담은 카드도 쓰게 했다고요."

그러니까 내가 유산하리라는 희망을 품고 결혼과 임신을 계속 진행한 거야. 아니면 내 임신이 거짓말일 수도 있다고 생각했는지도 모르지. 프랜신은 싸워보지도 않고 포기할 사람이 아니다. 그리고 그녀는 자신도 모르게 진실에 아주 가까이 접근하고 있다.

"하지만 네 페이스북 페이지에 올라온 온갖 사진들은 다 뭐야?" 내가 묻는다. "2주 전에 넌 체육관에서 태운 피부를 뽐내면서 셀카를 찍었잖아!"

"엄마는 언니가 그 사진들을 찾아볼 걸 알고 있었어요." 버지니아가 말한다. "사진들은 전부 몇 달 전 찍은 것들이에요. 엄마는 여러 남자 모델을 데려와서 하루에 그 사진을 전부 찍었어요. 남자 모델들한테는 패션 잡지에 내보낼 거라고 말했고요."

"넌 왜 이 모든 짓에 협조한 거야?" 내가 묻는다.

"솔직히 말할게요. 그들이 억지로 시킨 건 아니에요." 버지니아는 엉덩이로 발을 깔고 앉는다. 엄청나게 뚱뚱해진 몸에 어울리지 않는 소녀 같은 몸짓이다. "오클랜드의 등기 사무소에 직접 가서 리치와 평생 함께하겠다고 맹세했어요. 그날은 내 열여섯 번째 생일이었고, 비가 엄청나게 와서 신발이 전부 흠뻑 젖었을 정도였어요. 진짜로 발이 차가운 상태에서 결혼한 거예요(서양에서는 스스로 확신이 없는 결혼을 할 때 발이 차갑다고 표현한다-옮긴이)."

버지니아는 콧방귀를 뀌지만 결국 흐느끼고 만다.

"엄마는 우리를 호텔로 데려갔어요. 그리고 엄마가 역겨운 삼촌들과 레스토랑에서 신나게 먹어대는 동안 리치하고 나는…… 알잖아요, 그거."

"맙소사, 정말 안됐구나." 내가 말한다.

역겨운 삼촌들이란 콜턴, 그리고 버지니아가 매우 두려워하는 프랜신의 오빠 '에드거'라는 사람임이 틀림없다. 얼굴이 기억나지 않지만 나는 버지니아와 리치가 위층에 있는 동안, 프랜신이 붉은 얼굴의 주먹코인 도깨비 같은 작자와 함께 기름진 돼지고기 요리와 비싼 와인 여러 병을 성대하게 차려놓고 모여 앉아 있는 모습을 상상한다. 그 자리에 콜턴이 있었다고 생각하니 어머니가 떠올라 가슴이 아프다. 어머니는 콜턴을 사랑할까? 그리고 이 어린 애들이 마치 아동 매춘을 하는 것처럼 행동했다는 생각에 또 속이 뒤집힐 것만 같다.

"다음 날은 더 끔찍했어요." 버지니아는 초콜릿 과자 봉지를 뜯더니 거의 한꺼번에 입에 대고 털어 넣다시피 한다. 버지니아는 과자를 씹으면서 말한다. "엄마가 배란 감지기를 가져와서 매일 검사 막대에 대고 소변을 보게 했어요. 엄마 말이 내가 LH가 급등했다고 하면서(배란 직전에 호르몬이 급격히 증가하는 일-옮긴이) 리치랑 섹스를 세 번이나 하게 했어요. 아침에 한 번, 점심과 저녁때 한 번씩. 그리고 섹스할 때마다, 끝나고 나면 나더러 몸을 거꾸로 세우고 있으라고 했다고요."

"이해할 수가 없어." 내가 말한다. "엄밀하게 말해 넌 강간당한 것 아니야?"

"아뇨." 버지니아는 조용하게 말한다. "그게 중요해요. 난 리처드를 사랑해요. 리처드도 날 사랑하고. 그런데 섹스는 제가 기대했던 것과는 달랐어요. 평생 사람들에게 들었지만 절대로 이해하지 못했던 뭔가를 깨달았어요. 언니는 듣지 않아도 당연히 알 거예요. 언니하고 애덤이 왜 지금까지 돈을 위해 임신하고 싶어 하지 않았는지 이제는 알 수 있어요."

순간적으로 나는 내가 서머라는 걸, 그래서 버지니아가 무슨 말을 하는 건지 이해할 수 있어야 한다는 사실을 잊었다. 버지니아가 하는 말은 나로서는 절대 이해할 수 없는 거였다.

"뭘 깨달았다는 거야?"

"학교에서 수녀님들이 말하는 얘기 있잖아요. 알고 보니 그분들 말씀이 어쨌거나 옳았던 거예요. 그분들은 어떻게 그런 걸 아시는지.” 버지니아의 목소리가 갈라진다. “섹스는 신비로운 일이에요. 최고의 섹스는 다른 사람의 영혼과 이어지는 순간이고, 어쩌면 새로운 생명을 창조하는 순간일 수도 있는 거예요. 그래서 섹스를 사랑을 나눈다고도 하잖아요. 제대로 된 특별한 순간의 섹스라면 가장 성스러운 걸 만들고 있는 거죠. 사랑을 만들어내는 거예요.”

“그래서 리치하고 그런 느낌이 있었니?” 내가 묻는다.

내가 진짜 대답을 듣고 싶은 건지 나도 모르겠다.

“아뇨!” 버지니아는 울부짖는다.

버지니아가 마치 여자 성직자나 천사라도 되는 것처럼 한 줄기 빛이 그녀의 얼굴을 스치며 지나가지만, 버지니아는 다시 얼굴을 찡그리더니 새 초콜릿 과자 봉지를 뜯는다.

“리치랑 나는 둘 다 섹스가 그런 느낌일 거라 생각했어요. 하지만 그렇지 않았죠! 전부 잘못됐어요! 그걸 엄마가 어떻게 이해하겠어요? 엄마는 콜턴 삼촌하고 그 짓을 해왔어요. 그것도 얼마나 오래됐는데요! 아버지의 시체가 땅속에서 아직 식지도 않았을 텐데 말이에요. 엄마가 에드거 삼촌하고도 그 짓을 한다 해도 난 놀라지 않을 거예요. 그들은 야만인이에요. 둘 다. 리치는 자기 의붓아버지를 혐오해요.”

버지니아는 데이지꽃 색깔 눈으로 나를 빤히 바라본다.

“서머 언니 말이 옳았어요.” 버지니아가 말한다. “돈을 위해 생겨나는 아기는 없어야 해요. 우리 집 재산은 저주예요! 그리고 나는 내 아기에게 저주를 내린 셈이에요! 내 아이를 저주했다고요!”

버지니아가 너무 이성을 잃을 정도로 울기 시작해 나는 혹시 몰라 양동이를 가져온다. 복숭아색 카펫 위에 초콜릿을 토하는 건 안 될 일이다.

이야기는 끝이 아니다. 버지니아와 리치는 사연 많은 잠자리를 끝내고 나서 프랜신이 들어오지 못하도록 호텔 방 문을 걸어 잠근 다음 두 사람의 사랑은 이루어질 수 없다는 점에 동의했다. 리치는 정중하게 바닥에서 자며 밤을 보냈다. 아니, 어쩌면 진이 모두 빠져 버렸는지도 모를 일이다. 다음 날 아침에 버지니아는 달아나려고 했지만, 프랜신이 그녀를 붙잡고 가족을 위해 할 일을 해내야 한다면서 다시 침대로 올라가 근친상간 섹스를 하라고 강요했다.

버지니아는 흔들리지 않았다. 버지니아와 리치는 절대 다시 섹스를 하지 않기로 약속했고, 일종의 정화를 위한 희생으로 서로 만나지도 않기로 신들에게 맹세했다. 이틀이 지나자 프랜신도 수그러들었고, 그녀와 버지니아는 신랑을 분노한 아버지에게 던져두고 비행기를 타고 웨이크필드로 돌아왔다.

하지만 너무 늦었다. 알고 보니 버지니아의 자궁은 프랜신의 편이었다. 버지니아는 임신했던 것이다.

버지니아는 임신 중절을 원하지는 않았지만 비참했다. 특히 비키니를 입고 배가 불룩 나온 나를 해변에서 본 뒤 프랜신이 내가 유산하지 않았다는 걸 인정하자 더욱 괴로웠다. 학교 친구들과 심지어 친자매들도 보기 부끄러워진 그녀는 해변 저택의 다락방에 숨어 TV를 보고 아무렇게 마구 먹어댔다.

"그래서 언니보다 이렇게 뚱뚱해진 거예요." 버지니아는 깔끔하게 솟아오른 내 배를 부러운 눈으로 보며 말한다. "그런데, 언니는 최소 36주는 넘었잖아요. 엄마가 계산하고 있던데."

나는 깜짝 놀란다. 프랜신은 서머가 임신한 걸 모른 채 세이셸로 가는 항해에 나섰다고 생각하고 있었고, 그래서 2주 정도 틀린 계산을 하고 있었다. 서머는 임신 38주째여야 했고, 원래 출산 예정일인 11월 28일까지는 이제 겨우 2주를 남겨두고 있어야 했다. 나는 가족에게 어쩔 수 없이 서머의 진짜 출산 예정일을 인정하고 슬그머니 12월로 출산 예정일을 미루려는 시도는 포기한 상태였다. 왜냐하면 두려워했던 대로 어머니가 언제 애를 가졌느냐며 날카로운 질문을 아주 많이 했기 때문이다. 그래서 애나베스와 애덤 그리고 산파는 내가 임신 38주째라고 믿고 있지만, 사실은 그렇지 않았다. 나는 이제 겨우 임신 33주째이다.

"넌 임신 몇 주째니?" 내가 묻는다.

처음으로 나도 다른 사람들처럼 임신부라면 몇 주째인지 궁금해하는 집착을 보여준다.

"내일이면 30주예요." 버지니아가 말한다. "인터넷에서 검색해봤어요. 만일 지금 아기가 태어나면 인공호흡기를 달거나 적어도 CPAP(지속양압호흡-옮긴이)를 해야 해요. 어쩌면 아기 심장에 구멍이 나거나 뇌출혈이 발생할 수도 있어요. 평생 장애를 갖게 될 수도 있어요. 죽을 수도 있고."

나는 버지니아가 말한 내용을 두고 자세히 이야기를 나누는 위험을 감수할 수는 없다. 일단 나는 CPAP가 뭔지 모른다. 버지니아는 내가 타르퀸을 안고 있는 사진이 걸렸던 벽 빈 곳을 멍하니 바라보고 있다. 버지니아가 한 말이 정확한지 여부는 알 수 없지만,

그곳에 걸렸던 사진은 출산 과정에서 일이 얼마나 잘못될 수 있는지를 늘 무시무시하게 일깨워주곤 했다.

"하지만 왜 지금 아기가 나오겠어?" 내가 묻는다. "네가 몸이 좀 불기는 했지만, 그래도 젊고 건강하잖아."

"그래서 이리로 온 거예요, 모르겠어요? 엄마는 나나 아기는 신경도 쓰지 않아요. 단지 돈을 잃는 것만은 참지 못할 거라고요."

"하지만 그건 어쩔 수 없는 일이잖니, 안 그래? 내가 너보다 훨씬 더 빨리 아이를 낳을 텐데."

말을 하면서도 몸이 싸늘해지는 기분을 느낄 수 있다. 나는 배 속 아기가 금방이라도 태어날 수 있을 것처럼 차분하게 보여야 한다.

"먼저 임신한 사람이 문제가 아니잖아요." 버지니아가 말한다. "먼저 태어나는 아기가 이기는 거죠. 저쪽은 강제로 내 아기를 태어나게 하면 이길 수 있어요. 저 사람들이 무슨 짓을 할지 몰라요. 엄마는 계속 날 태국에 데려가겠다고 말했어요. 아빠가 죽은 다음 태국에는 절대 가지 않겠다고 했었는데 말이에요. 그러다가 엄마 노트북에 열려 있는 페이지를 봤는데, 푸껫에 있는 한 사립 산부인과 병원이었어요. 제왕절개 수술을 예약해서 아기의 생일을 정하면 된다는 광고가 보였다고요. 태국에서는 돈만 많이 주면 뭐든 해준다는 게 정말이에요?"

"하지만 네가 의도를 알고 있는데 그들이 당장 뭘 할 수는 없잖아?" 내가 묻는다. "그런데 뭘 그렇게 두려워하는 거야?"

"저들이 뭔가 다른 생각을 해낼 수도 있어요. 어쩌면 내 음식에 뭔가를 슬쩍 넣어 억지로 아이가 나오게 할 수도 있죠. 에드거 삼촌이 최악이에요. 그 사람은 내 배를 걷어찰 수도 있는 사람이에요! 날 숨겨줘요, 서머 언니. 내가 숨어서 아기를 안전하게 지킬 수 있게 해줘요! 언니는 억지로 아기를 일찍 낳지 않으리라는 걸 알아요. 날 사랑해달라고 하지는 않아요. 하지만 우리는 같은 걸 원하고 있어요. 언니도 내 아기가 내 배 속에 있는 걸 원하잖아요. 언니는 돈을 차지할 자격이 있어요. 언니와 애덤은 사랑으로 결혼했잖아요."

머릿속에서 불편한 단어들이 굴러다닌다. CPAP. 출혈. 심장에 구멍. 그렇게 오랜 세월 동안 나도 유언장 내용을 되뇌며 살아왔지만, 카마이클 가문의 후계자가 죽는다면 어떤 일이 벌어질지 한 번도 생각해본 적이 없다.

서머가 임신했다는 걸 알게 될 때까지 오랜 세월 동안 나는 내가 낳을 아이가 후계자가 되리라 믿고 있었다. 나는 서머를 이길 생각이었다. 아이 한 명 낳고 상금을 차지하리라. 아이를 원한 적은 한 번도 없었지만, 그렇다고 해서 아이의 죽음까지 계획할 정도로 나는 사악하지 않았다.

로스쿨에서 들었던 강의 중에서 퍼뜩 머릿속에 떠오르는 이야기가 있다. 상속법은 고대 영국 법률을 수세기 전에 오스트레일리아가 받아들인 것이다. 당시 학생들은 유증이나 유자녀 그리고 여성 유언자 같은 용어를 배워야 했다.

유산이나 사산의 경우는 인정이 되지 않지만, 만일 아기가 한순간이라도 산 채로 태어난다면 상속은 이루어진다. 그런 나음 아기가 사망한다면 아기의 부모가 다시 상속인이 된다. 버지니아는 미성년자이므로 후견인이 재산을 차지하게 된다. 바로 프랜신이다.

나도 모르게 입에서 소리가 흘러나온다.

"단 한 번만 숨을 쉬어도 돼."

버지니아는 내가 아기의 사망 선고를 내리기라도 한 것처럼 새된 소리를 내지른다. 하지만 내가 생각하는 건 버지니아의 아기가 아니다. 내 아기를 두고 한 말이다.

나는 멍청한 산파에게 '출산 지연'을 기꺼이 받아들일 수 있다고 유쾌하게 안심시켜둔 적이 있다. 내 계획은 자연스럽게 분만이 되지 않으면(내 출산 예정일은 내년이므로 당연히 그때까지 자연 분만이 이루어질 리 없다) 12월 중순쯤에 출산을 유도해보자고 말하는 거였다.

모든 게 완벽한 것 같았다. 사실은 예정보다 일찍 태어나는 거지만, 애덤은 아기가 늦어진다고 생각할 것이다. 그래도 타르퀸처럼, 아기의 몸이 좋지 않을 정도로 조산은 아닐 것이다.

하지만 이 계획에는 오류가 있다. 나는 임신 8개월째에 태아가 너무 작은 것 같은데도 초음파 사진 촬영을 굳이 권하지 않는다는 이유로 짜증스러운 산파를(산파는 초음파 사진이 '아기를 전자레인지에 넣고 돌리는 셈'이라고 말한다) 견뎌내고 있다. 산파인 스카이버드는 모든 의사와 몸속을 들여다보는 청진기를 피해 집에서 아이 낳는 걸 나만큼이나 간절히 원하고 있다. 우중충하게 땋아 내린 머리나 몸에서 풍기는 냄새 때문에 집에 찾아오는 일이 그리 달갑지 않음에도 그녀는 하늘의 선물 같았다. 하지만 만일 출산 중에 뭔가 잘못된다면 어떻게 할 것인가?

갑자기 현대의학에 등을 돌린 것 같은 내 태도에 깜짝 놀란 서머의 옛 직장 동료들에게서 전화와 이메일이 쏟아졌지만, 나는 전화를 끊어버리고 이메일은 지우면서 모두 무시하고 있다. 하지만 그들의 경고가 이제 다시 머릿속에 떠오른다. 누군지 모르지만 니나라는 여자는 얼마나 집요했던지 전화번호를 차단해버렸는데도 계속 이메일을 보내오고 있다. 제발, 서머. 스카이버드만은 안 돼. 그녀는 이메일에 그렇게 썼다. 내가 이메일을 모두 지우고 나서 몇 달 뒤, 그녀는 우리 집 우편함에 손으로 쓴 카드를 남겼다. 자연적으로 아기를 낳겠다는 자기의 선택을 지지하려고 노력하고 있어. 간단한 검사로 전치태반이 아닌지만 제발 확인해줘. 혹시 그렇다면 애를 낳다가 출혈로 사망할 수도 있잖아. 손편지는 계속 이어졌지만, 그 뒤로는 아예 읽지도 않았다.

스카이버드는 풍수지리를 믿고 탯줄도 자연스럽게 분리될 때까지 끊지 않고 그대로 두어야 한다고 생각했다. 내게는 이상적인 산파였다. 청진기가 태아의 에너지를 훔쳐간다는 내 생각을 말하자, 그녀는 자신의 청진기를 내가 애를 낳는 동안 자동차에 두겠다고 약속했다.

나는 웨이크필드 최악의 산파를 선택했다.

그 순간 문을 두드리는 요란한 소리가 들린다.

버지니아는 얼어붙은 표정으로 내게 매달린다. "엄마예요!"

17. 앨범

덩치가 산더미 같은 배다른 동생을 숨길 곳이 없는지 이리저리 둘러본다. 버지니아를 그랜드피아노 속에 숨기는 말도 안 되는 상상을 한다.

내 아이폰에서 알람이 울린다. 화면을 슬쩍 본다. 어린이집에서 타르퀸 데려오기, 라는 글자가 보인다. 현관에 와 있는 사람이 누군지 몰라도 유리문 안쪽 우리를 보지 못했더라도 내 휴대전화 알람 소리는 들었을 것이다. 집에 아무도 없는 척은 할 수 없다.

소파에서 내려갈 수가 없다. 버지니아의 손톱이 내 팔뚝을 파고 들어 나는 그 자리에 얼어붙는다. 버지니아가 집어먹은 겁이 내게 옮겨온다. 배 속에서 경련이 일어나는 것 같다. 배 속 아이도 두려움에 몸이 굳는다.

그러나 다음에 들려오는 소리는 너무 반가워 아름답기까지 하다. 타르퀸의 노랫소리다.

"엄마, 엄마, 맘마." 타르퀸은 재잘거리며 노래한다.

"프랜신이 아니야." 나는 속삭인다. "누군가 나 대신 타르퀸을 데려왔어. 아마 애나베스일 거야."

"안 돼!" 버지니아가 말한다. "내가 이러고 있는 걸 언니 엄마가 못 보게 해줘요!"

부풀어 오른 버지니아의 몸을 내려다본다. 이중 턱에 코끼리 같은 허벅지까지 가관이다. 병든 것 같은 피부는 여드름투성이다.

"어머니는 네 모습이 어떻든 신경도 안 써!" 내가 말한다. "어머니는 아기가 네 배 속에 있기를 바랄 거잖아? 우리 가족이 지금 네게는 최고의 친구야!"

버지니아는 고개를 끄덕인다. 배 속 경련이 사라지고 나는 현관으로 향한다. 애덤이다.

"당신이 지금 웬일이야?" 내가 묻는다.

"왜 이렇게 현관을 꼭 잠갔어?" 애덤이 되묻는다. "오늘 내가 타크 데리러 간다는 거 잊었어? 장모님이 저녁 드시러 올 테고, 그래서 아이리스의 생일하고 세례식 얘기하기로 했잖아."

나는 아무것도 기억나지 않고, 애덤은 버지니아의 모습을 발견한다. 버지니아는 소파에 달라붙은 채 양팔로 배를 감싸고 토끼처럼 눈을 치뜨고 있다. 애덤은 눈을 가늘게 뜬다. 초조한 나머지 다시 경련이 온몸을 쓸고 지난다. 순간적으로 남편이 먹이를 노리는 포식자처럼 보인다.

"너 임신했어? 네가 어떻게 서머보다 더 배가 부를 수 있어?" 애덤이 묻는다. “너 결혼했니? 언제 임신한 거야?”

날카롭지 않던 애덤의 기억력은 어디로 간 거지? 그는 순간적으로 문제의 핵심을 모두 짚어낸다. 돈에 대한 그의 무관심에도 한계는 있는 것 같다. 돈을 차지하거나 말거나 관심이 없을 수는 있다. 하지만 돈을 차지했다고 생각했는데 남이 채가는 건 다른 문제다.

타르퀸이 아장아장 걸어오더니 손가락으로 내 배를 찌른다.

“아가 다시 있다.” 타르퀸이 말한다. “아가 다시.”

타르퀸은 작은 손으로 둥그렇게 솟은 내 배를 쓰다듬는다.

내 몸 오른쪽 배 속에서 발을 구르는 아기 다리가 느껴지는데, 타르퀸이 이걸 어떻게 알고 말하는지 이해할 수 없다. 타르퀸이 발음은 부족해도 단어 두 개를 붙여 말하는 건 큰 발전이지만, 나는 더 큰일이 마음속에 들어 있다.

“버지니아보다 내가 임신한 지는 더 오래됐지.” 내가 말한다. “임신한 사람마다 배 크기는 다 달라. 나는 배가 작은 편이고…….”

“그리고 나는 뚱뚱해요.” 자신이 한 말을 강조라도 하듯 버지니아는 엄청나게 큰 초콜릿을 꺼내 한입 깨문다. “네, 결혼했어요. 하지만 걱정하지 마세요, 애덤. 두 분이 경주에서 이겼으니까요.”

버지니아는 초콜릿을 씹으며 프랜신의 사악한 계획을 설명하고, 자신은 아기를 끝까지 품고 있다가 낳겠다는 이야기를 되풀이해 말한다. 나는 애덤이 멍하니 멀리 보는 것 같은 인상을 풀고 평소의 기사도 정신을 되찾길 바라지만, 그는 이렇게 말한다.

“아기 건강이 그렇게 중요하면 그런 나쁜 음식을 먹지 마.”

오늘 아침 회사에 나갔던 남편은 어디로 사라지고 전혀 다른 남자가 현관으로 들어선 것 같다. 하지만 어쩌면 애덤 말이 옳을지도 모른다. 버지니아가 풍선처럼 몸을 불리다가 조산하는 일이 벌어질 수도 있지 않은가? 제대로 생각을 할 수 없다. 타르퀸은 여전히 내 배를 만지며 노래를 부른다.

"아기 다시."

그런데 내 몸을 고통이 휩쓸고 지난다.

"그만, 아가야." 내가 말한다. "엄마 아파."

"저녁은?" 애덤이 묻는다. "장모님이 금방 오실 텐데."

"지금 오후 4시 반이야. 난 어머니가 오시는 줄도 몰랐고, 지금은 손님도 있잖아!" 나는 쏘아붙인다. "그리고 난 만삭의 몸이라고! 뭘 바라는 거야? 코스 음식이 나오는 만찬? 한 번쯤은 사다 먹으면 안 돼?"

애덤은 나를 보다가 버지니아를, 다시 내 몸에 손을 대지 않지만 내 옆에서 여전히 즐겁게 노래 부르는 타르퀸에게 시선을 옮긴다.

"그리고 내, 아니 아이리스 생일에 관한 얘기를 한다는 건 뭐야?" 내가 묻는다.

마침내 남편은 정신을 차린다. 지난 몇 달 동안 내가 마법처럼 만들어낸 애덤이(집안일을 적극적으로 돕는 착한 남편이) 다시 모습을 드러낸다.

"이런 세상에." 애덤은 타크를 안아 올리더니 내 뺨에 미안한 듯 키스한다. 그러곤 따뜻한 팔을 내 어깨에 두른다. "물론 음식을 사다 먹어도 되지. 타크는 내가 알아서 먹일게. 나도 이번에 둘째를 갖게 되면서 생각보다 스트레스를 많이 받나 봐. 아무래도 여러 가지 추억이 떠오르니까 말이야."

애덤은 피아노를 향해 고갯짓한다. 그는 언제든 헬렌에 관해 말할 때는 피아노를 향해 고갯짓을 한다. 가끔 피아노가 헬렌의 관이고, 관이 우리 거실 한가운데 놓인 것 같은 느낌이 든다.

"어머니는 아이리스를 기리기 위해 뭐라도 했으면 하시지만, 당신이 원하지 않으면 당신 생일에 관해 이야기하지 않아도 돼. 어차피 이제 겨우 이틀밖에 안 남았는데, 뭐."

"괜찮아, 자기." 나는 중얼거리듯 말한다. 나는 근육질인 그의 몸에 기대 그의 목에 얼굴을 묻는다. "쏘아붙여서 미안해. 지금은 우리 모두 스트레스가 쌓였나 봐. 버지니아, 그리고 우린 모두 널 돕길 원해."

버지니아는 더할 나위 없이 고마워하며 눈물을 떨구고 고개를 끄덕인다. 애덤은 한쪽 팔을 내게 두르고 다른 손으로 아들을 안은 채 서 있다. 우리는 끝내주게 멋지고 이상적인 가족으로 보일 것이고, 곧 어마어마한 부자가 될 것이다. 버지니아가 갑자기 아이를 낳지만 않는다면.

*

몇 시간 뒤, 애나베스와 애덤, 타르퀸, 버지니아와 나는 배달 음식이 남긴 빈 용기와 세례식 사진이 실린 잡지 화보, 초콜릿 과자 빈 봉지들이 어지럽게 널린 가운데 앉아 있다. 그 순간 나는 애덤에 대한 진실을 깨닫는다.

임신 검사를 한 뒤로 우리 성생활은 아주 멋졌다. 나는 서머가 들려준 촛불을 켜고 유혹한다는 식의 말도 안 되는 이야기를 포기했고, 애덤은 강제 섹스를 포기했다. 하지만 둘 다 포기하자 그 뒤로 우리 사이에서 여러 가지가 생겨났다. 나는 임신으로 배가 불렀지만, 애덤의 욕구는 줄지 않았다. 그의 몸은 단단한 근육질에 색깔까지 감탄할 정도로 멋졌다. 애덤은 여전히 키스는 하지 않지만, 그것 말고는 내 몸을 사랑해주는 솜씨가 훌륭했다. 그는 사려 깊고 장난스러우며 뜨거웠다.

하지만 뭔가 늘 이상했는데 그의 결혼식 앨범이 내게 그런 사실을 직시하게 했다.

세례식에서 입을 옷을 만들기 위해 자신의 결혼 앨범을 들여다봐야 할지 누가 알았겠는가? 나라면 쓸데없는 일로 여겼겠지만, 애나베스는 레이스가 결혼식 때 복장과 어울렸으면 했다. 애나베스는 엄청나게 많은 천 견본을 가져왔고, 지금 그것들을 커피 탁자 위에 펼쳐놓고 있다. 저녁 내내 애나베스는 어떻게 하면 버지니아를 프랜신으로부터 안전하게 지킬까, 하는 궁리와 어떤 옷을 만들어 입어야 하나 걱정 사이를 굽이치며 오갔다. 어머니에게 그 두 가지 이야깃거리는 똑같이 마음을 사로잡는 내용이었다.

“서머, 네 결혼식 사진 좀 가져와봐라!” 애나베스가 큰 소리로 말한다.

가끔 나는 이렇게 남은 평생을 보내리라 생각한다. 편안하게 누워 배달 음식으로 배를 채우고 누군가 뭔가를 요구하면 어떻게 해야 할지 모르겠다고 말하는 것이다. 서머의 결혼식 사진이 어디 있는지 알 도리가 없기도 하지만, 지난 몇 달 내가 연마한 기술이 있다. 기억이 나지 않을 때, 뭔가를 모를 때, 뭔가 제대로 해내지 못할 때 기댈 수 있는 핑계는 슬픔과 임신이다.

"이렇게 만삭인 사람이 어떻게 움직여요."

내 말에 공감이라도 하는 것처럼 배가 빳빳해진다. 저녁 내내 주기적으로 그랬다.

"내가 이 팔걸이의자에서 몸을 일으키면 아이가 쑥 빠져나올 것 같아요."

애덤이 무슨 말인지 알아듣고 성큼성큼 사진을 찾으러 간다. 내가 진짜 훈련 하나는 잘 시켰다.

앨범은 검은 가죽으로 장식한 구식이다. 애나베스가 소파 앞에 있는 커피 탁자 위에 올려놓은 앨범은 너무 커서 거실에 각자 따로 앉은 우리 모두 앉은 자리에서 사진을 볼 수 있다. 서머의 스타일은 아닌 것으로 보이는데, 애나베스가 앨범을 들추자 나는 그 이유를 알게 된다.

표지를 넘기자 양쪽에 신랑과 신부의 사진이 가득 들어 있다. 한쪽 면에 있는 사진 속 서머의 웃음이 실내를 가득 채운다. 금빛 머리칼이 어깨를 넘어 드레스 위로 찰랑거려서 몸통 부분의 복잡한 레이스를 알아볼 수 없다. 서머의 눈은 순수한 청록색이다. 서머의 달콤한 표정이 마치 내 얼굴을 후려갈기는 것처럼 다가온다.

그리고 또 다른 사진도 보인다. 이번 사진 속 드레스는 평범한 새틴인데, 신부가 적갈색 머리칼을 묶어 머리 위에 얹었다. 눈에 보이는 묘한 표정은 거의 슬픔에 잠긴 것 같은, 마치 이 세상에서 오래 살지 못할 것임을 아는 것 같은 그런 표정이다. 헬렌의 사진.

애덤과 서머는 그들의 결혼식 앨범을 따로 만들지 않았다. 애덤은 두 아내의 사진을 섞어 만든 결혼 앨범을 갖고 있다. 서머가 이렇게 한 걸까? 이미 있는 결혼 앨범에 자신의 사진을 추가한 걸까? 아니면 한 앨범으로 합쳐 만들자는 건 애덤의 생각이었을까?

애나베스가 페이지를 넘길 때마다 헬렌과 서머의 사진이 뒤섞여 등장한다. 두 번의 결혼식은 겨우 2년밖에 차이가 나지 않고, 신랑인 애덤은 같은 옷을 입고 있다. 사진 속에 신부 모습이 없는 경우에는 어떤 결혼식 사진인지 알아볼 수 없다. 두 결혼식 모두 애덤의 집 정원에서 치렀고, 시기가 두 번 모두 꽃들이 한창 만발했을 때였다. 두 번의 결혼식 파티는 모두 부드럽게 초점이 잡힌 장밋빛 색깔들의 소용돌이에 휩싸인 채 푸른 하늘을 배경으로 하고 있다. 서머의 들러리 여섯 명이 머리에 덮은 얇은 오렌지색 망사는 헬렌이 들러리용으로 선택한 복숭아를 닮은 분홍색과 크게 다를 것이 없다. 사실 구릿빛 안색과 적갈색 머리칼만 아니라면 헬렌은 서머로 충분히 착각할 수 있다. 서머가 더 예쁘지만 두 사람은 같은 틀에서 뽑아낸 사람 같았다. 애덤은 확실히 좋아하는 스타일이 있는 것 같다.

남자들은 결혼식 날의 추억을 자주 되돌아보지 않을지도 모르지만, 어떻게 나와 죽은 첫 아내의 사진을 동시에 보는 걸 원할 수 있단 말인가?

애덤은 애나베스 옆에서 앨범 위로 몸을 숙이고 은근한 자부심이 드러나는 표정으로 사진들을 보고 있다. 맹세컨대 아내가 하나인 것보다는 둘인 편이 더 낫다고 생각하는 것 같다.

애덤과 나는 아주 가까운 사이여야 한다. 나는 그가 슬픔을 극복할 수 있도록 도와준 아내 아닌가. 우리는 헬렌이 그와 함께 쓰던 침대에서 섹스를 한다. 마호가니 침대 프레임을 바꿀까 생각도 했지만, 계단을 통해 아래층으로 옮기는 것만 해도 힘든 일이다.

서머가 결혼식 날 밤을 헬렌의 침대에서 보낸 일이 늘 이상하게 여겨졌다. 하지만 알고 보니 애덤은 헬렌, 그리고 그녀와의 관계에 관해 터놓고 말하는 편이어서 이상하지 않았다. 진정하고 유일한 사랑을 만나면 전에 사귄 여자친구들 얘기를 해도 별로 질투가 나지 않는다. 그들이 얼마나 미친 짓을 하며 살았는지 함께 웃고 만다. 하지만 헬렌은 옛 여자친구가 아니다. 그녀는 전 부인이다. 두 사람은 헤어진 관계가 아니다.

애덤이 헬렌에 대해 침묵하는 건 정절을 의미한다. 아마도 그는 서머만큼 헬렌을 사랑할 것이다. 어쩌면 헬렌을 더 사랑할 수도 있다. 결혼 앨범 속 헬렌의 모습은 지나가버린 사람이 아니다.

나는 늘 언니가 애덤에게 최고로 소중한 사람이라고 생각했는데, 어쩌면 서머는 그저 혼자일 때 만난 또 다른 예쁜 여자일 수도 있다. 그리고 서머는 기꺼이 두 번째 부인이 되었다. 여자들이 해야 할 일을 하고, 결정은 애덤이 내렸다. 두 사람은 강제 섹스를 즐겼고, 서머는 타르퀸을 사랑했다.

그렇다고 내가 애덤이 평생 유일하게 사랑한 여자가 되고 싶다는 건 아니다. 하지만 내가 교체 가능한 대상이라는 느낌은 싫다. 애덤은 요리와 청소를 하고 아이들을 돌보며 섹스할 수 있다면 어떤 아내든 상관없는 것처럼 보인다.

애덤은 나쁜 남자는 아니다. 나는 우리 관계가 잘 돌아가도록 만들었다. 성생활은 아주 좋고, 그는 좋은 동반자이며 자기 아이들을 사랑한다. 내가 생각했던 우상 같은 남자는 아니지만 요즘 나는 그가 내게 딱 맞는 남자라고 생각하기 시작했다. 그러나 그렇지 않았다. 앞으로도 절대 그렇지 않을 것이다.

나는 애덤이 날 사랑하는 이유라고 할 수 있는 일들을 전혀 잘하지 못한다.

나는 편안한 팔걸이의자에 앉아 창문 밖 인피니티 풀을 내다보며 어둠이 내리면서 물과 하늘이 만나는 선이 흐릿하게 사라지는 모습을 바라본다. 서머는 자신의 삶이 완벽했기에 그걸 사랑했을까? 아니면 서머였기 때문에 자기 운명에 그저 만족했던 걸까?

"서머." 애덤이 말한다. "타르퀸을 재워야 할 시간 아니야?"

타르퀸은 앨범으로 아장거리며 걸어오더니 사진을 손가락으로 문지른다. 아이는 돌아서서 날 가리키며 크고 명확하게 말한다.

"우리 엄마 아니야."

모두가 날 바라본다. 버지니아, 애나베스, 애덤. 뭐라고 대꾸할 말이 한마디도 떠오르지 않는다.

갑작스러운 일이다.

"우리 엄마 아니야."

타르퀸은 자기가 한 말에 기분이 좋다. 아이는 반복해 말한다. 선언하듯 말하는 사이 무거운 침묵이 흐른다.

이들 가운데 누구라도 의심한다면, 난 끝이다. 누구든 내가 도저히 대답할 수 없는 질문을 할 수 있다. 애덤이 해야 할 말은 그저 우리가 만난 날 이야기를 묻는 것뿐이다. 처음 키스한 날 이야기라든지. 결혼 첫날밤이 어땠는지.

그리고 어머니는 질문할 필요도 없다. 한마디도 필요 없다. 그냥 곧장 내게 걸어와 심장 위에 손을 올려보기만 하면 된다.

타르퀸의 눈길이 나를 파고든다. 아이는 알고 있다. 어떻게 아는지 알 수 없지만, 아이는 안다. 맞혔구나, 요 녀석.

"타르퀸이 말을 하네!" 애나베스가 탄성을 내뱉는다. "똑똑하기도 하지. 새로 배운 말 하는 거 봐라!"

"난 타르퀸이 헬렌을 모르는 줄 알았어요." 버지니아가 말한다.

"몰라." 애덤이 말한다. "우리는 아직 아이에게 말하지 않기로 했거든."

내게 고개를 돌린 애덤의 눈에서 예전의 잔인한 표정이 느껴진다. 내가 타크에게 헬렌 이야기를 했다고 생각해 화가 난 걸까? 아니면 날 의심하기 시작했나?

"애도 자기랑 닮은 걸 알아볼 수 있을 거야." 애나베스가 말한다. "머리가 붉은색이잖아."

"첫 번째 아내 얘기 나오니까 생각나네요." 버지니아가 말한다. "우리 엄마가 마거릿이 아기를 낳았을지도 모른다는 생각에 빠져 있던 거 아세요, 애나베스? 애가 있었다면 당연히 서머보다 나이가 많을 테고, 지금쯤이면 아이를 낳았을 수도 있어요. 그럼 카마이클 가문의 후계자가 이미 태어나 있는 거죠. 엄마는 또 벤이 뉴욕에서 몰래 아기를 낳았다고 생각하기도 했어요. 벤이 게이인 건 알지만, 그래도 돈을 보고 결혼해서 아기를 낳을 수는……."

"터무니없는 생각이야!" 애나베스가 말한다. "릿지는 마거릿이 아기를 낳지 못해서 헤어졌어. 두 사람 모두 마흔이 넘었을 때였지. 만일 마거릿이 임신했다면 이혼을 피하고자 분명히 말했을 거야."

"꼭 그렇지는 않아요." 버지니아가 말한다. "그때쯤에는 남편이 얼마나 나쁜 놈인지 알아차렸을 수도 있죠."

"말조심해!" 어머니가 소리친다. "그런 식으로 자기 아버지를 말하는 사람이 어디 있어?"

"그 사람이 내 아버지인 이유는 당신이랑 여전히 결혼한 상태에서 미친년 같은 우리 엄마랑 붙어먹었기 때문이잖아요." 버지니아는 뻔뻔하게 말을 잇는다. "왜 사실을 있는 그대로 받아들이지 못해요, 애나베스? 어쨌거나 그 사람은 당신을 떠났잖아요. 그런데 그 사람이 누구 때문에 당신을 떠났죠? 콜턴 삼촌이 당신한테 붙어서 사기를 치는 중에도 은밀히 자기 오빠랑 붙어먹는, 바로 우리 엄마잖아요! 자기 딸을 돈에 팔아먹는 우리 엄마요!"

나는 버지니아를 두 팔로 꼭 안아주고 싶다. 사람들의 주의를 끝내주게 분산시키는 역할을 해주었기 때문이다.

버지니아와 애나베스는 혹시라도 마거릿에게 딸이나 아들이 있다면 왜 이미 돈을 요구하지 않았을지를 두고 토론을 시작한다. 버지니아는 앞뒤가 전혀 맞지 않는 프랜신의 망상과도 같은 이론을 비웃는 것처럼 설명한다. 어쩌면 마거릿과 그녀의 자식은 유언장에 대해 모르고 있을 수도 있다. 어쩌면 그들은 재산이 그들의 삶을 좌지우지하는 걸 원하지 않을 수 있다. 어쩌면 이유는 모르겠지만, 그들은 아기를 가지는 우리를 보며 몰래 웃고 있을지도 모른다.

버지니아는 애나베스를 설득하지만, 어머니는 버지니아가 설명한 이론 가운데 한 가지도 확실하게 믿는 것 같지 않다. 나는 아버지가 한 말을 생각한다. 착한 건 바보짓이다. 버지니아는 착하지도 않고 바보도 아니다. 독단적이고 냉소적이고 똑똑하다.

그런데 냉소적임에도 버지니아는 돈에 등을 돌린 채 옳은 일을 하기 위해 눈을 부릅뜨고 사자 우리로 걸어 들어왔다.

버지니아는 자기 아이를 사랑한다. 근친 간의 관계로 생긴 아기를 미워한다 해도 아무도 비난할 수 없을 테지만, 그녀는 그렇지 않았다. 버지니아는 탐욕에 물든 미치광이 엄마 밑에서 자랐지만, 여전히 옳은 일을 선택했다. 진실을 말한 것이다.

버지니아가 알지 못하는 진실이 있다. 내가 임신한 아기는 법적으로 정당하지 못하므로 버지니아의 아기가 진정한 후계자라는 사실. 버지니아는 스스로 이곳을 찾아오면서 포기한 재산을 차지할 자격이 있다. 우리 가운데 누가 먼저 아기를 낳든 상관은 없다.

"어쨌거나 네가 돈을 차지하게 될 거야." 내가 말한다.

나는 팔걸이를 힘주어 밀면서 일어선다. 무슨 생각인지 나도 알 수가 없다. 내가 한 말은 무슨 뜻인지 생각도 하기 전에 입에서 흘러나왔다.

"서머, 당신 무슨 말을 하는 거야?" 애덤이 묻는다.

나도 내가 무슨 말을 하는지 모른다. 나는 서머 역할을 해야 한다는 걸 잊고 있다. 온몸에 경련이 퍼지면서 나는 갑작스러운 고통에 몸부림친다. 타르퀸이 소리를 지르며 운다.

"뭔가 이상해." 내가 말한다. "나, 아기를 잃을 것 같아."

"너 아기 낳으려나 보다!" 애나베스가 소파에서 펄쩍 뛰어 일어난다. "겁내지 마, 아가야! 내가 스카이버드를 부를게. 휴대전화에 그 여자 번호를 단축번호로 넣어놨어."

"아니야!" 나는 울부짖는다. 내가 뭔가 한 가지 알고 있다면, 그건 배 속 아기에게는 스카이버드보다 나은 산파가 필요하다는 점이다. "그 여자한테 연락하지 마! 난 그 수정구슬 흔들어대는 바보는 원하지 않아!"

모두가 내게 모여들어 날 안정시키려 애쓴다.

"넌 해낼 수 있어, 서머." 모두가 말한다. "당황하는 게 당연해. 하지만 넌 스카이버드를 사랑하잖아."

저녁 내내 나는 내 몸에 대해 생각하지 않으려 애썼지만, 복부의 고통은 점점 더 나빠지기만 했다. 어머니는 거실 맞은편에서도 알아보았다. 진통이 찾아온 것이다. 내 아기가 몇 주 일찍 태어나려 하고 있다. 아이가 임신 기간을 제대로 채운 상태에서 나온다고 해도, 몸도 제대로 안 씻는 정신머리 없는 히피 여자가 받는다면 정신 나간 짓일 텐데, 지금 상황에서라면 재앙이 될 것이다.

나는 버지니아를 바라본다. 바로 지금 재산이 버지니아에게서 사라지고 있다. 제대로 말하자면 버지니아의 것이어야 마땅한 재산이다. 하지만 버지니아의 눈에서는 나를 동정하는 기운이 느껴진다. 어째서 버지니아는 머리가 제대로 돌아가는데, 나는 그렇지 못한 거지? 버지니아는 처음부터 가장 중요한 건 아기의 건강이라는 걸 알고 있었다. 나는 그걸 이제야 깨달았다. 나는 버지니아가 사심 없이 도움을 구하려고 날 찾아오지 않았더라면 그런 사실을 깨닫지 못했을 것이다.

하지만 상황을 바로잡기에 너무 늦지는 않았다. 지금 나는 세상 모든 재산을 준대도 아무 욕심이 생기지 않는다. 나는 내 아기를 구할 것이다.

"난 집에서 애를 낳지 않을 거야." 내가 말한다. "아기가 너무 빨리 나오고 있어. 우린 병원으로 가야 해!"

"넌 괜찮을 거야, 얘야." 애나베스가 말한다. "38주면 그리 이른 것도 아니야. 아기는 괜찮을 거야. 어쨌거나 스카이버드를 불러서 물어보면 돼."

"아니, 안 돼!" 나는 울부짖는다. "거짓말이었어! 난 이제 겨우 임신 33주째라고!"

내 말에 모든 사람이 얼어붙는다. 모두 입을 벌리고 나를 바라본다.

"당신은 임신 38주째야, 서머." 애덤은 강인하고 차분한 두 팔로 나를 껴안는다. "지금 이러면 안 돼. 당신은 집에서 애를 낳겠다고 했잖아. 그리고 당신은."

그는 목소리를 낮춘다.

"당신은 카마이클 집안의 후계자를 임신하고 있다고."

"애덤, 나 유산했어." 내가 말한다.

목소리를 낮추려고 애쓰지만, 버지니아와 애나베스는 바로 우리 옆에 서 있다.

"바다에서 항해하는 동안 우리 첫 번째 아기를 잃었어. 악몽이었지. 계속 당신한테 말하려고 했지만, 하지 못했어. 그런데 다시 임신한 거야. 난 당신이 아기를 잃은 슬픔을 굳이 느낄 필요 없다고 생각한 거야. 몇 주 정도 차이는 상관없으리라 생각했는데, 그렇지 않네. 난 출산 예정일보다 7주나 앞서 애를 낳는 거야. 우린 지금 당장 병원으로 가야 해!"

애덤은 나를 멍하니 보더니 다시 버지니아를 바라본다. 그리고 버지니아의 배를.

"병원에서 애가 나오지 못하게 막을 수 있을까?" 애덤은 누구에게랄 것 없이 묻는다.

"아마 그럴 수 있을 거야." 애나베스가 말한다. "양수가 아직 터지지 않았으니까."

애나베스는 버지니아의 배도 바라본다.

버지니아는 진짜 임신 30주일까? 버지니아는 나보다 배가 두 배는 더 불러 있다. 버지니아의 눈은 먹고 남은 치킨의 뼈를 집어 카펫 위에 던지고 있는 타르퀸에게 고정되어 있다. 무성한 복숭아 그림 위로 붉은 양념 자국이 퍼진다.

"애덤, 빨리 차를 가져와!" 나는 울부짖는다. "그리고 아무도 스카이버드에게 전화하면 안 돼!"

내 아기를 낳기 위해서는 진짜 의사와 간호사들이 필요하다. 그것도 지금 당장.

애덤이 현관문으로 뛰쳐나간다.

화물 열차와도 같은 고통이 내 복부를 강타하고, 내 몸 깊은 안쪽에서 뭔가가 터진다. 나는 피아노를 짚고 웅크리며 비명을 지른다. 아버지의 관이 머릿속에서 그림처럼 번쩍이며 지나가고, 내가 그 아래로 숨는 장면이 떠오른다. 하지만 지금 느껴지는 고통에서 숨을 방법은 없다.

두 다리가 젖어오는가 싶더니 발치에 피가 웅덩이처럼 고인다. 타르퀸이 치킨 뼈를 들더니 핏물에 담근다.

"냠, 냠, 냠." 타르퀸이 말한다. "아고가 새를 냠냠."

고통이 잦아든다. 깊게 숨을 들이마시고 밖을 내다본다. 자동차 타이어가 흘깃 보인다. 애덤이 벌써 차를 가져와 세운 것이 틀림없다.

의사들이 내 심장을 검사할 것이다. 나는 돈과 애덤, 그리고 모든 걸 잃을 테지만 신경 쓰지 않는다. 내가 아는 건 오직 다음 진통이 오기 전에 저 차에 올라타야 한다는 것이다.

"타르퀸을 부탁해요." 나는 어머니에게 말한다.

장밋빛 저녁 노을 속에서 쓰러질 듯 밖으로 나간다. 내가 생각했던 차가 아니다. 은색 세단 승용차다. 하지만 나는 여전히 차 안에 애덤이 타고 있으리라 생각한다. 그 순간 운전석 문이 열린다.

프랜신이 차에서 내린다. 연한 푸른색 정장에 진주 목걸이를 걸친 그녀의 모습은 그 어느 때보다 흠잡을 곳이 없다. 그녀는 나를 보더니, 자동차 문을 쾅 닫는다.

"내 딸 어디 있어?" 프랜신은 성큼성큼 내게 다가오며 묻는다. "너희가 안에 버지니아를 숨겨둔 걸 다 알아. 너, 가출한 애를 데리고 있는 거야. 이거 불법인 거 알지?"

"저리 비켜요, 프랜신." 내가 말한다. "나 애가 나와요."

"거짓말!" 프랜신의 얼굴이 일그러지며 울부짖는다. "엉뚱한 소리 집어치워!"

다시 고통의 벽이 내 몸을 때린다. 허리가 접히고, 거의 땅바닥에 주저앉을 것만 같다.

"애덤!" 나는 소리쳐 부른다.

애덤은 어디 있지? 순간적으로 고통 말고는 아무것도 느낄 수 없지만, 제정신을 잠깐 차려보니 프랜신이 내 어깨에 손톱을 박아 넣고 있다. 찡그린 그녀 얼굴이 바로 내 앞에 있다.

"이 망할 년." 프랜신은 새된 소리를 낸다. "고고한 척 수작 부리지 마. 버지니아 어디 있어?"

"애덤! 애덤!" 나는 울며 부른다.

애덤의 차는 어디 있는 거지?

나는 프랜신을 밀어낼 힘을 짜낼 수가 없다. 프랜신이 내 아기를 해칠 것인가? 하지만 갑자기 몸이 자유로워진다. 누군가 프랜신을 내게서 떼어내 끌고 간다.

애덤의 빨간 머스탱 자동차가 와서 선다. 그가 차에서 뛰어 내리더니 내게 달려온다. 그리고 두 팔로 나를 끌어안아 일으킨다.

나는 고개를 돌려 프랜신을 바라본다. 콜턴 삼촌이 그녀를 단단히 붙잡고 있다. 분명히 프랜신과 같은 차를 타고 왔을 것이다. 프랜신은 콜턴의 품 안에서 몸부림을 치고 있고, 화가 나서 얼굴이 보랏빛으로 변했다.

"인정해, 프랜신. 당신이 졌어." 콜턴이 소리친다. "서머는 아기를 낳을 거야. 이제 포기할 때라고."

"넌 네 어미랑 똑같아!"

프랜신이 내게 소리 지르는 동안 콜턴은 그녀를 잔디밭으로 끌고 간다. 그러는 사이 그녀 발에서 벗겨진 하이힐이 나뒹군다.

"아주 고결한 척하지만 넌 그냥 돈을 원하는 거야! 너 같은 어미를 둔 네 새끼가 불쌍하다!"

나는 돌아선다. 애덤은 힘들이지 않고 나를 차에 태운다.

애덤의 도움을 받아 조수석에 앉는데 다시 진통이 내 몸을 때린다. 내 몸 모든 조직이 밀어내라고 비명을 지르지만, 밀어내서는 안 된다는 걸 안다. 자동차 문이 쾅 닫히고, 애덤이 운전석에 털썩 앉더니 차는 출발한다. 우리는 뒤돌아볼 시간이 없다. 우리는 지는 해를 향해 달린다. 태양은 하늘에서 핏빛으로 이글거린다.

18. 아기

우리는 내 딸이 내 몸을 박차고 나오기 직전 간신히 병원에 도착한다. 내가 두려워하던 검진은 할 시간조차 없다. 의료진은 서둘러 나를 분만실로 보낸다. 딸은 코르크 마개를 뽑는 기구처럼 몸을 비틀며 내 몸 밖으로 나오고, 세상으로 나오는 순간 나와 눈을 마주친다.

"아기가 위를 보고 있어!" 의사가 큰 소리로 말한다. "밤하늘을 보고 태어났군!"

의사가 곧바로 내 가슴에 올려놓자 딸은 꿈틀거리며 마치 새끼 고양이처럼 소리를 낸다. 나는 양팔로 아기를 감싼다. 꿈틀거리는 아기를 안은 나는 아기의 심장이 따뜻하게, 계속 두근거리는 걸 느낀다.

내 아기는 작을지 몰라도 강인하다. 아기는 조심스럽고 열정적이고 용감하다. 아기의 두 눈이 마치 두 개의 별처럼 내 영혼 속으로 들어와 박힌다. 나는 이제 모든 것이 달라졌다는 걸 안다. 나는 절대로 아기에게 거짓말할 수 없다는 걸 안다.

"내 아기는 별이야!" 나는 울부짖는다.

나는 아기가 카마이클 가문의 상속자라는 걸 잊는다. 내가 아는 건 내가 아기를 사랑한다는 것뿐이다. 그리고 그 사실로 모든 것은 바뀌었다.

*

아기를 낳은 다음 날 아침, 애덤은 여동생을 만날 수 있도록 타르퀸을 데려온다. 우리는 일인용 병실에 있다. 창문도 없는 답답한 방이지만 나는 신경 쓰지 않는다. 내 아기는 안전하고, 나는 신생아 병동으로 가지 않아도 되니까. 오늘 아침 8시에 애나베스가 소식도 없이 나타났을 때, 나는 애덤 말고는 아무도 병실에 들어올 수 없게 해달라고 말했다. 참견하기 좋아하는 서머의 옛 동료들은 필요 없다.

내가 원하는 건 내 아기를 품에 안고 완벽한 그 모습을 바라보는 것뿐이다. 내 몸은 엉망이 되었고 가슴에서는 젖이 흘러내리지만, 내 몸에 무슨 일이 벌어지는지 따위는 생각하고 싶지 않다. 목과 무릎 사이 온몸이 아프지만, 신경 쓰지 않는다. 아기는 그럴 가치가 있다.

아기의 이름을 뭘로 할지 알고 있다. 에스더. 별이라는 뜻이다.

애덤이 꽃다발 두 개를 들고 문가에 서 있다. 하나는 아이리스고 다른 하나는 장미다. 지금까지 봤던 그 언제보다 활짝 웃고 있는 그의 다리에 타르퀸이 매달려 있다.

나는 애덤이 에스더의 아버지고 타르퀸은 오빠라는 걸 떠올리고 거의 깜짝 놀랄 뻔했다. 에스더는 마치 하늘에서 뚝 떨어져 나온, 자기 자신만의 존재로 우리와는 관계가 없는 느낌이 든다. 녹색 눈에 매끄러운 검은 머리칼인 에스더는 가족 누구와도 닮지 않았다. 애덤은 아들을 더 좋아했을 것 같은데, 내 품에서 딸을 데려가는 그의 얼굴에 드러난 표정은 순수한 기쁨 그 자체다.

"당신이 아이 낳는 모습을 보는 건 정말 놀라웠어." 애덤이 말한다. "당신은 정말 강인해!"

내가 기억하기에 애덤은 타르퀸이 태어날 때는 긴급 제왕절개 수술로 분만 장면을 볼 수 없었다. 우리가 분만 교실에 다니다가 그만둔 뒤로 애덤은 다가오는 출산에 그다지 관심이 없는 것 같았다. 하지만 지금 그는 계속 출산 이야기를 하고 있다.

"당신이 우리 딸을 세상에 태어나게 하는 걸 보면서…… 나는 왜 사람들이 임신한 여자를 숭배하는지 알 것 같았어. 당신이 옛날 풍요의 여신처럼 보이더라고!"

"넌 어떻게 생각하니, 타크?" 나는 묻는다. "엄, 아니, 내가 여신처럼 보이니?"

나는 '엄마'라고 말하려고 했지만 어쩌다 보니 말이 헛나왔다. 나 스스로 '엄마'라고 부르는 일이 내가 지금까지 계속한 거짓말 가운데 하나였기 때문이다.

하지만 이제 나도 진짜 엄마가 되었다. 난생처음 나는 엄마라는 이름을 가질 자격을 갖췄다. 그리고 나는 타르퀸이 아는 유일한 엄마다. 진실을 밝히는 건 타르퀸에게서 엄마를 빼앗는 일이다.

타르퀸이 내 침대에 기어올라 얼굴을 내 배에 대고 비비며 중얼거린다. "맘마, 맘마."

애를 낳는 일이 지난밤에 나를 미친 사람으로 만든 것 같다. 나는 타르퀸이 진실을 알고 있다고 생각했다. 하지만 아이는 나를 사랑하고 있다.

"제일 먼저 뭘 하고 싶어?" 애덤이 묻는다. "집을 고칠까? 아니면 새집을 살까? 우리 꿈속의 집을 지을까? 아니면 어딘가에 별장을 사거나, 차를 한 대씩 새로 살까? 내 생각에 당신은 페라리 컨버터블이……."

"지금 사는 집이 좋아." 내가 말한다. "그리고 당장 자동차는 어떤 것이든 상관없어. 하지만 밧세바는 오스트레일리아로 가져왔으면 좋겠어. 사람들을 사서 배를 집으로 가져오자."

"지금이 그럴 때일까? 우린 이제 아이가 둘이야."

"배에서 살자는 얘기가 아니잖아." 내가 말한다. "난 그냥 요트가 가까운 곳에 있으면 좋겠다는 거야."

"놀랐어. 하지만 생각해볼게. 어쨌거나 확실히 유산을 물려받기 위해서는 이 절차만 마치면 돼." 애덤은 내게 서류를 하나 내민다. "우리는 아기의 성이 카마이클이라는 걸 입증해야만 해. 그러면 콜턴이 우리에게 모든 걸 넘길 수밖에 없어."

나는 애덤을 보며 눈을 가늘게 뜬다.

"기분이 어때? 우리 아이들이 서로 다른 성을 갖게 되잖아? 해야만 한다는 걸 알지만, 이상해."

"그냥 얼른 해버리자고." 애덤은 어깨를 으쓱하며 말한다.

그리고 내게 펜을 건넨다. 나는 오른손으로 펜을 받는다.

서머 로즈 로맹. 나는 휘갈겨 사인한다. 몇 달 동안 아이 같은 서머의 글씨를 연습했다. 하지만 다른 사람 앞에서 이름을 써서 사인하는 건 처음이다. 제대로 흉내를 내는 것에 몰두한 나머지 나는 일단 사인하고 나서 서류를 읽어본다.

애덤은 이미 아기의 이름을 작성해두었다. 로즈버드 카마이클.

"이게 뭐야?" 내가 말한다. "로즈버드? 장난하는 거야?"

"무슨 말을 하는 거야?" 애덤이 말한다. "당신이 임신한 걸 알게 된 날부터 우리는 아기를 로즈버드라고 불렀잖아. 당신이 딸이면 늘 붙이겠다던 이름이고."

애덤은 바다 한가운데서 내가 아기를 한 번 잃었던 사건은 전부 뛰어 넘어버린다. 그 상황에 관해서는 이야기할 준비가 안 되어 있는 게 확실하다. 더구나 병실에는 타르퀸이 있다.

"당신이 오해한 것 같아." 내가 말한다. "사람들은 아기가 배 속에 있을 때는 이런저런 이름을 붙이곤 해. 하지만 그 이름을 출생증명서에 그대로 사용하지는 않지. 솔직히 로즈버드는 아기가 태어나기 전에도 조금 역겨운 면이 있었거든. 살짝 성적인 느낌이 나지 않나? 젖꼭지처럼 말이야."

"이러지 마, 서머. 우리가 오래전부터 약속해둔 거잖아." 애덤이 서류를 가방에 밀어 넣으며 말한다. "당신은 카마이클을 붙이고 내가 로즈버드를 붙이는 거지."

"내가 카마이클을 붙이다니, 무슨 말이야?"

애덤은 우리 딸을 요람에 눕히더니 타르퀸을 안아 든다. 금방 등기소로 뛰어갈 준비를 마친 모습이다. 나는 이제 남편의 뭐든 자기가 더 잘 안다는 식 대꾸에 진절머리가 난다.

"아기 성이 카마이클이든 뭐든 상관없어!" 나는 소리를 지른다. "우리가 이름에 카마이클을 붙이는 건 날 위해서가 아니잖아! 성은 뭐든 알아서 붙여. 하지만 이름을 로즈버드라고 부를 수 없어!"

눈에 눈물이 차오른다. 애덤이 병실에서 나가버리면 내가 이 논쟁에서 질 것만 같은 생각에 속이 뒤집힌다. 내 딸 이름이 로즈버드 카마이클이 되다니. 마치 서머 로즈의 작은 봉오리처럼.

"난 당신이 아기를 아이리스라고 부르고 싶어 할 줄 알았어." 애덤이 말한다.

"아니야." 내가 말한다. "아이리스는 자기 이름을 끔찍하게 싫어했어."

애덤은 의자에 털썩 주저앉아 타르퀸을 내려놓는다. 타르퀸은 아장아장 요람으로 걸어가 아기 여동생을 바라본다.

"아기 나왔어." 타르퀸이 말한다.

"좋아." 애덤이 말한다. "알겠어. 그럼 아이 이름을 뭐로 하고 싶어?"

"에스더." 내가 말한다. "그 이름이 딱 맞는 것 같아. 꽃 이름 붙이는 건 끝이야. 아이리스는 자기 이름이 내 이름에서 갈라져 나왔다고 생각했기 때문에 평생 한 번도 기뻐해본 적이 없었어. 추가로 지은 이름 같았다는 거야. 그리고 '로즈버드'도 그런 느낌이야. 우리 아기는 새로 태어났어. 아기는 새로운 시작을 위한 우리의 기회야."

애덤은 멍하니 벽을 바라본다. 내 연설은 어쩌면 그에게는 말도 안 되는 소리일 수도 있다. 우리는 이 문제를 두고 대치하게 될까? 그렇다면 그러는 동안에는 돈을 받을 수 없을 것이다. 그게 무슨 상관이람?

마침내 애덤이 가방을 열고 서류를 꺼낸다. 그는 서류를 반으로 찢는다.

"에스더 카마이클." 그는 말한다. "마음에 들어. 내가 가서 새 서류를 받아올게."

애덤은 떠나려고 일어서지만, 문가로 가는가 싶더니 돌아서서 내게 걸어온다. 그는 불쑥 침대 위로 몸을 숙인다. 얼굴이 가까이 다가온다. 공기가 계피와 정향 냄새로 꽉 찬다.

그는 내게 키스한다. 7개월 동안 애덤은 내게 키스한 적이 없다. 하지만 지금 그는 마치 병실에 아이들이 없는 것처럼, 세상에 우리 말고는 아무도 존재하지 않는 것처럼 내게 키스한다. 그의 단단한 입술이 마치 나를 갈망하듯 내 입술에 부딪혀온다.

"마치 밤하늘에 키스하는 것 같아." 애덤은 속삭인다. "우리 딸을 내게 선사해줘서 고마워."

가족의 포옹에서 제외될 수는 없다는 듯 타크가 우리 둘 사이로 비집고 들어오는 바람에 우리는 웃음을 터뜨린다. 타르퀸은 작은 손으로 더할 나위 없이 부드러운 내 배를 찌른다.

"아기 나왔다." 타르퀸은 말한다. "아기 또 나왔다."

"그리고 타크는 갑자기 말문이 터졌네." 나는 애덤을 향해 웃는다. "대단하지 않아? 모든 일이 한꺼번에 벌어지는 것 같아."

애덤은 고개를 끄덕이더니 다시 한번 내게 뜨거운 키스를 하고 서둘러 떠난다. 밤하늘에 키스하는 것 같아. 나는 서머가 말해주었던 로맨틱한 애덤의 이야기가 전부 꿈이었다고 생각했다. 어쩌면 내가 서머답게 행동하지 않았기 때문에 그가 제대로 분위기를 잡지 못했다고 생각해본다. 지금까지는 그랬다. 나는 그가 한 말과 그의 키스를 기억 속에서 되돌려본다.

하지만 애덤은 평소와 다를 것이 없다. 타크를 병실에 둔 채로 혼자 가버렸기 때문이다. 애덤을 소리쳐 부르고 싶지만, 아마도 내 목소리가 들리지 않는 곳까지 가버렸을 것이다. 출산은 큰 문제 없이 이루어졌지만 그래도 내 몸 상태로는 침대를 벗어나기 어렵다. 만일 타크가 병실 밖으로 뛰어나가기라도 하면 어쩌지?

다행스럽게도 타크는 얌전하고 조용하게 있더니, 마치 다시 아기가 되고 싶은 것처럼 담요 밑으로 머리를 밀어 넣는다.

"아기 다시 들어가." 타르퀸이 말한다.

"우리 아들 재미있네." 내가 말한다. "네가 생각한 걸 말로 들을 수 있으니 얼마나 좋은지 모르겠다. 아기는 다시 안으로 들어갈 수 없어요."

하얀색 병원 시트에 오렌지색 얼룩이 묻어난다. 어젯밤 이후 아무도 타르퀸의 손을 씻기지 않은 모양이다. 에스더가 세상과 극적으로 인사를 나누기 시작한 순간, 타르퀸은 배달한 치킨을 카펫 위에 온통 뿌려대고 있었다. 그때 뭐라고 했더라? 냠냠냠. 아고가 새를 냠냠.

무슨 말이었지? 아고. 악어를 뜻하는 말인 것 같다. 마치 릿지가 카마이클 다리에서 악어들에게 살아 있는 닭을 던져준 일을 알고 있는 것처럼. 애나베스가 타르퀸에게 그 이야기를 들려주었을까? 애나베스가 되풀이해 들려줄 만한 이야기는 아니다.

서머가 아이에게 그 이야기를 해주었거나 타르퀸이 뒤에 따라다니고 있을 때 혼잣말로 했을 수는 있다. 화목한 가정에서 들려줄 이야기는 아닐 테지만, 달리 설명해낼 수 없다. 악어와 산 닭의 이야기가 너무 재미있어서 자기 아이 앞에서 그 이야기를 재연이라도 한 걸까? 그렇다고 해도 1년도 더 전에, 가족이 오스트레일리아를 떠나 항해를 시작했을 때였을 것이다. 타르퀸이 그렇게 오래전 일을 기억할까? 타르퀸이 진짜 서머를 마지막으로 봤을 때는 진짜 아기였는데. 기억이 날 리 없다.

나는 지금까지 서머에 대한 타르퀸의 기억은 나에 대한 기억과 서로 뒤엉켜 더 어릴 때의 흐릿한 기억이 되었다고 생각했다. 그래서 나중에 결국 말을 할 수 있게 되면 과거가 아닌 현재에 관한 일만 말하게 되리라 생각했다. 과거 일을 끌어낼 리는 없었다.

어쩌면 애덤이 타르퀸을 최근에 다리에 데려갔을 수도 있다. 어쩌면 둘이 어린이집에서 돌아오는 길에 다리에 들렀는데, 그걸 애덤이 내게 잊고 말하지 않았을 수도 있다. 그리고 마침 그때 애덤이 손에 산 닭을 들고 있었던 걸까? 그럴 리 없지.

틀림없이 둘이 최근에 그 이야기를 나누었을 것이다. 아이 머릿속에서 잊히지 않을 정도로 끔찍한 이야기다.

"타크." 내가 말한다. "너 악어가 새 먹는 거 봤니?"

"냠냠냠." 타르퀸이 말한다.

아이는 작은 도마뱀처럼 몸부림친다.

"타크, 알아야겠어. 아빠가 널 다리에 데리고 가서 악어를 봤니? 악어 봤어?"

타르퀸은 입을 꼭 다문 채 커다란 눈으로 나를 쳐다보고만 있다. 내가 절박한 목소리로 말해 겁이 났나? 억지로 한숨을 한 번 내쉰다. 나는 아이의 작은 등을 문지른다. 아이에게서 진실을 알아내고 싶다면, 시간을 충분히 들여야 한다.

문이 열리고 애덤이 어슬렁거리며 다시 들어온다.

"두 아이를 다 맡기고 가다니 미안해." 그는 씩 웃으며 말한다.

애덤은 타르퀸을 안아 올리고, 두 사람은 함께 사라진다.

하지만 그전에 나는 전에 봤던 타르퀸의 표정을 눈에서 다시 읽어냈다. 우리 엄마 아니야. 이번에는 더욱 분명하다. 타르퀸은 알고 있어. 기억하는 거야. 그리고 타르퀸이 어떤 상황인지 알아차리는 건 시간문제다.

*

우리는 에스더의 탄생을 온라인으로 알리지 않는다. 누구에게도 문자를 보내지 않는다. 나는 몰려드는 서머의 친한 친구들을 감당할 수 없다. 언젠가 애나베스가 다시 찾아올 것이며, 애덤의 부모도 시드니에서 비행기를 타고 찾아올 텐데 그 외에는 아무도 만나지 않을 생각이다. 프랜신을 초대해 그 여자가 울분을 감추려 애쓰는 모습을 지켜보는 상상을 늘 했지만, 그런 건 이제 과거의 일로 돌렸다. 프랜신은 어제만 해도 이미 망신을 당했으니까.

이른 오후에 애덤이 들러 새로 서류를 가져와 내 서명을 받는다. 그는 곧장 등기소로 갔다가 카마이클 회사로 가서 서류를 정리할 예정이다. 애나베스는 타르퀸을 보고 있다. 에스더는 아기답게 하루를 꼬박 자면서 보낸다. 작지만 품에 안고 있으면 충분히 만족스러운 무게다. 포근하고 솜털처럼 부드럽다. 두 눈이 너무 예뻐 얼른 깨우고 싶어진다.

그러는 동안 나는 벤에게 이메일을 보낸다. 한쪽 팔로 에스더를 안은 채 어깨를 이용해 귀에는 전화기를, 다른 한쪽 손으로 내용을 적는다. 서머가 벤에게 말하는 방식을 알 수 없어 이메일을 완성하는 데 오랜 시간이 걸린다. 수다스럽고 진지하며 놀리는 식으로 글을 써보지만 제대로 된 어투를 찾아낼 수 없다. 어찌된 일인지 화면에 보이는 이메일 내용은 내가 원래 쓰던 방식대로 쓴 글이다.

아기가 태어났어. 딸인데 정말 예뻐! 넌 삼촌이 된 거야! 날 보러 고향으로 오렴. 그동안 소식을 전해주고 싶어 기다릴 수가 없네!

삭제 버튼을 눌러 썼던 내용을 모두 지운다. 벤이라면 아이리스가 보낸 이메일이라는 걸 즉시 알아차릴 것이다. 그리고 물론 나는 벤을 초대해 만나는 위험을 감수할 수는 없다. 서머라면 어떻게 소식을 전했을까? 내가 세이셸에 있을 때 처음으로 받았던 냉정한 내용의 소식 이후 나는 동생과 한 번도 이야기를 나눈 적이 없다. 그러고 나서 몇 번 간단한 이메일이 오긴 했지만 나는 답신을 보내지 않았다.

벤은 왜 그렇게 조용한 거지? 버지니아의 말에 따르면 프랜신은 벤이 아무도 몰래 아이를 낳았을지도 모른다고 생각한단다. 지난밤에 그 말을 듣고는 어이가 없었지만 지금은 혹시 하는 생각이 든다. 나는 왜 늘 벤은 재산을 원하지 않는다고 생각했을까? 그냥 게이라서? 벤도 원한다면 결혼해 아내를 임신시킬 수 있다.

지난 7개월 동안 벤은 한 번도 전화를 걸어오지 않았다. 7개월 동안 딸을 잃은 어머니나 쌍둥이 여동생을 잃은 자기 누나를 만나러 집에 오지도 않았다. 물론 공부를 심각하게 여기는 아이인 건 안다. 장학금을 받으려고 열심히 노력하기도 했다. 하지만 그동안 방학이 한 번도 없었나?

만일 벤이 경쟁에서 이겨 재산을 이미 차지했다면 내게 말해줄까? 아마도 그렇지 않을 것이다. 어쩌면 벤은 결혼했고 아내가 임신했지만, 아기가 태어나기 전까지는 내게 알려주고 싶지 않을지도 모른다. 내가 알고 있는 법률 지식으로는, 내가 만일 유산을 받는다고 해도 나중에 벤이 먼저 아이를 낳았다는 사실이 밝혀진다면 재산을 다시 내놓아야 한다.

전화기가 울린다. 콜턴이다.

"축하한다! 내가 가장 예뻐하는 조카야!" 그의 목소리가 부드럽다. "우리 아기 후계자님은 어떠시냐? 이름은 지었니?"

"에스더예요." 내가 말한다. "에스더 카마이클."

"예쁜 여자에게 맞는 예쁜 이름이로구나."

정말이지 붙임성 하나는 끝내주는군. 내 생각에 그는 어느 쪽에 붙어야 먹을 것이 있는지 아는 사람인 것 같다.

"애덤이 오늘 출생 신고를 할 거예요." 내가 말한다.

"아, 천천히 해도 돼." 콜턴은 기운 넘치게 말한다. "나는 별로 신경 쓰지 않는다. 프랜신은 DNA 검사를 포함해 온갖 말도 안 되는 요구를 하고 있는데, 좀 있으면 저절로 정신을 차릴 거야."

그는 잠시 말을 멈춘다.

"……서머, 아마 버지니아가 나랑 프랜신 사이의 일을 말했을 텐데, 어젯밤에 내가 프랜신과 헤어졌다는 걸 네가 알아줬으면 좋겠다. 어제 너희 집에서 하는 짓을 보고 정신이 들었다. 나는 절대로 프랜신과 네 어머니 사이의 분쟁에 휘말려서는 안 되었어. 나는 형님의 유언을 그대로 실행하고 싶다. 내가 형님을 위해 마지막으로 할 수 있는 일이고, 솔직히 말하자면 이렇게 오랜 세월이 지난 뒤지만 재산 관리에서 손을 뗄 수 있어 너무 다행이기도 해. 너희 어린 공주님이 가진 주식 지분이 워낙 엄청나서, 그걸 운영하느라 사람을 둘이나 고용해야 했다. 사실은 일부 재산을 당장 사용할 수 있도록 해주려고 내가 지금 병원에 들르면 어떨까 해서 전화했어. 너랑 애덤이 당장 사용할 수 있는 자금이 있거든. 5만 달러 정도 될 텐데, 일단은 그렇고 나머지 지분들이 앞으로 몇 개월 안에 명의가 조금씩 이전될 거야."

머릿속에서 윙윙 소리가 난다. 이렇게 쉽다고? 내 마음의 일부는 오지 말라고 말하고 싶다. 돈을 받았다가 돌려주는 것보다는 아예 받지 않는 편이 더 낫지 않을까? 사실이라기엔 너무 좋은 일들. 게다가 나는 아직 거짓말을 하나도 하지 않았는데. 마침내 내 인생과 서머의 인생이 하나로 합쳐지고 있다.

"네, 지금 오세요." 내가 말한다. "일이 척척 진행되니 좋네요. 애덤하고 얘기했는데, 요트를 웨이크필드로 다시 가져올까 해요. 그러려면 돈이 많이 들 거예요."

"이제 막 애를 낳았는데 벌써 배를 타겠다는 거니?" 콜턴이 묻는다.

"그냥 밧세바 호를 집으로 가져왔으면 하는 거예요. 언젠가 에스더에게 항해하는 법을 가르치고 싶어요. 타크에게도요."

"그래, 그런데 조금 기다려야 할 수도 있겠구나." 콜턴이 말한다. "내가 전에 애덤이랑 이야기했는데, 애덤은 현금이 확보되면 가장 먼저 로맹 여행사에 넣어야 한다고 분명히 말했단다."

"네? 아니에요." 내가 말한다. "우리는 여행사에서 돈을 벌어야지, 돈을 여행사에 퍼부으면 안 돼요."

콜턴은 소리 내어 웃는다. "좋아, 알았다. 이제 서머, 네가 왕이니까. 너랑 애덤 말이야. 어쨌거나 애덤은 이런 일로 널 걱정시키지 말라고 했어. 너희 둘이 뭐든 원하는 대로 하면 된다. 곧 가서 보자꾸나." 콜턴은 전화를 끊는다.

에스더는 잠에서 깨지 않는다. 내 모습은 엉망이다. 손님을 맞기에는 적당하지 않은 상황이다. 오늘은 샤워조차 하지 못했다. 조심스레 침대에서 내려와 에스더를 옆면이 유리로 된 요람에 눕히면서 혹시 잠이 깨지 않도록 조심한다. 에스더는 숨을 쉬면서 나지막이 씩씩거리는 소리를 낸다. 지금까지 들어본 가운데 가장 달콤한 소리다. 뻣뻣한 다리로 절룩거리며 병실에 딸린 화장실로 향한다.

애덤이 꽃다발을 물에 담가두는 걸 잊어서 붓꽃은 식사용 손수레 위에 그냥 놓여 있는데 금세 시들 것처럼 보인다.

꽃다발을 집어 든다. 오늘은 뭐든 내가 원한다면 가질 수 있을 것 같은 기분이다. 붓꽃은 선명한 보라색으로, 중간에 눈부신 금빛이 섞여 있다. 키가 크고 자랑스럽고 부끄럽지 않은 모습의 꽃이다.

어쩌면 장미처럼 아름답지 않을 수는 있지만, 붓꽃은 나의 꽃이고 나는 붓꽃을 사랑한다. 평생 붓꽃 냄새를 맡으려고 애썼지만 아무 냄새도 찾아내지 못했다. 한 번 더 해보지 않을 이유가 있겠는가? 얼굴을 환한 꽃들에 묻고 깊이 숨을 들이마신다.

분명히 뭔가 약한 향기가 나는 것 같다. 봄철의 따뜻한 녹색 느낌이 내 폐를 채운다. 다시 숨을 들이마시며 숨 쉰다. 온갖 좋은 냄새가 난다. 꿀, 향신료, 막 자른 풀과 아침의 냄새.

왜 하필 오늘일까? 어쩌면 내가 냄새를 상상하는 건지 모르지만, 상관없다. 이건 행복의 냄새다. 모든 일이 잘 돌아간다는 뜻의 냄새다. 내겐 딸이 있다. 애덤은 날 사랑한다. 마침내 내가 해낸 것이다. 문을 등진 채 나와 이름이 같은 꽃들에 얼굴을 깊이 묻고 있다. 그래서 나는 상대방의 얼굴을 보기도 전에 목소리부터 듣는다.

"나 왔어."

나는 돌아선다. 벤이 구겨진 옷을 입고 문가에 서 있다. 등에는 여행용 가방을 메고 있다.

"아니, 이 세상에서 나만 제정신이야? 어떻게 사람들을 전부 속인 거야?"

19. 돈

게임은 끝났다. 이번에는 의문의 여지가 없다. 벤은 알고 있다. 내 머리는 소리를 지르고 있다. 아니라고 해! 하지만 그럴 수 없다. 소용없다.

지난 몇 달 사이 누군가 날 알아본 건 처음이다. 벤은 내게 질문하거나 내 목소리를 들을 필요가 없었다. 벤은 알고 있다. 벤이 나를 오랜 잠에서 깨운 것 같은 느낌이다. 그리고 나는 마침내 내가 누군지 기억해냈다.

벤은 더 나이가 들고 피곤하고 얼떨떨해 보인다. 배낭을 벗어서 바닥에 던진다. 뛰어가서 동생을 껴안고 싶지만, 벤의 표정을 보니 그럴 수 없다.

"아이리스 누나, 단단히 미쳤군." 벤은 비난하듯 말한다. "도대체 무슨 짓을 벌이고 있는 거야?"

"제발 문 좀 닫아줄래?" 나 역시 곱지 않은 목소리로 대꾸한다. "그리고 에스더 좀 깨지 않게 조심해. 간호사가 온단 말이야."

벤은 문을 닫는다. 벤의 몸이, 심지어 등까지도 내게 너무 익숙하다. 큰 키에 가냘프고 길지만 앙상한 팔다리까지. 수천 명이 줄지어 서 있어도 쉽게 골라낼 수 있다. 벤이 나를 알아보지 못할 거라고 어떻게 꿈이라도 꿀 수 있었을까?

"어떻게 엄마한테 이런 짓을 할 수 있어?" 벤은 돌아서서 나를 보며 말한다.

"내가 뭘 어쨌는데?" 내가 묻는다. "애나베스는 서머를 더 좋아해. 혹시 내가 그런 사실을 몰랐다고 해도 이제 알 수 있어. 아이리스가 죽고 나니까 어머니가 아이리스를 두고 뭐라고 말하는지 너도 들어봐야 해."

벤의 눈이 내 눈과 마주친다.

"나에 대해서 말이야." 나는 나도 모르게 말한다. "내가 죽고 나니까 어머니가 내 얘기를 어떻게 하는지."

벤은 깜짝 놀란 것처럼 보인다. "맙소사, 이제 스스로 죽었다고 말하는군. 좋아, 어머니에 대한 건 누나 말이 맞을 수도 있어. 하지만 애덤은?"

벤은 의자에 앉아 머리를 두 손으로 감싼다.

"음, 애덤도 확실히 서머를 더 좋아해. 타르퀸도 그렇고. 사실은 모두 그래."

"나만 빼고." 벤이 말한다.

"글쎄, 너라고 딱히 다를 건 없을 것 같은데? 잊지 마, 내가 죽었을 때 네가 서머에게 보낸 이메일을 내가 읽었다는 걸. 넌 내 이름을 언급조차 하지 않았어. 아니, 그보다 더 뒤로 돌아가보지. 넌 내가 죽었는데 이메일을 보냈어."

"그래서 내가 신경 쓰지 않는다고 생각한 거야? 누나처럼 영리한 사람이 어쩜 그렇게 멍청하게 굴어? 누나가 죽었을 때 내가 전화하지 않거나 찾아오지 않았다고 내가 누나를 신경 쓰지 않는다고 생각하는군. 난 매일 밤 어둠 속에서 침대에 누워 바다의 어둠 속에 버려진 누나를 생각했어. 바다를 사랑했던 누나는 늘 힘이 넘쳤고 용감했어. 괴로워했을까? 다친 몸으로 살아서 물에 떠 있으려고 애썼을까? 겁에 질렸을까? 절망했을까? 결국 마지막에는 어떻게 되었을까? 추위와 탈진으로 죽었을까? 아니면……."

벤은 쥔 주먹을 이로 깨문다. 벤이 어떤 말을 차마 꺼내지 못하는지 나도 안다. 포식자가 누나를 덮친 것은 아닐까, 하는 생각. 나 역시 그런 생각을 했다.

"하지만 네 누나에게 벌어졌던 모든 일이 네가 생각한 누나에게 벌어진 게 아니었던 거지."

"아, 그러면 내게 아무런 차이도 없다는 거야?"

"글쎄, 어쨌거나 서머였다면 더 끔찍했겠지."

벤의 얼굴이 일그러진다. 분노를 느낄 수 있다.

"그거 알아, 누나? 서머 누나한테 집착하는 짓 따위 역겨우니 그만 좀 해. 누나야 서머 누나가 화장실도 안 가는 천사라고 생각하니까 내가 가슴 아파 장례식장으로 뛰어오지 않은 걸 이해할 수 없었겠지. 그렇지 않아, 알아? 내 말을 들어봐. 난 살인 사건이라고 생각했어. 누나한테만 말하는 거야. 난 서머가 누나를 바다로 밀었다고 생각했어. 그래서 빌어먹을 아무것도 할 수 없었던 거야. 서머 누나라면 모든 증거를 싹 없앴을 걸 아니까."

머리 가죽이 뜨끔거린다. 벤은 우리 가족을 이렇게 생각하고 있었나? 돈을 차지하기 위해 서로를 죽인다고?

"서머가 날 죽이고 싶다거나 죽일 필요가 있겠어?" 내가 묻는다. "서머는 모든 걸 가졌는데."

"누나가 임신했다면 그럴 수도 있지."

"아니야." 내가 말한다. "임신한 건 오히려 서머였어."

내 시야가 붉은빛으로 얼룩진다. 남동생이 내게 할 말을 견뎌낼 수 없다.

"나는 아무 짓도 안 했어, 벤." 내가 말한다. "내 말 믿어야 해. 서머는 실수로 떨어졌어."

벤은 눈알을 굴린다. "그만 좀 하지그래, 이 바보 같으니. 난 누나를 알아, 아이리스. 난 누나가 평생 서머를 바라보는 모습을 지켜봐왔다고. 누나가 서머를 죽여? 그러면 누나는 바로 자기 심장을 스스로 도려내고 말았을 거야. 하지만 나 말고 누가 누나를 믿겠어? 서머는 임신했고, 1억 달러의 유산을 받을 예정이었어. 언론에서 이 지저분한 얘기를 전부 파헤칠 거야. 사람들은 누나가 서머와 애덤이 약혼하자 서둘러 노아와 결혼한 걸 두고 난리를 피우겠지. 누나는 자신이 판 함정에 스스로 빠진 거야. 그런데, 노아가 여기 와 있는 거 알아? 노아가 누나를 알아볼 거라고 생각 못 했어?"

내 눈에는 피만 보인다. 조종석에서 본 피. 애덤이 씻어낸 피. 애덤은 그걸 잊었을까?

벤의 말이 옳다. 나는 내가 판 함정에 완벽히 빠졌다. CCTV 자료를 바다에 버리다니, 왜 그런 실수를 했을까. 애덤이 내가 누군지 알아내고, 자신이 닦아낸 피를 이상하게 생각한다면 모든 건 끝장이다.

그리고 추도식은 내일이다. 애나베스는 오늘 아침에 딸을 잃고 추도식을 내 생일까지 연기했다고 설명하면서 그러면 '생일이 돌아왔을 때 또 슬퍼하지 않아도 된다'는 식으로 말했다. 추도식 내용에 관해서는 나와 의논하기를 꺼렸는데, 임신한 내게 스트레스를 주기 싫다는 것이 이유였다. 하지만 내가 볼 때 노아와 벤이 참석할 가능성이 보였다.

"그럼 애는 어떻게 된 거야?" 벤은 경멸하듯 에스더가 누운 요람을 가리켜 보인다. "애덤의 애야? 아니면 노아? 알기나 해?"

"감히 이런 이야기에 내 딸을 끌어들여?" 나는 울부짖는다. "네가 재산을 차지하지 못한 건 미안하게 됐지만, 혹시 누구에게든 얘기한다면 네겐 도움이 안 될 거야. 왜냐하면 버지니아도 결혼했고 임신했기 때문이지. 아니면 네가 우리보다 더 앞선 거야? 너도 아이를 낳았어?"

"그렇게 생각하는 거야?"

"몰라." 내가 말한다. "프랜신은 그렇게 생각해. 애 있어? 그래서 여기 온 거야? 재산을 차지하려고?"

벤은 고통과 분노, 증오 가득한 표정으로 나를 노려본다. 나는 결국 고개를 돌린다.

"말도 안 되는 상황이군." 벤이 말한다.

에스더가 잠결에 몸을 뒤척인다. 내 몸은 얼른 가서 아기를 안아 올리라고 말하지만, 나는 벤이 에스더를 보지 않았으면 좋겠다. 더구나 이렇게 화가 나 있는 상태라면.

"내가 재산을 포기할게." 내가 말한다.

"그러기에는 이미 너무 늦었어." 벤이 차갑고 느린 말투로 대꾸한다. "생각해봐, 아이리스. 깊이. 누군가에게 들키는 날에는 누나를 교도소에 가지 않도록 지켜줄 건 오직 돈밖에 없어."

손아귀 속에서 뭉개져 물이 흐르는 붓꽃들을 내려다본다. 식사 수레 위에 꽃다발을 내던진다.

"그렇게 되는 거야?" 내가 말한다. "우리 둘 사이는 그렇게 끝나고 마는 거야? 그렇게 슬펐고 괴로워서 밤마다 뜬 눈으로 누워 있었다더니……."

문이 열린다.

콜턴이 허둥지둥 들어선다.

"서머! 우리 공주님!" 콜턴은 나를 힘껏 끌어안는다. "그리고, 벤! 우리 조카! 오스트레일리아에 돌아와 있다니 어떻게 된 거야?"

벤은 서둘러 머리를 매만지고 콜턴이 내민 손을 잡고 악수한다. "아, 어머니가 아이리스 생일에 맞춰 계획한 추도식에 참석하려고 왔어요. 서머 누나한테는 내가 오는 거 감추고 깜짝 놀라게 해주려고 했는데…… 그게, 이제 그럴 수 없게 됐네요. 가장 빠른 비행기를 타고 다시 뉴욕으로 돌아가야 해서요. 그러니까 엄마에게 절 봤다는 소리는 하지 않으셨으면 해요. 이야기가 길어요. 엄마를 화나게 하고 싶지 않거든요. 엄마한테는 비행기를 놓치는 바람에 올 수 없었다고 말할 거라서요."

"알아들었으니 걱정하지 마." 전혀 알아들은 것 같지 않은 콜턴이 대꾸한다. 정장에 넥타이까지 맨 삼촌은 얇은 가죽 서류 가방을 들고 있다. "금방 떠나야 한다니 아쉽구나. 뭐, 심각한 일은 아니겠지? 내가 혹시 뭐든 도와줄 일이 있니?"

"아뇨, 아니에요. 학교에서 공부와 관련된 일이라서요. 돌아갈 수밖에 없어요. 오늘 절 보신 걸 비밀로 해주시기만 하면 됩니다. 그리고 서머 누나야 비밀을 잘 지키는 걸 아니까." 벤은 경멸하는 듯한 느낌을 목소리에서 걷어내지 못한다. "조심해, 서머 누나. 난 가야 해. 언제 다시 볼 수 있을지 모르겠네."

벤은 문가로 걸어간다.

남동생을 잃었다.

벤의 눈에서, 목소리에서 이제 우리가 끝난 사이라는 걸 알 수 있다. 다시는 벤을 볼 수 없을 것이다.

이제 재산은 필요 없다. 나는 버지니아가 어디 있든 콜턴을 그리로 보내 버지니아에게 재산이 넘어가도록 서류를 꾸미게 하고 싶다. 버지니아는 재산을 차지할 자격이 있다. 진정한 후계자를 배 속에 품고 있기 때문이다. 나보다 더 끔찍한 과정을 거친 데다, 그 모든 일이 버지니아의 잘못이 아니다.

평생 고되게 일해 먹고살아야 한다고 해도 상관없다. 고개를 떳떳하게 세우고 남동생의 눈을 똑바로 볼 수만 있다면. 내 딸의 눈을 바라볼 수만 있다면.

하지만 벤의 말이 옳다. 이건 그저 돈에 관한 일이 아니다. 어떻게 세이셸에서만 달아나면 살인 혐의를 벗을 수 있으리라 생각했을까? 오스트레일리아 경찰은 어쩌고? 경찰에서 그냥 넘어갈 리 없다. 바다에서 벌어진 살인 사건의 관할권이 어느 나라에 있는지 배웠지만 기억나지 않는다. 배가 어느 나라에 등록되었는지와 관련이 있는 것 같은데…….

"서머." 콜턴이 말한다. "아기가 이상한 소리를 내는데."

나는 깜짝 놀란다. 콜턴이 안고 있는 아기는 여전히 잠들어 있지만 숨소리가 점점 더 거칠어지고 있다. 나는 콜턴의 품에서 얼른 아기를 빼앗는다.

문이 열리고 벤이 다시 들어온다.

"가장 중요한 걸 잊을 뻔했네. 내가 이메일 몇 개 보냈어, 자매님." 마지막 말은 뭔가 의미를 담고 있다. "이메일 확인해야 해. 그러면 일이 어떻게 돌아가는지 알게 될 거야."

벤은 말을 마치고 이번에는 진짜로 사라진다.

콜턴은 무슨 말인지 궁금해하는 것처럼 보인다. 나는 어깨를 으쓱하며 그저 남매 사이의 장난인 것처럼 군다. 하지만 나는 벤의 말이 무슨 뜻인지 안다. 그런 거군. 이메일을 보면 '상황 정리'가 될 것이다. 왜냐하면 내가 교도소에 가지 않도록 해줄 것은 돈밖에 없으니까.

입을 막을 돈. 벤은 날 협박하는 것이다.

벤이 내 정체를 폭로하지 않을 것이기에 마음이 놓여야 옳다. 게다가 벤이 요구하는 금액은 적절할 것이다. 하지만 나는 안심이 되지 않는다. 나를 둘러싼 모든 것, 즉 병실, 꽃들, 삼촌이 마치 내가 텅 빈 세상에 있는 것처럼 간신히 윤곽만 보인다. 벤에게서 아무 연락을 받지 못하던 때보다 지금이 더 끔찍하다.

"지금이 아주 좋은 때가 아니라는 건 안다." 콜턴이 가방에서 서류 뭉치를 꺼낸다. "빠르게 처리하마."

"무슨 일인지 모르겠어요." 내가 말한다. "애덤이 삼촌 사무실에 서류를 가지러 간다고 했어요. 그이가 말하지 않던가요?"

"그랬지." 콜턴은 망설이며 말한다. "애덤은 널 위해 정리를 꼭 대신 하고 싶어 했지만, 나는 너랑 직접 만나 이야기를 해야겠다고 느꼈다. 이미 말한 것처럼 제대로 해야겠다고 생각했거든. 네가 돈 문제 처리를 싫어하는 건 알지만, 재산 관리를 맡은 사람으로 너도 이제 정해진 책임이 있단 말이야. 너랑 애덤이 둘 다 자금 계좌에 서명하는 것이 이상적이긴 해."

"물론이죠." 내가 말한다.

"그런데, 지금은 그렇게 준비하질 못했어. 그리고 물론 네가 적당하다고 생각하는 방식으로 돈을 쓸 수 있지만, 로맹 여행사로 돈을 보내기 전에 정식으로 서류 처리를 해야만 해. 그런데 지금 아기가 내는 소리가 정상인 거니?"

에스더는 숨을 내쉴 때마다 거친 소리를 내고 있지만, 아직 잠에서 깨진 않았다.

"아마 젖을 먹어야 할 것 같아요." 내가 말한다.

"그리고 그러려면 삼촌이 좀 나가 계셔야 해요. 아기가 종일 잤거든요. 그래서 아마 배가 많이 고플 거예요. 혹시 서류를 여기 두고 가실 수 있어요?"

"애덤은 최대한 빨리 처리해주길 원할 것 같은데." 콜턴이 말한다. "난 아기들은 아예 잠이 없는 줄 알았다. 정말 조그맣구나."

거친 숨소리가 신음으로 바뀌었는데, 마치 에스더가 뭔가 내게 말하려는 것 같다. 귀여운 행동일까? 아니면 뭔가 잘못된 걸까?

"지금 몇 시죠?" 내가 묻는다.

"3시. 아니, 거의 4시가 다 되었네."

에스더는 아홉 시간째 자고 있다. 그리고 아기가 이런 소리를 내는 것이 괜찮은지 나는 알 수 없다. 나는 콜턴에게 등을 돌리고 아기의 얼굴을 자세히 살핀다. 잠깐 사이에 아이의 안색이 변한 것 같은데, 보고 있는 중에도 더 나빠지는 것 같다. 아기 얼굴이 잿빛에 가깝다.

"아가, 눈 좀 떠봐." 내가 속삭인다. 아기 몸을 살짝 건드리고 작은 이마에 입을 맞춰보지만 에스더는 잠을 깨지 않는다.

"뭔가 이상해요." 내가 말한다. "애가 잠에서 깨질 않아요."

귀로 바람이 밀려 들어온다. 병실은 어두워진다. 나는 에스더를 덮은 담요를 들추고 옷을 벗긴 후 아기의 작은 가슴을 확인한다. 아기의 가슴이 마치 공기를 마시려고 힘을 준 것처럼 뒤틀린 모습이다. 아기가 숨을 들이마실 때마다 이상한 소리가 난다.

만족스럽지 못한 모습. 어떻게든 숨을 쉬려고 몸부림치는 모습이다.

"벨을 눌러!" 내가 울부짖는다. "의사를 불러요!"

*

방 안에 사람들이 가득 찼다. 콜턴이 나를 안고 있다. 나는 아기에게 다가가고 싶지만 나와 아기 사이에 사람이 너무 많다.

"무슨 일이 생긴 거예요? 아기를 볼 수 있게 해줘요!"

"아니야, 서머. 넌 뒤로 물러서 있어." 삼촌이 말한다. "의사들이 아기를 보살필 거야."

에스더가 탁자 위에 누운 모습이 흘깃 보인다. 벌거벗은 채 뭔가를 입에 꽂았고, 온몸에 의료 장비를 감고 있다. 아무도 내게 이야기해주지 않는다. 그들이 하는 말 가운데 절반도 이해할 수 없고, 아는 단어들이 순간적으로 들린다. 심각. 고통. 조산.

"아기가 숨을 잘 쉬지 못해, 서머." 간호사 한 명이 다가와 차분하게 말한다. "원래 출산 예정일이 언제였는지 말해주면 도움이 될 텐데. 우리 서류에는 아기가 38주 만에 태어났다고 되어 있는데, 우리가 보기엔 그보다 더 일찍 나온 것 같아서. 출산 예정일이 확실히 언제였지?"

"아는 줄 알았지! 에스더는 33주 만에 태어났어!" 내가 말한다. "그래서 애가 숨을 못 쉬는 건가?"

간호사는 눈길을 끌 정도로 예쁘고 눈 화장을 짙게 했다. 간호사의 이름표를 확인한다. 난디니 레디. 서머가 난디니와 알고 지냈을 것 같지는 않지만, 이 여자가 날 보는 표정은…….

"오, 맙소사. 서머, 무슨 짓이야?" 간호사가 말한다. "33주라고? 왜 아기를 신생아 집중 치료실에 보내지 않은 거야? 도대체 어떻게 된 거야? 처음에는 스카이버드를 부르지 않나. 이제는 33주 만에 애를 낳고도 집중 치료실로 보내지 않았다는 거야? 이런 일이 벌어질 거라는 걸 어떻게 모를 수가 있어?"

이런 상황이라면 공격적으로 나갈 수밖에 없다. 나는 똑바로 서서 말한다.

"난 그냥 아기를 낳았을 뿐이야, 난디니!"

"난디니?" 간호사가 내 말을 따라 한다. "지금 날 난디니라고 부른 거야?"

간호사는 앞으로 한 걸음 나서더니 내 얼굴을 두 손으로 감싼다. 나를 잘 아는 사람인 것 같다. 그것도 아주 잘.

"너, 어떻게 이렇게 될 수가 있어?" 간호사가 말한다. "네 아기는 괜찮을 거야. 하지만 일단 신생아 집중 치료실로 가야 해. 안정되면 알려줄게."

난디니라는 여자와 다른 의사들, 그리고 간호사들이 에스더가 누운 침대를 밀고 방에서 나간다.

*

콜턴은 내게 친절하게 군다. 애덤에게 전화를 걸고 가서 데려오겠다고 말한다. 하지만 나는 콜턴을 보낼 수 없다. 그가 프랜신의 애인이었던 것도, 그의 친절함이 거짓일 수 있다는 것도 신경 쓰이지 않는다. 삼촌을 안고 있으면 아버지를 안고 있는 것 같고, 지금 당장은 아버지가 그립다. 만일 릿지가 여기 있다면 내게 어떻게 해야 할지 알려주었을 텐데. 난디니는 신생아 집중 치료실에 있는 모든 사람에게 서머가 자기를 알아보지 못했다고 말할 것이다. 누군가 이런 말을 하면 끝이다.

"서머가 쌍둥이였던 것 알아? 서머가 아니고 쌍둥이 동생 아니야?"

신생아 집중 치료실에서 아무도 그런 말을 하지 않더라도 나는 한 번도 만나본 적 없는 친한 친구들에 둘러싸일 것이다. 의사와 간호사들은 내게 의료 전문 용어로 말을 걸면서 내가 이해하리라 생각할 것이다. 하지만 이해는 불가능하다.

그렇지만 치료실에 가야 한다. 피할 방법은 없다. 내 아기가 거기 있다. 아픈 내 아기가.

병원 바로 앞에 택시를 타려는 사람들이 줄 서 있다. 재빨리 집으로 가서 여권을 챙기고 공항으로 갈 수도 있다. 에스더를 잃는 건 참을 수 없지만, 이미 아기를 잃었다는 걸 나는 알고 있다. 아기는 아마 괜찮을 것이다. 조금 전에도 의사들은 그다지 허둥대지 않았다. 하지만 만일 내가 살인자로 지목된다면 나는 어차피 다시는 딸을 볼 수 없을 것이다. 모든 건 끝났다.

내가 치료실에 가지 않으면 사람들은 이상하게 생각할 것이다. 왜 서머는 아기를 보러 오지 않는 걸까? 사람들은 궁금해할 것이다. 사람들은 추측할 것이다. 누군가 이유를 알아내겠지.

이제 선택은 달아나거나 파멸을 받아들이는 것밖에 없다.

돈은 차지할 수 없을 것이다. 서류를 두고 가라고 콜턴 삼촌을 설득해낸다고 해도 애덤이 아직 서명하지 않았으니, 어떤 상황에서든 돈이 내 은행 계좌로 들어올 일은 없다. 돈은 로맹 여행사로 갈 것이다. 이 부부는 애덤이 결정한 대로 움직이기 때문이다. 조금 전만 해도 그런 일에 흥분할 가치가 있었다. 지금은 아무 신경도 쓰이지 않는다.

"내가 벤에게 연락해줄까?" 콜턴이 묻는다. "에스더가 몸이 좋지 않다고 말해?"

"아뇨." 나는 중얼거리듯 말한다.

나는 전화기를 꺼내 받은 이메일을 확인하지만, 벤에게서 온 이메일은 없다. 사형 집행이 연기된 듯한 기분에 울음이 터진다. 어차피 모든 걸 잃은 나지만, 참을 수 없는 마지막 괴로움은 남동생의 배신이다.

"아기는 괜찮을 거다, 얘야." 삼촌이 말한다. "의사들이 괜찮을 거라고 했잖아. 병원에서 네가 아기를 볼 수 있다고 말해줄 때까지 내가 함께 여기 있어주마."

"고마워요." 내가 말한다. "하지만 지금 당장은 저 혼자 있어야겠어요."

콜턴은 도움을 주겠다는 몇 마디 쓸모없는 말을 하고는 슬그머니 밖으로 사라진다.

지금이 마지막 기회다. 자유를 잃지 않으려면 잠깐 숨을 돌려야 한다. 의자에 몸을 묻고 서머의 전화기 주소록에서 'N'으로 시작하는 이름을 찾는다. 난디니 레디는 보이지 않는다. 난디니는 전혀 없다. 하지만 니나 레디라는 이름은 있다. 서머에게 스카이버드를 산파로 쓰지 말라고 애원하던 간호사. 나는 머릿속으로 몸집이 작고 금발인 러시아나 스페인 출신의 여자를 생각했었다. 하지만 주소록 프로필 사진을 확대해보니 검은 머리칼의 예쁜 얼굴이 보인다. 짙은 눈 화장까지. 그 여자다. 난디니가 니나였다.

전화기의 휴지통 폴더에서 니나가 보낸 이메일들을 찾아낸다. 전에는 무례해 보이던 내용이 이제는 친한 친구의 자신감 넘치는 충고로 보인다. 그녀가 보낸 이메일을 전부 지우고 문자를 차단했지만, 그럼에도 어쨌든 니나의 충고는 내게 전달되었다. 나는 스카이버드가 위협이 된다는 걸 알았다. 내가 집에서 출산을 고집했다면 에스더는 바로 지금 어디에 있었을까? 경고해준 니나에게 고마워해야 했다.

니나가 보낸 이메일을 읽으면서 중간에 계속해 받은 메일함을 확인하고 또 확인하며 벤에게서 이메일이 오기를 기다린다. 벤의 요구 사항을. 벤의 이메일은 도착하지 않지만, 열 번 넘게 전화기를 눌러 확인하고 나서야 나는 진실을 알게 된다.

나는 떠나지 않을 것이다. 나는 비참하게 끝날 때까지 견뎌낼 것이다. 이렇게 많은 사람을 한꺼번에 속일 방법은 없다. 사람들이 내 가면을 벗겨낼 것이다. 이게 끝이다. 하지만 나는 달아날 수 없다.

나는 내 아이를 두고 떠날 수 없다.

20. 밤하늘

"로맹 부인, 이제 오셔서 아기를 보실 수 있습니다." 간호사가 따라오라고 말한다.

우리는 산모 병동에서 같이 걸어 나온다. 나는 조금 뒤에 떨어져 걸으면서 앞선 간호사가 이리저리 방향을 바꿀 때마다 길을 외우려고 애쓴다. 우리는 한 쌍여닫이문 앞에 도착하고, 나는 문에 적힌 글자를 읽는다. 신생아 집중 치료실. 이곳이다.

문을 열어보지만 열리지 않는다. 간호사가 한쪽 옆에 달린 장치에 카드를 대고 문지른다. 자동 잠금장치가 철컥 열린다.

"오늘 보호자 출입 카드를 발급해드릴 겁니다." 간호사는 문을 열면서 말한다. "살균하는 거 잊지 마세요."

간호사는 벽에 달린 병에서 용액을 짜내 양손에 바른다. 나도 따라 한다.

복도를 더 지난다. 사산한 태아를 유리 상자에 담아놓은 것 같은 모습이 슬쩍 보인다. 키 큰 기계들이 유리 상자 위에서 반짝거리며 소리를 내고 있다. 살균제와 부패한 우유가 섞인 것 같은 냄새가 난다. 누가 에스더지? 딸을 알아보지 못할까 봐 걱정스럽다.

여러 명의 목소리가 들린다. 사방에서 사람들이 내게 몰려온다.

"서머! 돌아온 걸 환영해! 다시 만나니 너무 기뻐! 좀 더 좋은 일이었더라면 좋았을걸."

사람들이 다가선다. 나를 껴안고 손으로 꼭 쥐고 등을 문지른다.

말할 수가 없다. 생각도 할 수 없다. 몰래 이름표를 봐야 하고, 그들이 서로 이름 부르는 걸 들어야 한다. 최소한 예전 친구들에게 웃는 모습이라도 보여줘야 한다. 하지만 그럴 수 없다.

"우리 아기는 어디 있어요?"

새된 목소리가 터져 나온다. 모두가 미안해하며 뒤로 물러선다.

"좀 혼자 있도록 해줘야겠네." 사람들이 중얼거린다.

나를 데려온 간호사가 안내한다. 나는 에스더를 한눈에 알아본다. 에스더는 전선과 튜브로 휘감긴 인큐베이터 안에 누워 있다. 귀엽고 연약한 아이는 누가 뭐래도 내 아기다.

"엄마를 용서해라, 우리 딸." 나는 속삭인다.

니나가 근처로 다가와 터치스크린을 두드린다. 그녀는 내게 슬픈 미소로 인사를 건넨다.

"아기 산소가 올라왔어." 니나가 말한다.

이게 무슨 말이지? 뭔가 중요한 소식인 건 분명한데, 좋은 건가? 나쁜 건가? 나는 "으음" 하고 대꾸한다. 어떤 쪽으로든 통할 수 있는 느낌을 주는 말투다.

"산소 포화도 98에 맥박은 120 정도야."

"으음."

니나는 내 팔을 붙잡는다.

"오늘 오후에 인공호흡기 떼어낼 거야."

"안 돼!" 나는 울부짖는다. "제발! 뭔가 방법이 있을 거야!"

침묵. 니나는 나를 멍하니 본다.

"서머, 지금은 농담할 때가 아니잖아." 니나는 한참 만에 말한다.

더는 설명이 없을 것 같다. 상황이 어떻게 돌아가는지 알 수 없다. 왜 아기에게서 인공호흡기를 제거한다는 거지? 아기가 죽을 건가? 아니면 퇴원하라는 건가? 난 그저 알고 싶을 뿐이다.

"제발 내가 간호사가 아니라고 생각하고 모든 걸 설명해줘." 내가 말한다. "왜 인공호흡기를 뗀다는 거야?"

정체를 들키고 싶지 않다. 교도소에 가기 싫다. 하지만 해낼 수가 없다. 더는 서머 노릇을 할 수 없다.

*

병원 직원들은 참을성이 많다. 수유 상담을 맡은 간호사는 유축기 사용법을 내게 보여준다. 소아과 의사는 에스더의 상태를 설명한다. 아기는 몸이 자라야 한다. 일주일에서 2주 정도 있으면 퇴원할 수 있다. 아무 문제 없을 것이다.

나와 모르는 사이인 것 같은 야간 근무 간호사는 나를 인큐베이터 옆에 있는 뒤로 눕는 의자에 앉히더니 에스더를 내 가슴에 올려놓고 담요로 덮는다. 에스더의 몸에는 여전히 모니터 장치들이 달려 있지만 아기의 부드러운 살갗이 몸에 닿는 걸 느낄 수 있다.

"이걸 캥거루 치료라고 해요." 간호사가 설명한다. "인큐베이터보다 더 좋죠. 엄마가 만져주면 아기가 더 잘 자라거든요."

애덤과 연락하기까지 좀 시간이 걸렸지만, 연락이 닿자마자 그는 서둘러 병원으로 돌아온다. 간호사가 애덤에게 나를 병원에 두고 하룻밤 지켜봤으면 좋겠다고 말하는 걸 듣는다. 간호사는 속삭이듯 말하지만, 말소리가 내게도 들린다.

"저희가 보기에는 부인께서 스트레스로 기억력에 문제가 생긴 것 같아요. 조심스럽게 접근해야 할 것 같습니다. 부인께서 퇴원한 다음에도 매일 병원으로 차에 태워 데려오셔야 해요. 매일 이곳에서 아기와 시간을 보내야 하거든요. 엄마와 아기가 서로 붙어 있을 시간이 필요합니다."

애덤은 내 곁으로 와서 앉더니 내 가슴에 올려놓은 소중한 존재를 걱정스러운 눈으로 바라본다. 애덤은 손으로 에스더의 등을 쓰다듬는다. 우리 딸은 부모 사이에서 따뜻하고 안전하게 있다.

나는 에스더의 상태를 애덤에게 알려준다. 애덤은 좀 더 일찍 오지 못해 미안하다고 말하지만, 나는 그에게 자책하지 말라고 한다.

"내 잘못이야." 내가 말한다. "에스더에게 특별한 조치가 필요하다는 걸 내가 알았어야 했는데."

"콜턴이 여기 와 있었다니 믿을 수 없어." 애덤이 잠시 후 말한다. "콜턴을 찾느라고 시내를 온통 돌아다녔는데."

"돈 문제를 왜 빨리 정리하지 못해 안달이야?" 내가 묻는다.

애덤은 어깨를 으쓱한다. "에스더가 일찍 태어나는 바람에 우리 계획이 온통 엉망이 되어버렸어."

"우리 계획?" 내가 말한다. "우리가 누구야?"

"장모님하고 나."

"언제부터 당신이 엄마랑 계획을 짰어?"

"당신이 임신한 뒤부터, 그리고 당신이 동생을 잃고 제정신이 아니었을 때부터."

"그래, 계획이 뭔데?" 내가 묻는다.

"그게, 내일이 당신 생일이잖아. 우리는 아이리스의 추도식에 관해 당신한테 전부 얘기하지 않았어. 내가 깜짝 놀랄 일을 계획했는데, 이제 생각해보니 당신이 좋아할지, 아니면 나쁜 기억을 되살리게 될지 모르겠네. 어쩌면 당신은 아무것도 하지 않기를 원할 수도 있지."

"그냥 말해봐."

"좋아." 애덤이 말한다. "이제 말해야 할 것 같아. 일단 깜짝 놀라게 해줄 일의 일부는 벤이 추도식에 나타나는 거였는데, 흥분하지 마. 벤은 오지 못하게 됐으니까. 비행기를 놓쳤는데, 더구나 학교에서 뭔가 일이 생겨서 못 온대. 그리고 다른 깜짝 선물은 내가 회사에 나가서 일하는 척하며 처리하려 했던 일이지만, 이제 어렵게 됐어. 이제 당신을 보살피려고 여기 와 있어야 하니까."

"말해봐." 나는 반복해 말한다. "난 깜짝 선물 싫어."

"나도 비밀 지키는 일이 너무 싫긴 해. 오늘 아침에는 당신도 거의 눈치챈 것 같던데. 추도식이 열릴 장소에 관한 일이었어." 애덤은 내게 몸을 기울이더니 내 머리칼을 살짝 건드린다. "거의 시간에 맞춰 여기까지 데려왔는데. 지금은 300킬로미터 정도 떨어진 케언스에 있거든. 내가 갔더라면 이곳까지 24시간 안에 모셔왔을 텐데. 지금 북동풍이 꽤 세게 불고 있어서……."

누굴 말하는 거지? 밧세바?

눈을 감자 나는 다시 바다에 있다. 발에서 파도의 움직임이 느껴진다. 바다. 그리고 푸르름. 퍼지는 소금물 냄새.

"잠깐! 벌써 밧세바를 여기로 가져온 거야? 내 생일 선물로?"

내 목소리는 너무 커서 에스더가 잠에서 깰 뻔했을 정도다. 에스더가 연약한 몸으로 튜브에 감겨 있지만 않았더라면 펄쩍 뛰어 일어나 에스더와 함께 춤추며 방 안을 돌아다녔을 것이다.

"그래." 애덤의 목소리가 따뜻하다. "태국에 갔다가 다시 인도네시아를 통해 이곳으로 오는 대부분 구간을 다른 선원들이 대신 조종했지만. 선원들은 벌써 비행기를 타고 자기 나라로 돌아갔어. 내가 마지막 구간을 직접 몰고 오려고 했지. 내가 이 멋진 계획을 짰단 말이야. 벤이 당신을 카마이클 다리로 데려가면 당신은 그곳에서 내가 강을 따라 배를 몰고 오는 모습을 발견한다는 거였어! 하지만 이제 벤은 여기 없고, 밧세바는 당신 생일에 맞춰 여기까지 올 수 없어. 그러니 어차피 깜짝 놀라게 해줄 일은 없어진 거지."

"그렇게 해." 내가 말한다. "지금 출발해. 오늘 밤에. 병원에서는 내가 밤새 병원에 있어야 한다고 했어. 당신에게 기회는 지금밖에 없어! 일단 에스더랑 내가 집에 가면 우리는 항상 당신이 필요해.

새로 태어난 아기는 밤에 깰 테고, 타르퀸도 돌봐야 하고. 우리가 상황을 좀 정리하려면 몇 달은 걸릴 거야."

애덤은 말을 듣지 않는다. 나나 에스더에게 자기가 필요할지도 모르는데, 어떻게 우리 둘만 두고 갈 수 있느냐는 뜻이다. 하지만 나는 설득당하지 않는다. 내 생일 행사 때문에 그런 것이 아니다. 물론 애덤이 세운 계획은 내가 늘 꿈꿔온 남편이 보여줄 만한 행동이긴 했다.

밧세바가 아주 가까운 곳까지 와 있는데 여전히 멀리, 하루를 항해해야 하는 거리에 있다는 사실이 마음에 걸렸기 때문이다. 밧세바에서 내렸을 때, 나는 마치 내 몸을 어딘가에 두고 온 것 같은 기분이었다.

"에스더는 괜찮을 거야." 내가 말한다. "병원에서는 매일 여러 시간 가슴에 에스더를 올려놓고 여기 누워 있어야 한다고 했어. 내가 어디 갈 일도 없는데, 당신은 종일 주위에서 서성거리면서 날 보고 있을 셈이야?"

"병원에서는 당신이 스트레스를 심하게 받았다고 생각해." 애덤이 말한다. "당신은 내 아이들의 엄마란 말이야. 난 여기 남아 있어야 한다고 생각해."

"난 힘든 시간을 보냈어." 내가 말한다. "하지만 지금은 괜찮아. 에스더도 괜찮을 거고. 그러면 다 된 거야. 그리고 이제 나도 좋은 소식을 좀 들어야겠어. 가, 여보. 난 밧세바가 돌아왔으면 좋겠어. 가서 밧세바를 나한테 가져와줘."

애덤은 일어서지만 떠나지 않는다.

"아이리스가 사라지고 내가 도무지 이해할 수 없는 일이 있어. 왜 그렇게 오래 아이리스를 찾았어? 아이리스는 바다에서 몇 시간밖에 살지 못했을 거야. 만에 하나 다음 날까지 살아 있었을 수는 있지만, 다음 주까지 살아 있었다는 건 말도 안 돼. 당신도 희망이 없다는 걸 분명히 알았을 텐데."

나는 손에서 흘린 피를 기억한다. 햇볕에 탄 상처도. 오직 물밖에 생각나지 않았다.

"난 개를 사랑했어." 내가 말한다. "개가 죽을 때까지 얼마나 시간이 흘렀을지 알지 못했어. 나는 옹졸하고 이기적이었는데, 개는 사라졌고 구하기엔 너무 늦어버렸어. 왜 그렇게 오래 수색했느냐고 묻지만, 그건 질문이 잘못된 거야. 진짜 의문인 건 어떻게 내가 수색을 중단할 수 있었느냐는 거지."

나는 애덤의 팔을 붙잡는다.

"애덤, 날 용서해줄 수 있어?"

"용서할 게 뭐 있어." 애덤은 씩 웃는다.

"아냐, 진짜. 난 끔찍한 실수를 저질렀어. 그리고 우리 딸을 위험에 처하게 했지. 난 모든 게 괜찮은지 확인, 또 확인해야 했어. 당신에게 모든 걸 말해야 할."

"용서할게." 그가 말한다. "왜 그런 소리를 해? 당신이 잘못했다고 생각하더라도 내게 그걸 말할 필요는 없어. 지나간 일로 좋은 기분 망치지 말자."

애덤은 내게 키스로 작별 인사를 한다.

"내 밤하늘." 그는 내 귀에 대고 속삭인다.

*

여러 달 동안 신생아 병동을 두려워했지만, 지금 나는 그곳에 들어와 있고 아무도 내게 질문하지 않는다. 이제 두려워할 건 전혀 남지 않은 것 같다. 내 몸에 붙어 누워 있는 에스더의 신체 리듬이 나와 조화를 이루는 것 같다. 우리는 함께 잠들었다 깨기를 반복한다.

저녁 일찍 간호사가 돌아와 에스더를 인큐베이터에 넣고 날 병실로 보내 밤을 보내게 한다.

"좀 쉬세요." 간호사가 말한다. "아침까지는 여기 오실 필요 없어요. 엄마가 잘 쉬어야 아기에게도 좋아요."

병실로 돌아오니 식사 수레에 저녁밥이 기다리고 있다. 차갑게 식은 소고기 주위에 굳은 그레이비소스가 엉겨 붙어 있다. 침대 시트는 어제 사용하던 것 그대로이고 환자복도 종일 입고 있던 것이다. 몸 전체가 지저분한 느낌이다. 에스더에게 온통 집중하고 있던 탓에 내가 필요한 것은 뭔지 전혀 생각하지 못했다. 아이를 낳으러 올 때 입고 있던 옷밖에 없다. 병원에 올 때 짐을 챙기지 못해 칫솔이나 갈아입을 속옷도 없다.

침대에 올라가 이메일을 확인한다. 수도 없이 확인한 것 같다. 나는 벤과 수다를 나누는 내 모습을 계속 상상한다. "날 어떻게 알아본 거니? 내가 돌아서기 전에도 나라는 걸 알았니?" 사이좋은 수다. 벤과 함께 웃는 모습을 상상한다.

하지만 그럴 일은 절대로 없을 것이다. 내 정체를 아는 사람이 세상에 벤 하나뿐이라고 해도 나는 벤과 이야기할 수 없다. 벤이 '현재 상황이 어떤지' 이메일을 보내오는 즉시 우리 관계는 끝장날 것이다. 그리고 용서받을 수 없는 짓을 저지른 사람이 나임에도, 우리 관계를 파괴하는 건 내 행동이 아니다. 우리 사이를 망치는 건 벤이 보내올 이메일이다. 그의 요구 사항.

벤의 침묵이 길어질수록 이상하게 희망이 생긴다. 어쩌면 벤은 마음을 바꿨을지도 모른다. 어쩌면 오랫동안 벤이 연락을 해오지 않을 수도 있다. 내가 벤으로부터 이메일을 받지 않으면 그래도 벤은 날 용서할 가능성이 조금이라도 있다.

하지만 나는 벤이 한 말을 기억한다. 벤은 내게 이메일을 보내겠다고 말하지 않았다. 벤은 "내가 이메일 몇 개 보냈어"라고 말했다. 이미 이메일을 보낸 것이다.

스팸메일함, 소셜미디어 메일함까지 확인해본다. 페이스북과 왓츠앱도. 아무것도 없다.

그리고 벤은 왜 나를 '자매님'이라고 불렀을까? 벤은 이미 콜턴 앞에서 나를 서머라고 불렀다. 벤은 일부러 나를 '자매님'이라고 불렀다. 콜턴이 알아차리지 못하도록 뭔가 내게 말하려고 했던 걸까? 벤은 왜 내게 이메일을 확인해보라고 말해야 한다고 생각한 걸까?

나는 엉뚱한 이메일 계정을 확인하고 있었다.

아이리스의 이메일을 확인해야 했다. 그럴 만도 하다. 이미 사망한 사람의 이메일 계정보다 더 안전한 곳이 어디 있겠는가? 애덤은 혹시 서머의 이메일을 읽을 수 있을지도 모른다. 하지만 아이리스의 이메일을 읽을 수 있는 사람은 없다.

휴대전화를 켜서 서머 계정에서 로그아웃하고 내 예전 이메일 계정으로 접근한다. 하지만 비밀번호가 생각나지 않는다. 비밀번호 본인 확인 서비스를 사용하기에는 너무 겁이 난다. 누군가 아이리스 카마이클의 계정에 접근하려 한다는 정보를 세상에 남기는 위험을 무릅쓸 수는 없다.

집에 있는 드레스룸에는 내가 밧세바에 올라탈 때 가지고 간 여행 가방이 세이셸에서 돌아온 뒤로 열지도 않은 채 놓여 있다. 내가 사용하던 예전 휴대전화는 내가 잊어버린 다른 소지품과 함께 가방에 들어 있다. 싸구려 드레스, 시샘하는 느낌의 빨간색 그리고 적갈색의 립스틱과 함께. 내 전화기는 내 이메일 계정에 로그인된 채로 꺼져 있다. 비밀번호가 자동 저장되어 있기 때문이다.

배터리는 방전되어 있을 것이다. 어쩌면 휴대전화가 망가졌을 수도 있다. 다른 방법으로는 내 이메일에 접근할 수 있을지 자신이 없다. 애덤은 차를 타고 곧장 케언스로 갈 것이다. 애나베스는 펜트하우스에서 타르퀸을 돌보고 있을 것이다. 어머니는 2주 전에 호텔 생활을 마치고 원래 집으로 돌아갔다. 애나베스는 버지니아를 펜트하우스로 데려가 함께 지내고 있다.

집에는 아무도 없을 것이다.

나는 벤의 행동이 뭔가 이상하다는 생각에 매달리고 있다. 뭔가를 놓치고 있다. 벤은 몇 분 동안 병실 밖으로 나갔다가 다시 들어와 내게 '이메일 몇 개'를 보냈다고 말했다. 이메일은 하나가 아니다.

내 휴대전화를 손에 넣어야 한다.

*

아기를 두고 병원을 떠나려니 가슴이 찢어지는 것 같다. 한 시간 이면 돌아오니 내가 병원에 없다는 걸 아무도 모를 테지만, 그래도 여전히 병원을 나서기가 쉽지 않다. 아픈 몸을 이끌고 힘겹게 침대에서 내려와 에스더한테서 멀어지며 출입구로 향한다.

옷과 신발을 비닐봉지에 넣어 들고 환자복과 슬리퍼 차림으로 병실을 빠져나온다. 집 열쇠와 아이폰, 약간의 현금을 들고 있다. 서머의 지갑을 포함해 모든 걸 병원에 두고 나온다. 바라건대 산모 병실 근무자들은 내가 신생아 병동에 있다고 생각하고 신생아 병동에서는 내가 산모 병실에 있다고 생각했으면 좋겠다. 혹시 들킨다면 갈아입을 옷이 필요했다고 말할 수 있는데, 내가 들어도 좀 이상한 핑계다. 아기를 낳은 엄마들은 갈아입을 옷에 그다지 신경 쓰지 않기 때문이다.

계단으로 뛰어 들어가 환자복 위에 옷을 걸치고 신발을 갈아 신는다. 나는 환자에서 방문객으로 변신한다. 7개월 만에 아이를 낳은 것이 도움이 된다. 나는 이미 평상시 모습으로 어느 정도 돌아와 있다. 서둘러 계단을 타고 내려가 밖으로 나온다. 아무도 나를 쳐다보지 않는다.

몰래 집에 들어가기 위해 택시 운전사에게 집에서 조금 떨어진 곳 주소를 일러준다. 집에서 훨씬 멀리 떨어진 곳에서 내리고 싶지만, 집까지 가파른 언덕인 데다 내 다리는 여전히 힘이 없다. 에스더를 낳은 지 이제 겨우 만 하루가 지났을 뿐이다.

차고 진입로를 따라 올라가는데 어둠이 내리기 시작한다. 주위는 조용하고 어스레하지만, 거실에서 푸른빛이 깜박거리는 모습이 보인다. 애덤이 TV를 켜놓고 출발한 것이 틀림없다.

현관 앞에 도착해 서둘러 보안 장치를 해제하려고 하지만 애덤은 보안 장치를 켜는 걸 잊고 떠난 듯하다. 현관으로 들어서니 신선한 꽃이 보이고 콜턴이 가져온 서류 뭉치가 주방 탁자 위에 쌓여 있다. 애덤이 마침내 콜턴을 만난 것 같다.

서류 위에 열쇠를 내려놓으면서 애덤의 지저분한 손 글씨를 흘깃 본다. 나와 애덤이 서명한 출생신고서 양식이다. 양식에 적힌 아이의 이름은 로즈버드 카마이클이다.

나는 '에스더'라는 이름을 잘못 본 건지 확인하려고 다시 서류를 들여다본다. 나는 분명히 애덤이 이 서류를 둘로 찢는 모습을 지켜보았다. 애덤이 두 번째 서류를 가져왔을 때 내가 서명하기 전에 '에스더'라고 기재했는지 확인을 안 했나?

거실에서는 TV 소리가 시끄럽게 울린다. 애니메이션 목소리가 나는 걸 보니 아이들 프로그램인 것 같다. 모퉁이를 돌아 걷는다. 어두워지는 가운데 카펫 위에 엎드려 TV 화면에 눈을 고정하고 있는 사람은 타르퀸이다.

빌어먹을, 어머니가 여기 와 있구나. 새로 갈아입을 속옷을 가지러 왔다고 핑계를 대야겠군. 어머니는 왜 타르퀸을 펜트하우스로 데려가지 않은 거지? 오후 내내 펜트하우스에서 아이를 보고 있지 않았나?

아니면 혹시 애덤이 여기 있을지도 모른다. 애나베스는 절대 타르퀸이 TV를 보게 하지 않는다.

"애덤!" 내가 소리쳐 부른다.

타르퀸이 고개를 돌리더니 나를 발견한다.

"우리 엄마 아니야."

"그래, 알아." 내가 말한다. "헬렌은 천국에 갔으니까."

지금은 이러고 있을 시간이 없다.

"엄마 지금 행복해." 타르퀸이 말한다.

"아빠 어디 있니?" 내가 TV를 끄면서 묻는다.

타르퀸은 아무 대답이 없다.

"애덤!" 나는 다시 부른다. "애덤!"

여전히 대답이 없다. 나는 타르퀸을 안은 채 여기저기 돌아다닌다. 애덤이 잠들었나? 타르퀸이 집 안에서 혼자 돌아다녔을 생각에 등골이 오싹하다. 애덤은 지쳐 쓰러졌을 것이다.

계단 아래에 다가갔을 때 내 휴대전화가 울린다. 애덤이다. 전화를 받았지만 귀에서는 바람 부는 소리만 들린다. 애덤의 목소리는 멀리, 마치 우주에서 전화한 것처럼 들린다.

"안녕, 여보!" 애덤이 소리친다.

"당신 어디 있어?"

"케언스 남쪽 6킬로미터 정도야!" 애덤이 소리친다. "육지 가까운 곳을 지나고는 있는데 끊어질 수도 있어. 바람이 조금 세네. 정말 감동적이야! 에스더는 어때?"

"아주 잘 있어." 내가 어디에 있는지 말해야 할지 모르겠다. 타르퀸은 내 어깨에 붙어 졸고 있지만, 갑자기 고개를 들고 말하기 시작하면 설명할 수밖에 없다. 일단 피곤한 목소리를 내본다. "당신 배 몰게 끊어야겠어. 병원에서는 나더러 푹 쉬라고 했거든."

"얼른 당신 보고 싶어."

애덤이 전화를 끊자 시끄러운 소리도 사라진다.

애나베스가 여기 있는 게 분명하다. 그런데 어디 간 거지? 애나베스는 타르퀸을 혼자 두는 법이 없는데.

"할머니 어디 계시니?" 내가 묻는다.

"아냐." 타르퀸이 말한다.

애나베스에게 전화를 건다. 애나베스는 즉시 전화를 받더니 에스더에 관해 묻는다. 나는 어머니의 말을 끊고 묻는다.

"애덤이 오늘 밤에 타르퀸을 어머니한테 맡긴다고 하지 않았어요?"

"뭐? 아니야. 왜 애를 나한테 맡겨?"

"나 밧세바 일 알아요." 내가 말한다. "애덤이 날 위해 밧세바를 가지러 간 일 알고 있다고요."

애나베스는 애덤이 얼마나 훌륭한 남편인지 한바탕 쏟아내기 시작하면서 이렇게 혼자서 배를 조종하는 일은 조금 무모한 것 같다고 이야기한다.

아마도 아기 보는 사람을 구한 것 같다. 나는 계단을 천천히 올라가면서 타르퀸과 산후 피로의 무게감을 느낀다. 애나베스가 전화에 대고 계속 떠들게 둔 채 혹시 뭔가 내가 알지 못하는 내용을 언급하는지 기대하고 있다.

침실로 이어지는 층계참 건너편 아기가 사용할 방의 문이 열려 있다. 우리는 아직 아기 침대를 사지 않았지만, 지금 그곳에 아기 침대가 놓여 있는 게 보인다. 타르퀸이 쓰던 침대도 아니다. 새로 산 침대다. 방으로 들어가 더 자세히 살펴본다. 침대를 시트와 담요로 잘 덮어 준비해둔 모습이다. 전부 섬세한 분홍색 장미 무늬로 꾸며져 있다.

로즈버드.

"애덤은 아마 타키도 데려가기로 한 게 틀림없어." 애나베스가 말하고 있다. "요트에 아직 아기 침대가 그대로 있으니까."

애나베스는 새로 태어난 손녀에 대해 끝없는 이야기를 늘어놓는다. 어머니는 벌써 에스더가 세례식에서 입을 드레스를 만들기 시작했다면서 실로 뜬 양말은 너무 더울지 내게 묻는다.

우리 침실은 비어 있다. 나는 드레스룸으로 걸어 들어가 타르퀸을 내려놓고 내 낡은 여행 가방을 끌어낸다. 타르퀸은 피곤한지 눈을 문지르며 내게 매달린다.

무릎을 꿇고 가방을 연다. 휴대전화는 제일 위에, 곰팡내 나는 옷가지 위에 충전기와 함께 놓여 있다. 침실 콘센트까지 무릎걸음으로 가서 휴대전화에 연결한 충전기를 꽂는다. 화면이 켜진다.

"이만 끊어요." 나는 어머니와 전화를 끊는다.

그리고 콘센트 옆에 다리를 꼬고 앉는다. 타르퀸은 게임이라도 하듯 방을 가로질러 내 뒤를 따라 기어온다. 타르퀸은 내 무릎 위에 올라와 앉더니 하품을 한다.

"지니아." 타르퀸이 말한다. "지니아."

아이의 말은 누구 이름처럼 들린다. 버지니아. 그렇지!

"버지니아가 널 보고 있었니, 타크?"

"지니아."

당연히 애덤은 버지니아에게 아이를 봐달라고 했을 것이다. 지난밤에 버지니아는 분명히 이곳에 머물렀을 것이다. 아직 손님 침실은 확인하지 않았다. 손님 침실은 아래층 차고 옆에 붙어 있다. 버지니아는 아마도 시간 가는 줄 모르고 유튜브를 보고 있거나 자고 있을 것이다.

버지니아에게 내가 왔다는 걸 말할 필요는 없다. 아직은. 어쩌면 버지니아가 눈치를 채기 전에 돌아갈 수도 있을 것이다.

"아가야, 눕자." 나는 중얼거린다.

평생 그런 일이 없던 타크가 시키는 대로 한다. 타르퀸은 내 무릎 위에 누워 눈을 감는다.

한 손으로 아이의 머리를 쓰다듬으면서 휴대전화를 켠다. 메일 앱을 열자 208이라는 숫자가 보인다. 4월부터 208개의 새 이메일이 들어와 있다. 대부분은 한 사람에게서 온 것이다. 벤.

가장 최근 날짜인 오늘 받은 이메일을 여는 내 손이 떨린다.

내가 왜 이렇게 많은 이메일을 보냈는지 의아하게 생각하고 있겠지. 아니, 나는 아무 의심도 하지 않았어. 그냥 치료라고나 할까. 내가 달리 대화할 사람이 있는 것도 아니니까.

내가 누나를 미워하지 않는다는 걸 알아줬으면 좋겠어. 나는 늘 서머가 재산을 차지하리라 생각했지만, 누나가 재산을 차지할 자격이 있다고 생각해. 단지 내가 그 과정에 일부가 될 수는 없을 뿐이야.

오늘 오후 노아랑 맥주 한잔할 예정이었는데, 여전히 그러려고 해. 그런 다음엔 비행기를 타고 뉴욕으로 돌아갈 거야. 그러면 누나는 내게서 다시는 연락을 받지 못할 거야. 내가 절대 누나 정체를 밝히지 않으리라는 걸 알아줬으면 해. 그리고 누나는 내가 아는 제일 멍청한 사람이야.

영원히 사랑해.

벤

화면 위로 눈물이 떨어져 옷자락으로 눈물을 닦아낸다. 벤이 이런 이메일을 보내오는 건 당연했다. 이럴 걸 나도 당연히 알았어야 했다. 벤이 내게 돈을 요구하거나 날 협박하거나 날 배신하리라 생각했던 게 믿기지 않는다. 어떻게 내 남동생이 그런 짓을 하리라 생각할 수 있단 말인가?

안도감이 들어야 마땅했다. 이번에도 빠져나왔고 나는 계속 서머로 살 수 있다. 하지만 그런 생각보다 내가 벤을 얼마나 그리워할지에 관한 생각밖에 들지 않는다. 그리고 그동안 내내 벤은 내게 이메일을 보내고 있었다.

다른 메일을 열어본다.

이곳은 정말 복잡해. 러시아워에는 지하철 안에서 정어리가 된 것 같아. 하지만 기분은 바다 한가운데서 혼자가 된 것 같아. 유일하게 혼자 살아남은 인간이 된 기분이랄까.

계속해 이메일을 하나씩 읽는다. 타르퀸은 몸이 뜨거워진 채 무릎 위에서 묵직하게 늘어져 꼼짝도 하지 않는다. 느려진 호흡이 차분하다. 버지니아가 어디 있는지 찾아야 하지만 벤의 이메일을 읽는 걸 멈출 수 없다. 내용은 내 가슴을 쥐어뜯는다.

> 누나는 릿지 카마이클의 게이 아들로 사는 게 어떤지 유일하게 이해해주는 사람이었어.
> 누나는 내가 재산을 두고 경쟁하는 일에 관심이 없는 걸 이해했지. 내가 게이가 아니었더라도, 나는 아버지가 우리 모두에게 공평하게 나눠주었어야 마땅한 재산을 차지하기 위해 아버지가 들고 있는 굴렁쇠 속으로 뛰어들고 싶지 않았을 거야.
> 어렸을 때 나는 늘 누나랑 나랑 쌍둥이였으면 좋았겠다고 생각했어.

벤은 아버지가 세상을 떠난 뒤 나만이 그를 사랑하는 사람이라고 끊임없이 이야기했다. 걔는 언제 어머니와 서머한테서 떨어져 나간 걸까? 벤은 설명하는 법이 없다. 어쨌든 벤은 애나베스에게 결코 전화를 하지 않았다. 서머에게도 전화하는 법이 없었다. 나를 제외하면 벤은 가족이 존재하지 않는다고 느꼈다.

> 누나는 늘 누나 잘못이 아닌 일에도 스스로 채찍질하곤 했어.
> 서머 다리에 생긴 상처를 두고 가족들이 어떻게 누나를 비난하는지 봐. 어차피 엄마 아빠가 누나에게 우리 대장 노릇을 시킨

거잖아?

벤은 언제나 내 편이 되어주었다. 그날 보트가 뒤집힌 일이 내 잘못이 아니었다고 벤은 늘 말했다.

이메일을 너무 빨리 읽느라 제대로 이해가 되지 않기도 했다. 벤이 뭔가 내게 말하지 않은 일이 있다. 내가 읽은 이메일들은 사실 벤이 자신에게 보낸 것들이어서 이미 스스로 알고 있는 내용이다.

……다리에서 피가 흘렀잖아. 그거 일부러 그런 거라고 정말 여러 번 누나에게 말하려고 했어……

서머를 말하는 건가? 일부러 뭘 그랬다는 거지? 보트가 뒤집혔을 때 일부러 다리에 상처를 냈다고? 왜 그런 짓을 해? 나는 훑어가며 내용을 읽는다. 전부 읽으려면 이메일이 너무 많지만, 휴대전화를 병원으로 가져가는 위험을 감수할 수는 없다. 그리고 또 언제 이 전화기로 이메일을 읽을 기회가 있을지 장담할 수도 없다.

만일 버지니아가 손님 침실에서 자고 있다면, 나는 타르퀸을 아기 침대에 눕히고 빠져나갈 수 있을 것이다. 타르퀸은 아침까지 아기 침대에 안전하게 있을 수 있다. 버지니아는 어떻게 타르퀸이 스스로 아기 침대로 들어갔는지 궁금하겠지만 내가 여기 왔다 갔다는 생각은 하지 못할 것이다.

서머가 일부러 그런 거라고 누나한테 얘기하려고 여러 번 시도

했어. 서머는 누나에게 창피 주는 걸 좋아했어.

벤이 말하는 건 보트가 뒤집힌 사건이 아니다.

미인대회다. 열네 살인 나는 수영복을 입고 금색 왕관을 쓰고 있고, 모든 사람이 나를 보며 생각하고 있다. 넌 이긴 게 아니야. 넌 쌍둥이 가운데 못생긴 쪽이지.

나는 벤에게 반박하고 싶다. 그래, 서머는 일부러 내가 상을 받도록 했어. 그런데 벤은 서머가 일부러 그런 상황이 발각되도록 했다는 것이다. 하지만 어떻게 일부러 피가 다리로 흘러내리도록 계획할 수 있단 말인가? 벤은 여자들 생리가 필요할 때 할 수 있는 일이라고 생각하는 건가?

답은 알 수 없다. 내가 알아낼 수 없다고 해서 벤이 틀렸다는 뜻은 아니다.

"네가 옳아, 벤." 나는 속삭인다. "네가 아는 사람들 중에서 내가 가장 멍청해."

잠든 타르퀸이 몸을 뒤척인다. 휴대전화를 내려놓고 타르퀸 몸 아래로 양팔을 집어넣은 다음 간신히 일어선다. 타르퀸은 이제 제법 크게 자랐다.

간신히 타르퀸의 침실까지 가서 아이를 침대에 눕힌다. 타르퀸이 가장 좋아하는 곰 인형을 품에 안겨주고 가벼운 담요를 몸에 덮어준다.

벤은 이메일에서 나를 서머가 하지 못하는 일을 할 수 있는 사람으로 묘사하고 있다. 보트를 다루는 일. 바다를 건너 항해하는 일. 어린 남동생의 사랑을 받는 일.

나는 어떤 사람이 되려고 했던 걸까?

나는 어머니와 남동생, 타르퀸, 애덤에게 거짓말했다. 웨이크필드의 모든 사람에게도. 이 모든 짓이 서머가 되려는 노력이다.

하지만 서머는 누구인가? 완벽한 사람은 아무도 없지만, 나는 서머의 결점을 직시하려고 단 한 번도 시도하지 않았다. 내 이름을 두고 놀리기. 공포영화로 날 비웃기. 자기가 먼저 태어났고, 몸속 장기가 제자리에 있다고 으스대기. 무심하고 별것 아닌 잘못들. 서머는 일부러 그런 짓을 한 것이 아니다. 아니, 일부러 그런 건가?

나는 다시 침실로 돌아온다. 이제 완전히 밤이지만 내닫이창은 빛을 받아 은색으로 빛난다. 밖에서는 떠오르는 달이 시커먼 바다 위에 윤기 흐르는 길을 만들어내고 있다. 밧세바 호가 마치 거대한 하얀 날개처럼 보이는 돛을 활짝 펴고 진주로 이어진 것처럼 보이는 선을 따라 다가오는 모습이 보일 것만 같다. 시계를 확인한다. 애덤이 이곳 북쪽에 도착하려면 여전히 몇 시간은 걸릴 것이다.

벤은 서머를 좋아하지 않았다. 나는 벤이 서머를 증오했다고 생각하기 시작한다. 그리고 벤은 나보다 훨씬 똑똑하다.

나는 욕실로 걸어가 이중 거울 앞에 선다. 침실에 쏟아져 들어오는 달빛을 등 뒤에서 받고 있어 내 모습은 실루엣만 보인다.

"나는 아이리스야." 나는 소리를 내어 말한다. "나는 왼손잡이고, 내 심장은 엉뚱한…… 아니, 내 몸 오른편에 있어. 나는 피아노를 치고 바다를 사랑해. 언니는 3월에 죽었지만 내겐 아직 남동생이 있어. 아이리스인 나를 사랑해주는 남동생. 그리고 나는 엄마야. 내게는 아기가 있어. 아기를 위해 나는 진짜 내가 되어야 해."

아버지의 유서는 자신이 세운 왕국이 갈라지지 않도록 보장하겠다는 뜻을 담고 있다. 하지만 유서를 실행하는 과정에서 훨씬 중요한 뭔가가 갈라져버렸다. 바로 가족이다. 만일 카마이클의 일곱 자녀가 로맹 가문의 많은 자식이 그랬던 것처럼 모든 재산을 공평하게 물려받았다면, 어쩌면 우리는 서로 힘을 합쳐 사업을 운영하는 법을 배웠을지도 모른다. 로맹 가문은 널리 퍼져 세계 곳곳에서 여행사를 열었고, 함께 일해 제국을 세웠다. 만일 카마이클의 자녀들이 서로 다른 점을 극복했다면, 우리는 뭘 이뤄냈을까?

릿지의 유서는 혈통을 잇는다는 가문의 가치를 너무 높이 평가한 나머지 그를 할아버지로 만들어주는 자식에게 상을 준다는 내용을 담고 있다. 하지만 유서는 그가 남긴 가족에게 독이 되었다. 아버지의 유서는 내 인생에 독이 되었다. 상황은 끔찍해졌고 나는 벤이 날 배신하리라 의심하기 시작했다.

이제 나는 독이 내 몸에서 빠져나가게 한다. 폐를 신선한 공기로 채운다.

서머는 완벽하지 않았다. 그냥 평범한 소녀였다. 가끔 불친절하기도 했다. 어쩌면 잔인했을 수도 있다.

애덤에게 진실을 말해야만 한다. 모든 위험을 감수해야 한다. 애덤이 날 미워할지는 몰라도, 분명히 날 경찰에 넘기지는 않을 것이다. 애덤은 내가 서머를 절대 죽일 리 없다는 걸 알 것이다.

만일 애덤이 날 떠난다면 어쩔 수 없다. 재산도 그가 가질 수 있다. 그럴 자격이 있다. 에스더를 여전히 딸로 인정한다면 그렇게 해줄 수도 있다. 내가 에스더의 엄마로 남을 수만 있다면. 그것이 내가 원하는 전부다. 내 딸만 빼앗아가지 않는다면.

애덤이 그것보다는 더 많은 걸 내게 해주었으면 하는 희망이 있다. 미친 소리인 걸 알지만, 타르퀸도 내 인생의 일부가 되어주었으면 하고 바란다. 타르퀸은 에스더의 오빠다. 지난 몇 달 동안 아이가 짜증스럽다고 생각했는데, 타르퀸은 어느새 내 가슴속에 들어와 있다. 더는 거짓말을 할 수 없겠지만, 어쩌면 애덤과 나는 새로운 진실을 함께 만들어낼 수도 있을 것이다. 나는 서머가 사랑한 것처럼 애덤과 타크를 사랑할 수 있다. 나는 서머가 자신의 아기를 사랑했던 것처럼 에스더를 사랑할 수 있다.

애덤이 날 용서할지도 모른다는 건 정신 나간 희망처럼 느껴지지 않는다. 심지어 애덤이 이미 날 용서하지 않았을지 궁금하기도 하다. 어쩌면 그도 어느 정도는 벌써 알고 있을 것이다. 나는 늘 애덤이 추측해내거나 의심이 들면 즉시 날 추궁하리라 생각했다. 어쩌면 내가 잘못 생각한 것일 수도 있다. 애덤은 늘 멀리 떨어져 있는 사람인 것처럼 느껴질 뿐, 서머가 말한 것처럼 영혼끼리 통하는 배우자로 느껴진 적이 한 번도 없었다. 지난 몇 달 동안 그는 내게 키스조차 하지 않았다. 어쩌면 그는 의아해하고 있는지도 모른다. 이리저리 재면서 어떻게 할지 고민하고 있을지도 모른다.

그리고 이제 나는 애덤이 결심했다고 생각한다. 애덤은 나를 깜짝 놀라게 할 거창한 계획을 세워 밧세바를 집으로 가져온다. 그리고 에스더가 태어난 뒤로 말투가 사랑스럽게 변했고 내 머리칼을 쓰다듬거나 시도 때도 없이 내게 키스했다. 내가 용서해달라고 했을 때 그가 뭐라고 했더라? 용서할게. 왜 그런 소리를 해? 당신이 잘못했다고 생각하더라도 내게 그걸 말할 필요는 없어. 지나간 일로 좋은 기분 망치지 말자.

서머는 애덤이 키스할 때 태양에 키스하는 것 같다고 말했다지만, 애덤이 내게 한 말은 달랐다. 나는 뭔가 다르지만 똑같이 아름다운 존재였다. 밤하늘처럼.

그이는 알고 있는 거야.

우리는 함께 항해할 수 있다. 우리 넷이 밧세바를 타고 세이셸로 가는 거야. 그리고 우리는 계속 항해할 수 있어. 섬을 지나 섬으로, 야자수가 있고 부드러운 바람이 부는 햇볕 가득한 날들. 폭풍우가 치는 곶이 있는 아프리카의 해안. 상쾌한 대서양과 춤추는 카리브해. 천국 같은 환초들이 수놓은 태평양. 돌아온 다음에도 원한다면 다시 떠날 수도 있다.

뒤쪽에서 뭔가 움직인다. 검은 형체, 침실 속 그림자. 욕실 조명을 켠다. 그 순간 나는 그녀를 발견한다.

거울 속 여자.

내가 아닌.

서머.

서머가 내 뒤에 서 있다.

21. 거울 속 여자

나는 돌아선다.

지금 내 앞에 서머가 있다. 실제로. 서머가.

어둠이 사방에서 무너져내리며 결국 내 눈에 서머만 남는다. 서머는 황금빛 원 안에 멀쩡하게 살아서 과거 그 어느 때보다 더 밝고 더 아름다운 모습으로 서 있다.

도대체 무슨 일이 벌어진 거지? 누군가 서머를 구조한 걸까? 왜 우리에게 연락하지 않았지? 누군가 서머를 붙잡아두고 있었을까? 해적들?

"어떻게, 어떻게 살아 있어?" 내가 더듬거리며 말한다.

"왜 타르퀸을 밤새 안고 돌아다니는 거야, 아이리스?" 서머는 푸른 눈으로 차갑게 나를 보며 대꾸한다. "아예 내려놓지 않을 건지 생각하고 있었잖아."

“뭐?” 날 지켜보고 있었다는 건가? “그럼 왜 내게…….”

서머는 손을 흔든다. 마치 귀찮게 질문하지 말라는 것처럼.

“그래, 내 남편이랑 자보니 어때?”

숨을 쉴 수가 없다. 얼굴이 붉게 타오른다. 서머는 알고 있다. 나와 애덤의 관계를 알고 있다. 쥐구멍에라도 들어가고 싶다.

“언니, 정말 미안해.” 내가 말한다. “나는, 나는 설명할 수가 없어. 내가 미쳤어. 정신이 나가버린 것 같아. 하지만 어떤 변명도 하지 않을게. 용서받을 수 없는 실수를 했다는 걸 나도 알아.”

“실수가 하나야?”

“실수는 많이 했지.” 나는 지금 상황이 진짜인지 궁금해하며 멍하니 서머를 바라본다. “내 인생 전체가 하나의 긴 실수지. 하지만 언니가 살아 있다니! 멀쩡하게! 그리고 참, 아기는 어디 있어?” 서머는 헐렁한 옷을 입었지만, 옷 속 몸매가 드러난다. 평상시보다 살이 찐 것 같지만 임신한 상태는 아니다.

“그 얘기도 하긴 해야지.” 서머가 말한다.

“무슨 말인지 모르겠어.” 내가 말한다. “언니가 활대에 맞고 바다에 떨어지는 걸 봤어. 그리고 난 언니를 찾으러 다녔지. 도대체 어디 있었던 거야? 어떻게 살아남았어?”

“한 번에 하나씩만 물어, 내 쌍둥이.” 서머는 양손을 뒤로 하고 팔꿈치만 내민 채 자랑스럽게 서 있다.

“내가 죽는 화면을 즐겁게 봤다니 기쁘네. 아무한테도 그 화면 얘기는 하지 않았겠지? 하지만 난 네가 화면을 찾아낼 줄 알았어. 그 화면에 푹 빠질 것도. 넌 그 화면을 너무나 믿고 싶었겠지. 멍청한 서머는 항해를 제대로 못 해. 멍청한 서머가 바다에 떨어졌어."

서머는 계속 말하고 있지만 들을 수가 없다. 귓속에서 울리는 소리가 난다. 머릿속이 불타오른다. 서머가 죽었을 때, 아니, 죽지 않았을 때부터 벌어진 모든 일이 공중으로 튀어 올랐다가, 다시 아래로 떨어지며 전혀 다른 모습이 된다. 언니의 죽음을 슬퍼했던 모든 순간. 언니 없이 지금까지 살아온 인생. 애덤과의 인생. 그것들은 이제 모두 어디로 갔나?

서머가 하는 말은 안갯속을 헤치고 나오는 것 같다. 지금 서머는 항해에 관해, 혼자 오랫동안 항해한 이야기를 하고 있다. 마치 자신이 혼자 밧세바에 남겨졌던 것처럼.

"내가 혼자 해낼 수 있을 거라고 절대 믿지 않겠지, 아이리스? 지금도 안 믿는 걸 알 수 있어."

나는 지금 서머가 하는 말을 이해하려 애쓰고 있다. 어디서, 언제, 왜 혼자 항해했다는 거지? 물어보고 싶지만, 입에서 말이 나오지 않는다. 몸이 떨린다. 화장대 구석을 꽉 쥔다.

서머가 여기 있어, 서머가 여기 있어, 살아 있어. 머릿속에서 말이 맴돌기만 한다. 나는 같은 말만 속으로 되뇌고 있지만, 서머는 계속 말을 이어간다.

지금까지 서머가 이런 식으로 말하는 건 본 적이 없다. 무척 화가 나 있다. 아니, 화난 것이 아니다. 비웃고 있다.

증오에 차 있다.

그리고 뭔가 다른 것도 있다. 승리감.

지금 만남은 우연한 일이 아니다. 그냥 갑자기 나타난 것이 아니다. 이건 계획이다. 죽는 장면이 녹화된 테이프. 서머는 내가 그 화면을 찾아내도록 계획했다.

서머는 오스트레일리아 해안에서 요트를 가라앉힌 이야기를 하고 있다. 무슨 요트? 선체 배수구를 열어 배의 돛대 꼭대기가 파도 아래로 가라앉는 걸 바라봤다는 이야기. 하지만 서머는 비밀을 함께 나누기 위해 내게 이런 이야기를 들려주는 것이 아니다. 자랑하고 있다. 나를 조롱하면서.

이미 이야기한 것만 해도 아주 끔찍하지만, 서머는 훨씬 더 나쁜 이야기를 꺼내려 하고 있다. 바로 이런 일을 벌인 이유다. 자신의 계획.

나는 알고 싶은 동시에 알고 싶지 않다.

그리고 다른 무슨 말보다 더 끔찍한 무엇이 있다. 그건 바로 서머가 손에 들고 있는 물건이다. 숨기려고 양손을 뒤로 하고 있지만 반짝이는 검은 금속이 보인다.

서머는 권총을 들고 있다.

*

바닥이 마치 폭풍 속 배처럼 요동친다. 무릎을 꿇고 싶지만, 서머가 뒤에 감춘 권총은 내가 그럴 수 없다는 걸 말해준다. 이건 그냥 창피를 주는 게 아니야. 이건 그냥 재산에 관한 일이 아니야. 서머는 그보다 더 큰 게임을 하고 있어. 그리고 이제 우리는 최종 단계 앞에 와 있는 거야.

서머가 계속 말하게 해야 해. 버지니아가 집에 있다는 걸 서머가 모르기를 바라고 기도한다. 임신한 10대 아이가 총을 든 성인에게 맞서 날 구해줄 수 있을 것 같지는 않지만, 내게는 버지니아밖에 없다. 시간을 끌 수 있다면 혹시 버지니아가 우리 소리를 들을 수도 있다. 어쩌면 경찰에 신고하거나 몰래 서머를 뒤에서 덮칠 수도 있다.

"나는 활대가 언니 머리를 치는 걸 봤어." 내가 말한다. "그래서 언니가 물에 떨어지는 것도. 어떻게 그걸 꾸며낼 수 있지?"

서머는 능글맞게 웃는다. "그거 피곤했어. 난 바다에 빠지는 건 질색이었거든. 제대로 해내기 위해서 아홉 번이나 연기해야 했어. 그런 다음 그 화면을 CCTV 자료에 편집해 넣은 거야. 상상할 수 있겠어?"

"하지만 엄청나게 세게 맞았는데……."

"그래, 화면을 조금 빠르게 돌린 거야. 넌 내가 모자 안에 헬멧을 쓰고 있는 것도 알아차리지 못했을 거야. 하지만, 맞아. 지금도 아파. 목이 빠질 것 같았으니까." 서머는 양어깨를 흔든다. "하지만 이제 괜찮아. 걱정해줘서 고마워."

"하지만, 어디 있었어? 밧세바를 구석구석 찾았는데. 심지어 물속으로 잠수해서 선체 아래까지 확인했어."

서머는 웃는다. "그럴 줄 알았지. 네가 하는 짓은 뭐든 다 예상이 가능해. 하지만 넌 몇 시간이나 늦었어. 난 네가 편안하게 늘어져 자고 있을 때 이미 빠져나갔던 거야. 약을 먹고 일부러 재웠거든."

"약으로 재우다니?" 내가 되묻는다. "무슨 말을 하는 거야?"

"이러고 있을 시간 없어, 아이리스. 우린 움직여야 해. 오늘 밤 네가 왜 여기 나타났는지 모르겠지만, 이제 네가 못 볼 걸 봐버렸으니 가장 좋은 방법을 찾아 해결해야지."

"잠깐, 아니야." 내가 말한다. "도저히 말이 되지 않아. 언니는 어디로 갔던 거야? 누가 언니를 배에 태웠지?"

"아무도 날 태우지 않았어. 내가 항해하지 못한다는 그놈의 생각은 너만 했던 거야. 모르겠어? 나는 선외 모터가 달린 고무보트에 바람을 넣어 타고 갔던 거야. 어렵지 않았어. 누구의 도움도 필요하지 않았지."

"하지만 우린 육지에서 수백 킬로미터 떨어진 곳에 있었어. 그렇게 멀리까지 고무보트로 갈 수는 없어."

"배에 있는 모든 해도에 우리가 땅에서 수백 킬로미터 떨어져 있다고 표시가 되어 있었지, 맞아. 그리고 넌 인도양을 아주 잘 안다고 생각했고."

"하지만, 하지만……." 나는 서머가 계속 말하게 하려면 다음에 무슨 말을 해야 할지 생각해내려 애쓰고 있다. "언니는 왜 내가 언니가 죽었다고 생각하게 만든 거야? 엄마도, 애덤도?"

"그걸 모르겠니, 아이리스? 하긴 아빠가 늘 착한 건 멍청하다고 말했지."

언니는 활대에 머리를 맞는 장면을 아홉 번이나 촬영했다. 내게 약을 먹여 재우고 보트를 타고 한밤중에 보이지 않는 곳으로 재빨리 달아났다. 그리고 우리가 가진 해도에서 지운 섬으로 갔다. 아마 그곳에 요트가 한 척 기다리고 있었을 것이다. 서머는 그 요트를 몰고 오스트레일리아까지 혼자 항해해 돌아왔다.

그리고 이 모든 일을 임신한 몸으로 해냈다고?

망치로 얻어맞은 것 같다. 마침내 알 수 있었다.

"임신 안 했구나." 내가 말한다. "임신한 적이 없는 거야. 넌 아기를 가질 수 없어."

"축하해." 서머가 말한다. "똑똑하기도 하지."

서머는 내게 권총을 겨눈다.

*

나는 양손을 들어 올린 채 흔들리지 않으려 애쓰고 있다.

"주머니에서 네 전화기 꺼내." 서머가 말한다. "아니, 내 전화기라고 해야겠지. 부숴."

주머니에 손을 넣어 아이폰을 꺼낸다. 누군가에게 전화를 걸까 생각도 해보지만, 방법이 없다. 전화기로 화장대 모서리를 내려친다. 화면이 부서진다.

"다시." 서머가 말한다. "더 세게. 수도꼭지에 내려쳐."

수도꼭지를 때려 휴대전화를 부순다. 부서진 부속들이 세면대에 쏟아진다. 고개를 드니 서머는 다른 전화기를 들고 있다. 아이리스의 휴대전화다. 내 전화. 서머는 전화기를 내게 건네준다.

"마찬가지야." 서머가 말한다.

이번 전화기는 더 세게 부순다. 부수는 소리가 커서 버지니아가 잠에서 깨기를 기도하면서. 세면대 속에 스마트폰의 잔해가 잔뜩 쌓인다.

"반지는 걱정하지 않아도 돼." 서머가 말한다. "그냥 끼고 있어. 어차피 가짜니까."

나는 서머의 왼손을 바라본다. 희미한 조명 아래 서머의 프린세스컷 다이아몬드 약혼반지가 빛난다. 나는 그동안 싸구려 가짜 반지를 끼고 있었다.

"타르퀸이 언니를 봤다고 했어." 내가 말한다. "언니가 개를 다리에 데려간 거지?"

이제야 타르퀸이 아기를 보며 헷갈린 이유를 알 수 있다. 아기 다시. 아기 또 나왔다. 타르퀸은 엄마가 두 사람이라는 걸 알고 있었을까? 아니면 아기가 내 배 속으로 들어갔다가 나왔다고 생각할까? 타르퀸은 설명을 원하고 있었지만 아무도 귀 기울여주지 않았다.

"불쌍한 우리 타르퀸. 널 태국으로 유인하느라 아무 문제도 없는 고추 포피를 잘라냈으니." 서머는 뒤로 한 걸음 물러나며 말한다. "자, 아래층으로 내려가."

나는 욕실에서 나와 침실을 가로지른다.

서머는 내 뒤에 있다.

나는 계단 꼭대기에서 멈춘다. 계단참 맞은편에 타르퀸의 침실 문이 열려 있다. 내가 선 곳에서 타르퀸이 자는 모습이 보인다. 내게서 겨우 몇 미터 떨어진 곳에 있는 아기 침대의 나무 창살 사이로 흐트러진 타르퀸의 적갈색 머리칼이 삐져나와 있다.

타르퀸만 붙잡을 수 있다면. 서머는 내가 타르퀸을 내려놓을 때까지 기다렸다. 서머는 타르퀸이 다치는 걸 원하지 않는다. 내가 타르퀸을 안고 있으면 날 쏘지 않을 것이다.

등 뒤를 권총이 쿡 찌른다.

"지금 당장 쏠 수도 있어. 그러면 총알이 네 자궁에 구멍을 내게 될 거야." 서머는 자궁이라는 단어가 증오스럽기라도 한 듯 내뱉는다. "계속 움직이라고, 내 쌍둥이."

계단을 내려와 차고로 향한다. 한 걸음씩 내디딜 때마다 나는 완전히 뒤집혔다가 다시 제자리로 돌아온 세상을 이해하려 애쓰고 있다. 서머는 애덤이 어디 있는지 알까? 애덤이 내게 도움을 줄 가능성은 없지만, 서머는 그런 사실을 모를 수도 있다. 그리고 서머는 버지니아에 관해서는 한마디도 하지 않았다. 어쩌면 서머는 집에 나와 타르퀸 둘만 있다고 생각할 수도 있다. 서머는 우리의 경쟁자인 버지니아가 이곳에 머물면서 자기 아이인 타르퀸을 돌보고 있다는 생각은 꿈에도 하지 못할 것이다.

서머는 내가 아기를 낳을 때까지 기다린 걸까? 가까운 어딘가에 숨어서? 오랫동안? 여러 날? 여러 주?

"차고로 들어가." 서머가 말한다.

우리는 손님 침실 바로 앞을 지나야 한다. 문은 닫혀 있고 안쪽에 불빛이라고는 보이지 않는다. 제발 버지니아가 방 안에 있어야 할 텐데.

버지니아를 끌어들이면 안 된다. 혹시 다치기라도 한다면? 배 속 아기가 다치기라도 한다면? 그냥 아무렇지도 않게 걸어가면 서머는 버지니아가 있다는 걸 알아차리지 못할 것이다.

나는 문밖에서 멈춘다.

"진짜 이러고 싶은 거야, 서머?" 나는 최대한 큰 목소리로 묻는다. "언니 친동생을 죽이고 싶어?"

서머는 콧방귀를 뀐다. "물론 그건 아니야! 끔찍한 생각 좀 하지 마, 아이리스. 이 권총은 장전되어 있고 난 쏘는 연습까지 해두었어. 하지만 네가 멍청해서 진짜 그런지 확인하려고 드는 경우에만 사용하게 되겠지. 내 말대로 하지 않으면 어쩔 수 없이 쏴야겠지만, 그렇게 되면 남부끄러운 일이잖아. 난 이 상황을 원만하게 해결하는 편이 더 낫다고 생각해."

"이런 일을 어떻게 원만하게 풀어? 언니는 날 총으로 겨누고 있잖아."

"그냥 동업했다고 생각해." 서머가 말한다. "넌 내게 몸을, 자궁을 빌려준 거고 나는 그 대가로 목숨을 건지고 품위 있게 빠져나가게 해주는 거야. 생각해봐, 아이리스. 너 계속 이러고 있다가는 모든 걸 잃게 될 거야. 네가 저지른 짓을 생각해보라고. 너는 아름다운 기억으로도 남지 못할 거야. 엄마도 널 증오할 거고, 애덤은 아마 고소한다고 할지도 몰라. 그리고 이걸 생각해. 내가 지금 여기서 널 죽이면 완전 범죄가 될 수 있어. 살인 사건 수사 자체가 없을 거잖아. 모두가 이미 넌 죽었다고 생각하니까."

"그럼 뭘 원하는 거야? 내가 어떻게 하길 바라냐고?"

나는 돌아서서 서머와 마주 선다. 우리는 버지니아의 방 앞에서 있지만, 그쪽은 바라보고 싶지 않다. 그쪽으로는 눈길도 주지 않는다.

"떠나. 그게 다야. 어디론가 떠나서 돌아오지 마. 난 더할 나위 없이 관대해. 밧세바를 줄게. 하지만 조금이라도 의심하지 않아야 해. 혹시라도 말썽을 부리면 죽여버릴 테니까. 네 시체를 밟고서라도 나는 내 삶을 꼭 되찾고 말겠어."

생각하지 않고는 버틸 수 없는 한 가지가 있다. 생각해서는 안 된다. 하지만 어쩔 수 없다.

에스더.

제발 일어나, 버지니아.

"움직여." 서머가 말한다.

나는 뒤로 한 걸음, 방문에서 한 걸음 멀어지면서 차고로 향한다. 손님 침실에서는 여전히 아무런 움직임도 느껴지지 않는다. 버지니아는 너무 겁이 나 날 돕지 못하는 걸까? 그래도 우리가 떠나면 분명히 경찰에 신고를 해줄 것이다.

하지만 서머는 나와 쌍둥이다. 서머에게 뭔가 숨기는 일은 무척 어렵다.

"멈춰." 서머가 말한다.

나는 멈춘다.

"저 문 열어."

"저기 아무도 없어. 집엔 나랑 타르퀸밖에 없다고."

"열라니까."

나는 문을 벌컥 연다.

"미안해, 버지니아!"

방은 텅 비었다. 서머와 나는 방 안을 둘러본다. 나는 우리가 같은 생각을 한다는 걸 안다. 침대 아래는 숨을 공간이 없고 옷장 서랍도 아주 좁다. 숨을 곳은 없다.

서머는 경멸하는 표정을 짓는다. "버지니아? 버지니아가 왜 여기 와 있다고 생각하는 거야?"

"누군가 여기 있어야지." 내가 말한다. "애덤이 타르퀸을 혼자 두었을 리 없으니까."

"애덤은 타르퀸을 내게 맡기고 간 거야, 멍청아." 서머는 웃음을 터뜨린다. "아직도 몰라? 애덤도 알아. 그이도 다 안다고. 처음부터 그이랑 나랑 같이 시작한 거야."

22. 다리

나는 북쪽으로 차를 몰고 있다. 서머는 BMW 뒷좌석에 타고 있다. 나는 서머가 바로 내 뒤에 앉아 있다는 걸 알고 있다. 차가운 총구가 내 목 뒤를 찌르고 있기 때문이다. 권총은 작지만, 서머는 생각보다 강한 힘으로 내 몸에 총구를 들이밀고 있다.

애덤이 알고 있다. 물론 서머가 물에 빠지는 장면을 혼자 녹화했을 리는 없다. 그들은 태국에 있을 때, 내가 요트에 올라타기도 전에 미리 녹화를 해두었을 것이다. 서머가 나를 태국으로 부를 때, 애덤은 전화로 내게 추파를 던졌는데…… 공항으로 날 태우러 왔을 때도 내가 아름답다는 둥 이야기를 했고…… 내가 애덤과 둘이 항해하기로 했던 원래 계획은, 내가 발을 빼기에는 너무 늦어진 후에야 바뀌었고…… 내가 어떤 실수를 하더라도 숨길 수 있다는 확신을 품게 만든 멍한 성격도…… 애덤의 모든 행동은 계략이었다.

서머가 꾸민 계획의 일부. 그들의 계획.

"날 어디로 데려가는 거야?" 내가 묻는다.

"강." 서머가 말한다. "거기서 밧세바를 타고 새벽이 되기 전에 떠나는 거야."

우리가 웨이크필드를 떠날 때는 완전히 어두워졌다. 백미러를 보니 마지막 가로등이 희미해지는 모습이 보인다.

"어디로 갈 거야?" 내가 묻는다. "내가 떠난 다음에. 이리로 되돌아올 거야?"

"당연하지." 서머가 말한다. "밤새 타키를 혼자 둘 수는 없어. 하지만 그런 걱정은 할 필요 없어, 아이리스. 네 걱정거리도 아주 많으니까. 알다시피 넌 다시 네 삶을 되찾을 수 없을 거야. 내가 늘 넌 너만의 삶이 없다고 했는데, 이제 진짜로 네 삶이 사라져버렸네."

날 살려주겠다는 건가? 서머는 부서진 휴대전화를 치울 생각조차 하지 않았다. 그런 사실이 내게 희망을 준다. 서머는 범죄를 덮어야 하는 사람처럼 행동하지 않고 있다.

하지만 서머가 그럴 필요가 없다는 생각이 든다. 서머가 말한 것처럼 만일 날 죽인다고 해도 수사는 시작되지 않을 것이다.

서머가 해야 할 일은 그저 시체를 없애는 것뿐이다.

"서머, 살려줘." 내가 말한다. "뭐든 시키는 대로 할게."

"아이리스, 넌 내 동생이야! 내가 그럴 사람 아니라는 거 알잖아. 네 기준으로 날 판단하지 마. 애덤에게 아이리스는 권총을 보면 뭐든 내가 시키는 대로 할 거라고 말했어."

서머는 총구를 더 세게 내 목에 대고 누른다.

"애덤은 널 죽이고 싶어 해." 서머가 말한다. "애덤이 여기 없는 걸 다행으로 생각해. 내가 그이를 설득해 널 살려주자고 했어. 밧세바에는 필요한 것들을 가득 실어두었어. 뭔가 사지 않고도 지구 반 바퀴는 돌 수 있을 거야. 현금도 미국 달러로 1만 달러 넣어두었어. 그 정도면 살아갈 수 있겠지. 절대 되돌아오지 말아야 해, 내 쌍둥이. 애덤이 네게 무슨 짓을 할지 나도 겁이 나니까."

"물론이야." 서머의 말을 믿어야 할지 알 수 없지만, 어쨌든 맞장구를 치는 편이 가장 안전할 것 같다.

"어차피 밧세바가 내가 가장 원하던 거니까. 내가 한 짓을 생각하면 언니가 관대하다고 생각해."

서머는 자매다운 손길로 내 어깨를 꽉 쥐지만, 총구는 여전히 움직이지 않고 있다.

"네가 이해하리라 생각했어." 서머가 말한다. "애덤에게 넌 믿을 수 있다고 말했거든."

속으로 고마워하는 척해야 한다고 다짐한다. 안심한 것처럼 굴어야 해. 마치 서머 노릇을 하며 살고 싶지 않았던 것처럼. 배를 타고 떠나는 것만을 원하는 것처럼.

서머를 믿고 싶다. 서머는 자신의 삶을 되찾게 된다. 모든 걸 갖게 된다. 애덤. 타르퀸. 생각도 하기 싫지만, 서머는 에스더도 차지할 것이다. 내가 돌아오지 않으리라는 걸 서머가 믿어야만 한다. 날 살려주기만 한다면 내가 뭐든 하리라는 걸 서머가 믿어야 한다. 내가 원하는 유일한 것이 밧세바라는 걸 서머가 믿어야 한다.

서머는 내가 이기적이고 별나고 모성애가 없다는 걸 안다. 내가 타르퀸을 싫어한다는 것도 안다. 내가 애덤을 가질 수 없다는 걸 안다. 한 번도 아기를 갖길 원하지 않았다는 것도 안다. 그러니 이런 상황은 내게 그리 나쁘지 않다. 나는 남은 평생 적법한 신분도 없이 아이리스 카마이클의 유령으로 살게 될 테지만, 어쨌든 목숨을 건질 수 있다.

*

고속도로를 벗어나 카마이클 다리로 향하는 비포장도로로 들어선다. 백미러를 쳐다본다. 서머는 의자에 앉아 등을 기대고 있다. 서로 눈이 마주친다.

"내가 보트를 어디에 숨겨두었는지 궁금하지?" 서머가 묻는다.

"그렇긴 하지."

그렇게 대꾸하지만 내 머릿속에는 에스더 생각뿐이다. 어떻게 해야 에스더가 안전할 수 있을까? 어떻게 해야 내가 에스더는 걱정하지 않는다고 서머가 받아들일까? 에스더에 관한 말을 할 수는 없다. 에스더에 관해 뭐든 말을 꺼내면 서머는 알게 될 것이다. 내가 아기를 두고 절대 떠날 수 없다는 걸.

"아주 잘 숨겨야 한다는 걸 알고 있었지." 서머가 말했다. "넌 언제나 내 모든 걸 꼬치꼬치 캐고 다니곤 했으니까. 네가 하지 않을 한 가지는 살림이라는 걸 알고 있었지. 언제나 지저분하게 사는 너지만 혹시 몰라 세탁기는 사용할 수 없다고 말해두기도 했어."

나는 거의 아무 신경도 쓰지 않고 있다.

"그러니까 보트를 요트 안에 넣어두었군." 내가 말한다.

"그렇지. 우린 보트를 넣느라고 세탁기 내부 부속을 전부 제거해야 했어. 건조기도 마찬가지야. 거기에 선외 모터랑 연료 탱크를 숨겨야 했거든. 그런데 네가 항구에 도착했을 때 세탁기를 열려고 했잖아. 애덤이 널 막으려고 엉뚱한 짓을 벌여야 했다고 말해주더군. 정말 웃겼어. 최대한 나쁜 놈처럼 굴면서 섹스를 했는데, 넌 여전히 그이가 어떤 사람인지 알지도 못하고 있잖아."

"그렇지 않아." 내가 말한다.

서머는 내게 굴욕감을 주려는 것이고, 나는 고통스럽다. 애덤은 알고 있다. 날 걸레니, 창녀니 부르면서 내 몸속으로 밀고 들어올 때 그는 아내와 섹시한 장난을 한 게 아니었다. 알고 있었다.

"어쨌거나 넌 참 수준도 낮더구나." 서머가 말한다. "그이는 단 한 번도 네게 키스하지 않았어. 내게 그러겠다고 약속했거든."

입을 열었다가 다시 다문다. 말하지 마, 아이리스. 서머는 총을 들고 있어.

"언니는 한 번도 생리한 적 없지?" 내가 묻는다. "미인대회 때도 말이야."

"우리 둘 다 정말 똑똑하지 않니?" 서머가 말한다. "내 다리에 피가 흐르도록 내 몸에 상처를 내야 했잖아. 엄마를 속이는 건 쉬웠어. 하지만 넌 언젠가 알아낼 수도 있다고 생각했지. 넌 늘 내가 완벽한 몸을 갖고 있는데 넌 기형이라는 둥 우리가 샴쌍둥이 같다는 둥 떠들어대곤 했잖아. 우리가 장기를 나누어 가지고 태어날 뻔했다면서 말이야. 그 말을 듣고 내가 아이디어를 떠올렸거든. 내 몸속

장기가 잘못된 건 네 잘못이야."

"난 기형이 아니야." 내가 말한다. "모든 게 반대로 되어 있을 뿐, 전부 제대로 기능해. 모든 게 다 있다고."

서머는 내 귀에 대고 새된 소리를 냈다.

"나도 빠진 것 없이 다 갖고 있어. 나는 네가 내 몸에서 떨어져 나갈 때까지 완벽했어. 완전체였지. 하지만 네가 떨어져 나가면서 내게서 훔쳐간 거야. 내 자궁을 훔쳐갔어. 하지만 솔직히 말해서 그 자궁이 1억 달러짜리라는 게 밝혀지지 않았더라면 아무 신경도 쓰지 않았을 거라고."

*

자궁이 없어도 서머는 완벽하다. 똑똑하고 화려하고 냉철하다. 요부다. 이제야 왜 서머가 아름다운지, 무엇이 서머를 늘 아름답게 했는지 알 수 있다. 서머는 단 한 번도 다른 누군가가 필요 없었다. 자궁 없이 태어나서 그런지 서머는 더 자립심이 강했다. 자궁은 곧 모성에 대한 갈망, 아기에 대한 갈망 아닌가? 하지만 서머는 갈망하지 않는다. 서머는 자궁이 필요 없다. 서머는 빼앗는다.

그리고 서머는 내가 알던 것보다 더 나를 잘 알고 있다. 내가 비밀로 지키려던 것들 모두를 알고 있다. 서머는 내 마음속을 읽을 수 있다고 생각한다. 정말 그럴까?

서머는 내가 아기는 신경 쓰지 않는다고 믿고 있다. 서머는 내가 배를 타고 떠나버릴 거라고 믿고 있다. 아니면 믿는 척하고 있다.

나는 서머가 죽이지 않는다고 생각하는 한 협조할 것이다. 그렇다. 내 목 뒤를 총구가 누르고 있지만 만일 서머가 날 죽이려 한다는 걸 내가 안다면 승부수를 던져야 할 수도 있다. 차를 뒤집을 수도 있다. 달아나는 시도를 해볼 수도 있다. 서머가 손에 든 총을 낚아챌 수도.

그러는 대신 나는 순순히 따르고 있다. 시간을 벌면서. 상황을 파악하면서 서머가 생각하지 못한 뭔가를 생각해내려 하고 있다.

서머가 확실하게 모르고 있는 유일한 일은 벤이 내 정체를 알고 있다는 사실이다. 나는 어떻게든 그 사실이 내게 유리하게 작용할 길이 없는지 생각한다.

벤이 알아. 벤은 우리를 분간할 수 있어. 넌 절대 벤을 속이지 못해.

나는 입술을 깨문다. 말하지 말자. 말한다고 해서 달라질 건 없어. 말해봐야 벤만 위험하게 할 뿐이야. 만일 서머가 날 죽일 생각이라면 벤이 서머의 범죄를 밝혀내기도 전에 어쩌면 벤도 죽일지 몰라. 벤이 뉴욕으로 돌아간 일이 얼마나 다행인지. 소망하고 기도하건대, 말한 대로 벤이 절대 돌아오지 않기를. 만일 내가 오늘 밤 죽는다면 내가 걱정하는 사람들이 안전할 것인지 알고 싶다. 어머니. 벤. 에스더.

서머는 내 쌍둥이 언니다. 서머는 3월에 사라졌을 때부터 내가 어떻게 움직일 것인지 모든 걸 예측했다. 서머는 내가 서머인 척 살게 될 것이고 임신할 것이고 버지니아를 이기고 재산을 차지하리라 추측했다.

나는 돌아오지 않겠다고 말했지만, 권총 앞에서 하는 말을 믿을 사람이 어디 있겠는가?

*

멀리 카마이클 다리가 보인다. 요즘은 통행이 금지된 곳이다. 북쪽 내륙에 더 넓은 도로가 있다. 사람들은 악어를 구경하기 위해 이곳에 온다. 밤에는 아무도 오지 않을 것이다.

머릿속에 지난 7개월 동안 있었던 많은 장면이 순서 없이 흘러간다. 내가 서머의 삶이라고 생각한 것 중에 얼마나 많은 부분이 진짜였는지 알 방법이 없다. 서머는 진짜로 시간을 들여 타르퀸을 돌보고 헬렌의 피아노를 닦고 애덤이 좋아하는 요리를 만들었을까? 아니면 그냥 내게 맡기기 위해 그렇게 설정한 걸까? 휴대전화에서 울리던 알람들과 두 사람이 함께 들어 있는 끔찍한 결혼 앨범은 날 위해 꾸며낸 가짜였나? 애덤은 모든 결정을 내리고 모든 돈을 자기 계좌로 옮겨서 내가 서머를 대신해 자리를 따뜻하게 덥혀놓고 있는 동안에도, 내가 서머의 삶에 영향을 미치지 못하도록 하려 한 걸까? 서머가 늘어놓은 애덤의 로맨틱한 성격 이야기는 그가 내게 시도한 치욕스러운 변태 짓보다는 진실에 가까울까? 묻고 싶지만 그럴 수 없다는 걸 나는 안다. 나는 알아낼 수 없을 것이다.

그래도 내가 아는 것이 있다. 서머는 항해를 좋아하지 않는다. 애덤과 밧세바를 황홀할 정도로 좋아했다는 이야기는 날 끌어들이기 위한 거짓말이었다. 매력적인 손길, 란제리, 보석. 아무도 연주하지 않지만, 여전히 집에 둔 피아노. 극적인 섹스 이야기들. 그리고 난 그런 이야기에 넘어갔다. 그 모든 거짓말에. 서머는 한 가지 생각만 하는 포식자였고, 나는 그런 서머의 먹잇감이었다.

"차 세워." 서머가 말한다. "우린 여기서 밧세바를 기다릴 거야."

주차장은 텅 비었다. 나는 가장 가까운 자리에 차를 세운다. 이곳에서 다리는 제대로 보이지 않지만, 물이 흘러 내려가는 모습은 확실하게 보인다. 거의 구름 한 점 없는 밤하늘 아래 검은색으로 번쩍거리며 흐르는 넓고 느린 강은 게으른 모습으로 바다를 향하고 있다. 강기슭에는 맹그로브가 빽빽하다. 맹그로브 숲에 무엇이 숨어 있는지 나는 안다.

강은 좀 더 하류에서 굽이쳐 흐른다. 그래서 이곳에서는 바다가 보이지 않지만, 배들은 바다에서 강을 거슬러 올라 이곳, 다리까지 바로 올 수 있다. 아버지는 밧세바를 몰고 가끔 여기까지 왔었다.

달이 높이 떠 있다. 어딘가 멀리 바다에서 애덤은 우리를 향해 항해하고 있을 것이다. 그는 내게 삶과 자유를 가져오는 것일까? 아니면 죽음?

어쩌면 서머는 자신을 위해 지저분한 일을 대신해줄 애덤을 기다리는 것인지도 모른다. 아니면 정말 나는 떠날 수 있는 걸까?

케언스는 거의 300킬로미터도 넘게 떨어져 있다. 밧세바는 빠른 배지만 그렇게 빠르지는 않다. 밧세바는 해가 뜨기 전에 이곳에 도착할 수 있을 리 없다.

서머는 그걸 분명히 알고 있다.

그리고 서머가 이곳에서 밤새 기다릴 계획을 세웠을 리도 없다.

다른 뭔가가 있다. 서머가 지금까지 한 이야기 중에서 뭔가 이상한 내용이 있다. 서머는 내게 너무 말을 많이 했다. 서머는 자신이 죽은 척했다는 이야기를 내게 해줄 필요가 없었다. 그냥 기적적으로 구조되었다고 말했어도 된다. 자신의 몸에 자궁이 없다는 이야기도 해줄 필요가 없었다. 그냥 아기를 유산한 척했어도 되는데.

서머가 내게 모든 걸 말해준 이유는 단 하나뿐이다. 내가 뭘 알든 신경 쓰지 않는다는 뜻이다. 내가 뭘 알아도 상관없기 때문이다. 그 말은 내가 다시는 뜨는 해를 볼 수 없다는 걸 서머가 확신하고 있다는 뜻이다.

언니는 날 죽일 생각이다.

기분이 차분해진다. 난 너무 멍청했으니 죽어 마땅하다는 생각마저 든다. 지난 몇 달 동안 그랬다는 게 아니다. 인생 전체가 그랬다. 서머는 우리가 열네 살일 때부터 날 속여왔다. 아버지가 죽은 뒤부터. 서머에게는 애초부터 자궁이 없었다.

서머는 그 사실을 나뿐 아니라 어머니에게도 비밀로 해왔다. 서머가 생리통이 심하다고 불평하면서 어머니에게 생리대를 더 사다 달라고 부탁하던 말을 기억한다. 서머는 꼼꼼했다. 서머가 미인대회에서 철저히 공개적으로 첫 번째 생리를 겪었을 때, 그게 속임수이리라 생각할 수 있는 사람은 아무도 없었다. 거짓을 숨길 때 스스로 창피한 사건처럼 보이도록 하는 것보다 더 좋은 방법이 어디 있겠는가?

만일 내가 서머의 삶을 그렇게 질투하지 않았다면 서머는 재산을 차지할 기회를 얻지 못했을 것이다. 다른 어떤 우주에서는 아이리스 카마이클이 세이셸 해안에 도착해 진실을 말했다. 그 아이리스에게 어떤 미래가 펼쳐질지 누가 알 수 있을까? 아이리스가 처음 만난 남자는 대니얼 로맹이었다. 그는 어쩌면 애덤보다 내게 훨씬 어울릴 사람인지도 모른다. 그는 첫눈에 나를 알아보는 것 같았다. 황금빛 석양 속으로 함께 항해할 수 있는, 황금빛 눈동자를 가진 사내.

서머가 말한다. "다시 돌아오지 않을 거라고 약속해야 해. 난 네가 무슨 일을 당할지 두려워, 아이리스. 애덤은 뭔가 끔찍한 생각을 하는 것 같더라고."

"약속할게." 내가 말한다. "내가 오직 원한 건 밧세바뿐이야. 애초에 내게는 모성애가 어울리지 않아."

"차에서 내려. 다리 위로 걸어가."

나는 차에서 내려 언니와 얼굴을 마주 보고 선다.

"서머, 밧세바가 오지 않는다는 거 알아. 밧세바가 오스트레일리아에 있기는 한 거야?"

서머의 이가 별빛에 반짝인다. 서머의 미소는 파충류처럼 차갑다. 서머는 내게 더 거짓말을 해가며 속여야 할지 고민하고 있다. 그래야 할 필요가 있는지.

"아, 그럼. 요트는 오스트레일리아에 있어. 우리는 내일 밧세바호에서 네 추도식을 할 예정이잖아."

가식이 사라진다. 여기엔 서머와 나뿐이다. 서머는 내 눈을 보고 있다. 거짓말은 아니다.

"서머, 모든 일이 다 미안해."

"훌쩍거려봐야 소용없어, 아이리스."

"훌쩍거리는 게 아니야. 난 졌어. 내가 졌다는 거 알아. 하지만 제발 한 가지만 약속해줘."

"확실히 죽은 뒤에 아래로 떨어지게 해줄게. 절대로 놈들이 널 산 채로 먹게 두지 않을 거야. 늘 그런 장면을 보고는 싶었지만."

서머의 태도에 나는 바닥에 주저앉을 것만 같다. 자포자기한다. 말이 나오지 않는다.

"걸어가. 갈 시간이야."

다리를 향해 걷는다. 춥지만 등에 땀이 흐른다. 두 다리는 힘이 없고, 내 몸은 출산으로 여전히 아프다. 여기서 뛰어내릴 수 있을까? 난간은 엉덩이 높이지만, 난간 아래로 몸이 빠져나갈 수 있을 정도의 틈이 있다. 아래 강물까지는 10미터쯤 되어 보인다. 어쩌면 떨어져도 살 수 있을 것 같다. 강은 아주 깊지만, 그 속에 뭐가 있는지 나는 안다. 어떤 죽음을 피해 다른 죽음을 선택할 뿐이다. 더 끔찍한 죽음을.

"한 가지 더." 내가 말한다. "에스더를 돌봐주겠다고 제발 약속해. 끔찍한 엄마가 되었겠지만, 난 에스더를 사랑해. 애를 잘 키우겠다고 약속해줘."

"아, 전혀 걱정하지 마. 로즈버드는 내가 잘 챙길게."

서머가 로즈버드를 챙길 것이다. 지금 날 챙기는 것처럼.

나는 버지니아에게 했던 말을 기억한다. 단 한 번만 숨을 쉬어도 돼. 버지니아는 기겁했다.

받아들여야 한다. 서머는 에스더를 사랑하지 않는다. 어쩌면 증오할 수도 있다. 이런 사이코패스에게 어떻게 딸을 맡기고 떠난단 말인가?

너무 피곤하다. 오르막인 다리를 건느라 힘이 다 빠졌다. 하지만 나는 뭘 해야 하는지 알고 있다. 나는 싸워야 한다.

"언니가 한 가지 틀린 게 있어. 한 가지 작은 일. 상관없겠지만 내 생각에 언니가 알아두어야 해. 애덤은 내게 키스했어. 오랫동안 키스하지 않았는데, 왜 그러나 궁금했지. 하지만 요새 내게 키스하고 있어. 끝도 없이 키스하지. 내 입술에 아주 힘껏 입술을 비벼대고 혀는 얼마나 깊이 밀어 넣는지. 마치 날 갈망하는 것처럼……."

"내가 너한테 해준 말이잖아. 거짓말인 게 뻔히 보여."

"사람들 앞에서도 그랬어. 병원 간호사들에게 물어봐. 니나에게."

서머의 입술이 비틀리고 눈이 번쩍인다. 서머는 짜증이 났고 정신이 흐트러졌다. 권총이 흔들리며 내 어깨를 겨눈다. 서툰 시도지만 내게는 유일한 기회이다.

서머에게 달려든다. 권총을 움켜쥔다.

서머는 깜짝 놀라지만 권총을 놓치지 않는다. 권총을 움켜쥔 서머의 손을 내가 붙잡는다. 서머는 내 머리채를 붙잡고 뒤로 당긴다. 내 턱이 하늘로 홱 돌아간다.

서머에게 몸을 던진다. 우리는 함께 쓰러진다. 둘이 한꺼번에 땅바닥 위로 거칠게 구른다. 서머에게 올라타 짓누른다. 권총을 붙잡은 서머의 손을 여전히 붙들고 있다. 서머의 손을 잡은 채 내 손으로 콘크리트 바닥을 쾅 내려친다. 있는 힘껏.

서머가 비명을 지른다. 다시 손으로 바닥을 친다. 더 세게. 권총이 빠져나와 콘크리트 바닥으로 미끄러진다. 권총은 다리 끄트머리에서 멈춘다. 권총으로 손을 뻗지만, 서머가 무릎으로 내 가랑이를 거칠게 가격한다. 나는 고통에 비명을 지르고, 이제 서머가 내 위에 올라탄다. 서머가 나를 할퀸다. 나는 발길질하고 할퀴고 움켜쥐며 서머가 권총에 손을 뻗지 못하게 밀친다.

우리 두 사람 모두 우열을 가릴 수 없을 정도로 목숨을 걸고 싸운다.

*

두 여자가 다리 위에 서 있다. 두 사람 모두 금발이고 눈동자는 바다 색깔이다. 한 명은 안전 난간을 붙잡고 있다. 평생 최고의 싸움에서 진 그녀의 몸은 고통스럽다. 그녀는 아래쪽 공간을, 멀리 아래로 보이는 강까지의 거리를 느끼고 있다. 그녀는 강물 속에 뭐가 있는지 알지만, 아래를 내려다볼 수 없다. 그녀의 눈은 자신의 쌍둥이에게 고정되어 있다.

다른 여자는 다리에서 가장 높은 곳 한가운데 서 있다. 그녀의 눈도 자신의 쌍둥이에게 고정되어 있다. 그녀는 자기 쌍둥이의 머리에 권총을 겨누고 있다.

총소리가 울리며 밤을 두 개로 갈라놓는다. 안전 난간에 매달린 여자는 비명을 지르지만 아래로 떨어지지는 않는다.

권총을 든 여자가 무릎을 꿇더니 쓰러진다. 가슴을 관통하는 완벽한 사격이다. 총에 맞지 않은 여자는 총성이 울린 곳으로 고개를 돌리고, 주차장에서 남동생이 손에 라이플 총을 들고 있는 모습을 발견한다.

"아이리스!" 동생이 울부짖는다.

3부 아이리스

이제 이 빌어먹을 지옥을 벗어나
딸아이를 만나러 갈 시간이다.
눈부신 햇빛 아래로 나와 남편의 손을 잡는다.

23. 생일

나는 아이리스야. 나는 아이리스야. 나는 아이리스야.

동생이 라이플을 든 채 내게 뛰어온다.

"이런 맙소사!" 벤은 소리 지른다. "아슬아슬하게 도착했네!"

몸이 제어할 수 없이 떨린다. 내 쌍둥이의 시체가 다리 위에 쓰러져 있고, 총알이 뚫고 지나간 가슴 위로 붉은색 꽃 한 송이가 피어나고 있다. 나는 벤에게 고개를 돌린다. 벤도 심하게 몸을 떨고 있어 서로 안을 수가 없다. 우리는 함께 바닥에 털썩 주저앉는다.

"도대체 어떻게 날 찾아낸 거야, 벤?"

"노아가, 난…… 나는……."

벤은 호흡이 가빠져 제대로 말하지 못한다. 벤의 손가락이 내 어깨를 파고든다. 벤은 어찌나 입술을 세게 깨무는지 금방이라도 피가 흘러나올 것 같다.

"믿을 수 없어! 내가 지금 서머를 죽였잖아! 난 누나를 죽였어!"

"하지만 네가 날 구했어, 벤. 넌 다른 방법이 없었어. 날 죽이려고 했다고!"

"알아. 난 서머의 계획을 알아냈어."

벤은 날 놓더니 시체를 향해 기어간다. 죽은 채 우리 옆에 누워 있는 건 서머다. 진짜 죽었다. 벤은 서머의 시체를 보고 처량하게 운다. 그는 권총을 집어 다리 끄트머리 너머로 힘껏 집어던지고 라이플도 마찬가지로 처리한다. 총 두 개가 차례로 첨벙 소리를 내며 떨어진다.

"맙소사. 평생 서머를 미워했는데, 결국 내 손으로 죽이고 말았어!" 벤은 울부짖는다. "난 이제 끝이야!"

"정신 차려, 벤. 우린 생각을 해야 해. 이제 어떡하지?"

"빨리, 우린 시체를 감춰야 해! 아니면 경찰에 신고하고 자수해야 하나?"

"아니, 기다려. 괜찮을 거야. 우린 함께 헤쳐나갈 수 있어. 오, 이런 맙소사. 난 죽는 줄 알았어! 혹시 네가 여기 온 걸 아는 사람 있니? 서머는 날 데리고 이리로 온다고 아무한테도 말하지 않았을 거야. 애덤은 전화 통화도 안 되는 바다에 나가 있어. 아주 멀리 떨어져 있다고. 우린 시간이 있어. 지금은 한밤중이야. 아무도 오지 않을 거야."

"여기 온다고 아무에게도 말하지 않았어. 그럴 시간도 없었고."

벤은 눈을 크게 뜨지만, 겁에 질려 아무것도 보이지 않는 것 같다. 벤은 양손으로 머리를 부여잡고 낮은 소리로 흐느낀다.

"난 살인자야." 그는 더듬거리며 말한다. "난 누나를 죽였어."

"어떻게 알았니? 어떻게 날 구하게 된 거야?" 내가 묻는다.

"노아를 만났어. 내가 노아와 만날 거라고 했잖아. 노아가 그러는데 누나는 아기를 가질 수 없다고 하더라고. 그래서 자기가 누나와 헤어졌다는 거야."

"그건 말도 안 돼." 내가 말한다. "우린 결혼해 살면서 내내 아기를 가지려고 애썼어. 애초에 결혼도 애를 가지려고 한 건데."

"알아. 하지만 서머가 누나는 애를 가질 수도 없으면서 노아한테 버림받지 않으려고 애를 가질 수 있는 척하는 거라고 노아를 설득했던 거야. 서머는 노아에게 증거도 보여줬어. 누나가 자궁이 없다는 증거로 초음파 사진을 보여준 거야. 절대 비밀이라고 하면서. 자기가 말한 걸 알면 누나가 용서하지 않을 거라고 했대. 그 얘기를 듣고 생각한 거야. 아이리스 누나가 아이를 낳았으니까. 그렇다면 자궁이 없는 초음파 사진은 누구 몸이겠어?"

"서머지." 내가 말한다.

"맞아. 하지만 서머는 사라지기 전에 임신했다고 말했잖아. 일단 서머가 거짓말하고 있다는 걸 알게 되니까, 임신했다고 거짓말했고 아기를 가질 수 있다고 거짓말했지. 서머가 재산을 물려받을 수 있는 유일한 방법은 다른 사람 아기를 자기 아기로 만드는 것뿐이겠더라고. 그제야 서머가 누나를 속였고, 실제로는 죽지 않았으리라는 생각이 들었어. 서머가 한 모든 행동은 누나가 한 행동을 유도하기 위한 것들이었어. 서머를 위해 서머의 아기를 갖는 거지. 그리고 일단 아기가 태어나면 서머는 누나가 더는 필요가 없어. 누나가 사라져주기를 원하겠지. 아이리스, 그걸 깨달았을 때가 내 평생 최악의 순간이었어. 혹시 벌써 누나를 죽였으면 어쩌지? 누나한테 전화했는데 바로 음성사서함으로 넘어가더라고. 병원에 갔는데 누나가 없어서, 그때부터는 정말 당황했어. 그래서 서머 집으로 뛰어갔지. 문이 열려 있었어. 타르퀸은 혼자 자고 있고 욕실에 부서진 휴대전화들이……."

"노아도 너랑 같이 있었니?"

벤은 고개를 흔든다.

"아니, 노아에게는 아무 말도 안 했어." 벤은 휴대전화를 꺼낸다. "나 경찰에 신고해야겠어."

"벤, 너 미쳤어? 잠깐 기다려. 넌 사람을 죽였어. 생각을 좀 해보자고."

"아니야, 아이리스. 난 거짓말하다가 붙잡히고 싶지는 않아. 진실을 말하겠어."

"잠깐만 있어봐! 넌 그냥 너만 잡히는 게 아니야. 내 정체도 드러나게 된다고. 모두가 내가 저지른 짓을 알게 된다니까! 사람들이 여기서 나와 서머의 시체를 발견한다면, 난 심각하게 설명해야 할 것들이 많아져."

경찰이 어떻게 생각할지 머릿속을 정리할 수 없지만, 나와 벤에게 상황이 유리하게 돌아갈 리는 없다.

"난 네가 어떻게 여기로 오게 된 건지도 모르겠어." 내가 말한다.

"그건 쉬웠어." 벤이 중얼거린다. "서머가 아이리스를 죽이려면 어떻게 할까, 스스로에게 물었더니 금방 답이 나오더라고. 서머는 빌어먹을 놈의 악어에 늘 집착했거든."

*

세상 전부가 조각나는 것 같다. 나는 동생을 끌어안고 있다. 나는 살아 있지만, 너무 정신이 없어 내 목숨을 구해준 동생에게 고마운 감정조차 느끼지 못하고 있다. 바로 내 옆에는 내 쌍둥이가 쓰러져 있다. 시체로.

"벤, 넌 범죄자처럼 총들을 물에 던졌어."

"알아." 벤이 말한다. "아무 생각도 없었어."

"넌 내 목숨을 구했어." 내가 말한다. "네가 교도소에 들어가는 건 볼 수 없어."

"서머가 머리에 총을 겨누었다고 누나가 증언하면 되잖아."

"그래, 물론 그렇게 증언해야지. 하지만 내가 누구야? 널 위한 목격자인 내가 누구냐고? 죽었어야 하는 사람이잖아! 몇 달 동안 주위 모두를 속여온 사람. 사람들이 내 말은 한마디도 믿지 않을 거야! 너랑 내가 모든 걸 꾸며냈다고 생각하겠지!"

"하지만 누나는 전부 털어놓고 싶지 않아?" 동생은 나를 똑바로 바라보며 말한다. "내가 보낸 이메일을 읽으면 누나가 전부 깨끗이 털어놓고 싶어 하리라 생각했어."

"생각을 해야 해." 내가 말한다. "모든 게 너무 두려워. 난 너무 무서워, 벤!"

벤은 기다린다.

"나도 털어놓고 싶어. 어떻게든 자백하고 싶지만 가장 중요한 건 네가 안전해지는 거야. 모든 게 네 덕분인데. 맙소사, 너무 춥다."

일어서려 해봤지만, 일어설 수 없다. 다시 벤의 품속으로 주저앉고 만다.

"난 누나에게 말하려고 했어." 벤이 말한다. "난 처음부터 서머가 누나를 갖고 논다거나 욕하거나 무서운 이야기로 겁을 주고 조롱하는 걸 알았거든. 그리고 미인대회도 그래. 서머가 일부러 수치심을 주려고 계획한 거야. 일부러 누나가 왕관을 쓰게 한 다음, 모든 사람 앞에서 누나 정체를 밝히는 거지. 게다가 동시에 서머는 생리를 시작하는 것처럼 모든 사람을 속였어. 그게 아버지가 돌아가시고 나서 겨우 한 달 뒤였는데, 그때부터 서머는 자기 계획을 세우고 기초 공사를 해두었던 거야. 서머는 분명히 자기가 아기를 낳을 수 없다는 걸 알았을 거야. 어쩌면 아버지도 알고 있었을지 몰라. 하지만 어떻게 된 일인지 어머니는 모르고 있었어. 그러니까 서머는 자기가 돈에 관심이 없다고 누나가 생각하도록 만들었어야 했어. 그래야 누나가 급한 마음을 먹지 않을 테니까. 누나가 결혼했을 때 서머는 기겁했을 거야. 서머가 뉴질랜드까지 날아가 누나의 이혼을 막으려고 했다는 이야기를 듣고 나는 서머가 결혼을 깨려고 한다는 생각이 들었어. 하지만 계획을 어디까지 세워둔 건지 정말 꿈에도 생각 못 했지. 서머 누나는 괴물이었어."

나는 고개를 천천히 끄덕인다. 진실은 고통스럽다. 이제 생각도 하고 싶지 않다. 나는 내 동생 벤에 관해 생각해야 한다. 너무 오랫동안 벤을 무시해왔지만, 이제 더는 그렇게 할 수 없다. 다시 일어서려고 애를 썼고, 이번에는 간신히 몸을 일으킨다. 벤은 다리 가장자리에서 벗어나 나를 보지 않은 채 주차장 쪽으로 시선을 돌린다. 지금이 기회다. 어떻게든 벤이 체포되지 않도록 해야 한다. 깊이 숨을 들이마시고 시체 겨드랑이에 팔을 넣는다. 한 번 잔뜩 힘을 줘 시체의 머리와 상체가 다리 가장자리에 걸쳐지도록 끌어올린다. 콘크리트 위에 짙은 핏자국이 끌려오며 남는다. 잠깐 멈추고 숨을 고른다.

시체가 꿈틀거린 건가? 아니. 절대 그럴 리 없다. 벤의 충격에 목숨은 끊어졌다. 난 그저 엉망이 된 상황을 정리하는 것뿐이다. 두 다리를 밀자 시체가 한쪽으로 구르면서 다리 아래로 떨어진다.

풍덩. 시체가 강물 속에 잠긴다. 이제는 악어들과 함께 있다. 바로 강둑에서 뭔가 움직인다. 길고 시커먼 형체들이 물속으로 미끄러지며 들어간다.

"도대체 무슨 짓이야?" 벤이 소리 지른다. "이제 우린 진짜 죄를 지은 게 되어버리잖아!"

"이 방법밖에 없어." 내가 말한다. "내가 잘 알아. 우린 자백할 수 없어. 자백하면 우리 둘 다 엉망이 되고 말 거야. 넌 학교도 다니지 못해. 감옥에 가지 않더라도 네 삶은 망가지고 말 거야."

벤의 안색이 타고 남은 재처럼 변한다.

"어떻게 저렇게 할 수 있어?" 그는 울부짖는다. "시체가 어떻게 될지 생각해봐!"

눈길이 저절로 강으로 향하지만, 아래를 봐서는 안 된다. 내가 아래를 내려다보는 모습을 벤이 보는 건 원하지 않는다. 어차피 구름이 밀려와 달을 가리고 강물은 어둠 속에 묻힌다. 하지만 뭔가 소리는 들린다. 물속에서 한바탕 소란이 일어나고 있다. 포식자들이 공격하고 있다. 악어들이 뭔가를 물고 몸을 굴린다. 배 속에서 뭔가가 울컥 움직인다. 혹시 아직 살아 있나? 느낌이 남아 있을까? 악어에게 먹히는 건 어떤 느낌일까?

지금은 그런 생각을 할 수 없다. 그런다고 해서 달라질 것도 없다. 중요한 건 시체도, 증거도 남지 않으리라는 사실이다.

"내가 한 거야. 넌 상관없어, 벤. 널 사랑해서 한 거야. 우린 이제 하나로 뭉쳐야 해. 내가 누군지 아는 사람은 너뿐이야. 그리고 앞으로도 그래야 해." 남동생의 팔을 붙잡고 일으켜 세운다. "일어나. 자동차는 시동이 걸려 있어. 난 타키에게 돌아가야 해. 지금 집에 혼자 있으니까. 넌 여기까지 어떻게 왔어?"

"렌터카를 타고 왔어." 벤이 말한다.

"그럼 라이플은?"

"그거 아버지 거야."

"혹시 네가 라이플 가져온 거 아는 사람 있니?" 내가 묻는다.

"아니, 해변 저택 차고로 몰래 들어가서 금고에서 꺼내왔어."

"아무도 본 사람은 없고?"

"없어."

"좋아. 이제 차에 타서 돌아가. 그리고 오늘 일은 이메일이나 전화에서도 절대로 언급해서는 안 돼. 가장 좋은 건 오늘 밤 있었던 일은 우리 모두 입에 절대 담지 않는 거야. 뉴욕으로 돌아가."

"말이 되는 소리를 해." 벤이 말한다. "애덤은 어쩌고? 그 자식은 어떻게 할 거야?"

"애덤? 애덤을 어떻게 생각해야 할지 모르겠어. 말로는 애덤도 함께 일을 꾸민 거라고 하는데, 어쩌면 그냥 날 조롱하려고 그런 건지도 몰라. 애덤이 나를 끔찍하게 죽일 생각을 한다던데, 난 믿을 수가 없어. 나한테 아주 친절했거든."

"정신 차려, 누나. 뻔하지 않아?" 벤이 말한다. "두 사람이 여러 해 동안 계획을 짰어. 서머가 평생 한 일은 전부 누나를 끌어들이려고 한 짓이야. 서머는 항해를 싫어하는데, 그들이 왜 밧세바 호를 샀는지 궁금했어. 애덤이 한패가 아닐 수 없어."

"네 말이 옳아도 마찬가지야. 그렇다고 해서 애덤이 살인에 동의했다고 할 수는 없어. 그들 두 사람 모두 내가 오늘 밤에 집에 나타날지 모르고 있었거든. 난 오늘 밤을 병원에서 보내야 했어. 내 생각에 애덤의 계획은 내게 밧세바를 주고 떠나게 하려는 거였어. 그는 분명히 날 걱정하고 있어. 어쨌거나, 그건 걱정하지 마. 그건 내 문제니까. 내가 알아서 처리할게."

벤은 착한 녀석이라 자기 인생을 망쳐도 진실을 말하는 편이 낫다고 생각할 수 있다. 어떻게든 벤이 털어놓지 않도록 내가 애써야 한다. 그것이 내가 벤을 위해 할 수 있는 최소한의 일이다. 살해당하려던 나를 구했으니까.

이렇게 하는 편이 완벽하다. 나는 벤에게는 아이리스로, 나머지 모두에게는 서머로 살아갈 것이다. 애덤에게는 상황을 봐가며 행동할 것이다. 모든 사람이 쌍둥이 가운데 각자 가장 사랑했던 사람을 갖게 될 것이다.

차에 올라타 키를 돌리는데 벤이 다가와 창문을 두드린다. 나는 창문을 내린다.

"있지, 내가 몇 초만 병원에 뒤늦게 도착했으면 누나는 지금 죽었을 거야. 그리고 나 역시 무슨 일이 있었는지 몰랐을 거야. 서머가 성공하는 거지."

"그게 무슨 말이야?"

"나도 누나들을 구분할 수 없어. 한 번도 구분이 되지 않았지. 누나가 붓꽃에 얼굴을 대고 냄새를 맡는 모습을 보지 못했다면, 절대 누나를 알아보지 못했을 거야."

"난 네가 추측이라도 해낸 걸 믿을 수가 없어. 난 아주 똑같이 해내고 있다고 생각했거든. 넌 정말 대단해, 벤."

"잘했다는 소리는 마." 벤이 말한다. "난 계속 생각해. 난 서머에게 총을 버릴 기회를 주지 않았어. 그냥 쏴버렸다고."

"그건 그래." 내가 말한다. "왜 총을 버리라고 하지 않았어?"

벤은 비웃는 것 같은 소리를 냈다. "권총을 든 사람이 누나였다면 난 설득했을 거야. 하지만 생각해봐. 우린 서머 얘기를 하는 거잖아. 그년은 눈도 깜짝하지 않고 누나를 쏴버렸을 거야."

*

내 생일날 정오, 밧세바 호는 선상 추도식을 열기 위한 시간에 딱 맞춰 웨이크필드 정박장에 도착한다. 간단히 상황을 설명해야겠다. 나는 아직도 병원에 돌아가지 못했다. 타키를 돌봐야 했고 부서진 휴대전화들을 치워야 했기 때문이다.

어젯밤 내가 처음 내린 결정은 첫 비행기로 벤이 뉴욕으로 돌아가야 한다는 거였다. 하지만 벤은 남아 있기로 했다. 누군가 총성을 듣거나 카마이클 다리에 남은 핏자국을 보고 경찰에 신고했을 수도 있고, 혹시 어떻게든 벤이나 벤이 빌린 렌터카와 연결이 된다면 미국으로 서둘러 떠난 모습이 의심을 사게 될 것이다. 쌍둥이의 시체는 지금쯤이면 안전하게 처리가 끝났겠지만, 악어가 라이플을 먹어 치우지는 못한다. 누군가 강에서 아버지의 라이플을 낚시로 건져 올릴 일은 없겠지만, 혹시 모르는 일이다. 그래서 벤은 다시 비행기 예약을 바꿔 어머니 집에서 밤을 보냈다. 오늘 내가 다른 사람인 척하는 곳에 벤이 와 있는 건 불편하지만, 벤이 내 목숨을 구한 뒤에 내가 할 수 있는 최소한의 일이다.

우리는 밧세바의 휴게실에서 추도식을 진행한다. 아홉 명뿐이지만 휴게실은 무척 붐빈다. 추도식이 끝날 때까지 나는 애덤과 단둘이 있을 기회를 잡지 못한다. 애덤의 진짜 감정이 뭔지 빨리 알아내고 싶어 참을 수가 없다.

오늘 모든 사람은 아이리스에 관해 거짓말을 한다. 도저히 듣고 있을 수 없다. 한 번도 본 적 없는 신부님은 요절한 전도유망한 젊은 변호사에 관한 부정확하고도 지루한 추도사를 늘어놓는다. 아버지 장례식에서 입었던 검은색 드레스를 입은 어머니는 자신과 둘째 딸 사이의 특별한 관계에 관해 말한다. 콜턴과 버지니아는 좀 더 아이리스와 잘 알고 지내지 못했던 일을 후회한다. 러티샤 버킹엄은 구분할 수 없이 똑같은 쌍둥이 자매 모두와 가장 친한 친구로 지낸 일이 얼마나 재미있었는지 말한다. 노아와 애덤과 벤은 최대한 말을 아낀다. 어머니는 눈물을 흘리고 나도 어머니와 함께 울려고 최선을 다한다.

아홉 명이 한 인생을 슬퍼하고 있다. 많지 않은 추모객이다. 아이리스가 이제 진짜 죽었다는 생각에 등줄기가 따끔거린다. 다시 살아날 가능성은 없다. 나는 벤과 지금까지의 일을 영원히 비밀로 묻기로 약속했다. 그것이 최선이다. 벤은 뉴욕으로 돌아갈 것이고, 나는 서머로 살아갈 것이고, 벤이 무슨 짓을 했는지 아무도 의심할 수 없을 것이다.

추도식이 끝난 뒤 콜턴이 내게 다가온다. "서머, 이제 돈은 전부 네 수중에 있다. 질문이 하나 있는데, 그냥 쓸데없는 호기심이야. 밧세바 호를 사려고 왜 그렇게 빚을 많이 냈니? 만일 아기를 낳지 못했더라면 너희 부부는 꽤 곤란해졌을 텐데."

"하지만 저희는 늘 아기를 가지려고 했어요." 내가 말한다.

콜턴은 이제 내게 아무런 영향을 끼칠 수 없다. 재산을 대리해 관리하지 않는 그는 그저 참견 좋아하는 삼촌이자 지겨운 친척일 뿐이다.

"재산은 어차피 우리에게 돌아올 수밖에 없었어요. 당연히 아시잖아요. 제가 진짜 장녀이기도 하고요."

내 말에 콜턴은 눈을 크게 뜬다. 그 순간 어머니가 나를 밖에서 부른다.

"서머, 이제 가야 할 시간이야! 애덤이 갑판에서 기다리고 있어."

나는 콜턴에게 작별 인사를 한다. 러티샤와 버지니아에게도. 노아와도 작별한다.

갑판 선실을 지나면서 나는 벤과 포옹한다.

“뉴욕까지 안전하게 돌아가.” 내가 말한다.

갑판 선실 테이블 위에 하얀색 붓꽃 꽃다발이 놓여 있다. 나는 얼굴을 꽃에 대고 깊이 숨을 들이마신다. 얼굴에 행복한 표정을 드러낸다. 멍청한 남동생이 주변에 있을 때는 늘 이 빌어먹을 잡초에 코를 박고 냄새 맡는 시늉을 해야만 한다.

이제 이 빌어먹을 지옥 같은 물에 뜨는 집을 벗어나 로즈버드를 만나러 갈 시간이다.

눈부신 햇빛 아래로 나와 남편의 손을 잡는다.

마침내 다시 한 사람으로 돌아오니 기분이 좋다. 내 복제품은 갈가리 찢어져 사라졌다. 그녀의 기형적인 몸은 악어들 배 속에서 소화되고 있을 것이다. 뒤틀린 심장, 젖이 줄줄 새는 젖가슴, 그리고 자궁까지 모두.

| 옮긴이의 말 |

거액의 유산을 둘러싸고 펼쳐지는
쌍둥이 자매의 비극

"착한 건 바보짓이다."

아버지가 유언 아닌 유언으로 남긴 이야기를 머릿속에 새기고 살아가는 주인공 아이리스. 일란성 쌍둥이 중 동생으로 태어난 그녀는 나름대로 은밀한 계획을 세워 아버지가 남긴 거액의 유산을 차지하려 애쓰지만, 현실은 만만하지 않다. 그러는 와중 재산에 신경 쓰지 않고 자신만의 행복한 삶을 이어가는 쌍둥이 언니 서머에게 패배감까지 느끼며 살아야 한다. 아이리스는 태어날 때부터 부모가 예상하지 못했던 존재였다. 아이를 위해 준비되었던 제대로 된 이름조차 갖지 못하고 평생을 서머 곁에서 위축된 상태로 살아가게 된다.

아이리스는 유산을 차지해야 한다는 부담감에 결혼 생활이 무너져 이혼 중이고 점점 삶이 망가져가고 있다. 그런 상황에서 모든 걸 누리며 사는 것 같은 쌍둥이 언니와 태국에서 인도양을 건너 세이셸까지 요트 여행에 나서게 된다. 사실 두 자매가 무동력 요트로 인도양을 건너는 일은 생각처럼 낭만적인 일이 아니다. 배는 바람을 받아 계속 움직이니 항상 한 사람은 배를 조종하면서 주변을 살펴야 하고, 다른 사람은 휴식을 취하면서 음식을 만들거나 근무 교대를 준비해야 한다. 둘만의 항해에서 뜻밖의 사실이 밝혀지고, 결국 쌍둥이 가운데 한 사람만 살아서 세이셸에 도착하면서 아버지가 남긴 천문학적 유산과 관련해 또 다른 배다른 자매와의 본격적인 유산 차지하기 경쟁이 시작된다.

소설 초반 낭만적인 동남아로부터 인도양을 지나는 요트 여행의 현장감을 생생하게 느낄 수 있는 이유는 작가인 로즈 칼라일의 경험에서 우러난 묘사 덕분이다. 로즈 칼라일은 변호사로 일했으며 법학을 가르치기도 했다. 열정적 모험가이기도 했던 그녀는 남극 인근 섬들을 탐사하는 과학 항해에 참여했고 남편, 아이들과 함께 살던 뉴질랜드의 집을 정리하고 태국으로 건너가 그곳에서 요트를 산 다음 인도양을 건너 세이셸을 지나 아프리카까지 오랜 기간 여행한 후 다시 뉴질랜드로 돌아왔다.

로즈 칼라일은 어려서 글쓰기 교육을 받기는 했지만, 의사가 되고 싶었다가 현실적인 어려움으로 법학을 전공했다. 법학을 가르치는 일을 하던 중에 소설을 쓰겠다는 언니 메디를 보고 오랜 꿈을 살려 함께 소설을 써보기로 마음먹었다. 그녀는 처음으로 완성한 소설을 출판사로 보내기 직전 숙모의 집에서 메디와 만났는데,

바로 그때 지금까지 두 사람이 써온 소설을 버리고 함께 새로운 줄거리를 구상하게 된다. 그 자리에서 구체화한 내용을 소설로 완성한 작품이 바로 『걸 인 더 미러』다.

두 사람은 똑같이 생긴 쌍둥이 자매를 포함한 스릴러로 요트 여행과 열대의 항구, 비밀과 거짓말, 섹스와 악어를 포함한 이야기를 써보기로 의견을 모았지만, 누가 실제로 소설로 써낼 것인지를 정해야 했다. 언니인 메디가 흔쾌히 로즈 칼라일에게 양보하면서 이 데뷔작이 나오게 되었다. 언니와는 서로 의견을 나누지도 않은 상태에서 주인공 이름을 아이리스로 해야 한다는 생각을 동시에 해서 이 소설이 성공하리라는 예감을 느끼게 해주었다고 한다.

많은 데뷔작이 그렇듯 이 소설 역시 작가의 자전적 요소가 많이 녹아 들어가 있다. 아프리카에서 인도주의 활동가로 일하다 비행기 사고로 사망했다는 동생 데이비드, 본인이 쌍둥이로 태어나 많은 조언을 줄 수 있었던 숙모 캐틀린, 작가 본인이 아이리스처럼 법대를 나와 변호사 생활을 했던 일, 자녀를 홈스쿨링으로 교육하면서 요트를 타고 1년 동안 인도양을 건넜던 일, 세 번째 아이가 겨우 900그램의 몸으로 석 달이나 빨리 태어나는 바람에 고생했던 일까지.

그녀는 남편과 이혼한 후 세 아이와 죽은 남동생의 아이까지 네 아이를 기르면서 천장이 내려앉을 정도로 허름한 집에서 힘든 시간을 보냈다. 그런 생활 속에서 출근하기 전 아침 시간을 이용해 소설을 완성했다고 한다. 『걸 인 더 미러』의 화려한 성공으로 할리우드 영화사와 판권 계약을 맺고, 저작권 매니저와 에이전트도 생겨서 법학 교수 자리를 그만두고 전업 작가의 길로 들어섰다고 한다. 작가 자신의 삶이 고스란히 녹아 들어간 이 소설이 그녀의 인생을 뒤바꿔준 셈이다.

2021년 5월

남명성

걸 인 더 미러

1판 1쇄 발행 2021년 5월 26일

지은이 | 로즈 칼라일
옮긴이 | 남명성
펴낸이 | 송영석

주간 | 이혜진
기획편집 | 박신애 · 심슬기
외서기획편집 | 정혜경 · 양한나 · 송하린
디자인 | 박윤정 · 기경란
마케팅 | 이종우 · 김유종 · 한승민
관리 | 송우석 · 황규성 · 전지연 · 채경민

펴낸곳 | (株)해냄출판사
등록번호 | 제10-229호
등록일자 | 1988년 5월 11일(설립일자 | 1983년 6월 24일)

04042 서울시 마포구 잔다리로 30 해냄빌딩 5 · 6층
대표전화 | 326-1600 **팩스** | 326-1624
홈페이지 | www.hainaim.com

ISBN 979-11-6714-000-5 03840